剑来

39 借取万重山

◎ 烽火戏诸侯 著

浙江文艺出版社
Zhejiang Literature & Art Publishing House

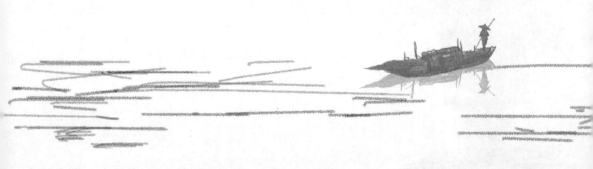

第一章
我行我素

凉亭内，气氛就要融洽多了。

众人一听那位秋毫观陆道长，竟然是与陈山主一起登山的贵客，一时间鸦雀无声。虽然众人皆不敢置信，但是再匪夷所思，也不得不信，毕竟这种事情，谁敢造假？

原本几个意兴阑珊的女修，一个个都神色认真起来，再看那位年轻道长，便觉又俊俏了几分。

陆沉好似一位山下的说书先生，开始追忆往昔："小道与陈山主，虽然不是同乡，却是相识于微时的患难之交，一见如故的知己，若是换个文雅的说法，就是那初次相逢两少年了。那会儿小道与陈山主，都未发迹，然后小道与陈山主，投缘嘛，便一同出门远游，曾经夜宿一处城隍庙，梦游至富贵发迹司，见那紫袍玉腰带判官模样的发迹司主官……"

有女修听到这里，忍不住打断他的言语，疑惑问道："城隍诸司衙署里边，还有富贵发迹司这么个地方？"

官署衙门多的，比如梦粱国京城里边的都城隍庙；衙门少的，比如众多的郡县城隍庙，好像都没有此司才对。

凉亭内的女修都摇头，显然都未曾听说。

陆沉唏嘘不已："可不是，事情就是这么怪，反正就是瞧见了好些神异古怪事。比如城隍胥吏押着一伙罪犯，城隍爷要夜审，其中有那脖子上挂着一条绳子的女子，身着红衣，面色凄苦，她习惯性地仰头，微微吐舌；还有头戴枷锁走在廊道里的女子，如行水中,满头青丝如水草漂浮;之后犹有五位贵公子模样的世家子弟,带着一大帮貌美姬妾侍女,前来找城隍庙别司主官喝酒;夜深时,又有一位穿白裙骑白马的女子,自称姓白,是青城山下修行的散仙,今夜来此歇脚片刻……林林总总,千奇百怪,目不暇接,真是一夜之间看遍人间百年事。

"小道事后梦醒,思来想去,再去翻了些古书,就如你们这般百思不得其解,便也不敢当真,所幸靠着石头养的,也有个根绊儿,谁还能没个亲戚六眷?小道好巧不巧,与那神诰宗秋毫观的监院道士……的一个亲戚,颇有几分渊源,那位监院见小道根骨不俗,都不愿意直接收徒,而是代师收徒,小道在那之后,就算是开始正式修行了。至于陈山主,当年城隍庙富贵发迹司一别后,更是有好大造化,真真是如那龙坠泥潭,困顿不堪,蚊蝇满鳞,被困笼中,终于有朝一日,风雨晦暝,只等霹雳一声,塘中泥龙精神抖擞,便径直腾空而去!

"花开两朵,各表一枝,小道暂且不去细说陈山主在那之后的诸多壮举。

"只说等到小道修成了仙法,山人幽居,静极思动,就开始下山游历,红尘历练,遇妖魔降妖魔,见鬼祟斩鬼祟,好不痛快,在江湖上也算赢得一个偌大名声了。一路云游,行至一处名胜古迹,隔着一条大江,两山对峙,自古就有那龟蛇锁江之说,结果你们猜怎么着了?就是这么个水运浓厚之地,偏偏遇到了一场数百年不遇的大旱啊,民不聊生。小道虽修了仙术,却仍旧古道热肠,便掐一诀,使了个秋毫观秘传的辟水法,分开水波,去上游的水府,与那边讨个说法。好嘛,水府根本就不把小道当回事,直接吃了个闭门羹,小道也就忍了。又去下游找那龙宫旧址的湖君府邸,要与这位湖君借水,好倒灌进上游河床,只可惜依旧无果。小道气愤不过,只好亲自出马了,好几天没合眼,只为了苦心钻研出一道仙家符箓。约莫赤子之心,感动了天神地祇,这道门槛极高的大符,真给小道学成了。小道沐浴更衣,斋戒一番,去那江边高楼上,烧了符纸融入酒水中,然后小道只喝了半杯酒,就将酒杯丢掷出楼,那酒水如瀑布一般倾泻而出,源源不断的流水注入那条干涸见底、一条活鱼都无的河床之内,从那之后,江水汹涌,草木丰茂……"

凉亭内的女修们面面相觑,是该捧个场喝彩几声呢,还是质疑几句?陆道长你虽然是中五境修士,但说那"门槛极高""大符",是不是有点过分了?

须知此刻凉亭内,可就坐着一位观海境和两个洞府境的练气士呢。

青同开始挪步去往别地,显然不打算继续旁听下去了,陆掌教越说越没谱了。

别人吹牛不打草稿,都是往大了吹嘘自己,陆沉不一样,算是反着来?

待一位黄衣老者来到凉亭内时,莺莺燕燕们已经散去,只有一个头戴鱼尾冠的年轻道士,在长椅上盘腿而坐,打着哈欠,脚边搁着一只空酒壶,先前与那拨仙子又帮忙看相又说书的,费去一水缸的唾沫,得喝点小酒儿,润润嗓子提提神。

陆沉瞧见了嫩道人在亭外驻足不前,招手笑道:"坐下聊。"

嫩道人这才大胆跨上台阶。

先前在那场幻境中,其实双方根本没有聊天,陆沉很快就将嫩道人礼送出境了。

陆沉问道:"贫道的身份,桃亭前辈没有告诉李槐吧?"

嫩道人摇摇头:"不敢节外生枝。"

先有年轻隐官近乎威胁的提醒,再有白玉京陆掌教的敲打,这会儿的嫩道人,底气不足,气焰不高。

陆沉笑眯眯道:"陈平安跟你撂了那几句狠话,你心里边就没有觉得不痛快?"

嫩道人扯了扯嘴角:"陈平安到底是为我家公子好。"

陆沉揉了揉下巴:"这个说法,对也对,只是说得不是特别准确。"

嫩道人虚心求教道:"恳请陆掌教为我解惑。"

陆沉说道:"陈平安是泥瓶巷出身,知道吧?"

嫩道人点头道:"当然。"

那条小巷,可是一处藏龙卧虎之地。

陈平安、大骊藩王宋睦、真龙王朱、白帝城顾璨、南婆娑洲剑仙曹曦的家乡祖宅所在。

陆沉背靠栏杆,懒洋洋道:"以前那条小巷里边,有个被陈平安和刘羡阳昵称为小鼻涕虫的小兔崽子,嗯,就是我们那位白帝城郑先生的小弟子了。"

嫩道人说道:"风水好得吓人。"

陆沉抬起一只手,随便指了个方向,道:"昔年骊珠洞天摆在台面上的最大的五桩福缘之一,是条小泥鳅,它被陈平安亲手从田垄间钓起来,顾璨眼馋,陈平安一贯将他当成半个亲弟弟,当然不会吝啬,就送给了顾璨。顾璨把小泥鳅养在了家里的水缸里边,后来遇到了书简湖的截江真君刘志茂,顾璨拜了他当师父,娘俩一同跟随刘志茂去了青峡岛。一场分道而行的游历,十四岁的草鞋少年开始远游大隋,要将齐静春的一拨学生护送去往山崖书院,其中队伍里有个年纪最小的,就是李槐。"

陆沉抖了抖袖子,道:"陈平安不想犯同样的错误。"

嫩道人说道:"还望陆掌教细说个缘由。"

陆沉叹了口气,贫道都这么说了,还听不明白啊。陆沉满脸无奈,晃了晃酒壶,仍是提起酒壶仰起头,就只有几滴酒水入嘴,抹了抹嘴,道:"小泥鳅这桩机缘,是陈平安亲手送给顾璨的,顾璨那会儿年纪小,何谈什么道心不道心的。先前那句话,陈平安是怎么跟你说的,'身怀利刃杀心自起',对吧? 在那个可以视为一处'小蛮荒天下'的书简湖,拥有一条认主了的元婴境水蛟,对一个屁大的孩子来说,既是一张保命符,也是一种……一把锋利无比的柴刀吧,就像走入一大片油菜花田里,性情顽劣的孩子,没了拘束,手持柴刀,眼中所见,自然都是纤细娇柔的油菜花,由着性子,随意劈砍,未必能够看得见田地里隐藏的蛇虫,以及那些油菜花的主人。

"与此同时,那条小泥鳅为了自身大道的不断登阶,当然就得吃饱,如你桃亭要搬山炼山,蛟龙之属,还有什么比直接吃练气士更快的修行之路?这是小泥鳅的本性使然,又与顾璨的本心相契,主仆双方,就像一种……小小的合道,再加上刘志茂的冷眼旁观,自然就是一个杀心四起,一个凶性大发。

"所以陈平安当年才会被师兄崔瀺折磨得,只差一点,就要心境彻底崩碎了,如果贫道没有记错,他曾经对顾璨说过一句:'对不起,我来晚了。'

"当然,当年看着差不多的俩孩子,李槐与顾璨的秉性,究其根本,还是很不一样的。两个同龄人,瞧着同样是胆小,顾璨是因为知道自己力气小,李槐则是只敢窝里横,因为他有一个温暖的家庭,从小就知道亲人的好。顾璨和李槐,就像两种人生:一种是过去极不美好,想要把未来的日子过得好一点;一种是贫寒之家,看似生活不易,其实家人闲坐灯火可亲,是一件极其难得的幸运事,所以未来就要维持这份来之不易的美好。

"所以一旦李槐被你牵引道心,变成一个让陈平安心目中那位齐先生会感到失望的人,你会死的,一定会。

"你自恃境界,其实一直看不起一个境界不高的年轻隐官,殊不知,其实陈平安从第一天得知你成为李槐的扈从之后,他就开始着手帮你准备了一本册子。等到你参加文庙议事,在那鸳鸯渚,你以为是自己在抖擞威风,心中颇为自得,陈平安却是一直在冷眼旁观。所以今天到了娄山,才与你说几句开诚布公的言语,免得……将来他打死了你,桃亭前辈还觉得委屈。"

陆沉哀叹一声,伸出手指,点了点这位黄衣老者:"先前贫道蹲在路上,骂一块石头是绊脚石,你当贫道是吃饱了撑着随便说说的?还有那句'人吃热饭狗吃热屎'的怪话,你这会儿嚼出余味来了?唉,桃亭前辈你想啥呢,这表情……可就误会贫道了啊,贫道又不是说吃热屎嚼出啥余味,贫道是说话里有话,言外有意,如贫道这般身份的道人,说话聊天,总不好直不隆咚,多少得带几分玄妙意味,才与身份匹配哩。"

嫩道人脸色尴尬,只得昧着良心说道:"陆掌教是善玄言者,既风趣,又意味悠远。"

陆沉呵呵一笑,转头望向凉亭外的山水景象,道:"如果我们将一山一水和每个人,都视为一篇文章里的每一个字,那么你们就错过太多了。贫道修行这么多年以来,一直孜孜不倦地追求成为'无过错'的道士,但能够接近无错的,屈指可数,陈平安能算一个,当然他还是最年轻的那个,暂时也还是道法最低的那个。"

嫩道人小心翼翼问道:"陆掌教为何愿意提点我一番?"

陆沉哀叹一声:"你一个飞升境大修士,不也是个字?还是那么大个字,杵在贫道眼前,贫道岂能错过?"

人难无过错,人生多错过。

错过事,错过人,反复思量,都是过错,过去的错。

陆沉神色忧愁不已,几次抬头看天,想着是不是可以不告而别,溜之大吉。

即便注定是躲得过初一,躲不过十五。可只要躲得过初一,不就等于多出十四天的安稳日子了?

梦梁国的年轻皇帝黄聪,复姓纳兰的水神娘娘,梅山君,依旧一坐两站,待在凉亭内。

黄聪倒是希望他们俩随便些,但是两尊山水神祇,依然恪守君臣之礼。其实这在山水官场是不常见的事情,一国五岳山君,与国境内的第一高位水神,遇见了皇帝君主,根本无须如此。

但是作为前朝武将英灵出身的梅山君,从心底就认可这位年轻皇帝。梅山君都不肯落座,与之金玉谱牒品秩相当的纳兰玉芝也就只好奉陪了。

突然冒出一个年轻道士,纳兰玉芝手指悄然掐诀,笑道:"胆子不小,私闯宅邸。"

只见陆沉开始装疯卖傻:"啊?小道莫非走错门啦?这都行,看来小道与这位姐姐是有缘分的。"

头戴鱼尾冠,那就是神诰宗的授箓道士了。

在宝瓶洲,没谁敢这么不把神诰宗的金科玉律当回事,假冒神诰宗道士。

梅山君瞥了道士一眼,以心声说道:"陛下,这个道士确实来自神诰宗,因为身后悬有一盏灯笼,写有秋毫观秘制的字样,是那种有师门祖荫庇护之人,看上去只是个龙门境修士,其实是位金丹地仙,不过应该刚刚结丹没几年,气象不稳。"

纳兰玉芝皱眉道:"这家伙是怎么进来的?为何一点气机涟漪都没有?"

梅山君冷笑道:"鬼知道。"

黄聪示意他们不用紧张,来者是客,这些餐霞饮露的山上修士,仙风道骨的,是多数,可那性情古怪的,术法偏门的,喜好游戏人间的,也为数不少。

"既然来错了地方,贫道就将错就错了。"陆沉蹭蹭蹭地跑上台阶,一个站定,双手负在身后,低头看着胜负分明的棋局,点头道,"执白一方,是位顶尖高手啊。"

那位水神娘娘伸手抵住眉心,这厮道法高低不去说,臭棋篓子是肯定的了。

黄聪依旧气定神闲,笑问道:"敢问道长,为何有此说?我怎么觉得黑棋是稳赢?"

执白一方,正是黄聪自己。

"下棋是世间最没劲的一件事了。赌高有输,棋高无输嘛。"年轻道士一手拈白子,一手拿黑子,帮着放在棋盘上,噼啪作响,清脆悦耳,一边落子棋盘上,一边微笑道,"赌桌上,除非是出老千,否则任凭你是绝顶高手,碰着手气不顺的时候,或是碰到了刚入行的雏儿,对方运道好,比如丢个骰子,次次六六六,高手也总有输钱的时候。但是弈棋一道,高手偶有漏着、昏着、低手,总是棋术尚未达到化境使然,即便如此,遇到高手劲敌,棋差一着,所差不过一子半子,绝对不会棋枰之上,黑子尽死,白子全活。"

"至于那些真正的弈棋高手,面对棋力弱的,绝无输的道理。比如绣虎崔瀺,又比如郑居中,再比如……"陆沉挺直腰杆,扯了扯道袍衣领,"就是贫道……"

略微停顿,陆沉才继续说道:"的师兄了。"

那位水神娘娘嗤笑道:"崔国师的名字,也是你可以随便喊的?"

陆沉摇头笑道:"名字不拿来喊,还能做什么呢。咦,这棋局走势,怎么跟贫道预料得不太一样。"

结果亭内三位,见那厮伸手一抹,把棋局完全打乱了。

"贫道把先前那些话,全部收回来,哈哈,都收回来。"

黄聪忍不住笑道:"道长是个妙人,敢问尊号?"

"神诰宗秋毫观,陆浮,暂无道号,祁天君都见不着贫道几面的。"

纳兰玉芝掩嘴笑道:"有道理,祁天君见不着陆道长几面,当然陆道长就见不着祁天君几面了。"

陆沉笑嘻嘻道:"这位姐姐,说话真好听,嗓音脆脆的,好似盛夏白瓷梅子汤,碎冰碰壁当啷响,又善解人意,真是金声玉韵、蕙心兰质的一朵解语花呢。

"咦,看姐姐的装束,似乎与贫道一模一样,是那苏子的仰慕者。

"巧了不是,贫道曾经侥幸与苏子一路同游数月光阴,诗词酬唱,论道说禅,不亦乐乎。"

黄聪咳嗽几声,都不知道怎么劝说这位陆道长,说话也别太不见外了。

纳兰玉芝调侃道:"哎哟喂,这算不算是狗过门帘——靠嘴?"

陆沉半点不恼,反而说了句没头没脑的言语:"早知道我就让某位前辈跟着来这儿了,那才应景。"

梅山君脸色紧绷,以心声道:"陛下,我忍不了,能不能下逐客令,将这厮赶出去?"

"别介啊,人间那道逐客令的开山鼻祖,贫道也是与之颇为熟稔的……"

梅山君内心一震,这道士,竟然能够窥探自己的心声?

不等梅山君提醒皇帝陛下和纳兰玉芝,水神娘娘已经转头望向门口那边,以心声提醒年轻皇帝:"陛下,有人登门拜访,是……那位落魄山的陈山主!"

那年轻道士鬼鬼祟祟,看样子就要脚底抹油,却被纳兰玉芝一把攥住胳膊:"陆道长,要去哪里啊?照你的说法,走过路过莫错过嘛。"

陆沉甩了甩胳膊,好像挣脱不掉束缚,便轻轻拍了拍水神娘娘的手背,眼神诚挚道:"从哪里来,回哪里去,山高水长,来日再见。"

梅山君干脆不再继续以心声言语,直截了当说道:"陆道长是得道高人,既然都能听到梅某的心声,怎么都是一位元婴神仙了吧?"

年轻道士哈哈笑道:"好说,都好说。"

纳兰玉芝想要松开手,惊骇地发现竟然做不到,就像被一块牛皮糖粘住了。

不同于陈灵均和李槐那两处宅邸,这边的宅子,当然是有梦粱国高手护卫的,很快就将那位自报名号的年轻隐官毕恭毕敬地领到凉亭这边。

陈平安瞥了一眼陆沉阴神,陆沉立即使劲摇晃手臂,将水神娘娘的纤纤玉手给挣脱开来,一脸震惊,颤声道:"这位俊俏后生,瞧着好生眼熟!莫非就是那落魄山的陈山主,文圣一脉的关门弟子,避暑行宫的末代隐官,剑气长城的二掌柜,贫道的患难之交、至交好友陈道友……"

陈平安黑着脸说道:"一边凉快去!"

"好嘞。"这尊陆沉的出窍阴神,一个蹦跳,"回见回见,贫道就在那千秋亭那边候着了。"

倏忽间不见了踪迹。

凉亭里边三位,连同皇帝黄聪,好像都给整蒙了。

黄聪回过神,赶紧走出凉亭,只是一时无言,神色尴尬。

本来是件很简单的事情,只是被那位陆道长一搅局,硬是让年轻皇帝都不知道如何开口称呼陈平安了。

"高掌门不厚道,扬言我要是不来见陛下一面,就不放行了。"陈平安率先开口,拱手笑道,"至于刚才这个秋毫观陆浮,陛下不用理会他,他脑子有病,是个拎不清的,经常犯浑。"

黄聪如儒士作揖道:"梦粱国黄聪,拜见陈先生。"

梅山君神色肃穆,抱拳沉声道:"菘山梅预,见过隐官。"

水神娘娘侧身敛衽,施了个万福:"望月江水府纳兰玉芝,见过陈剑仙。"

与年轻皇帝一起步入凉亭,陈平安拎了拎青衫长褂,轻轻落座。

凉亭抱柱联,是一副龙门对:

放开眼界看,世上几百年旧家无非积德行善,头顶三尺有神明。

理当如此说,天下第一件好事还是立志读书,功夫不负苦心人。

陈平安笑着开门见山道:"听我那弟子裴钱聊起过陛下,说当年在大骊陪都战场,曾经有个天潢贵胄,一点不惜命,多次以骑将身份,冲锋陷阵。"

黄聪脸色苦涩道:"不太怕死,是真的,差点死了,也是真的。"

那处战场,我黄聪当真用处不大,可有可无。

只是那么多毅然决然慷慨赴死的梦粱国将士,都白死了?绝对不是!可要说真的如何建功立业了,又好像远远够不上。

任何一个投身战场的人,只要是亲身经历过那些惨烈战事的人,就不得不承认一件事,山下王朝的精锐甲士,面对那些山上的修道之人,看着那些动辄惊天动地、搬山倒海的仙家术法,会心生绝望……以至于这些年过去了,黄聪依旧经常会大汗淋漓,从睡梦中惊醒过来,再难入睡,耳边似乎还萦绕着金戈铁马之声。

陈平安好像已看破黄聪的心结,摇头道:"想要打赢当年那场仗,唯有山上山下两不畏死,如果山下不敢死,宝瓶洲山上的修士就算数量再翻几番,也守不住那条中部大渎战线,而宝瓶洲只会沦为桐叶洲第二,被蛮荒妖族一碾而过,一直打到北俱芦洲去。宝瓶洲不是缺了一个梦粱国就打不了仗,但是宝瓶洲要是没有一个梦粱国,就会输得毫无悬念,说不定如今浩然天下就只剩下一个中土神洲了。"

梅山君眼神闪着熠熠光彩,忍不住说道:"说得好!"

纳兰玉芝亦是轻轻点头。

嫩道人已经回了,此地的陆沉真身,收拢了出窍阴神,躺在长椅上,跷起腿,一晃一晃的。

凉亭匾额是"千秋",而且最出奇之处,是天下别处的匾额楹联,都是后者文字远远多于前者,但是娄山这处凉亭,却是反其道而行之,一副楹联总计就两个字。

一边是"梦",一边是"醒"。

陆沉微笑道:"反者道之动,道者反之动。"

世间公认修道一事,是逆天而行,谁都认,就是谁都不愿意多聊。

真人陆地常驻,仙师搬山倒海,提挈日月,长生不朽,与天地同寿,等等。

可不就是一种天地间最大的"大逆不道"?结果这拨人,反而成了人上人,算不算滑天下之大稽?

陈平安与黄聪告辞,来到这边,走入凉亭内,没有脱掉那双布鞋,而是盘腿坐在长椅上,取出旱烟杆,将烟袋绑在竹烟杆上边,开始搓烟丝,掺有野山参末子和桂花。旱烟杆上用红绳挂了一小块无字玉牌。

"你说说看,那个周密到底是怎么想的?"

陆沉缩着肩膀,双手笼袖,靠着亭柱,半躺在长椅上,抬头望向天幕:"他啊。浩然贾生,本名贾默,不宜言语便沉默嘛,经天纬地之才。等到成了蛮荒的通天老狐,被誉为天下文海,做事情就真的很周密了。"

陈平安笑道:"需要你说这些老皇历?"

陆沉说道:"因为贫道从没跟他打过交道,就只能是说些猜测了,大概他认为,是等到有了'我们',才有了善恶之分,对错之别。

"跟这种人,是没什么道理可讲的。说好听点,双方吵起来,叫鸡同鸭讲,或者说公说公有理,婆说婆有理,争来争去,总是各执己见,谁都说服不了对方,大概这就叫大道殊途吧。说难听点,对方就是某种已经自证,且能够自圆其说、自行其道的道。至于周密脚下这条道路,能否称得上是某种大道,现在来看,还看不出来,得以后有人回头看才行。如今不管是谁,当然贫道的师尊是例外,其余的人如何精心推衍,大道演化,都未必是周密心中所想的那条路。而现在的局面,是谁都不想当那回头客,不想自己将来做那'回头看'。所以先前那场河畔议事,就连吾洲那个凶悍至极的婆姨,一个为了跻身十四境什么都可以炼化的她,反而是第一个提出要做掉周密的修士,当然不是因为她跟周密有仇嘛,而是知道周密的未来,绝对不是她吾洲想要的那个未来。"

陈平安笑道:"这个吾洲,我绝对不会主动招惹她。"

言下之意,你吾洲也别来招惹我,双方井水不犯河水。

陆沉犹豫了一下,抬起手,使劲一卷袖子,山水朦胧,依稀可见两位道士的身影,坐而论道。

一位中年道士,头戴芙蓉冠,气质温和。一位年轻道士,头戴莲花冠,风流倜傥。

师兄在离开白玉京之前,曾经当着小师弟陆沉的面,有过一场极其耗费心神的大道推演,最终得出了三种结果。

第一种,人人皆可修行,皆是修道之士,所有有望开窍炼形的有灵众生,同样可以安稳修行。如此一来,会不会别开生面,整座天地,井然有序? 甚至可以让那人间万族修士,再不用蜗牛角上争何事,无须石火光中寄此身,而是汇成一条条璀璨长河,一次次联袂远游天外,去开疆拓土,各自选中一处星辰作为道场,各自开枝散叶……

第二种,天地灵气彻底归拢在某几处,人间好像提早进入一种不可修道的末法时代,陷入一种巧妇难为无米之炊的境地,故而世间有灵众生,除了屈指可数的几位"悬空",此外便无一例外,皆不可修行,而这几位,不得干涉天地运转,至多就是局限在某种"一隅之地",于大天地隐世不出,于小天地自在逍遥,此外必须遵循某些密约,只在某种天地大劫中,才可以出手,改变天地轨迹。

第三种,就是彻底陷入混沌,无序就是唯一的秩序了。

事实上还有第四种结果,但是大师兄当时没有让陆沉去观道,因为道不可道。

陆沉却猜出来了,是"天地为一"。

也就是过往的浩然贾生,后来的蛮荒周密,想要做成的那件事。

陆沉重新一卷袖子,打散景象后,伸出一只洁白如玉的手掌,却是手背朝上,掌心朝下,道:"换成我是周密的话,首先,成为一,大炼一。"

翻转手掌,陆沉微笑道:"其次,化身亿兆。然后,就无所谓什么修道证道得道散道了,无此忧患。"

陆沉继续说道:"再然后……"

陈平安突然微微皱眉。

　　陆沉用脑袋轻轻磕碰亭柱几下，会心笑道："贫道说的这个'化身'，可不单单是化为有灵众生啊。"

　　陈平安点头道："继续。"

　　懂了，不单单是如今的五座天下，而是白玉京镇压的那座天外天，西方佛国镇压的那座地狱，还有所有的远古星辰，等等，都被大炼，就像被修士炼为本命物。

　　收拢为一，化整为零。

　　在这种境界里，什么一剑斩开天上银河，什么轻轻一口呵气便能吹散一颗远古星辰，都不算什么道法了。

　　任凭你是十四境修士，甚至是一位十五境修士，面对那个合道的周密，都是虚妄了，因为本就是他大道的一部分。

　　陈平安跷起二郎腿，手持烟杆，轻敲鞋底，磕掉那些灰烬，重新续上烟草，继续吞云吐雾。

　　陆沉忍不住唏嘘道："千年房舍换百主，一年拆洗一年新。"

　　陈平安手腕一拧，将那旱烟杆收入方寸物中，道："陆掌教，聊完虚的，我们再来谈一点实在的。"

　　陆沉顿时头大如簸箕，一听这个"陆掌教"的敬称，就知道没啥好事。

　　陈平安伸出手："六枚谷雨钱。"

　　陆沉无奈道："登门做客得送礼，这是必需的礼数啊。再说倪夫子与那青同道友，两枚谷雨钱而已，对他们来说是毛毛雨，与隐官大人又有什么关系呢。"

　　陈平安说道："那就不谈他们两位，我另外备有礼物，会送给黄粱派，所以我那两枚谷雨钱，折算成二十枚小暑钱，拿来。"

　　陆沉闻弦知雅意，只得摸摸索索，取出一堆小暑钱，都是陆掌教到处敲竹杠辛苦收集而来的孤品哪。

　　陈平安就挑了二十枚，收入袖中，站起身，道："在我下山、在你重返白玉京之前，我也有一幅画卷，要让昔年在骊珠洞天小镇摆摊子的陆道长，再看一遍。"

　　陆沉欲言又止。他想问一句，贫道既然都看过了，能不能别看了。

　　只是凉亭之内，已经异象横生，再起梦境一般。

　　天地间，一尊巨大法相，正襟危坐于宝瓶洲最北端的天上。

　　天劫将至，云海缓缓低垂，靠近那尊法相的头颅。

　　儒生抬头，面带笑意。

　　一位天上仙人高声言语，言出法随。雷法布满云海，闪电如千万条蛟龙游走在云海中。

　　随后又有一只金黄色手掌，将那云海搅出一个巨大窟窿。这尊高坐云海之巅的巍峨仙人，自称"本座"。

双鬓微霜的儒士法相，手掌变拳，伸手将那一粒珠子虚握在手心中。

正是这一刻，当年骊珠洞天内的小镇，瞬间白昼如夜。

坐在云海窟窿顶部的仙人，如坐在一口水井的顶部，好似在俯瞰井底之蛙，面带讥讽，大笑不已。

其中有一言语，如雷声震动："就由本座先陪你玩玩！"

十二把飞剑以此从天上刺破云海，垂落人间，金色巨人睁着一双粹然金色的眼眸，意态慵懒，盘腿而坐，双拳撑在膝盖上，右拳抽出一根手指，屈指轻弹。一柄飞剑如获敕令，刺穿儒士法相那条拳头虚握的胳膊。云海之上的金色巨人，双手各自伸出一根手指，每一次起落，手指轻轻旋转，便有飞剑画弧，儒士法相的整条手臂，被飞剑刺出数以千计的窟窿。

要以一场飞剑法雨，泼一泼春风的冷水。

无数条金色丝线，从云海中渗透而出。

呈现出三种颜色的雷法蛟龙，电光璀璨，交织成三张大网，如刀削一般，将那儒士法相一点一点消磨。

同时结出一座天地大阵，疯狂汲取天地灵气，隔绝那儒士与浩然天下的大道牵引，同时防止此人双脚落在宝瓶洲大地之上。

即便儒士是浩然天下的读书人，但出手的两位，却是跨越天下而来的白玉京天仙，天时地利，都不能给前者！

金色巨人一拳拳落下，将那尊雪白法相的扬起之手直接打穿，后者手心被砸出大坑，手掌崩裂，轰然粉碎，之后手臂一节节被那一拳拳打烂，只剩下半截胳膊。

而儒士的左手，始终虚握，纹丝不动。但是从虚握之拳，到手臂至肩头处，已经覆盖上了一篇篇宝诰青章的雷法道诀，每一个蕴藉雷法真意的文字，皆大如屋舍。

云上双指并拢作剑诀，一斩而下，将儒士法相的握拳之手，从肩头处斩断。

断臂再被那些道诀文字当场炸碎。

儒士只剩半截的右胳膊，重新抬高倾斜递出，如伞遮雨，拦在那粒珠子上边，同时将珠子往回一揽，护在自己身前。

云海之上，金色巨人一拳拳砸在儒士法相的头颅上，在一座法阵天地内，激荡起巨大的气机涟漪。

每一拳砸出，儒士法相便下坠一分。

身无双臂，只余下一颗已无胳膊衔接身躯的悬空的拳头。

一尊惨不忍睹的法相，就只是死死护住那仅剩的拳头。

读书人的法相，嘴唇微动，无声而念，似乎犹然置身于学塾内，面对那些脸庞稚嫩、眼神干净的孩子,为那些会喊自己一声"齐先生"的学生们,最后一次讲课授业。

"列星随旋,日月递照,四时代御,阴阳大化,风雨博施,万物各得其和以生,各得其养以成……"

那座没有蒙童的乡塾内,双鬓霜白的青衫儒士,七窍流血,血肉模糊。

最终魂魄破碎,不足以支撑身躯,如一件瓷器重重摔在地上,只是碎得无声无息,如人间一阵春风来过又远去。

好像从头到尾,儒士都没有还手,就只是招架而已。

道法不够高?

他已经悄然跻身十四境,当时就拥有三个本命字。

脾气好?

文圣一脉嫡传弟子中,其实脾气最好的是左右,最差的才是此人。

他是那个一脚将正阳山搬山猿踩在地上,更是那个笑言甲子之前会一脚踩平正阳山的人。

白玉京三掌教陆沉竟然脸色微变,几次欲言又止,最终没说什么。

陈平安站在凉亭内,看着远方,说道:"不用假装心虚,我知道你陆沉根本不怕这个。"

陆沉果然立即恢复平静神色,语气淡然道:"不该意气用事,借出一身道法的。"

而那个再不是草鞋少年的青衫客,同样神色平静。

因为所有的情绪,都被一一切割。

天下有我齐静春。两快哉。

可我只能遇到一个齐先生。

师兄左右曾经说过一句话。

若讲道理有用,我练剑做什么。

所以要练剑!

能在那中土穗山,大大方方告诉周游,我陈平安会成为一位十四境纯粹剑修。

我陈平安这一生,跋山涉水辛苦走这一遭,绝不能只是谋生,绝不能只是求活。

所以要学拳!

陈平安才能最终在那个古怪之地,与那古怪之存在,说出一句"要比你拳高一境"。

白玉京五城十二楼,紫气楼楼主姜照磨,道号垂象,被誉为二掌教余斗之外,剑术最高,兼修武道。

另外那位精通雷法的老城主,庞鼎,道号虚心。资质极老,道龄极长,被誉为青冥天下雷法第一人,同时兼修五行术法,皆是绝顶造诣。

而这两位全是道老二余斗一脉。

这幅光阴画卷，原本陈平安在跻身十四境之前，都注定无法看到了。

而且关于重新翻检这幅画卷一事，当初陆沉都被蒙在鼓里。

如此说来，陈平安很早就开始精研阴阳家术算一事了。

事实上，确实如此，陈平安很多年前，就曾经与持剑者说过，以后我可能会学一点阴阳术推算。

遥想当年，刚认识某位戴斗笠牵毛驴的佩刀剑客那会儿，剑客与草鞋少年曾经有过一番对话。

少年说："有些必须要报的仇，只要一天没报仇，那么他活一百年，就能记住九十六年！"

那位剑客就笑问一句："剩下四年被你吃掉啦？"

少年当时一板一眼地回答："五岁之前，我有爹娘，又不懂事，可以不算。"

陈平安抬头望向天幕。

大不正则小不敬，姜照磨和庞鼎，等到我陈平安到了青冥天下，你们俩以后走夜路的时候小心点，阴沟里翻船，死在沟里，就是棺材。

故而那座"吕公祠旧址"内，那栋小楼内空荡荡的三口棺材，其实就是陈平安在告诉陆沉。

三口棺材，姜照磨一口，庞鼎一口，余斗一口。

你陆沉只要自己不躺进去，那就跟你没有任何关系。

陆沉站起身，微笑道："明白了。经此一别，山水迢迢，你我各自……怎么说来着？"

陈平安说道："我行我素。"

好个"我行我素"。

果然是剑修行事，天地无拘无束。

就在陈平安打算离开凉亭的时候，陆沉微笑道："听说你们青萍剑宗那边有座绸缪山。"

陈平安点头道："仙都山是主，绸缪、云蒸两山为辅，是那三山格局。崔东山既然是下宗宗主，自然有自己的打算。"

按照崔东山的说法，既然要变天，就该未雨绸缪，早作谋算了。

陆沉也点点头："之前未能登岸桐叶洲，贫道只是在海上遥遥看了一眼，山巅立碑，'吾曹不出'与'天地紫气'，碑文字迹，一看就是崔宗主的手笔，与绣虎的字迹，不再形似，却保留了几分神似，脱离了窠臼，按照山上说法，就是某种仙蜕了。"

陆沉转头笑道："贫道在这里，得提前祝贺你的得意学生曹晴朗，闭关成功，结丹介于一品和二品之间，这就很好，不用过于锋芒毕露，却又保留了无数种可能性。"

陈平安松了口气，点头道："是很好。"

传说中的结丹一品，那是公认的飞升之资质，少之又少；二品，则是上五境之资，但是如今浩然天下的许多山巅大修士，当初的金丹品秩，其实也就是二品。

陆沉问道："关于我，齐静春、崔瀺，还有那个崔东山，是不是都与你说了些什么，比如提醒你几句与我的相处之道？"

陈平安说道："齐先生只是说了一句话，'君子可以欺之以方'。不算刻意针对你，只是针对那件事的。"

言下之意，你陆沉，或者说那个时候的白玉京三掌教，还不至于让齐先生对那个时候的泥瓶巷少年刻意交代什么。

何况这句话，最大的初衷，或者说齐先生的希望，就是让陈平安未来知晓真相之后，不用钻牛角尖，不要太过愧疚。

陆沉小声嘀咕道："齐静春都无所谓的事情，你陈平安计较个什么呢？要不是你这么敌视白玉京，以你在剑气长城的所作所为，去了青冥天下，到了哪里不是座上宾？退一万步说，只要你不跟贫道的余师兄不对付，哪怕只是跟那姜照磨和庞鼎死磕，你以后游历白玉京，也还是其余四城十一楼的贵客。你是不晓得，白玉京的仙子姐姐们，她们对那万年历史上最年轻的城头刻字者，'隐官陈十一'，是何等好奇与仰慕。"

陈平安置若罔闻，只是自顾自说道："崔东山说了一句，如果先生将来真要跟白玉京不对付，一定要学那老厨子择菜一样，摘出一个陆沉。"

显而易见，崔东山的意思很简单，如果先生欲想问剑白玉京，最好绕开陆沉，将白玉京三掌教与整个白玉京做个切割。

唯有如此先手，才有胜算收官。

"隐官大人，最关键的那个人，你可不能省略了。"陆沉微笑道，"齐静春是正人君子，他道法再高，学问再大，独独做不来小人行径。你们的师兄崔瀺，则不然。"

陈平安笑问道："三教祖师之外，陆沉也有忌惮的人？以至于到了需要忌惮这个人说了哪几句话的地步？"

陆沉神色认真，点头道："如果崔瀺不是分心天下事，让他专门针对某个人，那么这个被针对的人，就算是郑居中，也一样要吃苦头，至少是互为苦手。因为崔瀺行事，与贫道为人，是差不多的路数。"

陆沉眯眼而笑，双手抱拳，轻轻摇晃，道："恳请隐官大人为贫道解惑，不然估计回到白玉京，贫道就要寝食难安了。"

陈平安说道："你猜都猜出来了，何必我多费口舌。"

"崔瀺够狠！"陆沉摸了摸头顶的莲花冠，"陈平安，你比起崔瀺，就要差太远了。"

崔瀺的谋划，就是在那趟年轻隐官领衔的蛮荒腹地之行功成之后开始的，比如陈平安剑开托月山之后，搬移一轮明月皓彩进入青冥天下之前。

陈平安毫无征兆地突然联手宁姚、齐廷济、刑官豪素、陆芝，一起做掉陆沉！

加上陆芝的那把本命飞剑，只说攻伐实力，完全可以视为一位飞升境剑修，那么就是陈平安外加四位飞升境剑修，在青冥天下和白玉京之外，围剿十四境的陆沉。

陆沉感叹道："是崔瀺最后一次现身剑气长城时，与你说的这个谋划吧？而且以你当时的境界，很难瞒天过海，崔瀺肯定早就用了某种独门秘法，先与你说了此事，再让你遗忘，最后还能让你在某个时刻记起此事，才能让你在一瞬间与我翻脸，过河拆桥，暴起杀人。"

哪怕撇开归还境界的陈平安不说，只说一场拥有四位飞升境剑修的联袂围杀，尤其一位是城头刻字的老剑仙，还有一位崭新天下的天下共主……还要再加上陆芝的那把本命飞剑北斗，刑官豪素一旦与人问剑时的不计生死，以及某种关键时刻，陈平安的那两把本命飞剑，说不定就是胜负手。

搁谁身上受得了？

陈平安默不作声，不否认，其实也就是承认了。

至于为何陈平安会下定决心不做此事，其实是有过一场试探的，最终出乎意料，陈平安得到了某个结果。

当时陈平安说了一句："此次蛮荒腹地之行，与隐官陈平安同行护道者，浩然陆沉。"

而陆沉则破天荒以肃穆神色，诚心诚意答以一句："浩然陆沉，有幸同行。"

那一刻，冥冥之中，陈平安无比确定，陆沉没有任何作伪，一位在白玉京当了数千年的三掌教，是真正认可自己的"浩然"身份的，愿意将浩然天下视为真正的家乡。

陆沉瞥了一眼陈平安。

还好，这家伙更像齐静春，学那崔瀺，学得不够像。

说到底，文圣一脉被崔瀺提出来的事功学问，相较于老秀才传下的根本学问，到底是一门"小学"，崔瀺可以将这门学问钻研到极致，而陈平安只是勉强学了个形似，差了崔瀺一半的心性，所以剩下一半，可就不是陈平安想学就能学的了。

既然隐官大人如此以诚待人，那贫道也不好藏藏掖掖了。

只见陆沉抬起一只袖子，双指并拢，出现了两位身形小如芥子的女子，如绕梁柱姗姗而行。

其中一位女子挽朝云发髻，仪态万方，另一位着藕白衫系葱绿裙，脚踩一双绣花鞋。

正是那汾河神祠月洞门内走出的两位烧香女子，陆沉"事后""初见"两女之时，默念一句："道是梨花不是，道是杏花不是……"

这就意味着，陈平安费尽心思，将陆沉请君入瓮是真也是真，是假也是假，只看陆沉心情好坏,道破与否了。

只因为在池边先守株待兔再瓮中捉鳖的陈平安,才是陆沉袖中的那只笼中雀。看似螳螂捕蝉黄雀在后,实则弹弓在下。

但是陈平安好像早就预料到此事,道心没有半点起伏,古井不波。

陆沉问道:"齐廷济当时是不是曾经悄悄提醒过你,他愿意出手相助?"

以崔瀺的手段,肯定有足够的理由,能够早早说服齐廷济,让这位老剑仙心甘情愿祭出那把兵解,送陆沉上路。

陈平安还是没说话。

陆沉靠着凉亭廊柱,道:"陈平安,凭良心说话,你自己说说看,贫道要不要忌惮这只绣虎?"

陈平安沉默许久,开口道:"一直听说你有五梦七心相,各有大道显化而生,玄之又玄,传说中七心相分别是木鸡、椿树、鼹鼠、鲲鹏、黄雀、鹦鹆、蝴蝶。"

陆沉双手笼袖,笑道:"这种压箱底的绝活,总不能轻易示人,先前一个年轻气盛,热血上头,顾头不顾腚的,就借你一身道法了,可是贫道当然要稍稍'封山',一旦被你这种喜欢想东想西的家伙抓到马脚,后果不堪设想。"

说到这里,陆沉试探性地说道:"贫道这'想东想西'一说,是句双关语,你听得出来吧?"

陆沉是说那紫气东来,道法在东面,西方佛国,佛法在西边,你陈平安是儒生,学问刚好在中间地带。

陈平安斜了一眼陆沉。

陆沉哀叹一声:"没法子啊,跟青同道友和嫩道人这些傻子聊多了,害得贫道总觉得话不说透,就等于白说。果然还是跟你聊天好,不费劲。"

陈平安笑道:"听说孙道长对你有个绝妙评价。"

陆沉双手抱住后脑勺,懒洋洋道:"是那看似重复的陆沉'谁都打不过,谁都打不过'?"

如果换成"陆沉谁都打不过,谁都打不过陆沉",其实意思就很简单了。

陈平安缓缓道:"梦儒师郑缓,贪天之功以为己力,最终选择自杀。梦中枕骷髅复梦,蔑视南面称王之乐。梦栎树活,梦灵龟死,梦化蝶不知谁是谁。这五梦各有大道显化,其中那位行走青冥天下的白骨真人,是相对最为明显的。但是一开始,按照避暑行宫和文庙功德林的历史记载,好像整座青冥天下并不知晓,你在心相七物之外,还有更为玄妙的五梦。"

"为了不用跟人动手打架,只好显露几分气力了,好让对方知难而退,免得伤和气。"陆沉笑呵呵抬起手,弯曲手肘几下,道,"很多无谓的纠纷,最怕什么? 就怕一方已经觉得彻底撕破脸皮了,满脑子都是一不做二不休,但是另一方真不觉得如此,偏偏谁都不信,天底下还有比这更大的委屈吗?"

最早青冥天下三位掌教,轮流掌管白玉京一百年。

陆沉看似是最无所事事的那个,可毕竟是名义上管着一座天下百年光阴的"共主",其中的暗流涌动,完全可以想象。

而且按照白玉京的规矩,一旦某位师兄弟"掌教天下",其余两位就绝对不可以插手任何事务,传闻这是道祖亲自订立的规矩。

这就意味着很喜欢离开白玉京独自出门远游的陆沉,一旦在路上被人宰掉,彻底身死道消,那么整座青冥天下,就会出现"群龙无首,天下无主"的情形,而其余两位掌教,依旧无法出手,不管天下如何乱成一锅粥,都要等到那个既定的时辰,才能接管白玉京,出面收拾残局。

陈平安问道:"梦儒师郑缓,贪天之功以为己力,最终选择自尽,只能托梦坟茔松柏结果矣。你这位陆氏老祖宗,是在影射与阴阳家陆氏针锋相对的邹子?"

陆抬出身阴阳家陆氏,有两位传道恩师,除了剑术裴旻,另外一位却是"言尽天事"的邹子。

邹子谈天,陆氏说地,是浩然天下公认的,而邹子被誉为独占阴阳家半壁江山,更是山上的共识。

邹子对陆抬极为器重,不然也不会有那剑修刘材。但是陆抬当年遇到陈平安之后,就像与恩师邹子出现了一场大道分歧,而此事与那陆沉五梦之一的郑缓和他的弟弟,最终分出个儒墨之别,有点类似。

"我与邹子道不同是真。"陆沉连忙摆手,撇清关系道,"只是贫道可没有这份本事,能够准确预测到以后家族里边,会有个不肖子孙陆抬,再有个你。"

陈平安说道:"先前我回答了你三个问题。"

陆沉眨了眨眼睛:"不是一个问题吗?"

陆沉犹豫了一下:"去骊珠洞天摆摊之前,我从青冥天下收回了两梦一心相,到了浩然天下,进入骊珠洞天之前,又收回了一心相。后者你应该已经有所猜测了,不然也不会问贫道,那件八副神人承露甲老祖宗之一的西岳出处。贫道的这个心相,正是那鹓鶵,此外确实与那件法袍金醴和龙虎山天师府有关。说实话,贫道越是在白玉京待久了,就越觉得那句'有妖魔作祟处,必有龙虎山道士'有趣,希冀着凭此解开一个'仙'字的根本,比如一个资质相对平凡的修道之人,到底得道是在'山'更快但是得道高度有限,还是在"人"更慢但是大道成就更高些,所以就想要以黄紫贵人的身份,亲身领教一番此中滋味。最后此人便在蛟龙沟附近的一座岛屿石窟中'坐化',兵解了。"

"可即便贫道一口气收回两梦一心相,即便对那骊珠洞天有过一番足够重视的推衍演化,"陆沉流露出几分惆怅神色,无奈道,"事实证明,贫道还是托大了,小觑了齐静春。早知道,就该将那位试图'喧宾夺主'的白骨真人一并收回的,就数他最桀骜不驯,造反造反,你倒是当皇帝去啊,这家伙倒好,三千年修道岁月,孜孜不倦只求一事,就是造自己的反,难怪会与咱们那位雅相姚清眉来眼去。"

"陆掌教可以说第二个了。"

"去剑气长城找你之前,以免阴沟里翻船,好事变成坏事,我小心起见,就又收回了一梦一心相,分别是梦中的儒师郑缓,以及藕花福地里边那个'呆若木鸡'的俞真意,顺便见了见陆抬,相谈甚欢,聊得很好啊。"

陈平安笑道:"看来是得听听我那学生的提醒。"

陆沉反问道:"第三个答案,你是想问贫道回了青冥天下,又要收回哪些,还是想问贫道的这种'收回',解梦也好,心相也罢,它们的下场是什么?"

"后者。"

"获得一种不再是牵线木偶的自由。谁是谁,就是谁,反正不是我陆沉了。"

关于陆沉,其实玄都观还有一个说法,只是比起孙道长昭告天下的那句金口玉言,显得相对没那么脍炙人口。

陆沉此人,不是真人。眼中所见,都非真实。

陈平安冷不丁问了一个惊世骇俗的问题:"那位白帝城郑先生,总不会是你的五梦七心相之一吧?"

陆沉呆滞无言,不是脑袋被门板夹过能问出这种问题?陆沉如同挨了五雷轰顶,赶紧双手合拢,高高举起,念念有词一番,然后眼神幽怨道:"陈平安,咱们勉强也能算是一场君子之争吧?那你一个有道统文脉的儒家门生,还是一个最重规矩的习武之人,能不能讲一点江湖道义?!就算咱俩之间有那么点恩怨,有私仇,但是你总不能用这种下三烂的嫁祸手段吧?"

那个郑居中脑子真有毛病啊,郑居中拿贫道的师尊是没办法,但要是"我是不是道祖"之外,再来一个"我是不是陆沉",你让我陆沉咋办?!你们有没有考虑过贫道的感受?

陈平安笑了笑,心情好转几分。

陆沉转头望向凉亭外的山水形胜,没来由地感叹一番:"山河壮丽,容易夺人眼目,一个不小心就会夺人心魄,风动幡动心动也。只是如今上山修行,道诀术法千千万,只在这一事上,约莫是太过习以为常了,故而留意者少,很少提醒晚辈,修道之人不比凡俗夫子,需要聚精会神,不被繁花迷眼,不被那山岳河渎、花草树木、美人在内诸多胜景,夺去一丝一毫的心神,而要反客为主,为我所用,气吞山河,吾为东道主。"

陈平安点头道:"是上上法门。"

"并非是帮忙说些开脱之词，只是实话实说，贫道的那位余师兄，做事情，从无半点私心。

"再简单不过了，余师兄修道资质太好，道法太广，剑术太高，于余师兄自身而言，根本不会有任何私仇。当然，他秉公行事，并不意味着不会结下私仇，比如玄都观那位孙道长的师弟，再比如岁除宫吴霜降的那位道侣，当然还有你陈平安的齐师兄，好像你们一个个的，都要把账算在白玉京二掌教余斗的身上。

"玄都观那边还好说，毕竟是师兄亲自出马，披羽衣带仙剑，闯入玄都观，亲手杀掉了孙道长的师弟。孙道长难以释怀，贫道可以理解几分。

"只是吴霜降那边，他的那位道侣，只是死在了白玉京余师兄制定的大道规矩之内。

"至于你这边，要说是姜照磨和庞鼎打死了齐静春，没什么可否认的，众目睽睽之下，他们两位德高望重的白玉京天仙，依仗身份与道法，本就不怕被人寻仇。而你这个当小师弟的，靠猜靠想拼凑出真相，再亲眼见到了那一幕，所以要与他们讨要一个说法，也算情理之中。只是余师兄并未真正出手，再者将齐静春逼入那条死胡同的，是贫道才对，贫道就奇了怪了，你为何对余师兄如此心怀仇恨？"

陆沉确实好奇此事。

照理说，陈平安是如何都推算不到自己与余师兄的那番对话的。至多就是想到阍者林正诚所想到的那一步，是白玉京三掌教陆沉，手握一座随时都可能跨越天下来到宝瓶洲的白玉京，逼迫齐静春绕路而行。

如果可以的话，陆沉还是希望能够把这笔旧账一股脑儿揽在自己身上。

毕竟一个不小心，三教祖师散道之后，第一场十四境修士之间的搏命厮杀，就会发生在青冥天下，就在白玉京！

否则大师兄"之一"的李希圣，绝不会早早在北俱芦洲清凉宗那边，叮嘱自己那么一句话。

再加上陆沉刚刚得出的某个结论，那就不是两位十四境大修士的厮杀了。

而是三位！

师兄余斗，玄都观孙怀中，岁除宫吴霜降！

"山下论事，山上问心。很难猜吗？半点不难。山上每一位修道之人，都在各自用一辈子阐述、验证某个道理。"

陈平安神色淡然道："我相信那位尚未'一气化三清'的白玉京大掌教，愿意承受输掉一场大道之争的后果，这是大掌教寇名的道心使然。所以无须福禄街的李先生，或是神诰宗那个道士周礼，与任何人解释任何话，就是既定的事实。我们浩然天下的礼圣，也是如此。曾经的小夫子，后来的文庙礼圣，他站在哪里，哪里就是礼。

"你陆沉对那位大师兄，礼敬归礼敬，但你是陆沉，绝对不会像余斗那么执着，所以你在骊珠洞天的所作所为，就是看上去什么都没有做，当然，只是'看上去'。不过我也相信，在那些摆摊的岁月里，你一定想过很多'折中'的法子。之所以做不到，一是不敢画蛇添足，太过掺和到大掌教的合道过程中去，再就是就算你陆沉愿意退步、让路，也是根本做不到的事。

"因为余斗才是真正的幕后人，是这个一心想要为掌教师兄铲除所有大道之争对象的白玉京二掌教，余斗绝对不允许在他师尊散道之后，青冥天下又要失去一位师兄，唯一一个能够跻身十五境的道士，只能是为他传道授业的师兄。如果我没有猜错的话，余斗在你重返浩然天下、进入骊珠洞天之前，一定以言语威胁过你，就像我先前威胁嫩道人一样。怎么，陆掌教是没有听出我的言外之意，还是故意装傻？"

陆沉用双手揉了揉脸，贫道还是更喜欢与青同道友或是嫩道人聊天。

其实双方心知肚明，只是都懒得说破一件事而已。

陈平安将来只要是问剑白玉京，不管理由是什么，身为白玉京二掌教的余斗，都绝对不会袖手旁观。

陈平安眯眼道："明白了。"

陆沉一脸讶异道："啊？"

干吗学贫道说话？

陈平安微笑道："难怪你会多说这番多余话。"

原来青冥天下已是内忧重重。不然一个如今都不是上五境剑修的自己，完全不必让一个自称"明白了"的陆沉如此多费唇舌。

远远不至于。

问剑白玉京的难度，要比问剑托月山，难上许多许多。

那么极有可能，孙道长已经悄悄跻身十四境了，而且是一位纯粹的剑修？

吴霜降在夜航船那边也无异于一场"托孤"，甚至开始恢复某种身份。

而岁除宫吴霜降，虽有一个青冥天下入乡随俗的道官身份，但是别忘了，吴宫主更是一位浩然天下能够陪祀武庙的兵家修士！

在那战场上，会讲究一个"仁义"吗？

至于玄都观，对待山上纷争，那更是出了名的"我们群攻你一个人，你一人单挑我们一群"。

那么孙观主与吴霜降联手问剑白玉京，准确说来，其实就是问剑余斗一人？

陈平安问道："返回白玉京后，你是不是能解梦的就都解梦，能归拢的心相就都归拢了？"

陆沉无奈道："没法子，贫道终究是师尊最心疼的弟子。"

陈平安笑道："那么类似一路顺风的客气话，我就不说了。"

陆沉没来由地说了一句："如今天下，归功于贫道的师尊，'道士'一词，已经被道教独享一万年了。"

陈平安微微皱眉说道："一万年之后，退一万步说，再无修道之人，届时你们道家的学问，也不至于太过式微才对，说不定还会有个'文教根底'的说法，不管怎么说，光是一句'无为而治'，任何身份的人，尤其是帝王将相，想必都会十分推崇。"

陆沉绷着脸。

陈平安白眼道："想笑就笑，我那点推衍、术算的皮毛学问，怎么跟你们这些宗师相提并论？"

陆沉果然放声大笑，好不容易才收起笑容："如今的天下，'江湖'一词，也大变样了，'相忘于江湖'，就跟着变样了。但是万年以后，会不会江湖水皆干涸，如鱼共处于陆，只能相濡以沫？"

陆沉是说那末法时代的到来，只说一事，天下苍生再无法修行，天地灵气耗竭如同海枯，有灵众生皆如游鱼处于陆地。

"那么今日之儒家近，佛法广，道法高，万年之后又当如何？道士生死荣辱如何，看得开；道法走向去处如何，就很难看得开了。"

关于此事，不光是陆沉，师兄寇名，还有师尊，各自都是有过一番推衍的。只不过陆沉是不愿忧天，相对算得浅，只是用来打发光阴，师兄却是想要找出一种实实在在的破解之法。至于师尊到底是如何想的，估计就要比师兄更深一层、更胜一筹、更高一楼了。

陈平安问道："是担心出现那种'高不成低不就'的尴尬处境，高依旧高，就只是中间缺了一层？"

陆沉坐起身，抖了抖袖子："老话都说'谋事在人，成事在天'，实在是让人气馁。既然修道始知非力取，是个'三成人事七分天'，想那么多做什么呢。"

陆沉突然说道："陈平安，要是稍后见着了至圣先师，至圣先师多半要问你一个问题。"

陈平安问道："怎么讲？"

陆沉笑道："比如问你如何看待那场'三四之争'。"

陈平安点点头："有可能。"

陆沉问道："至圣先师该不会已经问过你了吧？"

陈平安说道："你觉得我应该如何作答？"

陆沉说道："难。"

抬高自身文圣一脉，稍稍贬低亚圣一脉，于情于私，没有问题，但是于公于理，就有大问题了。

可要说陈平安不为自身道统文脉说话，或是一味排斥亚圣一脉，那就更不对了。

如果说回答一个两者都好，这种捣糨糊的答案，还不得被至圣先师他老人家当笑话看待？

陆沉笑道："不如直接绕过'三四之争'，但是又不算真正绕过文圣亚圣两脉学问？"

陈平安点头道："有点道理。"

陆沉无奈道："诚意呢?！说好的落魄山修士一贯以诚待人的门风呢？说说看，你的答案是什么！"

陈平安说道："子曰。"

陆沉立即接话道："有教无类？"

陈平安点点头。

陆沉竖起大拇指，啧啧称奇道："既不贬低亚圣一脉，还无限拔高了至圣先师，又暗戳戳将文圣一脉压过亚圣一脉半筹，便是你那君倩师兄听了此话，也是只有会心一笑、十分高兴的份，只会觉得自己的大道根脚，竟然还有这等妙用?！"

陈平安说道："不是心中真正这般想，我敢嘴上这么说吗？"

陆沉沉默片刻，不得不点头道："也对。"

早知道如此，当年贫道就该狠狠心，将这小子直接敲闷棍套麻袋抢去白玉京当小师弟了，多省心多省力，哪有如今这么多麻烦。

陆沉抬头看天，道："天要下雨了。"

陈平安率先走出凉亭。

在泥瓶巷草鞋少年离开家乡，离开小镇之前，药铺的杨老头曾经提醒一句，让那少年拿着雨伞离开后院，交给那位学塾先生。

一大一小，一起撑伞走在雨中。

第二章

推 陈 出 新

陆沉跟着走出那座匾额是"千秋"、楹联不过是"梦""醒"二字的凉亭,走下台阶后,转头看了一眼。

不知下一次故地重游,又将是什么时候了。

"我们那座窑口的老师傅——老姚头的身份,你当年在摆算命摊子的时候,是不是就已经知道了?"

"当时贫道还不太确定姚老儿的身份,只是有几分猜测,毕竟在骊珠洞天推衍天机,最是吃力不讨好,很容易适得其反。"

"那你觉得齐先生知道吗?"

"齐静春在骊珠洞天待足了一甲子光阴,又有个坐镇圣人的身份,多半是早就知道了。所以贫道事后复盘此事,尤其是走了一趟光阴长河后,确实备感意外。"

小镇积攒三千年的巨大天劫,和小镇所有本土百姓的因果,注定避无可避,绝不会落在空处,但是愿意收拾这个烂摊子的人,其实除了儒家的齐静春,还有大有来历却深藏不露的姚老头,他来自西方佛国。

所以齐静春一开始准备带着赵繇离开骊珠洞天,要么是知晓此事,所以可以放心离开,要么是确定此事,但是不改初衷,只是用了一种障眼法。至于理由,大概就是小镇那座螃蟹坊的四字匾额了,"当仁不让"。

简单来说,在陆沉看来,就像自己、师兄余斗和整座白玉京,都被姚老头狠狠坑了一把。

不过陆沉输得心服口服，既然技不如人，那么乖乖站好，立正挨打就是了。

就像陆沉自己所说，还是太过托大了，动身之前，解梦与被归拢的心相远远不够，只是自以为已经足够重视，事实上依旧是小觑了那座骊珠洞天的底蕴，以及诸多脉络的复杂性。

"文庙看待当年的齐先生，是不是就像后来看待白先生仗剑远游扶摇洲？"

"嗯，有点像，所以才会有文庙小夫子的那么一声叹息。"

"真正的杀机，好像是起于齐先生祭出第二个本命字？白玉京的大道，就这么大吗？"

"这就是一笔'公说公有理，婆说婆有理'的糊涂账了。"

在远游路上，泥瓶巷少年起初未主动去过任何一座儒家书院，任何一座香火鼎盛的道观或是寺庙。

第一次破例，好像是藕花福地的心相寺，与那位老僧人聊家常，说些平常事。后来在青鸾国金桂观，参加人生中第一场山上的观礼。除了去齐先生亲手创建的山崖书院，就只有后来以隐官身份，参加中土文庙议事。

在那之前，那会儿的草鞋少年，就像一只井底之蛙，只见井底水月不见天，或者说抬头所见到的天空，就只有井口大。

"那你为何依旧愿意将一轮蛮荒天下的明月皓彩，交给余师兄坐镇一百年的青冥天下？"

"两码事，余斗不也愿意跨越天下借剑给白先生？"

"某人做客白玉京的时候，与贫道说了一句没头没脑的怪话，说师兄余斗掌管白玉京的时候，青冥天下的道路上，车轮不知碾碎了多少路边的花草，驾车人却视为寻常。贫道至今都没想明白，他这句话到底是什么意思？当然，不是说贫道连字面意思都不懂，而是奇怪他具体在说谁。"

"是一只很怕鬼，然后好容易不再怕鬼的鬼。最后怕不怕，好像都无所谓了。"

陈平安和陆沉就这么一路闲聊，一起走回院子，连那青同和嫩道人，都看不出任何异样。

下山之前，陈平安为黄粱派的娄山祖师堂送去了一份贺礼，祝贺那位年轻金丹的成功开峰。

贺礼是一支篆刻云纹符箓的箭矢，铭刻有"光阴"二字，来自蛮荒天下的云纹王朝玉版城，已经被当时拥有一身十四境道法的陈平安抹掉了因果。

反正要比两枚谷雨钱贵重多了。

先前在皇帝黄聪那边，陈平安也送出一份恭贺梦粱国复国的礼物，一块山上的鲜红墨锭，上有三个金色文字，"惜如金"。

此外，陈平安还送给黄聪一支铭文为"万年长青"的竹管笔，由披云山的北岳山君府秘制。

传闻制造竹管的青竹，来自中土竹海洞天的青神山。故而数量极少，极其珍稀，大骊北岳地界有好事者曾经细心统计过，那么多场夜游宴办下来，山君魏檗赠送出手的竹管笔，绝对不会超过十支。

倪元簪准备在这梦粱国地界比预期的多待一段时日，再返回姜氏云窟福地。

当然是为了送出那颗金丹，只是送给谁，倪元簪自有打算，老观主当年留下了一条线索。

只是此事，就无须与外人说道了。

至于陈平安和陆沉，如果双方能够各凭本事，精准算出此事的走势，全然无所谓一位老观主的存在，随后行事毫无顾忌，那就与我卢生无关了。

陈平安得知倪夫子要在这边逗留，便顺水推舟，建议倪夫子担任黄粱派的记名客卿。

倪元簪对此倒是无所谓，稍加思量，就答应下来，笑道："姜家主和云窟福地那边，就有劳陈山主帮忙美言几句了。"

陈平安点头道："想来问题不大，我会亲自书信一封寄给姜氏祠堂。"

此外，陈平安还为娄山留了一部亲笔抄写的"道书"，托付倪夫子转交高枕。

就说是一位山上的前辈，曾经在此修行，留下此书，静待有缘人。

至于能否水到渠成，陈平安也不敢确定。机缘一事，从来难定。

陈平安与郭竹酒聊了一会儿，就准备离开娄山返回桐叶宗了。

陆沉蹲在檐下，笑嘻嘻地看着青衣小童。

陈灵均就躲到自家先生身后，默默告诉自己什么都别想。

黄聪找到高枕，向这位高掌门由衷地道谢一番，再致歉一番，就离开了娄山。

梦粱国西岳菘山梅山君，与望月江水神娘娘纳兰玉芝，当然得负责护送皇帝回京。

这趟都没有真正参加观礼的登山之行，对于黄聪而言，算是意外之喜了，可谓满载而归。

因为陈灵均会担任梦粱国皇室供奉，所以等到观礼结束，陈灵均就得走一趟京城了，毕竟成为一国皇家供奉，不是小事。

何况如今又多出一道流程，得在大伏书院报备录档。

高枕和娄山祖师堂得知一位玉璞境剑修，竟然愿意担任黄粱派的记名客卿，当然是喜出望外。

至于那本"道书"，高枕更是知晓轻重和山上规矩，不会大肆宣扬，只会继续搁放在某个书架角落，当真静待有缘人。

高枕也与陈平安有过一番诚挚言语："陈先生其实无须如此的，这等机缘，明明就在我们眼皮子底下搁着，但是黄粱派都错过多少年了，无论是陈先生，还是那位李槐，无论是偷偷取走此书，还是正大光明带下山去，我不敢说所有黄粱派修士心中都无任何怨言，只说我高枕，绝对不会有任何非分之想。"

陈平安笑道："正因为高掌门能够说出这番话，我才会将这本书交给高掌门，并且相信黄粱派某一天会有某人，可能得到这份机缘。"

高枕也不再矫情，只是感慨一句："如果人人都能如此修行，山上就是真的山上了吧。"

那个名叫陆浮的年轻道士使劲点头道："谁说不是呢。"

与此同时，年轻道士还伸手按住身旁青衣小童的脑袋，陪着自己一起小鸡啄米。

青衣小童咧嘴一笑，忍了忍了。

等到陆掌教返回了青冥天下，再做计较。

大年三十，落魄山。

年夜饭之前，暖树已经忙碌了一整天。今儿一大早，天还没蒙蒙亮呢，粉裙女童就将落魄山上所有的宅子给打扫了一遍，忙完之后，再挽着个竹篮，与朱老先生一起走下山去。到了山门口，暖树先与仙尉道长打声招呼，再将那枚龙泉剑宗的剑符悬在腰间，这才御风去了小镇。除了老爷在泥瓶巷的祖宅，暖树还要去小镇最东边的那栋宅子，郑先生远游未归，房子空着很久了，而且今年刘羡阳不在家乡过年，带着余姐姐去了龙泉剑宗新址，所以刘羡阳早早就将钥匙留给了落魄山的小管家暖树。与老朱先生一起忙完这些，也就到了下午，就得帮着老爷去上坟，竹篮里边，除了搁放一把香，还有一只白瓷盘子，里边搁放几片豆腐，一块肉，糯米糕点，都是朱老先生在山上就准备好了的。虽说老爷家乡这边，一直有那女子不上坟的讲究，但是朱老先生说没事的。以前裴钱和小米粒在山上的时候，她们一贯是形影不离的，会一起忙碌，只是今年她们都去了桐叶洲仙都山。

随后，暖树重新回到小镇，开始在泥瓶巷祖宅贴春联、"春"字和"福"字。

之前在征得老爷同意后，暖树也会帮隔壁宅子换上新的"福"字和春联。

之后，再与朱老先生一起御风返回山上继续忙碌。朱老先生开始系上围裙，在厨房里边忙碌起来。

明天就是正月初一了，按照老爷家乡的规矩，家家户户都会立起扫帚，休息一天，什么事情都不做。不然，按照小镇的老说法，明年一年到头都会很劳碌的。

莲藕福地那边，狐国之主沛湘，水蛟泓下，在今天开饭前，都被朱敛喊来了落魄山上，大过年的，总不能冷冷清清的。

还有那个风吹日晒雨淋都绝不怠工的新任看门人，仙尉道长，也早就屁颠屁颠上山来蹭饭喝酒了。

以后谁都别跟我抢这个职务，对不住，就算是天王老子来了，也休想让我挪窝。

做人要讲点良心，你们一个个的，不是剑仙，就是武学宗师，再不然就是修道有成的神仙老爷，看门这种小事，有脸跟我抢?!

谁，有本事站出来，来来来，跟我当面对峙一下，道爷我二话不说……就去找陈山主帮忙主持公道。

仙尉早早上山，老厨子要做那顿年夜饭，仙尉就帮着小暖树一起架梯子贴春联。

有手有脚的，这点举手之劳的小事，仙尉还是很乐意帮忙的。

再说了，道爷我慧眼如炬，岂会看不出小暖树在陈山主那边，是怎么个分量?

又得说一句，小暖树可是经常带些糕点吃食的来山门口，两个小食盒，装满的那只带下山，空的那只带回山。

人心都是肉长的，仙尉道长心里暖啊。

这么多年漂泊不定，受尽白眼，没少吃苦，要是人生阅历能够如旧账簿一样被翻开，上边一页页所写的，可不就是没钱，穷得叮当响，又涨价了，别说是住不起仙家客栈，连那儿的大门都不敢走近，在那仙家渡口的铺子里边，只敢看不敢摸，经常被人瞧不起，也不能全怪他们……总之满篇就是三个字"没奈何"。

好不容易有了个落脚的地儿，本以为寄人篱下，夹着尾巴做人便是，混口饭吃嘛，哪有不受气的? 不承想在这边，还真就半点不委屈人，都说"世味年来薄似纱"，不承想我仙尉反而转运了，但凡以后小暖树被谁欺负了，受了一丁点儿委屈，老子虽说不擅长打架，但是肯定第一个开骂。

尤其是粉裙女童那句一语双关的言语，听得道号仙尉、真名年景的假道士，差点当场落泪。

"今年我们家年景好，希望明年年景更好啊，相信肯定会更好的!"

朱敛还喊来了后山那边，如同一双璧人的曹氏少年少女。大伙儿吃了热热闹闹的一顿年夜饭，处久了，那对来自大骊上柱国姓氏的璧人，也不再如刚上山时那般拘谨了。

岑鸳机，去了州城自己家中。

骑龙巷那边，朱敛就没有喊人了。

石柔已经把那边的铺子，当成一个家了。裴钱的大弟子，那个小哑巴，也不太乐意来山上这边，刚好可以跟隔壁铺子的崔花生，给自己取名为筲箕的白发童子他们，一起吃顿年夜饭，又可以凑成一大桌子了。

吃过年夜饭，朱敛与暖树一起收拾碗筷，沛湘倒是想要插手，结果挨了某个薄情郎一记瞪眼，只得作罢。

之后就是守夜了。

小镇那边，老人们走的走、搬的搬，如今已经没有几户人家有那间夜饭的习俗了。

小暖树要去竹楼一楼守夜。其实也不算孤零零的，粉裙女童坐在火盆边，莲花小人儿趴在她的脑袋上，一起看书呢。

仙尉吃过饭，急匆匆下山去了，也是一边守夜一边看书。

上一任看门人郑大风留下了一座"书山"，仙尉不由得感慨一句，学海无涯，书中自有颜如玉。那位尚未见面的大风兄弟，吾辈风流楷模，真乃神人也。

既然来都来了，泓下就去了黄湖山，在那水府与云子一起守夜。

朱敛的院子里，藤椅上垫了一条老旧毯子。

朱敛坐在一旁的竹椅上，拎了个手炉，让沛湘躺在藤椅那边。

沛湘舒舒服服躺着，双手轻轻叠放，笑着眯起一双秋水眼眸，随口说道："吃完年夜饭，再跟人一起守夜，真是无法想象的事情。"

朱敛笑道："等到新鲜事不新鲜了，还能照旧，才算是件无法想象的事情。"

沛湘侧过身，双手叠放，脸颊贴着手背："反正四下无人，给我瞧瞧呗？"

沛湘见那家伙不搭话，装聋作哑，便与他说道："保证不动手动脚，就是过过眼瘾。"

朱敛目不斜视，微笑道："嫖我呢？"

沛湘气呼呼，瞪眼道："说啥呢，恶心我就算了，哪有你这么恶心自己的人。"

朱敛呵呵一笑。

沛湘柔声道："颜放，你给我随便说个故事吧。"

朱敛笑呵呵道："又来？"

沛湘埋怨道："能不能说点正经的？"

"正经的？这可就得说一说祖师西来意喽，浩然天下万年以来，那么多的佛门龙象，也才出了一本经书呢。"朱敛想了想，娓娓道来，"沛湘，你应该知道，浩然天下的禅宗初祖，其实在西方佛国，用我们这些俗子喜好的论资排辈，其实是第二十八祖。嗯，一脸迷糊的，看来你是不知道了。以前我在福地家乡，看到过一本神魔志怪小说，作者佚名，初看呢，书中看似崇佛，实则是贬佛，至于如今回头再看呢，就不好说了。大概是说一位中土僧人，立下宏愿，去西方佛国求取真经，一路上经历了重重劫难，最后在佛祖那边，被后来的禅宗初祖、二祖刁难，给了无字经书，那位僧人便用身上的贵重之物，重新换取了'真经'。我那会儿还是个少年，不谙世事，读书不多，看到此处，恨不得将那个可恶的'佚名'揪出来打一顿，只觉得老子好不容易耐着性子快看到了一本书的末尾，你这个编故事的，到头来就给我看这玩意儿？等到我人到中年，才发现此中意味，不可谓不悠长啊！那位僧人最早得到了无字佛经，当真是假？后来的有字真经，当真是真？须知禅宗一脉，正是不立文字，教外别传哪。只是等到我年岁又添，就又有了疑问，莫不是此僧当时就已看破此难，只是因为觉得一人成佛，不如众生成佛？对于一般人而言，可能还是需要一些次第和阶梯的，如那铺路搭桥的作为，所以你看啊，后世那禅宗不就有了六祖之位的正统之争，分出了南宗顿悟与北宗渐悟两脉？虽然也说那'人有南宗北宗之分，法无南宗北宗之分'，只是到底还是分出了个顿渐之别。听说浩然天下某个叫'武林'的地方，南屏山下有座千年古寺，匾额上为'具平等相'四字，真好啊。"

沛湘听得入神。

朱敛微笑道："一切有为法，如梦幻泡影，如露亦如电，应作如是观。"

沛湘笑道："这句我还是知道的。"

朱敛摇头道："我们只是听说过，不是真正知道。"

沛湘笑道："你说了算。"

朱敛拎着手炉，道："考你一个谜题。什么花，生长在地底下？"

沛湘误以为是什么打机锋的玄妙问题，摇摇头，免得贻笑大方。

朱敛笑道："是花生嘛。"

沛湘一时无言。

朱敛笑呵呵道："我们小米粒还是厉害啊。"

"有那人间美事之一，却最不赏心悦目，你猜猜看，是什么事情？"

朱敛自问自答道："睡个回笼觉。"

一趟渡船跨洲过后，就像多出了一个新的小山头，周米粒、柴芜、白玄、孙春王，他们几个已经混得很熟了。

用白玄的话说，就是孙春王这个死鱼眼小姑娘，只有到了咱们右护法这边，才会有个比哭还难看的笑脸。

在落魄山时，偷偷给自己封了一个巡山官的小米粒，早晚巡山两次，雷打不动。

等到了仙都山密雪峰，小米粒就去风鸢渡船，还是早晚两趟出门，但是与落魄山略有不同，在落魄山是巡山完了就去找裴钱、暖树姐姐她们玩耍，在仙都山却是到了渡口，绕着那条风鸢渡船打转转。

一个黑衣小姑娘，斜挎棉布包，肩扛金扁担，手持绿竹杖，也不登上渡船，就是在渡船附近自己找乐子，嗑瓜子、堆石子、跳格子，每天大清早下山，到了中午，就回山吃一顿，吃完饭，就又飞快下山。

白玄经常陪着小米粒一起走下密雪峰，在渡口瞎逛荡，只是不耽误他嘴上埋怨："米大剑仙是在自家地盘闭关，你担心个啥，不说那只大白鹅和裴钱，光是来咱们这边做客的，就有那中土铁树山的果然，蒲山云草堂的叶芸芸，还有太平山的黄庭，他们一个个的，哪个不能打？谁敢来我们仙都山，打搅米大剑仙的闭关？大过年的，来这儿讨顿打，犯不着吧?"

小米粒只是咧嘴笑着,也不解释什么。

后来白玄念叨多了,小米粒依旧是半点不嫌烦的,只是灵光乍现,就与白玄说了一句:"可别做了好事,落不着一句好嘞。"

白玄当时双手抱住后脑勺,大摇大摆走在山路上,大为意外:"右护法这么懂人情世故了?"

小米粒哈了一声。

"是暖树姐姐说的,借来用一用。"

白玄又忍不住问道:"既然着急赶路,要去渡船那边晃悠,为啥连上山下山都不御风?"

小米粒就一本正经解释道:"天上御风,那是看山,不是巡山唉。"

白玄想了半天,愣是无法反驳。

今天白玄在山上炼剑完毕,就从密雪峰御风来到渡口,陪着小米粒一起坐在渡口栏杆上嗑瓜子,待了足足个把时辰,从夕阳西下待到暮色沉沉。白玄抬头看了眼天色,说道:"右护法,你什么时候回山上?"

按照那只大白鹅的意思,如果隐官大人今儿回仙都山,咱们就吃顿年夜饭。

小米粒挠挠脸,说道:"今儿我打算晚点回去。"

白玄说道:"我得回山上炼剑了。你一个人回去,不害怕?"

小米粒哈哈大笑:"白玄你如今都晓得说笑话嘞。"

随后白玄就先回了,他掐一剑诀,潇洒地御剑返回密雪峰。

密雪峰那边,道号龙门的铁树山仙人果然,与黄庭几乎同时敏锐地察觉到,渡口出现了一股凌厉无匹的粹然剑意,只是稍纵即逝。

一位是仙人,一位是玉璞境剑修,双方都极为讶异,这才闭关几天工夫,那米裕不但成功破境,还能如此之快就稳固住了境界气象?

一个感慨那位米剑仙,不愧是剑气长城的本土剑修。

一个赞叹那米裕不愧有个"米拦腰"的绰号,难怪可以进入避暑行宫。

一身雪白长袍的米大剑仙,走出渡船屋子,抬头望向密雪峰的某处宅子,愣了愣,然后米裕立即收回视线,果然看到那个在渡船附近独自跳格子的小身影。

米裕一下子便眼神温柔起来,脚尖轻轻一点,身影飘向那个黑衣小姑娘,也怕吓到她,就落在她眼前的不远处,笑道:"右护法,干吗呢,这么晚还巡山啊。"

小米粒神采飞扬,飞快地跑到米裕跟前,道:"米大剑仙,好巧唉,我刚好要返回密雪峰哩,你要是再晚一会儿,就一小会儿,在这边就见不着我,只能在山上见面嘞。"

米裕恍然道:"原来如此,好巧好巧。"

看着小姑娘想问又不敢问的模样，米裕眯眼笑道："终于破境喽。"

小米粒立即怀抱金扁担和绿竹杖，双手都伸出大拇指，哇了一声："厉害厉害！"

一大一小，一起缓缓走向仙都山。

米裕问道："小米粒，你知道落魄山所有人，当然包括我在内了，我们都很喜欢你吗？"

小米粒脚步轻快，肩头一晃一晃："当然知道啊。"

我这颗小脑袋瓜，灵光得很哪。

米裕点头道："这样啊。"

小米粒犹豫了一下，轻声道："但是被人喜欢，是一件很难得、需要很珍惜的事情唉，比不被讨厌还要难嘛，所以可不是一件可以拿来炫耀的事情，就应该只是一件偷藏在心里的高兴事啊，然后偶尔心情不好的时候，一开门，就会高兴嘞，一开门就心情好，所以就叫'开心'嘛。"

米裕双手负后，眯起眼，笑道："这个道理，我觉得隐官大人都说不出来。"

小米粒嘿嘿笑道："裴钱总说我是个小马屁精，米大剑仙你学我做啥子。"

米裕当然知道，小米粒这些天肯定就在外边一直等着，是希望米裕一开门，就能见到有人在等自己。

在浩然天下的山上，不多见。在那个剑修死了都无坟冢的家乡，更是。

而且小米粒又是例外，她不是在等一个破境的米大剑仙，她只是在等余米，就这么简单。

米裕眼神温柔，蹲下身，轻声道："小米粒，谢谢啊。"

小米粒咧嘴而笑："谢我做啥嘞，米大剑仙客气得差点让我要生气嘞。"黑衣小姑娘板起脸，晃了晃脑袋："我一生气，可凶可凶。好人山主都要害怕！"

小米粒压低嗓音说道："余米，其实我也要谢谢你唉。"

"为啥？"

"我要是说了，记得保密啊。"

"嗯，保证在隐官大人那边都不说。"

"以前在家里，我经常给裴钱当门神，唉，裴钱每次见着我，她就不会像你这么开心。"说到这里，小米粒赶忙高高扬起头，"不许误会，我可不是说裴钱的不好啊，裴钱好得很哩，千般好万般好，我要是把裴钱的好，一条一条说出来，呵，真不是我吹牛，一路走到密雪峰宅子，都说不完。就只是在这么件指甲盖大小的小事上边，她没有余米你这么好。哈，以后所有人都得跟着我，喊你米大剑仙啦。"

米裕怔怔无言。

他娘的，就连米裕这个混迹百花丛中的浪荡子，在这一刻，都想要定下心来，赶紧去找个好姑娘，娶过门当媳妇，再生个小米粒这样的宝贝闺女了。

密雪峰，一处宅子。

白衣少年坐在栏杆上，就像一朵停步的白云。

在那高楼檐下，悬挂了一大串的木牌，如挂风铃，写满了词牌名，风吹过木牌就轻轻磕碰起来。

有那秋霁、眉妩、赚煞、山渐青、水龙吟、眼儿媚、更漏子、水调歌头、卜算子慢、千秋万岁、飞雪满堆山、荷叶铺水面、春从天上来、如梦令、定风波、好事近……

一艘隶属梦粱国皇室的仙家渡船，缓缓升空。黄粱派历史上是有私人仙家渡口的，也就是如今云霞山那座仙筇渡的前身，云霞山没将渡口改名之前，渡口其实名为投箸渡。当年随着黄粱派香火的江河日下，先是投箸渡因为入不敷出，逐渐荒废，后来就租赁给了云霞山，再后来，就干脆被云霞山花钱买走。如今再想要从云霞山购回投箸渡，无疑是痴人说梦了，所以黄粱派一直想着重新开辟一座渡口，但是难度太大，一国之内，尤其是梦粱国这样的地界，不太可能同时拥有两座规模巨大的仙家渡口，很容易让云霞山和黄粱派因此出现一连串的山上纷争。

所以黄聪先前也很为难，手心手背都是肉，自己终究不可能太过偏心黄粱派，何况云霞山还是一个宗门候补的山头，就像掌门高枕之前的为难一样，只能是心里敞亮，表面上却装傻了。

但是今天下山之前，黄聪就半点不为难了，与高枕承诺会将京城郊外的一部分籍田，以"租借"的名义划拨给黄粱派打造出一座仙家渡口，反正籍田按例遵守文庙礼制，只是在方向上有定例和讲究，必须位于京城的"震位"，至于籍田的大小，只要保证在千亩以上，是有一定弹性空间的。不过高枕却没有答应此事，说此举太过惹人嫉恨了，笑言一句，要是被山中云霞山那位前来观礼的老掌律知道了，还不得直接甩袖子走人？故而高枕只是请求在梅山君的西岳地界，陛下能给出一块灵气尚可的地界开辟为渡口。

渡船一间屋内，装饰简陋，黄聪开始批阅奏折，偶尔笑骂几句。

纳兰玉芝调侃道："高掌门要是在官场厮混，怎么都能当个六部尚书。"

梅山君朝她瞪眼，意思是陛下正在处理公务，你打什么岔。

黄聪放下笔，揉了揉手腕，瞥了一眼处理完的奏折"小山"，再看了一眼一旁的那堆"高山"，无奈地摇头，批阅奏折既是脑力活，更是体力活啊。

纳兰玉芝笑问道："陛下，见着了那位隐官，作何感想？"

黄聪微笑道："感觉比较矛盾，陈先生正襟危坐，与人认真说事时，对方如身处酷暑，避无可避。可当陈先生与人闲聊时，则如沐春风，令人轻松惬意。"

纳兰玉芝说道:"我倒是只有一个观感。"

黄聪好奇道:"说说看。"

纳兰玉芝说道:"年轻隐官,好像有点怕我?"

梅山君没好气地说道:"亏你说得出口。"

黄聪哈哈大笑道:"陈先生那叫一身正气驱粉黛。"

梅山君一板一眼地说道:"陛下,是否需要让刑部稽查司,去查一查那个秋毫观陆浮的根脚?若是刑部供奉修士不宜露面,可以让我山君府那边的谍子出马,我总觉得这厮,行事太过荒诞,不像……"

纳兰玉芝见那梅山君酝酿措辞,便接话道:"不像个正经人。"

梅山君点头道:"却也不像什么歹人。毕竟是跟着陈隐官一起登山观礼的。"

黄聪摇摇头,靠着椅背,舒展手臂。也就是梅山君在场,如果只有望月江的水神娘娘在场,年轻皇帝恨不得把双脚抬起,搁放在桌上。他摆手道:"没必要节外生枝,山上的过客而已,走过路过擦肩而过,就再难见面了。"

纳兰玉芝忍不住笑道:"陈剑仙怎么会有这么一个不着调的朋友?"

有趣倒是真有趣,什么都敢说,吹牛皮不费钱。

黄聪想了想,道:"我总觉得他们不像是什么朋友,反正就是一种感觉。"年轻皇帝突然懊恼不已,道:"早知道在娄山那边,就该让陈先生帮个忙,写下今年梦粱国开春吉语的'书样'。"

浩然天下各国君主,都有开笔迎新春的习俗,皇帝需要为天下熬年守岁。

子时过半,新年到来,就会有司礼监掌印太监手持白玉蜡烛,为皇帝照明,秉笔太监递上一支御笔,铺好洒金笺,研磨朱红墨,皇帝就要书写一些类似"宜入新年,万象更新""海晏河清,时和年丰,迎春纳祥"的吉语,将这些吉祥笺张贴在内廷那几处重要大殿上,是谓"开笔"。

皇帝再象征性地浏览一遍钦天监编撰的新年历书,就等于一国君主已经为一国苍生授时省岁。

之后还会再写"福、寿、春"等字,赐予朝臣。

这也是黄聪急匆匆离开娄山的重要原因。

纳兰玉芝笑道:"离开娄山又没多久,可以掉转船头。"

黄聪显然心动了,道:"这不太合适吧?"

梅山君察觉到皇帝陛下的视线,无奈道:"陛下看我作甚?"

黄聪笑道:"我还有个感觉,咱仨,就数你跟陈先生最投缘。"

梅山君难得露出满脸笑容。

黄聪转头望向水神娘娘,以心声道:"如何,我这马屁功夫,是不是炉火纯青了?"

纳兰玉芝掩嘴而笑，也以心声回道："陛下是九五之尊，何必讨好一位山君？"

黄聪点点头："寡人真正需要'讨好'的，只有一国百姓。"

屋外，有人双手趴在窗台上，朝里边探头探脑，那是一张熟悉的面孔，只是头顶道冠，将鱼尾冠换成了莲花冠。

那年轻道士扬起一只手，拿着一张卷起的纸，笑道："别下逐客令啊，贫道这趟风尘仆仆地赶来，是让皇帝陛下心想事成的，开笔吉语一事，就在上边写着呢。虽然不是陈山主的亲笔，但是你们是不晓得，陈山主的字，都是跟贫道学的，你说能不像吗？陛下你大可以当作是陈山主的真迹嘛。"

梅山君正要怒喝一声，训斥这个全然不讲规矩的神诰宗道士。

纳兰玉芝则是觉得更有趣了。

但是黄聪却已经站起身，朝窗口那边低头抱拳："梦粱国黄聪，拜见陆掌教！"

陆沉趴在窗台那边，歪着脑袋："唉？这么聪明？贫道就说嘛，耳聪目明，什么都听得懂，什么都看得见，名字取得好哇。"

梅山君还好说，还算神色镇定，纳兰玉芝却已经脸色惨白。

只见那陆掌教一个鹞子翻身，飘然落地，将手上卷纸摊开放在桌上。

纸上所写十六字，果真是一句再好不过的吉语。

"风调雨顺，五谷丰登；天下太平，国泰民安。"

陆沉带着黄聪离开屋子，走到船头。

黄聪问道："陆掌教是有什么吩咐？"

陆沉笑问道："如果贫道是要你对付陈平安呢？不管成与不成，都送你一桩泼天富贵，如何？"

黄聪只是摇头。

陆沉又问道："那如果贫道换个说法，能够让这梦粱国的百姓都安居乐业几百年呢？"

黄聪还是摇头。

陆沉笑道："不用这么紧张，贫道就是随口一说。"

黄聪依旧身体紧绷，不知不觉，已是汗流浃背。

陆沉说道："回头你去找那曹溶，就说师尊陆沉有令，命他照拂梦粱国几分，就以三百年为期限吧。"

黄聪欲言又止。

陆沉双手笼袖，神色淡然道："你照做就是了。"

黄聪点点头，拱手抱拳道："谢过陆掌教赐下法旨。"

陆沉伸手出袖，趴在栏杆上，道："少年一笑出门去，千里落花风。如今青衫仗剑回,山河满春风。不知壮年与暮年,又是何种光景。"

以天下为之笼,则雀无所逃。

人间山水郎,少年最思无邪。

美人赠我金错刀。

剑气长城剑气近。

误入藕花深处,观道观道观道。

自己画地为牢,我与我周旋久。

远游客龙抬头,见心中天上月。

学问最难夜航船,人生逆旅,秉烛夜游。

剑修补地缺,天人选官子。

旁观他人人生如翻书,那么下一卷呢?

陆沉掏出一壶酒,揭了泥封,抿了一口仙酿,抬头望向南边的桐叶洲,再看了一眼宝瓶洲某地,自言自语道:"浮生一梦君同我,酒酣君去我亦去。走了走了。"

陆沉最后又重新看了一眼南边桐叶洲中部,身形化虹自去天幕,这位白玉京三掌教,竟是不经儒家陪祀圣贤看守的那道大门,就直接破开浩然天下的天幕,去往青冥天下白玉京,然后在那最高处,环顾四周,视线游弋一番,看过那一处处十四境修士所在道场或是当下身形,不管是隐蔽还是光明正大,陆沉尽收眼底,伸了个懒腰,喃喃道:"预支五百年新意,到了千年又觉陈。哈,好个推陈出新。"

心神重返桐叶洲镇妖楼,陈平安睁开眼睛,站起身,再次见到了那位身材高大的老先生,陈平安默然作揖。

第一次是被先生带去穗山之巅,第二次是以末代隐官身份,陈平安代替剑气长城所有剑修,参加河畔议事。

之前在家乡小镇,陈平安只是见到了道祖,未能见到至圣先师和佛祖。

在穗山,陈平安首次见过了至圣先师,事后先生问起感想如何。在先生面前没什么好藏掖的,陈平安也就照实说了,如果是在市井坊间偶遇身穿儒衫的至圣先师,都要怀疑老先生年轻那会儿是不是……混过江湖。

老秀才乐和了老半天,说这个评价好,极好。

陈平安当时一看先生的眼神和脸色,就知道不妙,担心先生回头在文庙,或是与经生熹平喝高了,就什么都往外边传,便要先生保证别与外人说此事。老秀才嘴上答应了,可事实上,如今别说是功德林的经生熹平,就是文庙一正两副三位教主,还有伏老夫子、郦老先生等等,都已经知晓这个评价。

外人?如今文庙里边,没啥外人啊。尤其是那位在文庙算是被拉壮丁过去帮忙的郦老先生,还问老秀才,你那关门弟子,是与至圣先师当面说的?老秀才说那不敢,郦老先生便大为遗憾,说到底差了点火候,年轻隐官胆子还是不够大。老秀才就立即急眼了,那叫胆子大吗,那叫缺心眼……第二天,郦老先生就发现自己负责的那一块水文地理事务,翻了一番。

至圣先师笑着点头致意。

混过江湖?这个说法很好嘛。不比青冥天下那边的"丧家犬"好听多了?

陈平安再与至圣先师身边的那位秉拂背剑的中年道士抱拳道:"晚辈见过吕祖。"

"吕喦见过隐官。"纯阳真人没有倚老卖老,更不因为陈平安自称"晚辈",就摆出长辈架势,而是打了一个道门稽首,用了隐官这个敬称,作为回礼。

吕喦这才微笑道:"黄粱派机缘一事,陈山主做得很稳妥。"

至圣先师哟了一声:"这个称呼很大啊,吕祖,了不得。"

纯阳真人一笑置之。

至圣先师说道:"纯阳道友,就只是一句轻描淡写的'稳妥'?怎么回事,刚才在顶楼廊道,你可不是这么说的,如果我没记错,道友还由衷称赞了一句'道不可独占,与吾法相契'?心口合一的好话,总不至于说出口就一文不值了吧,有这样的道理吗?"

纯阳真人备感无奈。至圣先师你说了算。

镇妖楼之外的浩然天下,已是暮色沉沉,山下的人们早已上坟祭祖贴过春联,爆竹声过后,吃过了年夜饭,都开始守岁了。

但是此地还是明亮如昼。

至圣先师说道:"走,带你逛一逛这座镇妖楼,除了中土神洲那座,其余八座浩然雄镇楼,当年都是礼圣亲手绘制的图纸。"

陈平安发现镇妖楼的每一座殿阁内,几乎都没有闲置的空间,书籍字画,各色珍玩,加上甲胄、兵器和众多山上法宝,显然都是万年积攒下来的家当,想必也是那燕子衔泥、蚂蚁搬家的勤俭持家路数了,最终使得外人游览镇妖楼,看着就像是逛一座座藏宝楼,好个包袱斋。

至圣先师在一处宫殿门槛外停步,转头看着里边的大堂匾额和抱柱联,也搁放了两排椅子,不过都是些……龙椅。

青同神色尴尬。

这些来自桐叶洲历史上各个亡国王朝的龙椅,与流落民间的传国玉玺,都是老观主拣剩下不要的物件,最终被青同一一聚拢在这边,平日里觉得很恢宏气派,结果被至圣先师和年轻隐官这么一驻足观看,青同就恨不得挖个地洞钻下去。

至圣先师问道:"陈平安,你觉得这处镇妖楼,是按照龙虎山小天师赵摇光的建议,变成一处类似文庙小功德林的地界,用来关押从一洲各地搜山而来的蛮荒妖族,该杀就杀，该关就关；还是按照横渠书院山长元雾的建议，直接让青同道友以镇妖楼为山头，在此开宗立派，既可以稳固一洲山水气运，还可以安抚浩然天下本土妖族修士的心思，至于镇妖楼与这座崭新宗门祖师堂的关系，有点类似于北俱芦洲的水龙宗？"

青同对那出身亚圣一脉的儒生元雾，一下子就心生好感。

传闻这个元雾，是亚圣从青冥天下挖来的墙脚。

陈平安想了想，道："只要有一位儒家书院山长，愿意卸任山长职务，来此担任掌律祖师，就可以两者兼备。"

至圣先师不置可否，继续挪步，打趣道："这才拜了几座山头，容我算一算，中土穗山，九真仙馆，宝瓶洲那条分水岭附近的山神庙，相较于先前梦游水府，这就够了？很有虎头蛇尾的嫌疑嘛，若是治学写书立言一事，这可是大忌啊。你手头上好像还剩下一笔不小的功德？是按照你家乡那边的说法，年年有余，先余着？"

陈平安苦笑无言。

就像良心发现，陈平安突然有点心疼避暑行宫的那些隐官一脉的剑修了。

一来于光阴长河中蹚水远游，虽然是置身梦境中，但是对于一位地仙修士来说，并不轻松，所幸还有个止境武夫的体魄，不至于说是如何心力交瘁，形神疲惫，但是求人一事，脸皮再厚，也得能够找到门路才行，天下山君、山神确实茫茫多，但是陈平安认识的，尤其是愿意心诚点燃一炷香的，其实并不多。

可就像那自家莲藕福地，与九真仙馆那处蛮瘴横生的破碎秘境，都可以点燃一炷山水心香，陈平安其实原本是根本不介意多串门的，甚至做好了继续带着青同一路远游的打算，比如去符箓于玄名下的老坑福地，还要拜访皑皑洲的财神爷刘聚宝，散尽自身功德，山上人情亦用尽。

但是中土五岳，除了穗山周游，其余四位都不点头，使得陈平安的精神气与心气，确实都跌落谷底了。

只能自己劝自己一句，人力终有穷尽时了。

不然只说求人一事，陈平安自认文圣一脉嫡传弟子中，自己是最擅长的，或者说是最熟悉的。

至于那几位师兄，是不屑为之，完全不必，根本不用。

先生当然又不太一样，所以说先生稍稍偏心我这个关门弟子几分，又咋了？

至圣先师突然说道："不要对桂山那位神号天筋的山君记仇，他是事先得了文庙的一道旨令，才让你吃了个闭门羹。否则他就算与你们文圣一脉再不亲近，也不敢半点不卖一位年轻隐官的面子，那就太不懂人情世故了。"

吕喦笑道："陈道友，记账归记账，恩怨分明大丈夫，只是切不可走窄了大道心路。"

至圣先师笑道："纯阳道友喜欢话说一半，他之前其实觉得你在那蛮荒桃亭那里，还有在大岳桂山的山门口那边，不管是作为剑气长城的末代隐官，还是作为文圣一脉的关门弟子，你陈平安都实在是太好说话了。"

秉拂背剑腰悬葫芦瓢的中年道士，抚须微笑道："难道不是？"

剑气长城的末代隐官，参加文庙议事，邀请之人是谁？是礼圣。

涉险赶赴蛮荒，立下一连串不世之功，领衔之人，是你陈平安。

山下有山下的礼数，山上有山上的规矩。

在吕喦看来，你陈平安可以不居功自傲，但这绝对不是外人不将"隐官"当回事的理由。

天下有无数的虚衔身份，但一个连玉璞境剑修都不谈剑仙身份的剑气长城，没有。

吕喦眯眼问道："隐官，你可知如今剑气长城一分为二，半座剑气长城在五彩天下，剩余半座，在何处？"

陈平安说道："在我。"

吕喦提醒道："修道之人，想要不为身份所累，唯有两条路可走：一种是学那陆掌教，完全不把身外物当回事，虚舟蹈虚两空无；一种是将来的境界、道心、所作所为，皆高过之前的身份。"

至圣先师笑道："行了行了，陈平安自有难处，纯阳道友就不要揪着不放了。"

吕喦正要解释一番，至圣先师摆手道："此中真意，你知我知，陈平安也明白你的初衷和好意，那就无须多说什么了。"

陈平安朝纯阳真人抱拳而笑。

至圣先师提醒道："纯阳道友，陈平安又是在求人呢。"

吕喦笑着点头道："贫道就不与那位得了机缘的桃亭道友计较什么了。"

不然嫩道人在那黄粱派娄山宅子里边，从李槐那边听到了什么，吕喦就收回什么。

陈平安好奇一事，便以心声问道："前辈是否已经跻身十四境？"

吕喦摇头道："当年已经一只脚跨过门槛了，只是事到临头，道心起微澜，便退了回来。"

对纯阳真人而言，修道从来不只在境界。故而一收脚，修为非但不跌丝毫，境界反而真正圆满。

至圣先师突然问道："有些问题，何必询问陆沉，在功德林那边问你自己的先生，答案不是更加明了？"

陈平安摇头道："怕先生揪心。"

其实早先不是没有这样的考虑，可最早在文庙功德林，先生恢复了文庙神位，那会儿热热闹闹的，陈平安就忍住了。

后来在那京城小巷内的人云亦云楼，先生看着那本旧书，一旁的学生看着先生寂寥的模样,陈平安就彻底打消了这个念头。

如果不是被至圣先师丢到了梦粱国,偶遇陆沉,对陈平安来说,反正游历青冥天下之前,还有大把的修道光阴,最短百年,长则……就不好说了,数百年,甚至一千年,大可以慢慢验证那些猜想,不用着急。

来到一处藏书楼,至圣先师调侃道:"经过青同道友一万年的辛苦经营,镇妖楼里什么都多,五花八门,琳琅满目,让人眼花缭乱,就是书比较少。"

青同战战兢兢道:"以后会补上。"

陈平安说道:"镇妖楼里可以开个书坊,版刻书楼中的那些孤本善本,也算一桩不小的功德,花钱还不多,都花不了两枚谷雨钱。"

至圣先师笑道:"青同道友要是早点这么做了,上次中土文庙议事,小夫子未必愿意亲自邀请青同道友,但是一位学宫大祭酒,是肯定会在桐叶洲露面的。那么在穗山,也就不至于吃碗素面,还要隐官大人开口帮忙了,说不定山君周游都愿意亲自陪同落座,无须青同道友结账,掏那几文钱。"

青同说道:"回头我马上就去办。"

至圣先师问道:"你手上剩下的那笔功德,如果我和纯阳道友不曾现身,是不是有过一些想法?"

陈平安点头道:"想过是想过,但是不合礼制,容易惹来一大堆的非议,也容易让好友钟魁的处境更加微妙。"

"礼制?谁为浩然天下订立的礼仪规矩?"至圣先师笑了起来,"是礼圣牵头,制定大纲,诸位先贤一同出谋划策,查漏补缺,甚至否定了礼圣的某些方案和脉络,最终交由礼圣落实。但这真就是'浩然规矩'的最早由来吗?"

陈平安说道:"最早由来,是希望人心向阳,是希望世道往上走,一条上坡路,可能会走得慢些,但是行路安稳,不再是那些风雨飘摇无根客。"

吕喦轻轻点头。

其实黄粱派当代掌门高枕与陈平安说的那番肺腑之言,在吕喦看来,心是好心,没有任何问题,但未必就全部正确。

真正推动世道往上走的,极有可能正是犯错,以及纠错。

至圣先师率先走入一座类似文昌塔形制的建筑,楼梯台阶螺旋上升,登上顶层后,来到檐下廊道,凭栏眺望,道:"浩然天下的小夫子,书简湖的账房先生。这就是文圣一脉首徒崔瀺,这只绣虎想要让文庙看一看的某份答卷。"

陈平安摇摇头:"天差地别,云泥之别。"

至圣先师笑道:"两种结果一样心思嘛,年轻人只要不志得意满,就不用太过妄自菲薄。知道礼圣最后为何终究不成吗?"

"是看到了某种弊端?"

"比如?"

陈平安思量片刻,回答道:"类似一艘跨洲渡船的营造?"

过于精巧之物,环环相扣之种种细微叠加而成的某个庞然大物,看似坚固,实则不然。

小时候在那神仙坟,远远看着同龄人玩耍,曾经亲眼看到一只被人掰断一条腿的蚂蚱,依旧能够在草丛间蹦跳逃窜,孩子感到很奇怪,为什么人反而做不到。后来等到少年走出家乡,开始远游,才知道山水神祇和那修道之人的山上的神仙,好像一样是可以的。再后来,就是左师兄的观点,"山上修士已经非人",最终等到陈平安亲手接触渡船建造一事,才算有了个确切答案。

至圣先师微笑道:"难怪老秀才逢人就夸你,尾巴翘上天去。"

陈平安神色古怪,自家先生被至圣先师称呼为老秀才,总觉得有点奇怪。

事实上,与自家先生关系好的山巅大修士,也都习惯称呼文圣为老秀才,用先生的话说,就是一点不奇怪,半点不别扭。被人喊一声老秀才,辈分就上去了嘛,白占便宜,就跟喝了一壶不花钱的酒水,何乐不为?就像礼圣经常被称呼为小夫子,多好的绰号,永远年轻啊。

至圣先师说道:"喝酒一事,还是要节制几分的。"

青同心里偷着乐,其实早就想用至圣先师的一句圣贤教诲"不为酒困",来"讽谏"年轻隐官了。

须知至圣先师可是将此事与那其余三件大事并列的,故而不喝醉酒属于为人醇正的大节问题之一,若是谁饮酒成癖,烂醉如泥,是一件德行有亏的大事。

只是陪着陈平安走了一趟云杪、魏紫这双仙人道侣的九真仙馆,青同就再不敢与一位魔道巨擘说这些儒家礼数了。

陈平安犹豫了一下,没有如何信誓旦旦,言之凿凿,只是说道:"争取。"

青同有点佩服这个年轻隐官了,在至圣先师面前,你还委屈上了?

至圣先师问道:"看过那么多书,有特别喜欢和极其厌恶的语句吗?"

陈平安点头道:"当然。"

"挑几句竹简之外的说。"

"只说最近翻书所见,特别喜欢的,有《丰乐亭记》一篇中的'幸生无事之时也'。还有那首《鹊桥仙·己酉山行书所见》中,一句'东家娶妇,西家归女,灯火门前笑语',才知道原来此人不只会金戈铁马大枪大戟之语,也非贫家子梦中攫得黄金之言,所以晚辈翻书时一见钟情。至于不喜欢的,也有不少,称得上极不喜欢的,就只有那句'看人获稻午风凉',在我看来,这种所谓的风雅恬适,就是全无心肝。"

至圣先师笑呵呵道："如果没记错，好像此语出自苏子门下的某位大文豪啊，是苏子最得意的门生之一。"

吕喦轻拍栏杆，忍不住笑出声。

此人出身修水黄氏，是出了名的书香门第、耕读传家，一等一的诗书世家，家族书香绵延极久，直至此人，可谓文运鼎盛，之后开枝散叶，亦是口碑风评极好。

青同脸色凝重，只觉得你陈平安不该在至圣先师面前如此言语无忌的。

陈平安笑着说道："就只是针对这句话，不针对作诗之人。何况就算这位前辈听了去，以他的胸襟，估计也就是一笑置之。就像我年少时极喜欢'汗滴禾下土'一语，以及那句'驱雷击电除奸邪'，至于作诗之人嘛，不也就是那样了。故而人是人，言语是言语，作不同观，不可以偏概全。"

至圣先师微笑道："不愧是老秀才的关门弟子，说起话来一套一套的，好像正说反说，好话坏话，道理都是你们的。"

陈平安就想起一事，试探性地说道："名家思辨术，容易陷入一味诡辩的泥沼，自诩名士的玄言清谈，更是不可取，但是我觉得，文庙书院可以让儒生适当接触和研习佛家的因明学，还有老观主的脉络学说。"

"比如？你总得举个例子，才能说服我吧？"

"比如'读书到底有没有用'一事。"

至圣先师会心一笑，摆摆手，道："你想要说的大致意思，我已经知道了，不过这个话题，你可以再打磨一番，留到夜航船那座无用城去说，去与人争辩。"

至圣先师转头说道："青同道友，畏强者凌弱，媚上者欺下，很难有例外之人事。你要是没有与强者心平气和说道理的心气，就定然会对弱者容易失去耐心。

"就像站在你身边的陈平安，不是当了剑气长城的末代隐官，今天才能与我这个往常只能挂在文庙墙壁上的老人，如此言语坦诚。要知道当年老秀才主动开口要收他当学生，陈平安也是婉拒了的。所以这里边的先后顺序，不能混淆了，既然如今文圣一脉学问已经解禁，以后老秀才的那几本著作，青同道友要是不那么忙，修道之余，还是可以多翻翻的。"

青同只得继续开口承诺，一定会悉心钻研文圣学问。

老秀才的那些著作，青同当然早就翻过，没上心罢了。

陈平安冷不丁说道："至圣先师，青同其实想问一事，'我为何要对弱者有耐心'？一来我青同如今已经是强者。何况我青同是弱者时，也不见强者对我如何有耐心。所以青同想问一句图什么，凭什么。"

青同脸色剧变，只是稍稍稳住道心，心情复杂，点头道："确实是青同心中所想。"

他非但没有埋怨陈平安的多嘴，反而有几分如释重负。对，我就是这么想的，若是惹来至圣先师心中不快，该如何便如何，这也还是我青同心中所想。

至圣先师微笑道："筑墙架梁要自建，更梁换柱亦同理。若是觉得自己当下的屋舍，已经足够遮风挡雨，住着很舒适惬意了，只要不会一门心思想着去拆了邻居家的屋子，来扩大自家地盘规模，那么就算不晓得图什么凭什么，我看问题也不大。"

到底不是一位儒家门生，那就不必以圣贤准范去苛求这位青同道友了。

青同松了一大口气，看样子自己是不会被至圣先师追责了。

结果发现陈平安在朝自己使劲使眼色，青同如坠云雾，一下子便纠结死了。

问题是我不知道至圣先师还有啥深远用意，也不晓得你到底想要让我问个啥啊。

别暗示啊，给点明示，行不行?!

陈平安只得硬着头皮以心声说道："与至圣先师多聊几句，只要心诚，是那心里话，有问题就问，有任何想不通的地方就说，随便你聊什么都行。"

老子要不是看在你在黄粱派时用了个"仙都山客卿"的身份，以及在这镇妖楼，见你当那万年包袱斋还算勤勉，咱俩可算半个同道中人了，何况先前在陆沉那边，你也不曾胳膊肘往外拐，否则你看我愿不愿意帮你牵线搭桥。

三教祖师选择主动散道，是不容更改的既定之事，那么今天至圣先师每与你说一个道理，无论大小，不管深浅，每多说一句话，几个字，就都是一场你青同凭本事自求而来的机缘。在至圣先师这边，只要是诚心正意的言行举止，你青同又有什么可难为情的，至圣先师岂会吝啬指点你几句修行事，退一万步说，至圣先师是会骂你还是会打你啊?

你倒好，是装傻还是真傻啊?

至圣先师笑道："行了行了，你就别为难青同道友了，一根筋埋头修行，也没什么不好的。"

文圣一脉的嫡传弟子，一个个的，记仇是真记仇，护短也是真护短。

吕喦调侃道："心思单纯，也该有一些心思单纯的问题才对。可惜了。"

至圣先师说道："人之天性，不可过早拗扭，但是又不可不知道与理，只是具体落实在教化一事上，也绝不可太过生硬。

"你在弟子裴钱和学生曹晴朗那边，就做得很好。

"陈平安，你自己要小心某个前车之鉴，不要成为那种人，最终遭受一场君子之诛，不然到时候就不只是邹子等着你犯错，还会有礼圣来帮你纠错了。"

"记住了。"

因为陈平安知道至圣先师在说谁，此人是被至圣先师亲手诛杀之人，此人此事，在数座天下，都是一桩不小的公案。

"但是你的传道授业解惑，有个不小的问题。陈平安，你知道是什么吗?"

"容易太像我。"就像一个模子里刻出来的。

"只知其一不知其二。"至圣先师摇摇头,"一朝被蛇咬十年怕井绳,走了一遭书简湖,让你怕了,畏手畏脚,好些个道理,在你心宅四处碰壁,相互掐架。虽说道理碰壁的闷声闷响即是良知,但是如你这般喜欢扪心自问,就太过了,一直用道理磨砺道心,虽说我知道你的难处,有自己的长远打算,但是不可否认,总有一天,一个不小心,是会出大问题的,届时邹子可就要来一句气死人的'不出所料,果然如此'了。"

陈平安说道:"我会小心再小心的。"

吕喦突然说道:"既然至圣先师都在这里了,就不问问看,你自以为的出于私心以报私仇,到底可行不可行,此生必须要做之事,对错如何?反正如今至圣先师打定主意撒手不管'天下事'了,想必也不会拦阻你,可要说至圣先师都认可了,岂不是更加心安?"

在黄粱派祖山那边,在与李槐分别之前,陈平安算是第一次以小师叔的身份,留给了李槐一份课业。

是让李槐思考三个问题。

假设你李槐是一个游侠,有天路过某地,遇到了一个在当地为非作歹、恶贯满盈的人,游侠深夜潜入,将其打杀了就此离去。

而这个人的家族中,有个原本应该饱读诗书、去参加科举的儿子,从此心性大变,一辈子的追求,就是与这个游侠复仇,一夜之间,从一个原本心性尚可的读书种子,甚至将来有希望变成一个造福一方的好官,变成了一个在报仇路上绝不回头的执拗之人,在之后数十年间,一直在滥杀无辜,犯下诸多罪业,甚至胜过其父亲的罪行十倍百倍,直到他找到那个过路游侠报仇……

陈平安给李槐提了三个小问题。第一,这些因果,与这位被蒙在鼓里的游侠有无关系?第二,如果游侠事先知晓后续会发生的所有事,还要不要杀那读书种子的父亲,或是那晚就干脆将那读书种子一并杀死?第三,你李槐要是那个游侠,在面对复仇之人时,有两个选择:一个选择是自己认错,对方就此收手;另外一个选择,是你不认错,那个昔年的读书种子大仇得报之后,就会继续一直杀人。那么你要不要向他认错?

李槐当时问了一个问题,游侠能不能在行侠仗义铲除恶人之后,就留在当地不走了。

陈平安摇头说不行,要么你就得直接面对第二个问题,没有任何其他的选择余地。

李槐头疼得不行,陈平安就说可以慢慢想。

不过在吕喦看来,陈平安给李槐出的这个难题,与陈平安自身处境,当然是两回事了,不能相提并论。

至圣先师大笑起来:"我们都是读书人,要以理服人,以德服人。不言不语,事迹即理。归根结底，无非是纠结一事，我们心中真正说服自己的道理，到底有无道理，是否称得上天经地义。"

说到这里，至圣先师摇头道："陈平安，你只是像剑修，太不像我们儒生了。"

青同都有点担心陈平安了。

这句话，分量可不轻！关键还是至圣先师亲口说的！

至圣先师一手负后，一手轻轻按住栏杆，道："要不是当时这件事影响极其深远，道祖离开了莲花小洞天，还拉上了另外那位，邀请我去那边商议那场万年之约，齐静春自己又下定了决心……"

这位老夫子突然蹦出一句"三字经"。

吕喦立即咳嗽一声，提醒至圣先师在自己的儒家弟子这边，多少注意点身份。

至圣先师冷笑道："搁在咱们浩然天下，白玉京那俩王八蛋，一巴掌一个，但凡溅出点血，就算我不会打架。"

吕喦笑道："这种话，至圣先师说说就好，陈平安你听听就好。"

人生世事多无奈，至圣先师也难免。

齐静春在骊珠洞天的当仁不让，白也孤身仗剑赶赴扶摇洲，一人剑挑蛮荒八王座，醇儒陈淳安肩挑日月，不惜一死，拦阻刘叉返回蛮荒天下……

此外，还有那么多的文庙陪祀圣贤、书院君子贤人和普通儒生，那么多的山下将士武卒，在各自战场慷慨赴死。

这就像人间最得意的白也，在扶摇洲身陷重围的战场中，曾经说过一句："有些话，至圣先师也未必能说。"

得是多么读死书的人，才会觉得只有强者才能开口讲理，才会觉得只有强者才配拥有道理。

在我浩然天下，万世不易不移之物，不是至圣先师和书上的道理，不是任何一位十四境修士，唯有千秋凛然的天地正气。

青同听得头皮发麻。

小陌倒是半点不觉得奇怪。因为知道万年之前天地间最早那拨"书生"的脾气。

身材高大的老先生伸出手掌，按住年轻人的脑袋，沉声道："有人问：'以德报怨，何如？'有个老不死的家伙，也就是我了，我早就给出答案了：'何以报德？以直报怨，以德报德！'"

在儒家历史上，曾经有过一段极为辉煌璀璨的岁月。

天外，礼圣领衔，率领儒家陪祀圣贤，与龙虎山上代大天师在内的众多大修士，一起跨越星辰，主动追杀神灵余孽。

天下，游士如云，尚未门阀林立，人间百姓多有雄健之气，血气方刚，恩怨分明，九世犹可以复仇乎？虽百世可也。

而更早之前，浩然天下文庙尚未建立，老夫子昔年远游天下，教化人间。

他身边带着一大帮的嫡传弟子，也就是后来中土文庙七十二陪祀圣贤。

千万别忘了至圣先师也是佩剑远游。

只是后世有传闻，这把铁剑，被至圣先师送给了自己极为偏爱的一位弟子，那才是一个公认……暴脾气的读书人啊。

那么至圣先师为何偏爱这位学生，是不是就可想而知了？

又有个如今已经无法考证的小道消息，说至圣先师当年腰间悬佩的那把长剑，名字就一个字：德。

假若真是如此，那么这种……以德服人，服不服气？谁敢不服气。

"我要与你说一句对不起。"

一样的道理，有老秀才在，至圣先师不好开口说这些。

年轻人茫然抬头。

"当年寇名离开白玉京和青冥天下，来到我们浩然天下，其中分身之一，要在骊珠洞天证道，是亚圣帮忙捎话，也是我亲口答应下来的。"

年轻人低下头。

"为何敢怒不敢言，甚至不敢言也不敢怒？好没道理的事情，又如何？要敢于抱怨！天底下最不讲道理的就是情绪，连七情六欲都可以被切割，被压制，被拆解，那就真是修道之人已非人了！这条道路，走到尽头，是注定可以登顶，却无法登天而去的。这种看似高妙实则歧途的自欺欺人，如堵洪水，人行河下，我看不要也罢。"

吕喦当然听得懂至圣先师的这番道理，若是崭新之一，沦为旧有之一，无法登天都是小事，被那周密来一场"天下"，才是大事。

届时陈平安的不管是人性还是粹然神性，都会被周密的神性全部覆盖、拆解、消融。

要想在这场大道之争中胜出，其实在万年之前就早有答案了，就是搁在一人身上，比较难做到而已。

由于三教祖师有过一场万年之约，这是道祖在最初那场河畔议事率先提出的，等于是三教祖师订立的一条不成文的规定。

一来三方必须信守约定，再者三座天下，确实都不同程度出现了天地被一人"道化"的痕迹。最严重的，就是道祖坐镇的青冥天下，这还是在道祖尽可能坐在小莲花洞天、不轻易外出的前提下。

一旦过半，三教祖师等于各自天下真正意义上的"半座天下"，那么这种与天地合道的趋势，就会愈演愈烈，最终变得一发不可收拾，甚至就连三教祖师本人，都无法抗拒这种大道演化。

这就是陆沉所谓"气吞山河"的极致，会越发坐实那个"天地间三头最大貔貅、只吃不吐"的说法。

对寻常修道之人而言，是梦寐以求之事，但是唯独在三教祖师那边，却是必须拒绝之事。

一旦三教祖师散道，除了如陆沉所说，"天要下雨了"，届时泽被苍生，大道如雨落人间，与此同时，必然会有群雄争渡的乱象四起。

几乎可以说，任何一位十四境大修士，都会或主动或被动地身陷其中。

就像陈平安通过陆沉的"多此一举"，再联系吴霜降的一连串行为，可以很容易就预测到数座天下第一场十四境修士之间的厮杀，多半就是发生在青冥天下了。

玄都观老观主孙怀中，道门剑仙一脉的执牛耳者，雷打不动的天下第五人，以剑修身份跻身十四境，会与白玉京二掌教，被誉为"真无敌"、绰号"道老二"的余斗问剑，至少是一场分胜负。

岁除宫的吴霜降，是昔年浩然天下的武庙陪祀十哲之一，而那吴宫主的身边随从"小白"，更是历史上公认的兵家杀神。

吴霜降一旦与孙道长联手，双方问道且问剑白玉京，与那余斗绝对会分出生死，注定是不死不休。

至圣先师笑道："这场架要是打起来，可就真要惊天动地了，纯阳道友，你觉得会是怎么个结果？"

吕嵒说道："只有两种情况，一种是三位十四境皆玉石俱焚，余斗当然会身死道消。还有一种更为复杂的形势，极有可能会让余斗此生无望十五境，但是与此同时，又有可能会让余斗的十四境更加稳固。最终让余斗坐实一事，成为当之无愧的十五境之下第一人。"

至圣先师点点头："后者听上去令人羡慕，但是对余斗来说，就不一样了，不说什么生不如死，估计也差不太多了。"

至圣先师转头望向陈平安："来时路上，有没有想过要与孙道长和吴宫主联手？"

陈平安点头道："想过，但是忍住了。"

陈平安抬头看了一眼天幕，甚至还想过提前去天外炼剑。

吴霜降在五彩天下的飞升城那边主动现身，其实就是一种邀约，只是被陈平安无声拒绝了。

既然陈平安用自己的方式拒绝此事，吴霜降也就不愿强求。

至圣先师说道："不要太过纠结于一定要成为齐静春或是崔瀺那样的人，只是很像，就可以了。"

陈平安点点头。

至圣先师笑了笑，双手负后，抬头看了一眼天幕，道："估计就算是咱们这位号称'谁都打不死'的陆掌教，这会儿都被吓出了一身冷汗，到了白玉京，还是会心有余悸。"

吕喦笑道："设身处地，贫道肯定是去他娘的修心养性功夫，直接破口大骂崔瀺用心歹毒。"

青同一脸茫然呆滞，聊啥呢，怎么就聊到绣虎和陆掌教了？他们有过节吗？还是暗地里交手过？

至圣先师转头看向陈平安，笑问道："就没想过吴霜降为何会走这么一趟浩然天下，又为何会去剑气长城，与郑居中碰头？他为何早早分出一粒心神，潜藏在剑气长城，最终在飞升城那边现身见你？以及陆沉为何会在五彩天下的藕花福地之一，匆匆忙忙去见子孙陆抬，然后解梦儒生郑缓，立即收拢木鸡之心相？"

陈平安点点头，是见到陆沉之后，又想明白了一些事情。

只说自己当初一旦选择围杀陆沉，那么师兄崔瀺安排的后手，就是郑居中和吴霜降。

但是陈平安之前未能想得那么远，比如五彩天下和青冥天下，都会有师兄崔瀺的布局。

陆沉当时看似随意说的如果被崔瀺存心针对和算计会如何，原来是意有所指。

比如吴霜降会在那五彩天下提前现身，离开飞升城，去对付那个藕花福地的俞真意。

至于青冥天下，说不定那个传闻与雅相姚清关系不错的白骨真人，也早就与吴霜降有些足可瞒天过海的"自救"之法了。

而那个现身剑气长城的陆沉，不管是真人假人，只要被选择出手的郑居中缠上，那么下场可想而知。

何况这件事，郑居中绝对不会是什么仓促出手，肯定是早就开始谋划了。

至圣先师又问道："那你可知道，崔瀺是怎么说服郑居中和吴霜降的？"

"郑先生那边，我猜不到。"陈平安以心声说道，"但是吴宫主那边，可能与兵家重新崛起有关，等到万年之约过期，初祖重新现世过后，吴宫主就有机会一步跃升成为'二祖'，即便问剑余斗失败，吴先生在下一世，一样可以用最快速度重返十四境。"

至圣先师摇摇头："错啦，要我看啊，如果当时在蛮荒天下，你选择围杀陆沉，真有那么一场架打起来，那么那位兵家初祖就未必能够现世了，或者说，至少得换一个人顶替位置了。这些事情也是我刚刚才想明白的，费了不少脑子，累得很。"

陈平安瞬间想明白其中关节，道心震动不已，颤声道："郑先生的第三个分身，早就在青冥天下了?!"

至圣先师笑了笑："已经身在青冥天下的，倒也未必就是郑居中，当然只是无法确定，说不准的。"

陈平安想了想，难怪"其中一个郑居中"会在蛮荒天下跻身十四境，难道早就开始谋求那个崭新的"兵家初祖"身份了？

吕喦当然听得见陈平安的心声，感叹道："这绣虎，真敢想，真敢做。"

青冥天下，道祖散道，白玉京大掌教寇名，短期内注定无法重归玉皇城，如果陆沉再被如此针对，那么坐镇白玉京之人，在数百年内皆变成余斗一人，而无更换。那么一座青冥天下在这期间会发生什么？自然是一个万年未有的硝烟四起的大乱之世，天下十四州，兵戎无数，毕竟对白玉京，尤其是对二掌教铁腕心怀怨怼的王朝、修士和山头，又岂会只有玄都观和岁除宫？只是这两者雄踞一方，根深蒂固，才显得相对扎眼而已。可想而知，白玉京众多天仙将不得不纷纷远游，亲自率领各自道脉的道官，离开五城十二楼，镇压各州，疲于奔命，再加上某些白玉京之外大修士暗中的推波助澜，此起彼伏的战事注定会愈演愈烈，在真无敌余斗手上，白玉京曾经极其管用的三千多年雷霆手段，就成了火上浇油，白玉京内外，天下道官，陨落无数……

来怪我崔瀺不仁义？对不住，崔瀺已死，也早就不是文圣一脉首徒了。

至圣先师打趣道："看看你师兄崔瀺，再看看你陈平安，真是个脾气太好太好的烂好人啊。"

即便是至圣先师，也不由得感慨不已，崔瀺这样的读书人，绝对不能一个都没有，只是也绝对不能再多一个了。

你余斗不是自认是在替天行道、问心无愧吗？那么数千年积攒下来的无数细微因果，最终会如离离原上野草一般，在这一世的青冥天下，宛如刚好在新一年春风里，疯狂蔓延开来。

你余斗如此对付我师弟齐静春，那我崔瀺就如此算计你师弟陆沉。

你让一座骊珠洞天最终破碎落地，我就让你整座青冥天下彻底神州陆沉。

第三章
如此护道

至圣先师凭栏远眺,轻声感慨一番。

何谓豪杰,总有那么几件事,天下人都做不到,我做得到。

何谓圣贤,总有那么几件事,天下人都可做,我做不得。

陈平安汗颜道:"我还差得远。"

吕嵒笑道:"至圣先师没说你。"

陈平安反而不难为情了:"不耽误晚辈心神往之。"

吕嵒有点想要与那位久闻大名却缘悭一面的文圣喝顿酒了。

到底是怎么个读书人,才能一口气教出崔瀺、左右、刘十六和齐静春、陈平安这么些学生?

青同难得见陈平安吃瘪,嘴角翘起,只是很快又压下来,毕竟如今与陈平安是一条船上的半个盟友。

如今就算让自己真当个仙都山记名客卿,也是毫无问题的。

就像那建造一座版刻书籍的书坊,花不到两枚谷雨钱,就能赚取一笔功德,这种事,自己打破脑袋都想不到。

不过青同此刻已经可以确定一事,这个陈平安竟然不是郑居中。

因为方才青同偷偷以心声询问过至圣先师了。

至圣先师当时的语气也颇为无奈:"青同道友你的这个想法,很天马行空啊,郑居中胆子再大,崔瀺想法再新奇,也不至于拿文庙规矩和文脉道统开玩笑吧。"

之后一行人稍稍绕路，走到了一处被青同命名为止戈楼的高楼外，里边储藏了数以万计的兵器，山上的山下的都有，不看品相材质好坏，只看合不合青同的眼缘。

至圣先师依旧是站在门外，打量了一番，与陈平安说道："对了，小陌想到了一条跻身十四境纯粹剑修的道路，可惜已经有人捷足先登，刚刚被我拦下了，差点就是一场遥遥问剑。"

陈平安转头望向一脸羞赧的小陌，难道是与孙道长想到一块去了？

小陌眼神诚挚地说道："待在公子身边，耳濡目染之下，就喜欢模仿公子去想事情，才发现虚度了万年光阴。"

要是早个百来年认识公子，估计就要换成玄都观孙道长与自己问剑了吧。

至圣先师称赞道："小陌大气啊。"

小陌摇头道："公子珠玉在前，小陌愧不敢当。"

吕喦忍俊不禁，看来除了文圣，仙都山和落魄山，也是需要分别去走一遭的。

不过不出意料的话，当下的那个"自己"应该已经逛过两地了。

只是这边的纯阳真人，想要知道"未来事"，是有一定滞后性的。

至圣先师望向梧桐枝头的那轮明月，没来由说了句："思君如弦月，一夜一夜圆。"

最早是《百剑仙印谱》上边的一句言语，后来好像是被剑气长城的某位女剑修用在了无事牌上边，还给了那位年轻隐官。

窈窕淑女，君子好逑，反之亦然嘛，都是人之常情。

吕喦抚须笑道："神仙句也。"

天下诗词无数，论月之说早已滥矣，很难有新鲜语调了。

至圣先师问道："是你从哪本杂书上边抄来的？"

陈平安摇头道："不是摘抄，是自己想的。"

吕喦笑道："好归好，只是治学不比作诗写词，一堆奇思妙语，不如一句警言，既不可过于仙气缥缈，不可过于旖旎缠绵，亦不可失之豪迈慷慨。贫道便是见着了白也、苏子、柳七，与那位山东老卒，也还是这般论调。"

至圣先师说道："也还好了，真性情是大丈夫本色。"

因为聊起了治学，至圣先师便问起一事："你与师兄左右，在剑气长城重逢，他有无将一身剑术倾囊相授？"

"左师兄一直有教剑术，不过对治学一事更上心，大致对半分。"陈平安点了点头，满脸无奈道，"反正就是……对我的炼剑治学，都不满意吧。"

而且绝对不是左师兄故意为之，他是真心看自己不太顺眼，要不是先生去了一趟剑气长城，估计师兄到最后还是看见自己就烦。

只有到了裴钱和曹晴朗他们那边，左师兄才有个笑脸。

至圣先师点头道:"左右脾气蛮好的。"

绣虎崔瀺不去说了,齐静春年轻那会儿,又能好到哪里去。至于那个刘十六,要是真的脾气好,早年能惹来佛祖亲自出手?

陈平安听到这个评价,只觉得一言难尽。

当年城头练剑一事,自己真没少吃苦头。

每次看见自己离开城头后,那副惨兮兮的模样,宁姚都要皱眉头的。

虽说左师兄说话,不会像当年在竹楼二楼学拳时崔前辈的言语那么……直截了当。

但却是一样的效果,反正同样戳心窝子。

至圣先师说道:"你这个左右师兄,可不是半点不懂人情世故的书呆子,只说他让你去研究那个江畔一百七十三问,当年用意如何,等你返回家乡,与那位书简湖老夫子重逢于仿白玉京,总该明白了左右的良苦用心了吧?"

陈平安点点头。

文圣一脉虽然香火凋零,老秀才的嫡传弟子,哪怕加上再传弟子,其实也就那么些人。

这在文庙诸多文脉道统,是一件极为罕见的事情。

其实外界更多被文圣嫡传弟子的那些作为所惊骇,一直忽略了某件"小事",那就是文圣一脉嫡传弟子,都将治学修身或者说修心一事,无时无刻不视为第一等大事。

就说左右这个中途转去练剑的文圣二弟子,随着与人问剑次数不断增多,逐渐被公认是"天下剑术第一"的剑修。

天底下许多的称号,往往是盛名之下其实难副,但是只要涉及剑修,就不是闹着玩的了。

以至于左右当年出海访仙,要找那剑术裴旻问剑一场,而作为浩然三绝之一的裴旻,自然是当之无愧的山上前辈,只因为摸着了跻身十四境的门槛,又与邹子走得近,故而始终不愿与左右这个"书呆子"问剑,不得不避其锋芒,故而"剑术"二字归属,外界早就不用争了。

但是左右在剑气长城,对这个小师弟,在教剑之外,更大的心思,还是要让"杂而不精,不务正业"的陈平安,好好在治学一事上,真正下一番苦功夫。

而陈平安本人,其实对于几乎被师兄崔瀺下了个定论的那句"休想立言",内心深处,何尝不是藏着一种不小的遗憾和失落。

所以他才会对得意学生曹晴朗那么寄予厚望,曹晴朗能够成为大骊王朝的榜眼,无论是陈平安这个先生,还是先生的先生,都是那么由衷的开怀。

就算是在开山大弟子裴钱那边,陈平安当年做的第一件事,也是让她抄书。

没有任何商量的余地，都不苛求她如何认真，只需要将抄书文字写得端正即可，也从不拦着她的抱怨和满腹牢骚。

天底下读书一事，什么时候不苦了？

甚至在那家乡小镇，裴钱还曾去学塾念过书。

以至于还是个黑炭小姑娘的裴钱，在成为后来的大宗师"郑钱"之前，当年在落魄山和骑龙巷，到了暖树和小米粒那边，成天摆在嘴边的一句话就是："唉，我如今可不是只会抄书，还是正儿八经上过学塾的读书人，唉，比师父都要白白多出个身份，怪愁人的，以后师父回家，还不得敲我一顿栗暴。"

每次暖树都会笑着不说话，只是点头。每天在学塾门口等着裴钱下课放学的骑龙巷右护法小米粒就更是捧场了："厉害嘞，羡慕哇。"

"那你要不要去学塾跟我一块儿念书？"

"不用不用，我和左护法蹲在学塾门口听你们念书就好哩。"

至圣先师笑道："纯阳道友，被某人喊了几声'吕祖'，就没想过抖搂一手剑法，好让晚辈心服口服，要知道这个晚辈的师兄，剑术很高的。"

吕喦无奈道："某人也没有口服心不服啊。"

早知道就不与至圣先师说那历练一事了。

小陌立即说道："我家公子是诚心实意，在山上前辈那边从无半句客套话，但是小陌身为剑修，不敢说什么不以为然，难免怀疑几分。"

陈平安双手笼袖，眼观鼻鼻观心。说实话，对于这位纯阳真人的道法和剑术，陈平安岂能不好奇。

先前只是在崔东山那边听说过几句，可是一个能够让崔东山都不吝溢美之词的前辈，道法通玄剑术高，就不用有任何怀疑。

所以陈平安唯一好奇之处，就是吕喦的道法之玄到底如何玄，剑术之高如何高。

吕喦笑了笑，双指并拢，背后长剑铿锵出鞘，瞬间掠至楼外广场中央地带。

剑尖指天，剑柄抵地。

那青同只是直愣愣看着剑尖所指，但是陈平安和小陌却几乎同时盯着抵住地面的剑柄。

这就是剑修与否的"天壤之别"了。

刹那之间，一把出鞘长剑，纹丝不动，却开始出现了数以百、千、万计的长剑。

陈平安看出些端倪了，长剑不到一万把，刚好只差了一把，显然是有意取纯阳之"九"字。

小陌眯起眼，心中默念一句，"天地四方曰宇，古往今来曰宙"。

原来是广场那边，仿佛以剑柄作为圆心，出现了一个密密麻麻攒簇在一起的长剑圆球。

但是玄妙之处，绝不仅限于"当下"长剑数量之多，那就太过小觑这座吕祖亲手造就的剑阵了。

因为那些长剑在重叠，又不局限于重叠，好像吕喦抽取、借调了光阴长河？

所以看似只有九千九百九十九把长剑，其实又是将近一万座剑阵的"之一"？

长剑之间相互交错，光线扭曲，许多长剑与剑光呈现出来的姿态，故而如龙蛇游弋，并非笔直一线。

这还是为了施展剑术，吕喦故意撤掉了障眼法，才能够让小陌一眼看出蛛丝马迹，不然狭路相逢，剑修问剑，纯阳真人祭出此剑，剑光一闪，便已经瞬间出剑，即便是身为飞升境巅峰的小陌，也自认会被打个措手不及。就是不知，吕喦这门剑术，他自身的天地灵气能够支撑多久，重建几座剑阵？

小陌以心声提醒道："纯阳道长有意敞开了人身小天地的剑气流转路线。"

这其实就是一部极上乘的剑诀。

如果说广场上那把长剑呈现出来的姿态是剑术，那么吕喦的剑道，可分两种：一种是道法之道，就是吕喦精湛剑术的大道显化，是气象，是法理；还有一种就是道路之道，也就是人身小天地内剑气如人行走的那些复杂路线，一般来说，这种好似剑谱图案的"道路"，就是不传之秘，在山上，只会口传亲授。

陈平安说道："我只能看清楚七八分。"

小陌说道："回头我帮公子记录在册。"

至圣先师笑着解释道："此剑法，同时涉及了道门的'阴阳'，以及佛家的'无量'，最后加上拘押一节节光阴长河的水流，所以此间递出之长剑，是来自光阴长河下游之逆流过往之剑，亦是来自光阴长河上游之未来之剑。至于纯阳道友的这门剑法能够支撑多久，我就看不出来了。"

一剑递出，避无可避。故而被问剑之人，唯有接剑的份。

因为世间有剑修这种不讲理的存在，能够一剑破万法，所以不光是后世练气士，万年之前，那会儿的人间道士们就想出了应对之策，锁剑符之流，终究是一种小道，真正的集大成者，还是阵法。甚至剑修本身，也在这条道路上走得不远不近。物物相克，循环往复。

吕喦转头望向陈平安。

陈平安轻轻点头。

吕喦这才收剑归鞘，与小陌微笑道："天地灵气一事，贫道逊色白也多矣。"

要是搁在蛮荒天下，听到这种话，小陌也就不多想了，真真假假的，打过一场便知。

可既然是在浩然天下，小陌不用问剑，心里就大致有数了，吕喦愿意搬出那位人间最得意，而非他人，那就说明差距不大。

"就只是抖搂了这一招？"至圣先师咦了一声，"纯阳道友是黔驴技穷，还是不大气啊。如果是前者还好说，若是后者，可就不够大丈夫本色了。我们浩然一直有那好事成双的说法，纯阳道友既然是道士，凑个天地人三才更好，两仪四象不嫌多……"

吕喦摇头笑道："容贫道藏拙几分。"

至圣先师大笑道："藏私就藏私，话说得这么漂亮。"

一般的剑法，有至圣先师和一位飞升境巅峰剑修在这边看着，吕喦拿不出手；自认不俗的那些，学剑门槛高，尤其讲究金丹运转之法，除非吕喦先与陈平安传道，后者才能真正练剑，否则陈平安就只能在那边依葫芦画瓢，越得其形，越远其神。

至圣先师以心声道："纯阳道友，以陈平安的性格，学了纯阳一脉的剑法，以后遇到你的弟子，还不得倾囊相授，投桃报李？"

吕喦无奈道："至圣先师莫不是忘了，贫道暂无弟子。"

至圣先师疑惑道："在青冥天下那边云游多年，光是白玉京玉皇城就去了三次，即便没有道法心传的入室弟子，记名弟子也没有一个吗？"

吕喦摇头道："不曾有。"

至圣先师气笑了，道："又不是找那道侣，眼光这么挑剔作甚？"

吕喦笑道："缘分未到，不可强求。收徒一事，贫道可以多学学文圣。"

吕喦突然以心声说道："至圣先师，早年不也是用剑之人？"

至圣先师叹了口气："只说剑道的道之高低，万年以来，位置拔高，极其有限，但是剑法剑术剑招这些，万年以来，确实是越来越高了，这是肉眼可见的。我要是抖搂了一手剑术，结果在看惯了世间第一流剑术的陈平安这边，得了个'也就这样'的评价，与他师兄左右好像差不多，那我岂不是亏了，以后陈平安再路过各地文庙，每次瞧见中间悬挂的那幅画像，这小子不得看一次笑一次？"

吕喦笑道："当真如此？"

至圣先师一笑置之。

随后，至圣先师领着一行人来到最高的那栋建筑前，悬挂榜书匾额"镇妖楼"，是礼圣亲笔题的。

这也是当初文海周密来到这边，明明能够打破镇妖楼禁制却放弃占据此地的唯一理由。

至圣先师问道："陈平安，如果换成你顶替斐然，身为蛮荒共主，有无谋划，能够最大程度上重创礼圣的大道根本？"

陈平安满脸呆滞。这是个什么问题？

在陈平安心目中，浩然礼圣，就是无敌的存在。

之所以从没有想过这种问题,是因为陈平安下意识觉得礼圣肯定会一直无敌下去,尤其是等到三教祖师散道,白玉京大掌教尚未融合三教学问根底、凭此证道合道,余斗的道老二,就还是一个名副其实的道老二。如果双方各自离开自家天下,选择去天外干一架,陈平安相信礼圣的胜算肯定更大。

至圣先师双手负后,仰头看着匾额,缓缓道:"好好想想,这可是一个不小的问题,你作为文圣一脉的嫡传弟子,别忘了,你那师兄茅小冬,如今还是礼记学宫的司业。"

"至圣先师,有无提示?"

"有,已经说过了。"

陈平安沉思片刻,轻声道:"两船对撞。"

吕喦轻轻颔首。

小陌斜视青同,还好,这厮也不懂。

陈平安脸色凝重,沉声道:"如果将每一座天下,都视为一条蹈虚远游的渡船,那么一旦这两条渡船撞在一起,浩然和蛮荒两座天下,就不再仅仅是天时紊乱,而是双方地利都会交错在一起。"

蛮荒天下不是没有折损,其实会有很大的后遗症。只说一旦两座天下接壤,双方形势颠倒,整个浩然天下,就像一座开始飞速运转的兵器铺子,无论是人力财力物力,还是山下人心、山上道心,都拧成一股绳,浩然天下巨大的底蕴,昼夜不息,就像都在转化为两个字,"战争"。这对于居于守势的蛮荒天下而言,多出那条通道,就意味着失去一块版图,可能相当于早年浩然天下直接失去一个类似桐叶洲的大洲版图,当然是雪上加霜。

但是对文海周密来说,只要能够压制三教祖师散道之后的礼圣,周密就等于多出了几分胜算,一旦他将来能够彻底炼化古天庭遗址,行"天下"之事受到的阻力就会减少。

与此同时,因为白泽的合道方式太过匪夷所思,若是两座天下衔接在一起,大战一场,只会越发惨烈,届时白泽的境界修行,尤其是杀力,就会"被迫"随之提升。

毫不顾及蛮荒天下的有灵众生,弱礼圣,强白泽,周密凭此在拖延时间。

"如果让我来选择船头,或者说是直指浩然天下与礼圣的矛头,首选……是过往的托月山。"

难怪斐然会早早"掏空"一座托月山,只留下一个托月山大祖的开山大弟子元凶,独自驻守此山。

"其次,是仙簪城。"

也难怪那个"假道士"仙尉,会与自己在大骊京城冥冥之中"偶遇"。虽说仙簪城被陈平安打成了两截,但这算不算误打误撞,等于是间接护住了"道簪一脉"的万年香火?

"之后，才是蛮荒天下五岳之类，比如那座青山。"

至圣先师点点头："那你觉得斐然会做吗？"

陈平安答道："可能不愿意做，但是不敢不做，不得不做。"

斐然对浩然礼圣，极为推崇。只是在其位谋其事，作为最新的蛮荒共主，斐然暂时还未能脱离文海周密的阴影。

一旦两船对撞，那么此事就是针对礼圣那场阴谋的开端。

就像青冥天下，对于余斗每次坐镇白玉京一百年的治理天下的手段，早就心生怨怼，积攒已久。

那么浩然天下对于礼圣的某些规矩，也未必就是真的心悦诚服，只说诸子百家的老祖师，谁都不得跻身十四境，必须将一部分道行消耗在天外，虽说是为了抵御天外神灵的持续攻伐，庇护浩然天下，但是岂能没有半点怨气？就算那些老祖师明白礼圣的难处和苦衷，诸子百家的众多练气士呢？各自修行一事，如那纯粹武夫一般，好似是一条断头路，岂能甘心？

"这难道就不是你礼圣的一种'罢黜百家，一人得道'之举？"至圣先师自言自语道，"不知道有多少人会有此想法。"

小陌脸色阴沉："敢有此想，我要是文庙儒生，又被我知道了，有一个算一个，砍死拉倒。"

至圣先师放声大笑："所以说你们剑修，天生适合战场，唯独不适合管人管事。"

如果将文庙视为浩然天下的一家之主，那么家长里短、鸡毛蒜皮、手心手背，都是为难事。

万年之前的那拨"书生"，为何一个个气概凌云？万年之后的读书人，又为何多酸儒腐儒而少醇儒？即便是饱读诗书的硕儒通儒，好像也少了几分豪杰气，终究道学先生多圣贤少。

陈平安看似神色平静，但是至圣先师却拍了拍他的肩膀："我们那位小夫子，早就习以为常了。有朝一日，你要是能够与他私底下谈心，能够从他那边听到一句倒苦水的言语，就算你的本事。试试看，一定要试试看。毕竟整整一万年了，我都未能听到他的半句牢骚话。"

吕喦面带笑意，询问道："陈平安，你不会真的将那笔账追本溯源，算到至圣先师和亚圣头上吧？"

陈平安无奈道："当然不会，我脑子又没病。我相信亚圣的初衷。"

"未来之事不可知，就算是三教祖师，也不敢说未来一定如何，只能尽量争取将世道推向一个好的大方向。这是其一。"吕喦摘下腰间悬挂的葫芦瓢，仰头喝了一口酒，"如果不做一个必须的了断和切割，就会变成天下皆错，好像世间无不错之人，无不错之事。这是其二。"

吕喦望向小陌和青同，笑问道："是不是换成其他人，会钻牛角尖，计较起来，真会觉得错在至圣先师和亚圣，或者说怎么都得算他们的一份过失？"

小陌犹豫了一下，说道："肯定会吧。"

青同说道："很有可能。"

吕喦点头说道："世道没有那么好。"

陈平安说道："世道也没有那么坏。"

吕喦抚须而笑："所以要修道。"

纯阳真人此时所谓的"修道"，可就不单单是指练气士的修行了，而是另有所指，人心汇聚而成的世道，有人愿意铺路搭桥，修补道路。

至圣先师笑道："陈平安，既然后知后觉了，是不是就不用问我那个问题了？"

作为执行者或者说一颗关键"棋子"的陈平安，放弃那个围杀陆沉的选择，那么作为布局者的师兄崔瀺，会不会感到失望？

陈平安默然点头。

虽然自己心中早有答案，可既然至圣先师在身边，验证心中所想，也就是一句话的事情。

按照至圣先师的提醒，作为小师弟的陈平安，已经在无形之中，帮助礼圣和整个浩然天下，消弭了一部分"天灾"。

即便将来有那两船对撞的一天，但是因为没有了托月山和仙簪城，这就让登天的周密不得不稍微绕路。一两步的偏移路线，对于浩然人间而言，可能就是减少数以千万计的伤亡。

这就让浩然天下和中土文庙必须承这个情。

崔瀺同时好像在与道祖说一个道理。

道祖，你在散道之前，就不要任何的多此一举了。

做好你们三位天上的身前事，至于天下的身后事，拭目以待作壁上观即可。

陈平安这个不惑之年的年轻剑修，尚且有此魄力，要以纯粹的剑修身份问剑白玉京。

就让你道祖眼中的那些小辈，去堂堂正正接剑一场，双方各凭本事，生死自负。

弱化周密有可能的未来"天下"之举，更多地保存文庙底蕴和分担礼圣肩头的压力，提醒道祖不用太过护着白玉京，更别刻意针对剑气长城的末代隐官。

一举三得。

至圣先师笑道："崔瀺是什么人，肯定早就知道你会做出什么选择，虽说此举可能不符合他绣虎的事功学问。

"可你又不是崔瀺的学生弟子,而是他的小师弟。

"所以这算不算是文圣一脉的首徒,与小师弟的一场联手……问剑?"

与齐静春联手打过了蛮荒天下和文海周密,又开始与你陈平安先算计陆沉,再针对白玉京?

至圣先师继续说道:"别忘了,即便撇开那个最终结果不谈,且不说那郑居中和吴霜降一起出手会如何,一旦你们这些剑修选择了出剑,你以为当时那场围杀成功与否,还重要吗?就算围杀陆沉失败,也是影响极其深远的一个结果,因为最关键的,是你们这些来自剑气长城的剑修,一旦与人结仇,就会记性格外好。"

齐廷济是一位城头刻字的剑仙,宁姚更是五彩天下共主,陆芝也是大道可期,刑官豪素就绝对不会去青冥天下。

这对于未来的青冥天下来说,就是内忧之外,犹有外患。

如果有了这场厮杀,将来五彩天下再次开门之时,对浩然天下一向观感不佳的陆芝,肯定会选择去往飞升城,在那边炼化本命剑北斗,而刑官豪素多半会选择同行。手刀那位中土飞升境修士后,既然大仇已报,那么对"刑官"身份颇为愧疚的豪素,向来有恩报恩。再者对于豪素这种剑修而言,问剑白玉京,本身就是一种不小的诱惑。

北俱芦洲的剑修,曾经做出过跨洲远游皑皑洲的壮举。

那么五彩天下的剑修,一样做得出跨越天下赶赴青冥天下的行径。

在这之前,那些已经迁徙去往五彩天下的白玉京道官,会是什么下场?

而白玉京在五彩天下的布局,几乎是余斗的某种大道之一。

这就不光是崔瀺算计青冥天下了,连那五彩天下的未来大势,一并被绣虎随手囊括其中。

故而本该是一举四得。

可既然陈平安选择放弃围杀陆沉,就是只有一举三得了?

未必。

至圣先师微笑道:"因为你没有按部就班行事,崔瀺就会让主动放弃这个选择的泥瓶巷陈平安,更加难以释怀。报仇之前,此生修行,岂会岂敢岂能懈怠片刻?"

陈平安在恍惚之间,好像解开了某些禁制,刚刚记起了一些往事。

当时在剑气长城重逢,不人不鬼模样的陈平安躺在地上,看着夜幕里的阵阵漫天风雪,难得埋怨了一句。

闲聊之后,陈平安只记得自己是以狭刀斩勘拄地,自己站起身的,原来不是,是师兄篡改了自己的记忆?或者说是分出两条光阴长河,自己其实见到了两个崔瀺?最终其中一条光阴长河支流的画面,被师兄以某种秘法封禁起来了?

因为此刻陈平安想起的,是城头之上,师兄崔瀺神色平静,弯腰低头,伸出一只手,将自己拉起身。

最后崔瀺坐在墙头上，双拳虚握，轻轻放在膝盖上，目视远方。

陈平安就坐在一旁，转头看着那个……满头白发的儒衫老人。

"提醒一句，不要用这种眼神看我。

"我崔瀺做的所有事情，天下人理不理解，跟我无关。

"你之所以是例外，让我多余地提醒一句，是因为你是先生的关门弟子，所以你必须理解，就算今天不理解，也要假装理解。"

陈平安苦涩道："我还以为会说一句'以后也要理解'。"

崔瀺微笑道："以后？怎么个以后，是万年千年百年十年，还是后天明天？"

陈平安没办法给出答案，做不到的事情不做保证，保证过的事情就一定做到。

所以陈平安只是解释道："我只是好奇少年时的崔师兄，就是崔东山这个样子吗？"

崔瀺摇摇头，眯眼而笑，轻声道："少年时啊，很久之前的事情了，想得比他少些，也没有他那么……皮。"

陈平安沉默许久，轻声问道："就不去见见先生？"

崔瀺双手握拳撑在膝盖上，没有说话。

没有答案，好像就是答案。

先生有错在先，但先生还是先生。所以方才崔瀺那句"你是先生的关门弟子"，好像同时回答了陈平安的另外一个问题。

可先生不来见我，我就不去见先生。

天下人不理解我，都与我崔瀺无关，但是先生不理解我，学生虽无怨言，但心中有怨气。

这一刻的儒衫老人，仿佛就是昔年的少年，所以才会与先生怄气。

陈平安能够记起的，就只有这么多了。肯定还有一些对话，但是都记不起了。

"天地间还有比仇恨和愤怒，更能让人咬牙前行的事情吗？"至圣先师伸手指了指天幕，"万年之前的我们，就是这么一步一步走上去的。"

那么作为昔年文圣首徒的崔瀺，就是要让文圣一脉的陈平安，不仅仅是止步于什么问剑白玉京，而是要再走一趟登天之路。

新人走旧路，是为推陈出新。

有我崔瀺护道，你们知道又如何，别拦，否则后果自负。

至圣先师笑道："纯阳道友，愿意被如此护道吗？"

吕喦摇头笑道："免了免了，要是贫道年轻时就摊上这么个师兄，道心得稀碎好几回了吧。"

至圣先师问道："不管怎么说，崔瀺毕竟都没有跟你商量半句，心中会有怨气吗？"

"当然会有，只是重逢离别都太匆忙，好像就忘记说了。但是……"陈平安怔怔出神，停顿片刻，轻声说道，"始终被他人寄予希望，会让自己觉得不孤单。"

裴钱带着郑又乾和谈瀛洲两个孩子，一起坐在密雪峰山路的台阶上。

米裕此次在风鸢渡船上边闭关成功，终于成为一位名副其实的米大剑仙了。

米剑仙的称呼，就已经是骂人的话，再来个更过分的米大剑仙，当然更是如同打脸。

所幸今时不同往日了。

仙都山青萍剑宗的首席供奉，是一位当之无愧的大剑仙了。

裴钱有意让这个来自中土铁树山的小姑娘坐在中间。

谈瀛洲小声说道："裴姐姐，郑又乾私底下说很怕你。"

郑又乾涨红了脸，连忙摆手："不是这样的……也不对，是也是，但是……"

语无伦次，孩子急得直挠头，谈瀛洲你怎么总是学我小师叔告刁状呢。不过郑又乾一直纳闷，小师叔咋个就告刁状了，没有吧？

怕是怕，可自己之前与谈瀛洲私底下聊起这位裴师姐，是有一箩筐的好话，你谈瀛洲不能挑着说话啊。

裴师姐，作为小师叔的开山大弟子，是那有"郑撒钱""郑清明"两个绰号的大宗师啊，专杀妖族的，都说在那金甲洲和陪都两座战场上，轰隆隆一拳下去，就天地清明了。原本身陷重围的战场之上，最后除了裴师姐站着，其他人就都躺着了。

裴钱身体微微前倾，绕过谈瀛洲，朝郑又乾眯眼笑道："又乾，怕我做什么，师父可喜欢你了。再说了，你是我师父的师兄的大弟子，咱俩算是平辈的。"

郑又乾笑容尴尬，师姐只要不笑，我就不怕师姐。

眼前这位裴师姐，不愧是小师叔的开山大弟子，笑起来的时候，至少有小师叔一半的功力了。

郑又乾壮起胆子问道："裴师姐为什么要练拳啊？"

师父说过，习武练拳一事，如果只求强身健体，雄壮自身体魄，不算太难，可如果想要练出个名堂，就要吃苦头了。

裴钱笑道："稀里糊涂习武，浑浑噩噩练拳，闹着玩的。"

郑又乾不敢继续问下去，裴师姐你骗谁呢。

裴钱问道："那你呢，为什么要跟着刘师伯修行？"

郑又乾腼腆道："跟着师父修习了仙家术法，就可以活得久，活得久，就可以多读些书。将来等我炼形成功，就可以自个儿买书去了。"

谈瀛洲提醒道："在这之前，你在那些仙家渡口都不敢进书铺，都是我帮你买的书，做了人更不能忘本啊。"

郑又乾使劲点头道:"买了多少书,在哪里买的,花了多少钱,我都清楚地记着呢。"

谈瀛洲怒道:"记得这么清楚,不把我当朋友是吧?"

郑又乾不慌不乱,解释道:"怎么可能呢,我之所以记账,是早就打算跟小师叔讨要一方藏书印,印文就刻那'好友瀛洲惠赠',我再写上于某年某月某日购买自何地。"

谈瀛洲双臂环胸,眯起眼笑,点点头,这还差不多,算你有点良心,又道:"钱就算了,不用你还,也没几个钱。"

郑又乾嗯了一声:"我早就觉得你不会跟我计较这点钱。"

谈瀛洲高高扬起头颅,神采奕奕,道:"那必须的,江湖儿女,钱算什么。"

裴钱啧啧称奇,这个郑师弟很开窍啊,算不算无师自通?

刘景龙和弟子白首,与老真人梁爽、弟子马宣徽,还有指玄峰袁灵殿、张山峰,一起坐在观景台饮茶。

老真人奇怪道:"这才闭关几天? 不都说米裕在元婴境瓶颈时,闭关耗时很久,所以才沦为剑气长城的笑柄吗?"

刘景龙笑着解释道:"米剑仙当时有心结,因为形势所迫才不得不闭关破境,再拖延下去只会适得其反。所谓不斩心魔,就要走火入魔,那么米剑仙只要不妨碍元婴境杀力,他是绝对不会想要主动跻身玉璞境的。"

老真人也不刨根问底,点头道:"家家有本难念的经。"

白首嘿嘿笑道:"剑气长城那边,米剑仙除了那句脍炙人口的'自古深情留不住',其实关于他的玉璞境瓶颈难破一事,也有个广为流传的有趣说法……"

刘景龙瞪眼道:"喝茶!"

白首委屈道:"在那边的酒桌上,谁也没个忌讳啊。"

刘景龙说道:"你在翩然峰刻下的那句座右铭,忘了?"

白首一时语塞,憋了半天,小声嘀咕道:"某人脾气臭,爱记仇,可是咱们米剑仙好说话啊,能一样嘛。"

老真人哈哈笑道:"齐宗主,别拦别拦,就让白首说说看,到底是怎么个说法? 关起门来,都不是外人,出了门去,我们都不多嘴就是了。"

白首看了一眼姓刘的,刘景龙故作不知。

白首只得摆手道:"梁老哥,算了啊,我师父这边规矩重得很。"

老真人笑道:"既然白老弟为难,就算了。"

其实一老一小,已经在那儿偷偷以心声言语了,双方很聊得来。

刘景龙也就是看破不说破,自己这个开山大弟子,哪里差了?

道号龙门的仙人果然,与女冠黄庭一见投缘,双方此刻并肩站在山路更高处。

当然与那种男女情爱无关,纯粹就是双方性情相投。

须知果然在那炼形成功后的"少年"时,就曾在那白帝城地界,做出过击水万里触龙门的壮举,脾气如何,可想而知。

这些年,果然在铁树山,极少下山游历,也算是潜灵养性,不然郭藕汀还真不放心这个得意弟子独自出门。

果然作为郭藕汀的关门弟子,在铁树山修道多年,只看面容,却依旧是个清秀少年,头别木簪,身穿一件墨色法袍。

果然笑问道:"我毕竟是妖族出身,当了太平山的记名供奉,当真不会犯忌讳?"

这很容易惹来一些不必要的流言蜚语,这对于即将在废墟中重建宗门的太平山而言,并不明智。何况自己只是一个记名供奉,又远在中土神洲,真正能够帮到太平山的,终究极其有限,以后都很难列席参加祖师堂议事。

"负山道友已经答应成为太平山的护山供奉了,只要龙门道友不觉得未能成为首席供奉,委屈了自己,我这边毫无问题。"黄庭双臂环胸,眯起眼眸,神色凛冽,摇头道,"我太平山只修真,没那些乱七八糟的狗屁讲究,我走江湖多年,见过太多人不如鬼的货色了。"

未能亲手做掉那只叛出太平山的背剑老猿,一直是黄庭的最大心结。

果然点头道:"那就如此说定。师尊和铁树山那边,也不会有任何问题。"

黄庭笑道:"皇帝爱长子,百姓爱幺儿嘛。"

只是女子一双秋水长眸中,藏着细细碎碎的伤感,如月色流淌在河流上。

果然好奇地问道:"陈先生为何对你们太平山如此心生亲近?"

黄庭说道:"陈平安说过两个原因,一个是见过老天君后,才知道原来山上神仙也有侠气,再一个……"说到这里,黄庭好像也觉得有趣,笑了起来,道:"就是他从老天君眼中,觉得自己将来一定可以做出壮举。"

桐叶洲那场桃叶之盟,大泉王朝和蒲山云草堂都是发起人之一。

老将军姚镇,今天让孙子姚仙之请来了三人,要商议一件事。

蒲山的山主叶芸芸、弟子薛怀、掌律檀溶,都来了。

大泉京城府尹姚仙之,就只能是负责端茶送水。

老人的书桌上,堆满了堪舆图,是陆陆续续从大泉京城钦天监,还有礼、工两部那边找人翻拣出来的图纸。

姚镇说道:"有劳叶山主了。"

叶芸芸笑着点头，施展山上的摹拓手段，将那些图纸"炼化"为虚，一一衔接，最终就是一整幅桐叶洲中部形势图。

"如果我们真要学那宝瓶洲，打造出一条崭新大渎，蜃景城已设计出了三条大渎雏形路线，各有利弊，仅供参考。"

姚镇从姚仙之手中接过一根绿竹杖，在地图上画出三条路线，叶芸芸便以术法帮忙留住三条大渎的河床路线。

檀溶看着地图上那三条路线，河段重叠处颇多，问道："此事工程浩大，都不是什么神仙钱的事情了，之前桃叶之盟提出开凿大渎一事，就是个拉拢人心的噱头罢了，此事当真能成？一旦正式开工，就真是拉弓没有回头箭了，比那打造一座仙家渡口更是个无底洞，稍不留心，别说我们蒲山会元气大伤，财库耗竭，老将军的大泉王朝，恐怕都要保不住前十强国的名号吧？"

叶芸芸笑道："所以必须拉上一个更加财大气粗的冤大头嘛。"

姚仙之神色尴尬，总觉得自己有点对不住陈先生。

"倒也不能这么说，如果只是劫富济贫，我就不开这个口了。"姚镇笑着摇头道，"如今我们桐叶洲，满目疮痍，一洲民生凋敝至极，有这么个工程在，是可以养活沿途很多老百姓的，蜃景城有过一个粗略的估算，至少八百余万百姓可以凭此谋生，甚至挣着钱，当然前提是我们运作得当了，才能够避免劳民伤财，变成一桩既能解决燃眉之急，又可算是功在千秋的好事。"

薛怀忧心忡忡道："大骊宋氏当年是举一国之力，或者说就是举半洲之力，才建成了那条横贯宝瓶洲的大渎。第一，主持事务的，是大骊国师崔瀺；第二，当时大战在即，宝瓶洲一洲本就人心凝聚，大骊铁骑更是足可弹压一切异议；第三，大骊立碑于一洲山巅，各方只敢出钱出力，没有任何势力敢拖后腿，偷偷下绊子。反观我们桐叶洲，忙着各自复国和恢复民生，只说光是重建京城一事，好些君主就已经焦头烂额，四处借债，加上我们一洲中部沿途的山水神灵，十不存一，搬山徙水、开凿河床一事，光凭山上练气士，更是难上加难，天时地利人和，好像都不太够，不容乐观啊……"

门口那边，一位神出鬼没的白衣少年，斜靠屋门，微笑道："只要我家先生肯点头，愿意揽下这档子事，那么一切都不是问题，只说搬山、徙水两事，先生那边都会有合适的人选。"

姚镇笑问道："崔宗主，问题在于，你家先生愿意点头吗？"

崔东山笑眯眯道："假设我家先生愿意点头，你们愿意砸锅卖铁、倾力相助吗？你们敢当那吃力不讨好的恶人，能当那好心却讨骂的恶人吗？"

姚镇笑道："我们陛下和蜃景城，没有半点问题。"

叶芸芸说道："我们蒲山也没有问题！"

薛怀和檀溶面面相觑，就这么说定啦？

崔东山深呼吸一口气，使劲一甩袖子噼啪作响，大义凛然道："罢了罢了，既然事已至此，箭在弦上不得不发，在先生那边挨骂一事，都让开，让我来！"

叶芸芸看了一眼白衣少年，再看了看白发老将军，她有话就直说了："崔宗主，姚老将军，你们俩该不会是在唱双簧吧？"

崔东山跺脚道："冤枉人，苦死我了！"

姚镇连连摆手道："还真没有事先约好。"

叶芸芸突然说道："不行，我暂且收回那句话，得亲自问过陈平安才行。"

白衣少年仰头看向天花板，伸手狠狠抹了抹脸庞，眼神幽怨，自怨自艾道："这下子真要挨骂了，成事不足败事有余的东西，还怎么当先生的得意学生。"

薛怀突然问道："如果下定决心要开凿一条大渎，我们要不要绕过玉圭宗？"

崔东山揉了揉下巴："这确实是个不大不小、可大可小的问题。嘿，没事，这个答案，自己跑来仙都山了。告辞告辞，这拨人境界不高，最高才是个大剑仙，那就根本用不着咱们右护法露面了，我亲自去待客便是。"

离开之前，崔东山抱拳笑道："在我去而复还之前，绸缪山景星峰那边，就有劳叶山主帮忙多看着点了。"

叶芸芸点头道："小事。"

陈平安的学生曹晴朗，此刻就在那边闭关结丹。

一艘来自玉圭宗的跨洲渡船放缓速度，慢悠悠进入仙都山边缘地界。

就像遥遥与东道主打了声招呼，有客登门。

船头那边，姜蘅心情复杂，与身边一个孩子说道："邱植，我们马上就要到那座渡口了。"

一个面容稚嫩的孩子踮起脚尖，举目北望仙都山诸峰，感慨道："这里就是陈隐官的下宗了啊。"

自家玉圭宗，在创建下宗一事上，何等坎坷，一直磕磕绊绊，听王夫子说过，好像是当年与北边的桐叶宗相互使绊子，最终就是谁都成不了事。

姜蘅迅速收拾好心中那些杂乱情绪，笑道："浩然天下拥有下宗的山头不算少，但是这么快先立宗门、再起下宗的，在浩然历史上，好像是绝无仅有的事情。"

邱植好奇道："听说我们那位姜老宗主，还是他们上宗落魄山的首席供奉？"

姜蘅神色别扭至极，只是点点头。

远处一位青衫老者哈哈笑道："邱峰主，你这可就是哪壶不开提哪壶了。"

这个名叫邱植的孩子，九岁而已，便已是龙门境剑修，拥有三把本命飞剑，虽然尚未结丹，却已经破格担任玉圭宗的九弈峰峰主。

按照玉圭宗的规矩，九弈峰峰主，将来都会继任宗主，唯一的例外，就是姜尚真，也就是姜蘅的父亲、云窟福地的姜氏家主了。

姜尚真早年未能入主九弈峰，却依旧担任了宗主。

姜蘅冷哼一声。

那个儒衫老修士，名为王霁，与姜尚真是出了名的不对付，在进入玉圭宗之前，就喜欢往死里骂姜尚真，恨不得把姜尚真骂死。

姜蘅作为姜尚真的嫡长子，自然而然就被牵连了。

因为要参加落魄山下宗建立的观礼，队伍中又有邱植这个玉圭宗的宝贝疙瘩，所以祖师堂专门让待在驱山渡的祖师堂供奉王霁，跟着渡船一同北上桐叶洲，甚至还要再拉上一位皑皑洲刘氏客卿，金甲洲大剑仙，绰号徐君，真名徐獬，一起为这拨年轻剑修保驾护航。

徐獬之所以答应此事，当然不是卖玉圭宗面子，而是想见一见那个女武夫"郑钱"。

两人曾经在徐獬的家乡金甲洲打过照面，在徐獬印象中，那是一个极懂礼数的小姑娘。

一个年纪轻轻的外乡女子，能够在金甲洲舍生忘死，与那曹慈和郁狷夫一起，跟随大军从中部一直且战且退至一洲北部，还能够兼顾杀敌与活人两事，徐獬再专注修行和炼剑，对那郑钱肯定还是有几分好感的。

王霁看了一眼徐獬，心中叹息一声。

虽然自己也是在战事落幕后才加入玉圭宗的谱牒修士，但是即便如此，老修士难免有几分伤感，如今的玉圭宗，确实远远没有几十年前的盛况了。

再无飞升境修士坐镇宗门，祖师堂的交椅也空了大半，否则哪里需要喊上剑仙徐獬这个外人帮忙护道？

玉圭宗底蕴如何，只需要看祖师堂议事，骂姜尚真的人数多不多，嗓门大不大。

当然了，比起北边的那个桐叶宗，还是比上不足比下有余的。

除去下宗真境宗，玉圭宗如今能够容纳两条以上跨洲渡船停泊的仙家渡口，就有三座，碧城渡、逆旅渡和远山渡。

在整个桐叶洲南部地界，明里暗里的藩属山头、仙府门派，更是多达百余个，几乎可以算是被玉圭宗一网打尽了。

要不是文庙有所暗示，大泉王朝以北，只说那个昔年不可一世如今孤零零的桐叶宗，以玉圭宗某位老宗主的脾气，说不定都能用或拉拢、或扶植的各种手段，用一串的藩属山头将那个桐叶宗包围起来，每天轮流在某个山头、仙府喝酒，大摆宴席，兜兜转转刚好喝满一圈。

这种勾当，别人想都想不出来，姜某人却都做得出来。

一道白虹身形骤然悬停在渡船一侧,自报名号。

那个自称仙都山崔东山的俊美少年,一身雪白,眉心一粒红痣,更显仙气。

少年着重表明自己是陈山主的得意学生。

王霁抱拳笑道:"见过崔仙师,果然是名师出高徒。"

玉圭宗这趟北上参加观礼,属于不请自来,所以暂时并不知道落魄山下宗首任宗主的人选。

足可见玉圭宗对那位年轻隐官的重视程度。

其实是否主动参加这场观礼,神篆峰祖师堂不是没有异议,总觉得何必如此客气,山上观礼道贺一事,历来都是先有请帖登门,才算规矩。玉圭宗又不是那些藩属山头,拿热脸贴冷屁股,自讨没趣的事情,哪个"宗"字头仙府愿意做?

只是宗主韦滢在信上说得坚决,王霁一行人也就只能乘坐渡船北游仙都山了。

崔东山飘落在船头,与王霁和徐獬一番客套寒暄过后,望向那位与自家周首席很有几分相似的年轻修士,笑哈哈道:"小蘅啊,喊我崔宗主就见外了,我跟你爹是至交好友,一向是以兄弟相称的,你喊崔叔叔就可以。"

崔东山心想,咱们周首席尽胡说,咋个就要怀疑姜蘅不是亲生的了,分明是一个模子里刻出来的嘛,瞧着多像。

不过与侄儿小蘅还没混熟,船上又有外人在场,这种体己话,暂时就先不说了。

姜蘅脸色铁青,沉声道:"崔仙师,这就是你们仙都山的门风?!还是说上梁不正下梁歪,落魄山便是如此?"

崔东山暗叹一声,好家伙,不愧是周首席的亲生崽儿,栽赃嫁祸很有一手啊,只得板起脸抱拳致歉道:"失言失言,小姜仙师,莫怪莫怪。"

听先生的,听先生的,当了宗主就要有宗主的样子。

崔东山再对那邱植抱拳笑道:"邱峰主,久仰久仰。"

邱植毕竟年少,微微脸红,略显几分生疏,抱拳还礼道:"九弈峰邱植,见过崔前辈。"

崔东山双手负后,很快就端起前辈的架子了,点头道:"年少有为,后生可畏,好好好,玉圭宗九弈峰历代峰主,皆是风骨雄健之辈,如荷叶亭亭玉立天风中,如今眼见小邱又清发,我很欣慰啊。"

邱植年龄小,又没有什么江湖经验,人情世故这一块更是可以忽略不计,结果碰到这么个顺着杆子就往上爬的崔仙师,听着好像都是好话,可又好像话里有话,孩子一下子就噎住了,只得转头望向最信任的王夫子,眼神询问,我该说什么?

王霁以心声笑道:"装傻就可以了。"

崔东山以心声说道:"王供奉,邱植不该这么早就露面的,怎么都该玉璞境才下山现身桐叶洲,还是说韦滢就这么信任我家先生和仙都山?"

因为崔东山已经看出这个孩子的不同寻常，剑修邱植处于一种天生的离魂症状，心宅之内，如一国之内两君主，一方殚精竭虑，一方垂拱而治，但是在某种危急时刻，就可以身份互换。如果不曾被带上山修行，只在市井兜兜转转，就要暴殄天物了，一个不小心还会被当成个疯子，不断消磨心智和天赋。估计邱植能够这么快就被玉圭宗找到，再被带上山修行，也算是一种苟老儿的祖荫庇护了。

邱植就像天生就比常人多拥有一副阴神，与真身相得益彰，在修行路上，自然会事半功倍。

王霈被这个崔东山吓了一大跳，只是看几眼就能确定邱植的异样？

王霈犹豫了一下，道："韦宗主在信上交代过我们，此次参加观礼之人，必须有九弈峰邱植。"

显而易见，韦滢早已将那仙都山的落魄山下宗，视为一个足可与玉圭宗平起平坐的山头。

与此同时，在某种意义上，韦滢其实也是一种暗示，若是他在蛮荒天下战场那边有了意外，那么邱植不出意外，就会再次"破例"，直接顺势成为玉圭宗的下任宗主，那么未来此人游历桐叶洲北方，若是再有意外，就有劳仙都山帮忙照拂一二。

当然是一种示好，甚至都可算是示弱了。

只是由此可见，宗主韦滢的务实，剑修韦滢的气度。

船头还有一对年轻男女，并肩站在一起赏景，好似天造地设的一双。

此刻瞧见了那个白衣少年，也都忍不住多看了几眼。尤其是那年轻男子，似乎眉宇间小有忧愁。

他们都是现任宗主韦滢的嫡传弟子，都曾经跟隋右边一起去往大骊龙州，登上那座飞升台。

男子俗名年酒，谐音念旧，本命飞剑名为鱼龙。

女子名为岁鱼，本命飞剑名为酒壶。

他们在真境宗祖师堂谱牒上边的名字，分别是韦姑苏和韦仙游。不过小名和本命飞剑名，都是师父帮忙取的，他们各自倒是都很喜欢。

等到姜尚真卸任，师父韦滢继任宗主，他们就跟随韦滢一起重返桐叶洲玉圭宗，山上的金玉谱牒又有变化，从最早的九弈峰，到宝瓶洲真境宗，再回到桐叶洲神篆峰。

当年那次宝瓶洲诸多地仙修士，秘密赶赴龙州槐黄县，各凭机缘，通过飞升台登高来极快破境和提升修为。

他们与隋右边的关系，有点类似科举的同年，当然更是同乡。

韦滢在尚未担任宗主之前，整个玉圭宗就都清楚一事，韦滢对那个被老宗主苟渊带上山的隋右边，很是另眼相待。原本不出意外的话，甚至可能会就此多出一双道侣。

而隋右边的表现，就显得尤其孤僻清高了，不过倒也没谁觉得她是不知好歹，反而有不少祖师堂成员，因此都对隋右边高看一眼。

崔东山笑嘻嘻地看着那双师兄妹，也不说话。

米首席，米大剑仙，你的仰慕者来了。

不知道这位女子在瞧见了米裕之后，到底是失望呢，还是情之所起、不讲道理？

而这位"韦姑苏"，若是能够与那位自称姑苏的胖子庾谨碰面，又不知道会是什么场景？

崔东山被王霁拉去船上屋内喝茶，除了王霁，玉圭宗还有一位身份隐蔽的护道人，是韦滢遵循玉圭宗代代相传的某个旧例，专门安排给邱植的一位死士，此人更是玉圭宗某位硕果仅存的祖师。

大剑仙徐獬是外人，就留在了船头。

他只是与那崔东山心声询问一事，那裴钱如今是否在仙都山，得到肯定答案后，便觉得不虚此行。

不比年幼却身份特殊的邱植，年酒和岁鱼在玉圭宗内的辈分不高，就都没跟着去谈事情。

当年在那飞升台登顶过程中，两位年轻剑修都要比隋右边更早退出，由于道心失守，跌落出飞升台。

岁鱼，是个性格活泼的年轻女子，一直吵着要去剑气长城。如果不是师父拦阻，说她去了剑气长城，以她的性格是回不来的，师父再让师兄年酒成天盯着她，不然岁鱼早就偷溜去了倒悬山，跑到了剑气长城。私心当然也是有的，而且她从不藏掖，就是要去亲眼见一见那位米剑修，看看他是不是真的与师父一般英俊，风神高迈。

因为曾经有位别洲女修，游历玉圭宗，她算是岁鱼沾亲带故的家族长辈，她说起过那位米剑仙，让少女岁鱼尤为记忆深刻。

问起如此难以释怀的缘由，那位女修的答案，让岁鱼目瞪口呆。

"他长得好看啊，米裕很好看的。"

要说山下女子对男子一见钟情，不足为奇，可是这种话，是从一位玉璞境仙子嘴中说出，就让岁鱼不得不好奇再好奇了。

只是那位女修也说了，自己是在米裕为元婴境剑修时遇见他的，若是能够晚一些遇见，比如等米裕跻身了玉璞境，自己肯定就不会喜欢了。

年酒就很犯愁，于公于私，都要拦着师妹，反正师兄妹两个，一年到头几乎都是一起炼剑的。

年酒感慨道："听说隋师姐已经是元婴境剑修了。"

岁鱼笑道："更自惭形秽啦，是不是觉得自己更配不上隋师姐了？"

年酒憋屈不已。

哦，只许你喜欢一个素未谋面的米剑仙，都不许我说几句同门师姐的好话啦？

你就欺负我喜欢你，单相思呗。

一想到这些儿女情长，年酒就难免想到自家那位姜老宗主。

其实姜尚真当年在玉圭宗年轻几辈修士当中，口碑相当不错，没架子，混不吝，当然女修除外。女修从老到少，哪个不曾骂过姜氏家主？以至于姜尚真心酸不已，在祖师堂那边抛出一个问题：难不成你们不骂我几句，就不是贤淑可人的良家女子了吗？姐姐妹妹们，你们这些好没道理的谩骂声和质疑声，好似一拳一拳砸在我心坎上，动辄几十年几百年功力的一拳又一拳，真心不怕姜某人就此心碎吗？

有此问后，那些年的玉圭宗上下，不知谁带的头，但凡见着了姜尚真，甚至都懒得说话了，就是呸一声。

最后还是姜尚真主动认错，这才好不容易重新讨到几句骂。

"年酒啊，你师父帮你取的这个名字，你觉得好不好？"

"年酒，'念旧'，很好啊。"

"念旧念旧，怀念旧人，当然不错，但是在男女情爱一途，念旧一事，啧啧，你自己想去。"

"姜家主，你咒我干吗？"

"喊姜大哥，什么姜家主，生分至极，叫人寒心。"

"还是算了吧，被师父知道了，非要我好看。"

在剑修韦滢还是九弈峰峰主之时，就对意外未能补缺九弈峰的姜尚真由衷地敬重，当然还有忌惮。

"年酒，姜大哥免费送你一句金玉良言，我辈修士，幽居山中，心无旁骛，只要御风或是御剑够快，那么你耳边就只有天风吹拂的声响，再听不见半句嚼舌头的闲言碎语。"

少年剑修当时就觉得这位吊儿郎当的姜氏家主，竟然会说句……人话？

结果少年很快就知道自己错了，大错特错。

"比如姜大哥我，每次路过一座山头再离开，耳边都是娇嗔声、挽留声。只是她们留不住我，这叫什么，这就叫浪子，浪子一般不回头，一回头就要在百花丛中用脸蹭桃李杏花。"

"……"

"年酒，你知不知道在山上修行最忌讳的一件事，韦滢那家伙就没有提醒过你？"

"什么？"

"那就是当师兄的，千万别喜欢师妹，千万别啊，很容易伤心伤肺。山上的师兄有多心疼师妹，师妹将来就有多喜欢山外半路杀出的野汉子，你说气人不气人？"

"……"

"但也不是没有解决的办法。瞧瞧，姜大哥是走惯了江湖的，喏，手里这一包，叫蒙汗药，只需要一枚小暑钱，生米煮成熟饭后，你们俩可不就是只能结为山上道侣，等你大婚之时，我就用这枚小暑钱当份子钱了，也还是右手出左手进的。你好好想想，是不是啥都没做，就白捡了个如花似玉的媳妇，是不是赚大发了？"

"这样……不好吧？"

"岁鱼岁鱼，年酒那家伙要对你用蒙汗药，下三烂，下作，下流！瞧瞧，就是我手上这包，药劲可大了，是那山下采花贼走江湖的必备之物……万幸被姜大哥察觉到了蛛丝马迹，捉贼拿赃，这不刚刚义正词严地把他骂了个狗血淋头！"

年酒差点没膝盖一软，当场就给姜狗贼跪下了，再顺便向师妹认个错，我就不该跟姜狗贼聊这个天。

结果师妹多伶俐一人，直接将那姜狗贼骂了个狗血淋头。

姜尚真悻悻然转身而走，同时朝年酒挤眉弄眼。

年酒也不晓得是个啥意思，只瞧见师妹朝自己一挑眉头，好像在说：师兄你以后离这姜色坏远一点啊，不然我就要生气了……

嘿，师妹假装生气的模样，真好看。

从燐河那边赶来的金丹剑修陶然，依稀察觉到一股玄之又玄的剑意涟漪，只是稍纵即逝，等到陶然想要再确定一番，却徒劳无获。

陶然便走出宅子，出门散步，反正自己就是个金丹破碎、剑心稀烂的半吊子剑修，炼剑一事，没啥盼头了。

每天炼也炼，境界不境界的，反正就那样吧。

还地仙、剑仙，骂人呢不是。反正那些个仙都山谱牒修士，一个比一个不会说话。

不过如此才好，若是个人精儿扎堆的山上门派，见面说人话，背后说鬼话，陶然反而觉得更没劲。

结果在山路主道那边，陶然看到了一行人登山。

那个扎丸子头发髻、露出高高额头的黑衣女子，瞧着就很干净利落，一看就是个武学造诣不浅的练家子。

之前碰过一面，对方很客气地与自己主动打招呼了，不太像个自幼在山上长大的金枝玉叶，倒是更像个从书香门第里走出的江湖儿女。

所以陶然对这个年轻女子，还有那个满身书卷气的种夫子，印象都不错。

尤其是那个黑衣小姑娘，陶然已经很眼熟了，经常能够看到她斜挎棉布包，飞奔上山下山。

还有那稀奇古怪的金扁担绿竹杖,总是一天到晚片刻不离身的。

至于那个穿白衣服的,皮囊是不错,不过一看就是个喜欢拈花惹草的,长得好看,了不起啊。

燐河畔铺子外,青衫刀客,腰叠双刀。还有个黄帽青鞋的随从。

再加上眼前这个一年到头穿一身白袍的余米,都喜欢一口一个陶剑仙的,刺耳。

他娘的,你们一个个的,到底是元婴境剑修还是玉璞境剑仙啊?

裴钱望向米裕,这就仙人境了?

米裕轻轻点头,以心声笑道:"总算没让隐官大人失望。"

落魄山也好,仙都山也罢,境界是不重要,可毕竟有没有境界,终究是不一样的。

米裕笑着抬手,与那陶然打招呼道:"陶剑仙,一个人逛呢?"

陶然扯了扯嘴角,皮笑肉不笑道:"咋个不喊我陶大剑仙?"

只知道这个吊儿郎当的家伙,叫余米。

小米粒皱着眉头,陶剑仙其实是陶大剑仙?这么深藏不露?那自己岂不是谎报军情啦?

米裕微笑道:"陶剑仙距离陶大剑仙,那还是差一点火候的。"

陶然咧嘴笑道:"不晓得余仙师,是差几点?"

米裕微笑道:"好说好说。"

面对这位陶剑仙,自己必须避其锋芒。

咱们这位陶剑仙,在不知不觉中,如今已是当之无愧的仙都山第一豪横人啊。

听说先前遇见了隐官大人,竟然直接撂下一句"能不能闭嘴"。

在小陌那边,更是打赏了两个字,"爬开"。

小米粒先前将这些小道消息,都与自己说了。

当然更多的,小米粒还是很说了些这位陶剑仙的好话,说了陶剑仙当那野修时的一些过往事迹,好像都是从大白鹅那边听来的。

陶然继续独自下山。

那个姓崔的,说自己去过剑气长城,认识几个那边的剑修,将来会帮忙引荐一番,就是不知道真假。最后还说自己只要成为仙都山的记名客卿,见着了那个姜尚真,随便当面骂,对方非但不还嘴,还会赔笑。

小米粒轻轻喊了声陶剑仙。

陶然停下脚步,转头望去,看到黑衣小姑娘掏出一把瓜子,抬起手,朝自己这边递了递。

陶然笑了笑,摇头轻声道:"不用。"

道路上人这么多,自己跟一个小姑娘蹭瓜子嗑,陶然总觉得有点不像话。

小姑娘也不失望,只是试探性地说道:"那我先帮你留着啊?"

陶然点点头,忍着别扭,挤出一个笑脸,尽量语气和缓道:"好的,下次再说。"

陶然用眼角余光发现那余米朝自己竖起大拇指,陶然不明就里,径直散步下山了。

陶大剑仙潇洒下山去了,另外一行人则开始登山。

小米粒从陶剑仙那边得了个满意答案,赶忙重新放好瓜子,兴高采烈飞快地跑到裴钱那边,压低嗓音道:"裴钱裴钱,之前大白鹅莫名其妙说记我一功,是不是书上所说的那种江湖险恶的埋伏陷阱啊?我要不要拒绝?!"

裴钱疑惑道:"怎么就莫名其妙了?你再好好想想。"

小米粒使劲皱着眉头,蓦然眼睛一亮,只是很快就自顾自摇头,不可能,那么点饭粒小的小事,换一个靠谱的,小米粒很快就要转去思考其他类似碗口大的事。

裴钱笑道:"刚才想到了什么?"

小米粒咧嘴一笑,好好整理了一番腹稿,这才一边说一边比画道:"之前我不是在渡口那边无聊闲逛……认真巡山嘛!就瞧见了一个道士,手里边挽拂尘,背着一把剑,手持紫竹杖,腰间挂一只葫芦瓢,个儿高高的,瞧着就和蔼,仙风道骨得很哪。哈哈,但我是谁,瞧见个面生的脸庞,怎么可能一下子就凑上去,那也太不江湖老到了。我就立即挪了几步。咱俩在山上,不是经常搭手过招,就要先绕圈圈再动手,对吧?那位中年道长果然一下子就被我镇住了,一动不动。

"我摆出了架势后,这才停步,开口问他,敢问道长从哪里来,来这儿要找谁,需不需要帮忙带路啊。那位道长没半点架子哩,就都一一回答了,说自己从桐叶洲中部来,不找谁,就只是路过此地,不登山,看看就走。那位面善的道长,还自称道号纯阳。我当时一听就觉得这个道号,老霸气喽,只是那位道长一看就是山上的仙师嘛,我就改口说这个道号,可仙气哩。那位道长听了,好像挺开心,点头说还行。

"之后我就问道长要不要嗑瓜子,道长约莫是脸皮薄,说不用。我哪里肯,总不能让人家道长大老远白跑一趟吧,就赶紧掏出了一把瓜子……"

说到这里,小米粒挠挠脸,轻轻扯了扯斜挎棉布包的绳子,好像有点心虚。

裴钱笑问道:"怎么了?"

小米粒小声说道:"其实当时我这只棉布挎包里边,还藏着一包小鱼干嘞,不过那是给余米留着的,就没有拿出来待客。"

裴钱笑道:"你在山上不是还有一大袋子溪鱼干,拿出来待客也无妨。"

小米粒喃喃道:"可是我怕一送出去,就一下子见着余米了啊。道长到底是外人,余米不是啊。"

裴钱犹豫了一下,还是没有跟小米粒说出真相,就让小米粒只当是遇见个过路而已的陌生道士好了。

因为小师兄曾经说起过那位道号纯阳的道士,说那是一个道法极高的得道真人,只要他想,就能够"朝游浩然暮青冥",一天之内游遍两座天下。

镇妖楼。

"崔瀺是用环环相扣的一连串谋划,其间掺杂有许多的阴谋,汇总成为一个正大光明的阳谋。陆沉想得多一些,至多就是不用死,至多。可只要陆沉稍稍想得少一些,少一丝一毫,就会彻底身死道消,没有任何悬念。如此一来,余斗,白玉京五城十二楼,整个青冥天下十四州,就都要不太平了。"

至圣先师说道:"郑居中的收官手段,现在还未真正显露出来,以后你就会感触更深。说实话,要不是礼圣曾经找过郑居中,双方开诚布公论道一场,确定这位魔道巨擘的最终追求,跟周密是大道背离的,我在散道之前,肯定要亲自走一趟白帝城。"

陈平安说道:"崔师兄无私心。"

吕喦摇头道:"只是私心与良心两相契合,并非崔瀺全无私心,私欲无碍天心而已。"

陈平安点点头,沉默片刻,道:"很难。"

至圣先师转头望向青同,道:"听到没有,这就叫想到什么就说什么,这才是沟通。何谓言语落在了实处,就是落在了他人心上,此即天地间的第三座桥梁。第一座在天上,勾连无数星辰;第二座在天地间,是那飞升台;第三座就在人间,无处不在,在所有修道之士的心中。"

"都说修行一事,是悖逆天道的,至少纯阳道友看来,则不尽然,欲想地仙不被天仙辱,便需人心不比天心低。"

"这也是贫道一脚踏入门槛后,偶有所悟,在那之前,贫道修道数千年,只是奔着'开天门'一事而去。"吕喦抚须而笑道,"说来可笑,其实此理,贫道当年结丹之时,就已经自认'明悟',不承想到头来,三千寒暑过后,才意识到自己尚未悟得透彻。"

至圣先师微笑道:"这与当年苏子自称'八风吹不动,端坐紫金莲',是一个道理。某个道理早就懂了,甚至都是自己说出口的,却未能真正做到,那么这个道理,就不是道理了吗? 对了,纯阳道友,听亚圣说,青冥天下曾经有一位手持紫竹杖的云游道士,曾有一篇心药道诀付与歌咏,在那边广为流传? 传闻还有数位白玉京天仙专门对其注解,作为传道课业之一?"

吕喦自嘲道:"年轻气盛,炫技之举,贻笑大方。"

"纯阳道友,脸皮这么薄,既然如此,那就我来代劳好了。"至圣先师缓缓道,"天生万物,唯人最灵,非人能灵,实心是灵,百骸之君,香火神主。无事多登三宝殿,以心治心,降心猿驯意马,此身不朽。崽卖爷田心不疼,心随欲行,道壅塞灵蒙尘,此身亦倾。君子不欺暗室,以方便济物,以阴骘格天,人自爱则鬼神敬,自助者天道助之……四生六道,有感必孚。三界五行,无求不应。人心得治,天地清宁……天神地祇,居中之人,修真得道,能识人者为神,能自识者为仙,既生此念,即是修行,已有此心,便是道友,虽不见吾,犹见吾也。"

至圣先师很快就转回先前话题:"对待修心一事,不是门槛不高,而是不够高,这就是崔瀺事功学问的厉害之处了,也恰恰是弊端所在。

"事功学问的极致,是那'无一物无一人无一事不可为我所用'。假若如你所说,身怀利刃杀心自起,谁敢保证自己事事不会公器私用?

"故而无论是在书简湖的自找苦吃,还是在剑气长城放弃围杀陆沉,崔瀺其实都是在告诉我们几个老家伙一个道理,文圣一脉的关门弟子陈平安,与崔瀺不是一种人,你们要是这都不愿意放心,那我就要让你们真的不放心了。"

崔瀺自年少时,就是一个极为内秀的读书人,好像一辈子几乎就没有说过任何豪言壮语。

去那"奉饶天下先"的白帝城,也只是与郑居中对局彩云间,黑衣青年执白,默默下棋落子而已。

昔年陪着不再是陋巷老秀才的先生,一同云游四方,倒是说了一些落在旁人耳中极为刺耳的言语,但是对于崔瀺来说,估计也只是一些爱听不听的平常话了。

唯一一句被崔瀺诉诸于口的与豪言壮语沾边的话语,大概就只有以大骊国师身份,在那屋内说的一句"愿挽天倾者,请起身"。

至圣先师开玩笑道:"陈平安,你看看,要不是我提醒,就又要过期不候了。"

先前陈平安一个冲动,临时起意,不管不顾就要走一趟五彩天下去见宁姚,结果到了天幕门口,才知道礼圣早就与陪祀圣贤打过招呼了,那次游历可以不用消耗文庙功德。

见陈平安欲言又止的样子,至圣先师说道:"矫情了不是,你一个晚辈,与礼圣瞎客气什么,多学学你先生,该是我老秀才的功劳,我也不多占半点,但是胆敢欠我一丝一毫,我可就要在文庙里边叉腰开骂了啊。读书人不要死要面子嘛。你自己不也与青同道友说过,人不能被面子牵着走。"

陈平安笑道:"其实这个道理,最早是李槐说的,我只是借用。"

至圣先师点头道:"是个死读书却不读死书的孩子。"

陈平安会心一笑,至圣先师对李槐的这个评价很高了。死读书,是说李槐求学勤勉;不读死书,是说李槐读书终有所得,没有白读圣贤书。

陈平安揉了揉眉心,想起当年李槐在落魄山上的一番无心之语。好像是与裴钱各自搬出家当,来了一场"文斗",比拼谁的"麾下兵马"更多。

在这件事上，双方极有默契，历来都是以量取胜，至于品秩什么的，从来不管。

至圣先师突然笑了起来："也难怪老瞎子会一眼相中李槐，当年这家伙修行资质多好，天底下那么多的驳杂术法，他学什么就是什么，唯独就是个读书死活不开窍的，翻书不少，反正那会儿书也少，都被他看遍了，偏偏读不出一个本命字，当不成我们'书生'，当年把他气了个半死，又死要面子，就干脆自己跑去编书了。"

镇妖楼内，顿时出现了一股令人窒息的古怪气息，古意苍茫，遮天蔽日。

至圣先师挥了挥袖子，笑呵呵道："我就是在晚辈这边，随便聊几句家常话，你还说自己不是'死要面子'？"

陈平安依稀可见，天地内，出现了一位姿容极其俊美的年轻男子，脚踩那棵梧桐树所挂明月之上，双手负后，虽然眼眶空洞，却像是在死死盯着至圣先师，面有不悦神色。

吕嵒颇为意外，至圣先师并未称呼那位前辈的真名，光是一个"老瞎子"的称呼，怎么会让其心生感应，直接跨越天下而来？

"在我这边，打狗倒是不用看主人，不用多想，就是字面意思。"那个"年轻人"望向陈平安，扯了扯嘴角，"我那徒弟挑朋友的眼光不错，欢迎你以后做客十万大山。"

听听，都懒得说陈平安半句好，就只说自己徒弟的眼光。

陈平安抱拳还礼。

对方身形一闪而逝，退回十万大山。

陈平安小有意外，原来这位如今身形枯槁的老前辈，年轻那会儿，相貌如此之好？

至圣先师笑着解释道："这家伙是分出一部分道韵神意，转嫁在了'李槐'二字之上。"

也就是说，浩然天下和蛮荒天下，如果谁心中不小心念叨到了李槐的名字，修士的道法、境界越高，就越会被他瞬间知晓。

若谁对李槐有那杀心歹意，啧啧，下场可想而知。

如果说招惹到了那位落宝滩碧霄洞主，就得小心"天时"变化，那么惹了这个老瞎子，可就要小心再小心"地利"之变了。

这还只是两位老十四境修士的一部分大道根本，故而只是他们的本命神通之一。

至圣先师笑道："算不算虚惊一场？"

毕竟在黄粱派娄山，陈平安与嫩道人在屋门口的那番言语，肯定早就都被老瞎子听了去。

陈平安摇摇头，笑道："嫩道人要是知道了此事，估计要被吓破胆。"

至圣先师说道："所以你在娄山上的提醒，威胁自然还是威胁，却在无形之中等于救了未来桃亭的一命。李槐当时说得半点没错，老瞎子剩下半部《炼山诀》，嫩道人不是那么好拿到手的。所幸嫩道人将你们两个的话语，前前后后，好话坏话难听话，都算是真正听进去了。

"其实刚才老瞎子还有句到嘴边的话,大概是想说一句,'你小子也算勉强配得上宁丫头'。不过老瞎子不习惯夸人,就咽回肚子了。"

至圣先师笑道:"能够被这个犟脾气主动邀请做客的修士,不多的,万年以来,屈指可数。当初道祖骑牛过关,不就也没被老瞎子邀请。"

陈平安忍了忍,终究还是没能忍住,笑容灿烂道:"这种好话,怎么都得说出口啊!"

下次见到了宁姚,就可以拿出来说道说道了。当然,会稍作更改,比如十万大山那位老前辈,觉得咱俩是天作之合、神仙眷侣。

吕喦看着那个似乎一想到心爱女子,心境都有微妙变化的年轻隐官。好像唯有这一刻,年轻人是自然而然轻松的、闲适的、开怀的、幸福的、无忧无虑的。

来到那座镇妖楼最高处阁楼之外,入内登楼之前,至圣先师突然转头笑问道:"此刻身上有无好酒?"

青同脸色尴尬。

至圣先师你这算是怎么回事?这不刚刚才劝陈平安喝酒要节制吗?

陈平安难得有几分不好意思的神色:"我家酒铺自酿的竹海洞天酒,算不算?"

至圣先师点头道:"当然算好酒,回头我让人与竹海洞天打声招呼,准许你在那里开个酒坊,租金就免了吧。"

一个读书人,总是卖假酒,也不是个事儿。

至圣先师说道:"我们喝完酒再登楼。"

一身儒衫的至圣先师,青色长褂的年轻隐官,黄帽青鞋的小陌,秉拂背剑且手持紫竹杖的纯阳真人,身穿一件碧绿色法袍的青同,一行人就在楼外席地而坐。陈平安取出了五壶酒水和五只白碗。

至圣先师给自己倒了一碗酒水,说道:"谁都别劝酒,各自饮酒便是。"

吕喦喝过一口大名鼎鼎的竹海洞天酒,大笑不已,朝年轻隐官竖起大拇指:"真敢取名。"

陈平安笑道:"修行不易挣钱难。"

至圣先师说道:"不要觉得我在这儿跟你说了这么多,只是因为在小镇不曾与你碰面,就非要亲自找到你,面对面验证什么。"

陈平安摇头道:"不会。"

至圣先师点头道:"万年之前,其实与他没少聊,只是他后来被流放到了宝瓶洲,不得不井底观天一万年,也怨不得他将我们三个视为'貔貅'了。"

杨家药铺后院的那个老人,隐忍了足足一万年都没有任何动作,偏偏在最后关头,才好像被迫选择了一个没有任何来路的陈平安。

连同陈平安在内，所有小镇甲子之内的年轻一辈，互为障眼法。

那位青童天君，曾经的男地仙之祖，是在以一种无心胜天算。

再加上那些动辄大有来历的地头蛇，以及动辄就是飞升境、十四境的过江龙，纷纷搅局，越发扰乱了本就模糊不清的天机。

因为连老人自己都不曾知晓，更无法想象，最终胜出之人，会是那个他自己都不看好的泥瓶巷少年。

一座骊珠小洞天，一座槐黄县城。

有那五至高之一的持剑者。

昔年远古天下十豪四位候补之一，三山九侯先生。担任一座龙窑师傅的姚老头，东方净琉璃世界教主，药师佛。

同样是五至高之一的阮秀与李柳。再加上封姨，掌管雷部斩勘司的老车夫，曾经职掌天下定婚店的柴道煌。……

独占阴阳家半壁江山的邹子，中土阴阳家陆尾。

还有崔瀺、齐静春这对师兄弟。李希圣、陆沉，又是一对师兄弟。

至圣先师看了一眼面带笑意的吕喦："纯阳道友，此刻身在何处了？"

"此刻在黄粱国昔年山中道场，故地重游，打算悄悄走一趟娄山，见一见那个李槐。

"之前去了一趟仙都山渡口，不曾登山做客，只是与一位黑衣小姑娘闲聊，相谈甚欢，贫道算是厚着脸皮蹭了一捧瓜子吧。

"贫道之后去了落魄山的山脚，一边喝茶，一边听那位仙尉道长说自己的道法，如何……高耸入云。还问贫道怕不怕，贫道只好点头称是。仙尉道长就说自己吹牛呢，纯阳道友你也信，看来是个实诚人，只是不凑巧，如今咱们落魄山不收徒弟不收客卿了，不然他非要帮忙引荐一番。仙尉道长还自称与山主是莫逆之交，贫道要想上山当个客卿，就是他开口一句话的小事，不过想要当那记名供奉，可能就要稍稍费点功夫了。"

陈平安一开始是会心一笑，听到这里，只得轻轻握拳，用大拇指关节揉了揉眉心，头疼。

至圣先师摇摇头，以心声与陈平安说道："遥想当年，多正经一人，满身道气朴且拙，风范如山，道法如水。"

毕竟是天下第一位道士。

至圣先师笑着望向这位落魄山年轻山主。

陈平安先是愣了愣，只是很快就想明白至圣先师的那种玩味眼神，无奈道："碰到我之前，他就已经是这么个人了啊。"

赖不到我头上啊。

陈平安好奇地问道："仙都山那边，从头到尾，都未能发现吕祖踪迹？"

假设将吕祖视为一位十四境修士，这就意味着仙都山的山水禁制还不太够，十四境修士可以如入无人之境，来去无踪。

吕喦笑道："又不是做贼，只是做客，贫道并未刻意遮掩身形，密雪峰那边有个白衣少年早就察觉到了，只是他没有露面，大概是你们这位下宗宗主比较放心那位小姑娘的待客之道？"

当时与那位黑衣小姑娘道别后，吕喦确实没有登山做客，就继续北游了，打算直奔宝瓶洲的落魄山，肩扛小扁担的小姑娘站在原地，就一直目送自己离去。小姑娘还在那边佩服不已，原来这位纯阳道长不会御风远游啊，一直徒步游历走到咱们仙都山，跋山涉水，走了那么远的路，真是不辞辛苦哩。这让吕喦放弃缩地山河一步跨越两洲的打算，多走几步好了。

陈平安笑道："我们右护法，很有长辈缘的。"

飞升境起步的大修士，全部拿下，至今从未失手。

从自己的两位师兄，再到吴霜降、道号碧霄洞主的老观主，如今又多出了一位道号纯阳的吕祖。

此外，陈平安还听说骑龙巷那个白发童子，每次离开铺子和槐黄县城，到了落魄山，其实也就是跟在小米粒身边，打打闹闹，一起巡山。

据说还想要跟落魄山右护法搭伙，号称黑白双煞，结果小米粒没答应，嫌对方个儿矮，江湖履历不足，说话还不着调。

至圣先师问道："之所以放弃围杀，是不是也担心陆沉……做事情不管不顾？"

吕喦发现至圣先师言语中有明显停顿，估计本来是要说"狗急跳墙"。

陈平安点头道："虽说都是一些猜测，但是由不得我犯错一次。小米粒那边，已经没问题了，因为早先在夜航船之上，吴宫主和某位陆沉故友，算是帮忙尘埃落定了。但是朱敛那边，我还是很难放心。"

吕喦笑道："那你就太小觑陆沉的道心了。"

陈平安说道："赌高有输，棋高必赢。万一呢。"

至圣先师打趣道："崔瀺就是故意让你难受的，否则就是他一句话的事情，可他偏不与你多说半个字。"

吕喦问道："陆沉选择离开白玉京，主动借给陈道友一身十四境道法，算不算是用一个最笨的法子破解死局？"

至圣先师笑道："算是以其人之道还治其人之身吧，当年陈平安如何走出骊珠洞天，又是如何走到剑气长城的，他就是如何走到剑气长城，安然无恙重返青冥天下白玉京的。故而大体说来，就是个崔瀺、陈平安、陆沉三方都不输不赢之局，嗯，也不算，最终还是崔瀺赢了。我猜陆沉这会儿是既想要走一趟玄都观，认真出手一次，又难免会犹犹豫豫,因为担心无意间开启第二场棋局,那么对弈之人,恐怕就会变成郑居中了。"

昔年有那白帝城彩云十局,那么就像犹有无形的第十一局,是崔瀺打造棋盘和先手布局,郑居中负责中盘落子和收官。

至圣先师举起酒碗,环顾四周,晃了晃酒碗,慢饮最后一口酒水。

人如天上珠聚散,谈到碗中酒水空。儒衫青袍白玉簪,黄帽紫杖碧梧桐。

第四章
高处

　　头戴莲花冠的年轻道士,走在白玉京最高处的栏杆上,双手笼袖,手心叠放,缓缓而行,低头望去,将那五城十二楼一一看遍。

　　好像多了些新面孔。

　　陆沉抬头望天,月光皎皎。

　　仙人磨砺飞天镜,两月并悬如朋字。

　　看着那轮崭新的明月,陆沉收回视线,停步折返,继续沿着栏杆散步。

　　白玉京陆掌教的突然现身,让闭关之外的青冥天下山巅修士,都察觉到了一丝不对劲。

　　陆沉这厮,数千年来,行事不可谓不古怪,却极不张扬,外出游历,往返于白玉京和外界,历来都是悄无声息的。

　　难道是在浩然天下偷鸡摸狗被抓了个现行,然后被礼圣关门打狗,不得不强行破开天地禁制,灰溜溜逃回白玉京?

　　余斗现身廊道中,皱眉问道:"怎么回事?"

　　陆沉在余师兄这边也从无讲究礼数的时候,依旧高高地站在白玉栏杆上,笑道:"先走一趟明月皓彩,余师兄稍等片刻,可以喊几个人来这边,就算是帮我接风洗尘了。"

　　余斗说道:"喊谁?"

　　陆沉笑道:"比如青翠城姜云生、灵宝城庞鼎、紫气楼姜照磨,再允许他们各自带一人。"

在五彩天下被文庙发现、开辟和稳固天地之前,其余四座天下天时有异,差不多刚好是春夏秋冬,各占其一。

在山巅一小撮有心人眼中,这就像一座最为壮观恢宏的天时、地利、人和兼备的巨大法阵。

青冥天下白玉京,五城十二楼,其中五城,分别是青翠城、灵宝城、南华城、神霄城、玉枢城。

别称"玉皇城"的青翠城,是昔年大掌教寇名的道场,灵宝城是真无敌余斗的得道之地,只不过两位掌教早就卸任城主了。

唯有南华,依旧是由三掌教陆沉担任城主,第一副城主,是一位女冠,飞升境巅峰。其余两位副城主,都是仙人境。

城、楼副职,白玉京自古无定例,要不是余师兄拦着,陆沉恨不得为南华城再增添一大堆的副城主,每次议事,满座副城主,白玉京独一份啊。

而青翠城与十二楼中的琳琅楼和云水楼,年复一年,都保持过年的习俗。

紫气楼的旭日东升、紫气东来,青翠城内的函谷、渑池旧址,神霄城的千里桃林、仙家酒酿,云水楼的白云生处是仙乡,灵宝城的天风远送清磬声,玉枢城的浩荡五雷却被仙人熔作水,以及俗子道官梦中神游南华城,等等,在青冥天下都是极负盛名的。

而五城十二楼的悬空位置,并不固定,高度是有抬升或是下降的,这就要看功德了。而城、楼位置的高低,又与气运厚薄、灵气多寡挂钩。

这本只有三位掌教才能翻阅和落笔的册子,被陆沉笑称为"解愁簿"和"工尺谱"。

就像青翠城和神霄城的两城位置,由于城主空悬已久,再加上两城道官外出不多,这些年就一直在下降。哪怕青翠城是白玉京大掌教的昔年道场,也不能例外。

陆沉视线落在最多处的,还是那座"玉京十二楼,峨峨倚青翠"的城池。

师兄昔年在青翠城传道天下,不拘身份,不设门槛,真正做到了有教无类。

不光是白玉京和十四州道官,可以前来青翠城听课,即便是那些不被白玉京认可为正统的旁门左道,也可以进入青翠城旁听。

其中三山九侯先生,就曾经秘密进入青翠城,旁听传道三天两夜之久。

被大掌教寇名看破身份,执晚辈礼,与这位"天下十豪"四候补之一的山上前辈,虚心请教符箓一道,最终寇名创造出了三山符在内的数种大符。

作为陆沉五梦之一的白骨真人,就曾经与道号纯阳的吕喦,一起游历青翠城。

而吕喦从浩然天下游历青冥天下,除了纯阳真人生性喜好山水之外,还兼顾修道。

因为青冥天下与水运浓厚的浩然天下恰恰相反,青冥十四州,山运沛然,但是每州皆有大渎,约莫是那物以稀为贵,大渎公侯地位超然,无比尊崇,犹胜五岳山君。

余斗正要再问,陆沉已经拱手笑道:"有劳有劳,师弟去去就回。"

言语之际，身形化虹，蓦然腾空，去往那轮被剑修们搬迁而来的明月中。

明月之中，最新开辟出两处道场，其中一处莹然澄澈的白玉宫阙，是白玉京玉枢城某位德高望重的天仙，求得二掌教余斗许可，在此"结茅"修行，希冀着凭借此地粹然月华和远古道气，百尺竿头更进一步，一举破开仙人境瓶颈，行"拔宅"路数，证道飞升。

另外一处道场，就显得相对简陋，只是一处小宅子，正屋是那炼丹房，东西厢房用来住人。

檐下站着一位高大的老道士，相貌清癯，长髯飘飘。

陆沉飘然落地，抖了抖袖子，瞧见了那位老道士，立即打了个道门稽首，满脸笑意道："陆沉见过碧霄师叔。"

曾经的落宝滩碧霄洞主，东海观道观观主，按照陆沉这个称呼，师尊是道祖，老道士就是道祖的同辈师弟了。

老观主嗤笑一声："师叔？是你小子自封的名号？"

讨巧又讨好。

陆沉哈哈笑道："天底下，谁不想找个能打，愿意护短，又可以当靠山的师叔呢？"

刑官豪素从西厢房内走出，炼丹房那边，还有个斜背大葫芦的烧火小道童，正坐在小板凳上盯着那口青铜炉鼎的火候，虽然明知道那个打不还手骂不还口的陆老三来了，小道士仍是不敢擅离职守，只是竖起耳朵，希冀着他与师尊的闲聊，莫要用那心声言语。

陆沉抱拳笑问道："刑官大人何时动身去神霄城？"

用屁股想都知道，豪素真要去白玉京，只会在神霄城落脚，跟董画符那拨年轻剑修是一样的道理。

豪素说道："随时都可以，陆掌教帮忙挑个黄道吉日？"

陆沉嘿了一声："赶早不如赶巧，晚去终有一去，贫道觉得今天便不错。"

豪素点头道："那就跟随陆掌教一起去往白玉京，我可以担任神霄城客卿，只有一个要求，喝那桃浆仙酿，无须与库房报备。"

陆沉揉了揉下巴："就只是客卿？会不会显得我们白玉京太小肚鸡肠了？虽说直接当那神霄城的头把交椅，是比较难了，但要说刑官大人屈尊，只是当个副城主，却是水到渠成的小事，贫道可以拍胸脯保证，就算撒泼打滚，豁出去一张脸皮不要了，也一定让刑官大人捞个副城主当当。再说了，如今神霄城城主之位空悬已久，两位副城主都是素来不喜理睬庶务的散淡老神仙，刑官大人当那名义上的二把手，其实也就是实际意义上的一把手了。"

豪素摇头道："你们白玉京不同于剑气长城，身份高了，哪怕只是当过一段时日的神霄城城主而已，将来我还怎么出剑？"

老观主仔细打量了陆沉几眼，幸灾乐祸道："十分凶险了。"

陆沉感叹道："可不是，何止是'十分凶险'，简直就是凶险万分，差一点，只差一点，就没法子来跟碧霄师叔叙旧了。"

老观主啧啧称奇道："这都能被你逃过一劫？临时烧高香了吧？"

陆沉此行，说是命悬一线，半点不夸张。

豪素一头雾水。

老观主笑道："先前你们走完一趟蛮荒，绣虎崔瀺有过一场针对陆沉的埋伏，负责收网之人，正是棋子之一的师弟陈平安。"

豪素看了一眼陆沉，这都笑得出来？

莫不是真如玄都观孙道长所说，一般的世外高人，遇事不语笑呵呵，那是深不可测，意味深长，至于陆老三嘛，那叫傻子傻笑。

豪素想了想，摇头道："我虽然曾经对陈平安观感一般，但是相信陈平安做不出这种勾当。"

豪素随即又说道："可如果隐官当时开口，我肯定会与他们联手，毫不犹豫出剑。"

曾经，陈平安，隐官，都是很有嚼头的说法。

老观主点点头。

豪素是个爽快人，可算纯粹剑修。

都说那冰炭不同炉，这个寂寂无名的末代刑官，却是肝肺冰雪，火热心肠。

毕竟要是不对自己的胃口，豪素也休想在此歇脚。

豪素若是生在万年之前，恐怕剑道成就会更高。

不过话说回来，以豪素的性情，在登天一役的战事中，难逃陨落命运。

老观主伸出一只手，掐指而算，霎时间指尖紫气缭绕，斗转星移，剑气虹光如丝线忽明忽暗，好个阴阳造化一掌中。

因为是一些既定之事，复盘而已，再加上陆沉急匆匆从浩然天下返回，并没有刻意抹去痕迹，而老道士本身就精通脉络学说，一下子就推衍出个大概，娓娓道来："搬徙明月之时，天时紊乱之际。宁姚除了是飞升境剑修，还是一座天下共主，她身负气运之盛，不可以常理计算，这是一记无理手。陆芝历来不吝搏命厮杀，本命飞剑北斗，是一记关键手。齐廷济的飞剑兵解，亦然。再加上豪素的两把本命飞剑，等于白白占据一份地利，若是能够从月中落剑人间，直指陆沉，要比那寻常战场递剑，威势更胜一筹。

"如此一来，差不多就等于四位飞升境剑修，围杀一个十四境修士了。

"先前扶摇洲一役，白也当然杀力高到不讲理了，只是这场围杀，白也到底是手持四仙剑，才能一人一剑挑蛮荒八王座。

"但是想要真正留下陆沉，彻底伤及大道根本，好像还缺个精通阵法的修士，帮忙隔绝天地,阻断去路,此人的身份,类似扶摇洲一役的文海周密,骊珠洞天一役的白玉京庞鼎。"

听到这里,豪素忍不住问道:"凭我们这拨剑修,都无法杀死陆沉?"

阵法一道,好像齐廷济并不陌生。何况还有陈平安的那把本命飞剑笼中雀。假设再配合宁姚的一剑开天,将战场直接换成五彩天下?如此一来,他们五位剑修可以说是占尽天时地利人和。

说到这里,豪素笑道:"就事论事,陆掌教别介意。"

陆沉摆摆手,嬉皮笑脸道:"不介意,不介意。"

老观主点头笑道:"很难。这就是十四境修士的难缠之处了,各有合道之法,而且咱们陆掌教又是出了名的化身众多,五梦七心相,撇开那蝴蝶既梦又心相不谈,等于至少拥有十一个分身,好处是难杀至极,缺点嘛,就是解梦和收拢心相之前,杀力一道,稍稍弱了点。"

陆沉神色委屈道:"贫道的杀力不高,只是相较于你们这些山巅前辈啊,其实不弱的。"

老观主指了指炼丹炉那边的烧火童子,冷笑道:"跟他比,你高到天上去了,开不开心?"

陆沉微笑道:"师叔再帮忙算一算,当时郑先生身边,是不是还有个人?"

岁除宫吴霜降,曾经在剑气长城短暂现身,而且没有刻意遮掩行踪。

黥迹渡口,有大端王朝女武神裴杯、怀荫,铁树山郭藕汀,扶摇洲天谣乡宗主刘蜕,流霞洲葱蒨。

不过这处渡口真正的主心骨,当然还是那位白帝城城主郑居中,他与裴杯,一个主持山上仙师的具体调度,一个负责山下的调兵遣将。

老观主心算不止,神色逐渐凝重起来,望向陆沉。

郑居中曾经让师妹韩俏色秘密通过归墟日坠处,返回中土神洲,她就在那白帝城一直翻看兵书?!

这个郑居中,真是胆大包天了,试图与吴霜降联手染指兵家,想要对那兵家初祖再来一场共斩不成?

陆沉蹲在檐下,哀叹一声,果不其然,崔瀺跟郑居中做了一桩大买卖,难怪可以说服郑居中动手针对自己。

老观主瞥了一眼蹲在地上直挠头的家伙,嗤笑道:"早知如此,何必当初。这算不算报应不爽?"

数座天下的山巅修士,都知道白玉京三掌教,玄之又玄,难上加难,以至于作茧自缚。

不过这种自讨苦吃的作茧自缚,当然是为了破茧化蝶。

陆沉的五梦七心相,各有大道显化,各有本命神通。故而陆沉每解一梦,每收拢一个心相,道行、修为就会增长一分,尤其是道心,不是趋于圆满一分,而是越发圆满一圈。

"讨债"解梦与收拢心相之前,好像将自己"拆解"的白玉京三掌教,属于自毁道行、自减修为。

这就是玄都观孙怀中为何会有那个关于"打不过"的评价的根源。

寻常修道之士,分出一粒心神芥子,都要慎之又慎,就是担心被大修士拘押起来,尤其是炼而不杀,导致神魂不全的修士道心出现瑕疵,终生无望大道。

陆沉显然是有后手的,既然是那梦境与心相,想必跑路起来,就不是一般的遁法可以媲美了。只因为历史上陆沉从未有过这般凶险境地,所以真相如何,还有待考证。可是按照常理,哪怕陆沉是与十四境大修士厮杀,大不了就是某个梦境、心相脆如琉璃碎,陆沉当然会消磨极多的道行,动辄数百年甚至上千年,可既然是梦境与心相,而非一部分心神,便可以重新缝补,而这位打杀某个陆沉分身的十四境修士,可就要面对一个"认真"的陆沉了。

所以数千年来没有任何一位十四境修士,愿意跟陆沉撕破脸皮,孙道长将其形容为"粘牙的牛皮糖""沾了鞋底板就甩不掉的狗屎",可谓话糙理不糙。

老观主笑道:"你就是舒服惯了,觉得反正崔瀺已死,就大可以慢慢等着陈平安成长起来,在这期间,继续看戏。"

也难怪,谁能想象一个活着的大骊国师,只是设伏,却没有动手,一个死了的绣虎,反而能够假借他人之手开始出手。

当初陆沉去骊珠洞天之前,收回了两梦和一个心相,"两梦"分别是那"梦栎树活"与"梦灵龟死",再加上七心相之一的黄雀,大道寓意"天地牢笼"。

既然手握一座白玉京,随时可以跨越天下,砸落在宝瓶洲,杀力足够,陆沉这才没有收回那个一直试图"造反""喧宾夺主"的白骨真人。

因为那会儿陆沉就只是保证在小镇摆摊的陆道长能够超脱生死,出门在外,总得小心驶得万年船,保住小命嘛。

那只表面上啄铜钱、测试文运多寡的黄雀,其实就是陆沉的心相大道显化之一,类似剑修飞剑赋予的两种本命神通。在关键时刻,能够无视浩然天下的大道压胜,可以帮助陆沉"反客为主",在骊珠洞天之内恢复十四境巅峰境界。

只是修为恢复巅峰,一颗道心却未必真正圆满。而陆沉自修行第一天起,就没有在乎过境界,真正做到了一以贯之,只问大道。

到了浩然天下,在进入骊珠洞天之前,陆沉对齐静春和崔瀺都并不算太过在意,主要还是担心文庙的那位小夫子,出于谨慎起见,陆沉便临时改变主意,又绕路收回了一尊曾经以龙虎山天师府黄紫贵人身份行走天下的心相鸐鸲。

至此，陆沉已经收拢了两梦两心相。

因为在夜航船上，吴霜降与某位曾经与陆沉有过一场"濠梁之辩"的故友，一动手一开口，陆沉便顺水推舟收拢了一个心相。

之后陆沉道心微动，在那五彩天下的藕花福地之一，以早就偷偷潜入的儒生郑缓，找到"木鸡"俞真意，再次聚拢一梦一心相。

陆沉此举，算是钻了儒家文庙一个不大不小的空子，因为儒生郑缓是一个货真价实的无境之人，或者说是"假人"。

等到宁姚仗剑飞升浩然天下，身负木鸡心相的郑缓便悄然跟随，而陆沉之后赶赴剑气长城，就是为了与郑缓聚头。

吴霜降早就知道郑缓躲在五彩天下了。一旦被他得逞，"假人"郑缓，心相"俞真意"，估计就要遭殃了。

陆沉苦着脸说道："该不会是老观主为吴宫主泄露了天机吧？"

老观主呵呵一笑，都懒得回答这种白痴问题。

老观主说道："如何拘押你的梦境和心相，此事至为关键。"

陆沉无奈道："绣虎与三山九侯先生是见过面的，以崔瀺的修道资质，学到手一两种远古'封山'之法，并不奇怪。再加上绣虎自己钻研出来的神魂剥离之术，还是很有把握困住我的。"

老观主摇摇头："即便有那八九成把握，对付谁都足够了，对付你陆沉，好像还是不算牢靠。"

陆沉满脸委屈，嘀咕道："我最怕谁，别人算不到，齐静春肯定算得到。"

是佛祖。

而齐静春，是一个差点就有希望融合三教根底、凭此立教称祖的人。

而且如果不出意外，崔瀺和齐静春这对师兄弟，一定都曾各自悉心研究过十二高位神灵之一想象者的神通。

他们选择联手之后，肯定会相互砥砺，取长补短，完善此法。

陆沉抱住后脑勺，笑眯眯道："除了后怕，心有余悸慌兮兮，还有一种与有荣焉的感觉。"

能够如此被针对的修道之人，原来不只有浩然白也，还有白玉京陆沉嘛。

"四个月。"老观主说道，"退一步说，哪怕无法将你彻底打杀，只需要关押你四个月，就足够让青冥天下变天了。"

比如只需一个春季，足以翻天覆地，在这青冥天下，就会是野火烧不尽，春风吹又生。

"天下苦白玉京久矣。"

归根结底，得换个更准确的说法。

"天下苦道老二久矣。"

陆沉压低嗓音问道："是不是绣虎与碧霄师叔？"你们俩早就暗地里勾搭上了？

老观主看着这个好似路上白捡的师侄，眼神怜悯道："玩笑归玩笑，你要多留心自己了。千万别什么都没发生，就自乱阵脚，那就真是想什么怕什么就来什么了。"

昔年不系之舟，作逍遥游，一旦疑神疑鬼，舟中敌国。

孙怀中，吴霜降，岁除宫守夜人小白，青神王朝的雅相姚清，道号太阴的女冠吾洲，道号复勘的朝歌……

昔年陆沉可以与之嬉皮笑脸开玩笑之人，好似摇身一变，都成了杀机重重的潜在敌人。

甚至还有玄都观的那个白也。

陆沉没好气道："碧霄师叔故意说破此事，该怎么算？"

不还是添了一把柴？有你这么当小师叔的？看看昔年的齐静春，如今的陈平安？

老观主笑道："在这件事上，别人棘手，捉襟见肘，说不定需要拆东墙补西墙，唯独于你陆沉，想必毫无问题。"

陆沉唯一的问题，在于大道根本，未必就在眼前这位白玉京陆掌教身上，甚至连那朱敛都可能是一种障眼法。

不是无法收回全部梦境和心相，只是一旦收回，强行解梦或者说梦醒，半途而废，功亏一篑，陆沉恐怕就再难维持旧有道心了。

不过这种可能性，也只是老观主的个人猜测。

陆沉对这位臭牛鼻子老道，确实是有几分由衷的敬意。

万物生，何谓"生"，其中有一解，牛耕土地罢了。

藕花福地和莲花小洞天，是相互衔接的，而这位碧霄洞主，万年以来，就一直在跟师尊较劲。

陆沉的著作，想象瑰丽，钳键九流，包罗万象，曾经在书中假想了众多子虚乌有的虚假之人。

但是后世许多翻书人，都没有意识到一件事，其实被陆沉提及最多的那个人，却是至圣先师。

陆沉想起那位城头之上曾经一见如故的小陌，笑道："当年在落宝滩与师叔一起酿酒的那位道友，如今得了某位存在的授意，就待在陈平安身边，担任死士，帮忙护道。名叫陌生，喜欢自称小陌，道号喜烛。"

老观主笑了笑："陌生？小陌？也行吧。"

好似提及这位极其投缘的道友,老观主就多出了几分诚挚笑颜,抚须而笑:"他与那白景,一个月色洗法袍,一个日光炼剑锋,又都是剑修,多般配登对。"

刑官豪素疑惑道:"白景?"

是个从未听说的名字,听老观主的意思,是个极有来头的妖族剑修?

陆沉笑着解释道:"白景要比碧霄师叔低一个辈分,与小陌道友却是差不多道龄的修行前辈,这位女剑修,无论攻防,可能都要略胜小陌半筹。"

老观主点头道:"这个婆姨,脾气暴躁,还贼能打。当年小陌真就打不过她,三次被迫领剑都输了。"

老观主蓦然大笑道:"所以当年躲在落宝滩酿酒那会儿,我就劝过他,总这么躲着白景也不像话,与其哪天被白景强行睡了,不如主动从了。实在不行,就把自己灌醉,也就是一闭眼一睁眼的事儿,然后名正言顺结成一双道侣,足可横行天下。"

由此可见,老观主与那小陌,关系是真不错。

老观主问道:"陆沉,你就不去隔壁那轮明月中,看看玉枢城那位天仙的闭关进展?"

陆沉摇头道:"算了算了,万一那位道友开口让贫道帮忙护道,答应了惹麻烦,拒绝了伤交情。"

远古岁月,天神地祇。后来剑光、术法如雨落人间,大地之上,便有了修道之士。上士闻道,天仙不沾红尘因果。下士闻道,地仙不食人间烟火。

就有了道士、书生、匠人、诸子百家,有了各成一脉的练气士。

人间既可以说是一座百花齐放的园囿,也可以说是杂草丛生。

在那段漫长且艰辛的修道岁月里,只说人族,崛起最快,内讧最少,几乎没有任何门户之见,几乎人人都是传道人,人人都是护道者。

老观主突然说道:"那个王原箓,你们白玉京别去动他,我打算收他为徒。"

之前观礼明月搬迁一事,王原箓就站在玄都观孙怀中附近,瞧着就是一个满脸苦相的消瘦道士,才三十多岁,颇为显老,头戴一顶老旧毡帽,脚穿棉鞋,身披一件棉絮泛黄的青色棉布道袍,一身扑面而来的穷酸气,都是年轻候补十人之一了,却连件像样的法袍都没有。

但就是这么一号畏畏缩缩、神色怯懦的寒酸道士,在修行路上半点不含糊,仅仅是有那正儿八经谱牒身份的道官,都不谈这些道官的护卫、随从,就已经被王原箓打杀了将近百人。

陆沉面有难色。这种勾当,碧霄师叔你悄悄做成了便是,就别跟师侄打招呼了啊。

那个出身米贼一脉的年轻道士,确实也是个妙人。

其实陆沉代师收徒的对象,在山青和王原箓之间,是有过一番犹豫的,只因为按照山上规矩,孙道长算是王原箓的半个传道人,陆沉才放弃了这个打算,否则如今道祖的关门弟子,恐怕就是这个命途多舛的王原箓了。

据说当年修行之初,王原箓曾经在一处市井坊间驴拉磨的小磨坊门口,一边啃着烤馕,一边怔怔看着屋内那堵墙壁上边的磨痕,看着看着,就开始号啕大哭起来。

陆沉以心声与老观主说了一件事。

陈平安曾经与陆沉开诚布公,说自己跻身止境气盛一层时,曾经在一处古怪山巅,见过神异一人。

当时陆沉一下子就猜出了那个存在的身份,正是万年以来掌管数座天下武运流转的兵家初祖,昔年差点分裂人族的罪魁祸首。

功过不相抵,万年期限很快就要来到。

数座天下的"三教一家",和浩然天下的"诸子百家",一向是分开算的。

距离立教称祖只差一步的兵家,曾经有过一场惊心动魄的"共斩"。

老观主说道:"如果只是将吴霜降的问剑视为纯粹问剑,那你们白玉京就太小觑此人了。"

言尽于此,点到为止。再多说,就是横生枝节,说多错多了。

陆沉点点头,沉默许久,没来由地说道:"古来无错者。"

老观主淡然道:"只能是神灵。"

陆沉感慨道:"难怪师叔那么早就看好陈平安,不是没有理由的,你们俩确实投缘。"

陈平安当年赞誉那玄都观孙道长,是一句发自肺腑的"道长道长"。

孙怀中还真就倚天万里须长剑,凭此跻身十四境了。

之前在藕花福地,则有一句,"前辈果然道法通天"。

恐怕换成一万句好话,都不如这"通天"二字来得精妙了。

这算不算以无心算有心,一个不小心,便是一语中的?

屋内那烧火道童怯生生地以心声询问师尊,得了一道法旨,允许他忙里偷闲片刻,小道童立即就站起身,趾高气昂,跨出门槛,不客气道:"陆老三,打秋风来啦?"

这就叫入乡随俗,反正青冥天下都是这么喊陆沉的。陆老三,这还算客气的称呼了,孙道长喜欢称呼陆沉为小三儿。

陆沉瞥了一眼小道童背着的那只大葫芦,是师尊当年手植葫芦藤"结果"的养剑葫之一,名为斗量。

想来这只葫芦里边装了不少取自浩然天下的东海之水,水运充沛,不可估量。

只要老观主让这烧火小道童将所有海水倾泻在某地,这对"山多水少"的青冥天下来说,就是一桩不小的造化功德。

不过老观主当然不缺这个，多半是留给身在福中不知福的小道童了。

陆沉笑嘻嘻道："辛苦修行山巅见，相逢莫问人间事。"

背着个和人一般高的葫芦的小道童没好气地说道："别跟我扯这些酸了吧唧的，小道爷生平最不喜欢这一套。"

陆沉板起脸说道："老秀才可是亲自交代过贫道，下次见着了你，要是还没个正行，说话没谱，没大没小的，就让贫道拿树枝抽你。"

小道童瞪眼道："我呸！老秀才跟我是忘年交、好兄弟，跟你陆沉半点不熟，少在这边胡说八道。"

陆沉嘿嘿笑道："脸上写了'恼羞成怒、色厉内荏'四个字。"

小道童愣了愣，不是八个字吗？难不成陆老三话里有话，暗藏玄机？

陆沉竖起大拇指，称赞道："好算术！"

老观主说道："我就不送客了。"

陆沉笑着打了个道门稽首，与碧霄师叔告辞。

刑官豪素也没什么好收拾的物件，孑然一身。

身形化虹，剑光一闪，双方联袂直奔白玉京。

烧火小道童小心翼翼问道："师尊，真要收徒啊？"

老观主置若罔闻。

小道童可怜巴巴地问道："师尊，那我能喊他一声师兄吗？"

说得稍微绕了点，其实言下之意，就是师尊你能不能顺便收我做记名弟子，给那米贼王原箓当师弟都无妨的。

因为这个烧火小道童虽然口口声声称呼老观主为师尊，但其实双方并无真正的师徒之名。

老观主不置可否，只是说道："回去盯着丹炉火候。"

小道童哦了一声，乖乖返回屋内。

老道士走出宅子，从明月中俯瞰人间大地。

众生无根蒂，飘如陌上尘。

幽人独往来，高处不胜寒。

水落石出，群雄并起，虎视眈眈，蓄势待发。

只等三教祖师散道，变了天，下一场雨。

在那之后，就会是一场乱象横生却又生机勃勃的争渡。

以飞升境修士作为一条界线。

十四境以上，如同坐断津流，独木桥上边的拦路之人，他们拦阻的，可就未必是有那大道之争的身后同路之人了。

十四境以下，连同飞升境，机缘四起，不计其数，仿佛脚下凭空出现了条条有望登顶的阳关大道。

那么所有寄希望于合道的山巅飞升境，看待那些好似高悬在天的十四境大修士，好像就都是潜在的大道之敌。而十四境修士，看待某些飞升境，自然就会更加不顺眼了。

老观主轻轻叹息一声。

道上故人渐稀，吾亦飘零久矣。

毕竟余师兄还在白玉京等着，陆沉着急赶路，就和豪素用上了三山符。

大地上山脉河流如龙蛇蜿蜒，是与浩然天下截然不同的锦绣山河，浩然九洲的陆地版图，如山岳矗立在四海中，而青冥十四州，却好似被那些大渎切割开来。

一道璀璨剑光直落神霄城，是那刑官豪素的伟岸身形。

董画符在内的一拨年轻剑修，陆续赶来。

剑修豪素，就像是一个不知道从哪里蹦出来的刑官。

当年跟随倒悬山来到青冥天下的剑修，由元婴老剑修程荃领衔，总计十六人，之后都各奔东西，其中九人选择在白玉京神霄城炼剑修行，除了董画符不愿意接受神霄城度牒，其余八人，如今都是白玉京道官了。

程荃带着几位年轻剑修，选择投靠了吴霜降的岁除宫，纳入金玉谱牒。岁除宫这样的顶尖宗门，按例是可以授予修士私箓的，白玉京也会认可这类属于自立门户的道统法脉，程荃便被授予度牒，有了个道官身份，从而顺势担任祖师堂供奉。

至于老剑修将那只棉布包裹的剑匣，放在了鹳雀楼旁大水之中的歇龙石之上，白玉京对此睁一只眼闭一只眼，其实都心知肚明，未来岁除宫还将多出一位凭借续命灯转世的大剑仙纳兰烧苇。

此外，晏溟去了玄都观。

九位在神霄城专心炼剑的年轻剑修，当下有半数在闭关，神霄城对这些剑修格外器重，破例传下了十数种非嫡传不传授的上乘法剑，董画符在那千里桃林内选了一处僻静山头，搭建茅屋，至今还没逛过神霄主城。

豪素看着那几个头戴道巾、身穿道袍的年轻人，唯一的例外，应该就是那个董画符了。

还有一个外人，是个头戴金色芙蓉冠的中年道士，笑容和煦，自称是神霄城的副城主，王勍，道号金磬。

有外人在场，豪素也没什么忌讳，开门见山道："我叫豪素，家乡是浩然天下的灵爽福地，在剑气长城担任刑官多年，一直不曾登上城头递剑杀妖，所以你们认不认我的刑官身份，都随你们。但是我来这之前，答应过隐官，你们将来要是遇到麻烦，愿意找我帮忙，能帮不能帮的，我都会替你们出头，不用与我客气，每人一次机会，不用白不用。要是觉得与人问剑，有外人掺和，不符合剑气长城的剑修身份和传统，我也不拦着，但是事后我会尽量帮忙收尸，再给你们报仇。"

几个年轻人都没点头，也没摇头。

董画符率先开口问道："二掌柜有没有说他啥时候来这边？"

豪素摇头道："其实我跟他不熟，不太聊这些私事。"

一位少女剑修好奇地问道："刑官大人，你当真如传闻所说，离开剑气长城后，去那中土神洲寻仇，将一位老飞升境的脑袋拧了下来，丢在山门口？之后更是在一炷香内，就斩杀了那只仙簪城的飞升境大妖？玄圃那只畜生都来不及爆金丹、碎元婴，就死绝了？"

豪素欲言又止，只得暂时学一学隐官的厚脸皮，点头道："差不多吧。"

毕竟这桩秘事，涉及陈平安与中土文庙的内幕，否则豪素还真没脸承认自己做掉了玄圃。

如今整个青冥天下，都知道了剑气长城的末代隐官，联手白玉京三掌教陆沉，带着宁姚、齐廷济、豪素、陆芝深入蛮荒腹地，一行人闲庭信步一般，如入无人之境，将那昔年天下第一位道士道簪所化的仙簪城，以双拳蛮力，硬生生打成两截，刑官豪素借机打杀了飞升境大妖玄圃，再在那地位等同于青冥天下白玉京的托月山，斩杀蛮荒大祖大弟子……

毕竟青冥天下的穹顶处，突兀地多出了一轮明月，这种大事，只要是个道官，就不会视而不见。

尤其是那些走拜月一途的旁门道官和山精水怪之流，更是如同久旱逢甘霖，对那久闻其名的剑气长城和素未谋面的年轻隐官，由衷感激几分。

蛮荒三月，数座天下年轻十人之一的赊月，道场所在的一轮明月，名为蟾宫。

旧王座大妖荷花庵主，道场所在，名为玉钩，被董三更剑斩大妖，硬生生将一轮月拽落人间。

曾经在蛮荒夜幕居中的一轮明月皓彩，别称"金境"，被四位剑修一同搬徙，进入青冥天下。

余斗亲自离开白玉京，接引明月。

重返蛮荒的白泽想要阻拦此事，却又被礼圣阻拦。

牵一发而动全身，因为此举对三座天下的影响到底有多深远，估计还需要百年千年之后的某种"回头看"。

王勐笑着邀请道："就让贫道带刑官大人逛一逛神霄城？"

豪素抱拳道:"有劳。"

董画符说道:"我跟着一起。"

王勍小有意外,这个出身剑气长城董家的天才剑修,来到神霄城后,除了曾经出门游历过一趟玄都观,就一直在桃林内深居简出。

王勍对那位声名在外的末代隐官印象很好。于公,神霄城因为多出这拨剑仙坯子,在白玉京的位置得以抬升些许,而这拨剑修之所以选择神霄城,多半是得了隐官的暗中授意,否则去那剑气浓郁的紫气楼修行,或是去玉枢城雷池畔炼剑,岂不是更好?于私,当然是王勍的师尊,也就是上任城主,那位坐镇剑气长城天幕的道家圣人,曾经留下一封"家书",让那老剑修程荃转交王勍,与密信一起的还有《百剑仙印谱》和《砸剑仙印谱》,以及数方印章。而且在信上,师尊对那个出身于市井底层的年轻隐官赞不绝口,在书信末尾专门嘱咐王勍,将来陈平安做客白玉京,不论是路过游览,还是因为其他,都要请他喝一顿神霄城的桃浆仙酿。

董画符当然有自己的打算。要是一个人逛荡神霄城,喝酒不得花钱?

陆沉与豪素分开后,独自返回白玉京最高处,此地也没个正式名称,不在五城十二楼之列,一贯被白玉京道官称呼为上清阁,曾是师尊次数寥寥的传道处,故而三位掌教之外,历来是不可涉足的禁地。

偶尔陆沉会喊来相熟的道官,来此喝酒赏月观日出,也会有一些特别嘴甜的小道童,被陆掌教拎鸡崽儿似的,一手一个,带来这边看风景。

余斗也不太管。

陆沉骂骂咧咧道:"姜云生他们几个,几天没见,架子就这么大啦,余师兄帮忙捎话都不管用,得我亲自去请?"

余斗说道:"我让他们等我的旨意,什么时候来,看我;什么时候走,看你。"

陆沉试探性地说道:"拿出一部分搬月功德,准许神霄城客卿豪素,在青冥天下斩杀一位飞升境道官,且在白玉京无须担责。"

余斗默不作声。

陆沉继续说道:"若是白玉京之内,豪素与自家人问剑,我可以用自己那份,帮他补上功德,不过这种事,可能性不大。要说是白玉京之外的恩怨,我也会事先劝一劝豪素,尽量在我的那一百年内递剑。保证不让余师兄为难就是了。"

由于豪素重返浩然,曾经无视文庙规矩,手刃浩然天下中土飞升境修士南光照,所以这位刑官跟随隐官共赴蛮荒腹地,出剑不多,收获不小,最终在文庙将功补过,得以跟随明月皓彩一起来到这座青冥天下。

当然陆沉也不算白跑一趟,将那座被视为蛮荒武库的瑶光福地,赠予中土文庙,换来了将来三次游历浩然天下的机会。

此次重返白玉京，陆沉还随身携带了一件仙兵品秩的重宝，是从蛮荒玉版城捡漏而来的珊瑚笔架。

所以之后陆沉得走一遭被誉为"遍地芝玉"的琳琅楼，找那楼主王洞之，悄悄谈一桩买卖。

余斗说道："是陈平安的意思吧？"

陆沉点点头："既然答应了对方会竭力促成此事，还希望余师兄点个头，在下次议事中，通过这项议程。如果有人觉得此事僭越，与师兄订立的规矩相冲突，非要掰扯个一二三，那也可以不记录在册，余师兄只需要从头到尾不开口，就算表态了，我让那些城主楼主心知肚明即可。"

之前陆沉在陈平安那儿说了一些难处，例如按照师兄订立的法旨，除了几条根本规矩，三位掌教、五城十二楼都需要严格遵循，掌教法旨是完全可以被驳回的，这在白玉京历史上，虽不多见，但也不少见，绝非孤例。几乎所有正副城主、楼主，都曾驳回过余斗、陆沉的法旨。

当然，陆沉被驳回的掌教法旨之所以比余斗少，只因为他的法旨总计不过十余条，相较于二掌教的数百道法旨，确实是毛毛雨了。

但即便如此，三掌教的旨意仍是被驳回了半数。

这早就是青冥天下广为流传的一桩笑谈了。

余斗没有立即给出答案，冷笑道："在那蛮荒天下，你都快要以身试剑了，还这么好商量？"

方才明月皓彩那边的闲聊，余斗其实有留心，何况老观主也没有阻拦这位二掌教的旁听。

陆沉嬉皮笑脸道："就当是一报还一报好了，我不过是动动嘴皮子，齐静春当年不是更好说话？"

余斗不置可否，只是神色淡然说道："玄都观和岁除宫那边，你别掺和，我等他们很多年了。"

陆沉打趣道："明明是句关心人的好话，怎么从余师兄嘴里冒出来，就听着格外别扭呢。"

余斗说道："关于豪素担任神霄城客卿一事，纳入下次玉清宫议事的议程。至于师弟说的那件事，在玉清宫可以适当提个醒，我就当什么都没有发生。"

陆沉松了口气，沉声道："师兄在北俱芦洲清凉山与我交代了一件事……"

余斗显然不想听下文，摇头道："修行是自家事。"

话是这么说，脸上却还是有笑容。

陆沉只得停下话头，眼神哀怨，心想：余师兄你这样就很伤人心了，想起师兄就有笑脸,在师弟这边就成天板着一张臭脸。

陆沉拿袖子擦拭栏杆,随口问道:"我离开的这段时间内,有无有趣的新鲜事?"

余斗面无表情地说道:"我觉得有趣的事情,估计你只会觉得无趣。"

陆沉可怜兮兮道:"那就有劳余师兄反着来,挑些师弟觉得新鲜好玩的。"

余斗缓缓道:"师弟山青还在闭关,已经开始着手炼化那枚山字印。杨凝性,如今是我的弟子。林江仙武学又有精进。姚清已经炼杀了三位尸解仙。白藕走了一趟闰月峰,登山途中,被辛苦一拳打落山脚,差点跌境。朝歌不知用了什么秘术,试图将她的那位年轻道侣,凭空就出一个飞升境。天下十四州,有半数蠢蠢欲动。"

陆沉哭笑不得,好个"蠢蠢欲动",余师兄说话,其实还是很风趣的,只是外人不理解嘛。

杨凝性来自浩然天下,北俱芦洲崇玄署云霄宫,通过五彩天下进入青冥天下,是一个很有心的年轻人。

只不过在陆沉看来,此人的资质与根骨,至多就是个"小姚清",不对,准确说来,是"小小姚清"才恰当。

林江仙,作为当之无愧的天下武学魁首,既然被余师兄说成"又有精进",那么就不只是一只脚跨入那个境界了,而是大半个身子在其中?

陆沉问道:"那位小天君,不是余师兄的关门弟子吧?"

余斗摇头道:"还不够格。"

只是余斗很快就补充了一句:"如果哪天让我觉得意外了,就算他当时有几个师弟师妹,杨凝性一样可以成为我的关门弟子。"

青神王朝的女国师白藕,天下武道第三人,早就是止境神到一层了,是个货真价实的武痴。

白藕与林江仙问拳两次,但是一直故意绕开闰月峰辛苦。这次她主动问拳闰月峰,不知是哪根筋搭错了。

"苦恨年年压金线。"陆沉神色古怪,"辛苦一场不白忙,为自己作嫁衣裳?"

这个徐隽,真是洪福齐天,尤其……艳福不浅!

青冥天下的女修,极为出彩,只说那拨顶尖战力,几乎可以算是几座天下之中最能打的。

十四境中的吾洲,道号太阴。飞升境中的朝歌,道号复勘。

加上南华城第一副城主,云水楼在内的两位女楼主。

玄都观还有孙怀中的一位师姐,相传已经闭关千年之久。

此外还有几位道法极高、隐世不出的女冠。

如果评个青冥天下二十人,估计得有半数是女修。

陆沉问道:"就没有人敲天鼓喊冤?"

余斗摇摇头。

敲响天鼓,就是赌命。

陆沉满脸愁容:"咱们这位雅相,实在是让人不省心啊。"

青神王朝是首屈一指的大王朝,首辅姚清,字资美,道号守陵,被誉为雅相。

姚清已是飞升境圆满,是最有希望合道十四境的山巅修士之一。

一个王朝,从帝王将相到文武百官,胥吏之外,几乎都是拥有度牒的道官。

比如白玉京云水楼,就专门负责为天下各国、大小道观打造各类道士度牒。

山上大宗门,可以私自授箓,但是山下王朝,哪怕大如青神王朝,都需要跟白玉京领取度牒,天下十四州,各国按例按时来此领取份额,数量不等。

身为白玉京之外的道官,姚清经常受邀去往青翠城讲课传道,而且次数极多。

姚清斩三尸而成的三尊尸解仙,先后共登仙籍,一仙人两玉璞,按照白玉京谱牒,是要比那些"兵解"而来的"鬼仙"高出许多。

而三尊尸解仙本身,亦有阴神,只是受先天限制,不可炼阳神,那么再加上姚清真身,阴神与阳神身外身,只说化身的数量,几乎可以媲美陆沉,准确说来,姚清的大道看上去最为接近陆沉的七心相。

所以姚清这位青神王朝的三朝首辅,在白玉京五城十二楼,一直被誉为"青冥天下陆沉第二"。

而白玉京陆掌教,在白玉京之外的江湖上,则有个响当当的绰号,"白玉京小姚清"。

一听就知道是谁捣鼓出来的说法了。

陆沉当然是将这个如雷贯耳的绰号开开心心笑纳了,至于姚清作何感想,外人不得而知。

余斗难得主动询问:"宝瓶洲青鸾国,白云观那位僧人,是不是师兄的分身之一?"

陆沉摇头道:"不好说,始终无法确定此事。"

陆沉问道:"余师兄有没有问过师尊,闰月峰武夫辛苦,是不是我们青冥天下的那个存在?"

余斗说道:"没问过师尊此事,但是大致可以确定答案了。"

每一座天下,都存在着与天下第一人相互压胜的存在,神异古怪,匪夷所思。

双方或各行其道,井水不犯河水;或大道背离,就此互为苦手,相互牵制。就算是三教祖师,都无法纯粹以自身学问将其镇压。

就像五彩天下,应运而生压胜天下第一人宁姚的存在,多半就是那个名叫冯元宵的小姑娘了。

除了至圣先师的那场君子之诛，历来非议不小，被视为白璧微瑕之举，其实还有陆沉在那《渔夫篇》中曾经率先提出的"分庭抗礼"，是说至圣先师与那位撑船老舟子的典故。事实上，大掌教寇名犹有一个典故，是说那"小儿辩日"，其实也是至圣先师与浩然天下那位存在的一次见面。但是这些都不算什么，真正称得上云波诡谲的一场暗中交锋的，还是礼圣重新制定规矩之时，至圣先师再次"偶遇"一位幽居山中的修道之人。偶尔有些经过大肆渲染的残篇断章，故意将那场谁都不曾亲眼见到的狭路相逢，说得无比鲜血淋漓，言之凿凿，说是至圣先师直接将其打杀了。

陆沉就曾专门就此事去莲花小洞天内，问过师尊那桩悬案的真相。

可惜陆沉的问题，十有八九，在师尊道祖那边都没有答案。

陆沉趴在栏杆上，说道："我现在比较担心那个柴芜，光是她的传道人，就会有陈平安、小陌、崔东山、米裕等等，说不定以后还会有宁姚、梁爽、火龙真人、吕喦，如果再加上符箓于玄、龙虎山天师府的雷法……真是想一想就可怕啊。"

这种冥冥之中自有天意的时来运转，天地皆同力，最是不容小觑。

越是身处山巅，越是忌惮此事。

尤其是那个落魄山的新任看门人，道士名为年景，道号仙尉。

道士头别一枚木簪，触目惊心。

不管他这一世修行如何，哪怕破境时间是几十年几百年，甚至就干脆不破境，可是谁又敢不把此人当回事？

柴芜之快，仙尉之慢。

不过对于身边这位余师兄而言，什么天才不天才，都是虚的，只有哪天跻身了十四境，才是实在的。

在那之前，余师兄对什么都提不起半点兴致。

余斗说道："郑居中的分身想要潜入青冥天下的机会不多，明月皓彩那边，我仔细勘察过，没有动过手脚。"

玄都观孙怀中，曾经两次游历过浩然天下，最近一次还收了几个弟子带回道观。

老秀才去玄都观见过白也，再就是这轮刚刚搬入青冥天下的明月皓彩。

陆沉摇头笑道："郑先生想要偷偷摸摸做事，很难被我们找到蛛丝马迹，只会神不知鬼不觉的。"

余斗问道："陈平安当真没有任何来历？"

陆沉点头道："没有。"

余斗眼神熠熠，微笑道："那就很了不起。"

一个出身陋巷的孩子，能够一步步走到今天，当然很了不起。

靠机缘，运道好？天底下接不住的人多的是。

要说所谓的修行天才，什么百年不遇、千年一遇的，余斗修道八千载，只说在这白玉京，就见过不少了。

只是一旦将时间线拉伸开来，长远来看，其实都不算什么。

何况死在余斗手上的飞升境修士，就不止双手之数了。

只要在余斗坐镇白玉京的一百年内，不犯禁，老实一点，安分修行，就算你在其余两百年间，有本事打破天去，也都随你闹腾。

可若是胆敢在这一百年内，触犯白玉京律例，那就别跟我余斗谈什么"人情"了。

不光是在天下十四州，白玉京内亦是如此，历史上光是副城主、副楼主，被余斗亲自收拾过的，同样不止双手之数。

陆沉趴在栏杆上，看着那高高低低的五城十二楼，好像看了数千年，倒也没如何看厌。

紫气楼。

紫气楼道官，几乎都姓姜，外姓道官寥寥无几，属于典型的子孙丛林。因为紫气楼位于白玉京最东方，常年烟霞高捧，如在紫气堆中，故而常是先迎日月光，且常年有剑气郁郁冲斗牛。

楼主姜照磨此刻正在为十数位姜氏子弟传授剑术，在道场之内，摊开一幅光阴画卷的"拓本"。

凭借这幅光阴画卷，姜氏子弟可目睹那场搬月过程，只见五彩天下第一人的宁姚，手持仙剑，一剑开天，负责在最前方开道，以凝聚不散的剑气和剑意稳固路线，如同铺路。

城头刻字老剑仙齐廷济现出法相，使出了远古时代一门类似"长绳系日"的剑术神通，拖月而行。

刑官豪素，身在明月中，竟然能够将一轮明月部分"道化"，再祭出另外一把本命飞剑婵娟，同时递剑斩断皓彩与蛮荒天下的大道牵引。

陆芝殿后，出剑推动一轮明月前行。

剑气长城的四位剑修，分工明确，各司其职。

姜照磨一挥袖子，一座道场太虚境界内，凭空出现了一轮好似次一等真迹的袖珍明月皓彩，再一一点名，让数位姜氏弟子顶替那拨剑气长城剑修的位置，凭借各自剑术，模仿拖月一事。

那些资质极佳的紫气楼剑修，纷纷御剑"远游"，化作一条条流萤，如入天外虚空，身形与剑光瞬间缩小为芥子和丝线。

其中学那宁姚仗剑开道的，是一位少女模样的年轻剑修。

姜照磨盘腿坐在蒲团上，神色淡漠，眯起一双金色眼眸，双手握拳膝盖上，为几个家族晚辈一一指出各自出剑的缺陷所在。

其中一个听了两次老祖点拨都未能心领神会的剑修，便被楼主随便一弹指，打出太虚境界，整个人狠狠撞在屋内一根巨大的梁柱上，七窍流血，瘫软在地，却无人胆敢搀扶。

很快就换了一人顶替其位置，继续联手拖拽那轮明月。

姜照磨视线偏移几分，是陆掌教返回白玉京了。

至于那个刑官豪素，不出意外，果然去了神霄城。

这位飞升境剑修来到青冥天下，白玉京和天下道官，当然乐见其成。

青冥天下剑术，半在玄都观剑仙一脉。

昔年余斗横行天下，姜照磨的前身，便是同行者之一。

不过那是姜照磨上一世的事情了，兵解转世后，姜照磨被余斗寻见，带回白玉京再续修行。

灵宝城内，一位须发皆白的老道士，正在指点一个年轻嫡传炼丹道士，但是用来炼丹的那座炉鼎，却是被老道士拘押而来的一颗天外流星，虽然它撞入青冥天下之际，就已经十不存一，但是被老道士收入囊中之时，依旧大如巍峨山岳。而这个老城主新收的得意弟子，能够在此辅佐炼丹，资质之好，无须赘言。

手捧拂尘的老道士突然笑道："蘋藻，稍后你随为师一起走一趟白玉京最高处，见一见两位掌教。"

年轻道士闻言，一颗道心只是微微起涟漪，神色肃穆道："弟子谨遵师命。"

别称"玉皇城"的青翠城，位于白玉京最北面。

按照玄都观孙道长的说法，之所以有这两个称呼，其实就是因为一句"玉皇李子最好吃，嚼起来真清脆"。

在此城最为鼎盛时，辖境辽阔，以一城管辖将近天下三州山河，青翠城总计拥有十大洞天之一，三十六小洞天有二，七十二福地有三，王朝有六，至于山上山下的道门宫观和山下六大王朝的藩属国，更是无数。而且一甲子一期，每逢腊月二十五，青翠城城主按例都会祭出一副远古帝王车辇，巡视天下清流道官之功过得失，稽查考核山川地祇鬼神，车驾所过之地，皆在考评勘验范围内，甚至可以不用局限于青翠城自身辖境。简单来说，就是目之所及，无论任何人任何事，车驾主人都可以管上一管。

一个小道童模样的家伙，揪心不已，因为自己担任城主之后，明年就要迎来一甲子一次的巡游了。

可是他一个刚刚跻身仙人境没几年的道官，真要登上那辆车驾，离开白玉京，感觉每走一步，就是丢一份脸皮。

想到这，名为姜云生的小道童，就有些埋怨那个陆师叔。

大掌教代师收徒，为白玉京带回了两个师弟。陆师叔你这个当了数千年小师弟的三掌教，便有样学样，给道祖找了个关门弟子，顺便给你自个儿找了个小师弟，终于有人喊你一声师兄了？那你倒是干脆让那道号山青的小师叔，当了这青翠城的城主啊，那岂不是更好？为啥要选我？赶鸭子上架呢？要不是紫气楼的自家老祖姜照磨，暗示自己别推托此事，姜云生还真就打死不从，你陆沉就算把我绑到这青翠城，我也要翻墙溜走。

玉枢城。

城内高处悬有一面古镜，背具十二时，篆刻有"永受嘉福"四字，是大掌教亲自铸造、炼制、铭刻的重宝。此外，还铭刻有数以百万计的蝇头小字，则是玉枢城历代正副城主的一种大道补充。

圆镜亮如日月，在玉枢城运转，循环不休。

而三掌教陆沉的书斋——观千剑斋，没有设置在南华城，反而就建造在这边，据说是方便陆掌教与两位城主请教学问。

副城主邵象，察觉到白玉京的那两股气机，道心微动，便走出道场，一步缩地山河，找到了站在那座书斋门口的城主郭解。

郭解是公认天下注解陆沉著作外篇的第一人。而注解内篇的第一人，是南华城那位担任第一副城主的女冠，她也是白玉京最有希望跻身十四境的道官之一。

也不是完全没有非议，比如符箓派祖庭之一的地肺山华阳宫，以及包括采收山在内的几座大宗门，那拨精通训诂的得道高真，就都说郭解是以外杂篇否定内七篇，不但裁剪失当，更属于"用伪反真"，背道而驰，只知梦而不知觉。

郭解腰间悬有一串吉语钱挂饰，淡然道："陆掌教自称寓言十九，重言十七，卮言日出，和以天倪。"

若是平时，邵象也就与郭解多聊几句了，只是今天却没有就此延伸话题，而是以心声说道："张风海已经被余掌教关押了将近八百年，能不能借此机会，让陆掌教帮忙求个情，就算无法恢复张风海的副城主身份，好歹准许他离开镇岳宫烟霞洞，只保留一个白玉京道官身份？"

郭解沉默许久，开口道："难。就怕我这一开口，会适得其反。"

昔年玉枢城的城主继承人，其实不是郭解，而是"百年之内证道飞升"的张风海，这种修道资质，哪怕在白玉京历史上，都堪称惊人至极，以至于年纪轻轻就已经是飞升境的张风海，在白玉京和青冥天下，早就有那"小掌教"的称号。

结果只因为一桩过失，余掌教找上门，张风海辩驳了几句，被余掌教训斥一番，张风海不服气，与之大吵一架，一气之下还扬言要脱离白玉京道籍。

余掌教只说了一句"当然可以",然后就将张风海拘押到了镇岳宫,囚禁在烟霞洞内,已经快八百年了。

大概这位道老二的所谓"可以",真正的意思,就是你张风海既然能凭本事进入白玉京,那就再凭本事离开白玉京。

而郭解与邵象两位正副城主,看待这位师尊的关门弟子,不可谓不宠爱心疼。小师弟年幼时被师尊亲手带入城内,两个当师兄的,简直就是既当师兄又当兄长的,对张风海呵护有加。

邵象叹了口气。

除了自家小师弟,其实还有两位副楼主,下场更惨。

白玉京琳琅楼,是一处金玉道场。

太上符箓龙蛇踪,散花天女侍香童。

佛道两教,自古就有丛林一说,大致可分为十方丛林和子孙丛林。琳琅楼就属于子孙丛林,跟楼主历来都是一家一姓的紫气楼姜氏类似,略有不同的是,琳琅楼分成了"乌衣王""会稽谢"两家。道门的子孙丛林,由自己传道所度的家族弟子、嫡传门生轮流住持,是一种师资相承的世袭。而十方丛林则邀请德行兼备的粹然高真住持事务,宫观住持在卸任时,若是觉得本山并无合适人选,可向他山礼聘邀请。芸芸众生,云水流仪,原系四海同居,并无二致。哪州道观的十方常住兴旺、规范严,哪州的道风就较好,道官的成就便高。

王、谢两姓子弟,英才辈出,修道之外,公认极富才情,故而白玉京琳琅楼自古被誉为芝玉遍地。

紫气楼姜氏女子的姿容绝美,琳琅楼王、谢两家男子的英俊风流,都是天下公认的好。

琳琅楼的楼主王洞之,清净出尘,举世公认其书写道经最是笔法神妙,道韵无穷。

传闻昔年大掌教许多昭告天下的敕令,都是请这位楼主代笔的。

如今整个青冥天下都在猜测一事,玄都观的白也,将来会不会走一趟琳琅楼。

此时,王洞之站在书房内,双手负后,看着墙上的一幅画卷。

这是一幅被誉为无上神品的《珊瑚帖》,画有一枝东海万年珊瑚,不光是栩栩如生,还真能开出一种五色玉花,增加采花道官的文气才情,若是以秘法制作成彩墨,书写青词宝诰有奇效。

关键是这幅画卷里边藏着一座品秩不低的古老龙宫,金玉谱牒相当于昔年的大渎龙神府邸,仅次于四海龙君。

副楼主谢宣站在门口,没有跨过门槛。

这是王洞之订立的一条铁律,谁都别想走入他的书房。

其实最早就是为陆掌教一人制定的，摆明了就是防贼。

迄今为止，陆沉还真就没有见过这幅《珊瑚帖》一面。

谢宣笑道："真是三山九侯先生的手段？"

王洞之转身走出屋子，等他挪步时，墙上画卷便消逝不见。他来到檐下廊道中，瞥了一眼白玉京最高处，点头道："当年三山九侯先生秘密来过青翠城，陆掌教当时在场，用他的话说，就是亲口询问过三山九侯先生，千真万确，不但直接将一座大渎龙宫封禁在画卷中，而且这个相当于一个浩然大宗的大渎龙宫，极有可能如今还有水裔生灵存活至今，不过就算是真的，数量肯定不多了。"

谢宣说道："难怪你研究了这么多年，始终不得其门而入，如果真是那位前辈的手笔，就在情理之中了。"

这么多年，琳琅楼一直无法打破画卷的山水禁制，空有宝山不得其路。

陆掌教最早盯上这幅画的时候，赖在琳琅楼足足一月光阴，死皮赖脸要瞧一瞧，过过眼瘾。

王洞之坚持说并无半点稀奇，外界以讹传讹罢了，之所以不愿公开，只是因为敝帚自珍。

要知道青冥天下又是出了名的"缺水"，故而蛟龙之属的高品水裔，在这边是很吃香的宗门、王朝供奉。再加上道祖的一句"上善若水"，天下水裔的开窍炼形，往往颇为顺遂。

之前在剑气长城，陆沉跟陈平安谈成了一桩买卖，他返回白玉京之时，会争取跟琳琅楼楼主王洞之要来半座龙宫的收益。

因为帮助云霞山渡过难关一事，陈平安做出了让步，答应半座龙宫的收益分账，双方从三七变成四六，当然是他占六成，陆沉只占四成。

反正打开龙宫的钥匙，就是不知如何流落到云纹王朝的"金坐"款珊瑚笔架，如今就在陆沉手上，不怕那王洞之不点头。

伸长脖子的陆沉，将视线从琳琅楼收回，转过头，笑道："余师兄，可以喊人过来了。"

片刻之后，分别有白玉京道官从那青翠城、灵宝城和紫气楼御风而至，与两位掌教恭敬行礼。

青翠城新任城主姜云生，道童模样，仙人境，曾经在那倒悬山与剑仙于禄一起当门神。

如果加上老祖姜照磨，那么白玉京姜氏一姓，就是一城主一楼主的气象。

灵宝城城主庞鼎，道号虚心，老飞升境修士。道龄极长，在白玉京修行的岁月，甚至要比两位白玉京掌教更为长久。除精通五行阴阳术之外，这位老城主的五行本命物，经过将近二十余次的更换、炼化，皆是仙兵品秩。另外还有一件名动天下的攻伐本命物,能够引发雷劫。

紫气楼楼主,也是姜云生的老祖,姜照磨,字潮生,道号垂象,飞升境。与二掌教余斗差不多是前后脚进入白玉京,在那之前,或者说是生前,就与余斗是山上挚友,曾经与余斗一起周游天下,一行人锋芒毕露,横扫十四州,人人故事极多。

姜照磨亦是天下武学大宗师,被誉为"流水的武道十人,铁打不动的姜照磨",故而也被视为青冥天下砥砺武道的最佳磨石之一。

只不过历届天下武评十人,都不会将这位紫气楼天仙列入其中。

差不多每过一甲子,姜照磨就会与林江仙问拳一场。所以紫气楼道官中,也不乏兼修拳法的武学奇才。

此外,庞鼎还带了一位新收的嫡传弟子,周蘋萦,尚未赐下道号。

姜照磨则带了一位少女,姜玉微,道号危心,她是紫气楼姜氏子弟,既是剑修,也是武夫。

姜玉微头戴鱼尾冠,别以水精簪,姿容出彩,她与周蘋萦站在一起,很像金童玉女。

陆沉笑眯眯看着这位丰神玉朗的年轻道官,好相貌,好气度。

据说是来自那个大潮宗,曾经还是现任宗主徐隽的师兄呢。

庞老儿挖墙脚的小锄头,一向是很厉害的,一挖一个准。

不过这个周蘋萦,既没能与徐隽争过宗主之位,当年也未能跻身年轻十人和候补十人。

争湍蘋萦,回旋之貌。本该与那大潮宗是相得益彰的,奈何敌不过那种好似书上小老天爷的天命哪。

徐隽如今除了是玉璞境鬼修,还是大潮宗、两京山的两宗共主,更是那位飞升境女修朝歌的道侣,而朝歌正是两京山的开山祖师。

陆沉作为开场白的那个问题,就很惊世骇俗。

"余师兄,如果有一天,五彩天下的剑修,跨越天下,联袂问剑白玉京,会如何?"

余斗淡然道:"来就是了。"

庞鼎皱眉不已。

姜云生犹豫了一下,还是说出了自己心中的疑惑:"飞升城如今才几个玉璞境剑修?哪怕再给他们一千年,又能如何?"

就算青冥天下十四州,沿途都有策应,那拨剑修,不还是以卵击石的下场?

庞鼎摇头说道:"搁在以前,谁敢相信剑气长城的那么些人,能够据一城之地,挡住蛮荒天下一万年?"

白玉京已经治理青冥天下万年之久,而且要远远比那浩然天下的中土文庙,管得更加宽泛,管得更多。

陆沉称赞道："还是庞城主老成持重。"

他转头望向姜云生，双指弯曲，朝着小道童的脑袋就是一栗暴敲下去："再看看姜城主，在剑气长城门口待了那么久，这么点道理都没想明白，怎么当上城主的，啊?!"

天翻地覆之时，越是山巅的大修士，就越想要重新界定格局。

境界最高的那一撮修士，可能是为自身大道谋划;境界稍低一些的，恐怕也要为山头宗门、王朝谋划千秋大业。

浑水摸鱼，趁火打劫，落井下石，雪上加霜，火上浇油……不择手段，层出不穷。

姜照磨微笑道："就是吃得太饱了。"

三天不打上房揭瓦的，为数不少。姜照磨这么多年来，修行之余，就一直在盯着某些王朝某些人。那些个白玉京之外的山巅修士，在姜照磨看来，就是吃饱了撑着没事做，闲的。

余斗突然说道："将那幅光阴长卷取出，让他们几个看看那位年轻隐官的手段。"

这个师弟，最喜好收集光阴长卷，说是好记性不如烂笔头。

陆沉一脸尴尬："啊? 不用了吧?"

余斗默不作声，就是态度了。

陆沉只好摸摸索索，犹犹豫豫，摸出一幅卷轴，轻轻丢出，摊开画卷。

画中出现了汾河神庙和城内的"吕公祠遗址"。

当然，有些画面方才已经被陆沉临时抹掉了，比如扇耳光之类的，还有后边那座娄山凉亭的某些关键言语。

姜照磨双臂环胸，斜靠栏杆，饶有兴致地打量着那幅画卷里边的年轻青衫客。

庞鼎手挽拂尘，眯眼而笑。

这位年轻隐官，名不虚传啊，竟然都能够与陆掌教抖搂梦境了。

姜玉微神采奕奕，只觉得这个年纪不比自己大几岁的传奇人物，确实胆大包天，想法古怪，做事情还挺……阴险。

陆沉说道："小蘋，有话直说，不用藏着掖着。"

周蘋絮半点不怯场，直截了当说道："一个走狗屎运的家伙，也配与掌教师叔这么说话? 若是撇开那些身份和靠山，如今他陈平安，不过是个止境武夫，连玉璞境剑修都不是了，算个什么东西? 不知天高地厚，什么身份，什么境界，竟然都敢威胁一位白玉京三掌教了?"

余斗置若罔闻。

陆沉像是听到了一个不小的笑话，转过头去，笑容灿烂。

满脸慈祥神色的陆掌教，望向这个刚到白玉京没几年的……天仙坯子?

姜照磨嘴角泛起冷笑，那个年轻隐官陈平安如何，没有真正打过照面，不好说，只说你小子，在这边大放厥词，可就真是个不知死活的东西了。

姜玉微轻声嘀咕道："论身份，既然陈平安是剑气长城的末代隐官，也差不多算是咱们白玉京的掌教了吧。"

姜照磨笑了笑，以心声提醒这个蔫儿坏的自家晚辈："别煽风点火，会死人的。"

庞鼎怒斥道："住嘴！滚回城内，禁足一甲子！"

他已经准备动手，准备一拂尘将这个嫡传弟子打回灵宝城。

陆沉却早先一步，伸出手，双指轻轻按住庞鼎的拂尘，再一手按住那周蘋蓁的肩膀，和颜悦色道："别介啊，才来就走。这孩子，只是说了几句心里话和公道话，庞老城主就要罚他禁足一甲子，责罚太重了，贫道不答应！"

周蘋蓁再傻，也意识到自己说错话了，霎时间脸色惨白，但是他立即稳住道心，如逆流而上，非但不认错，反而越发坚定道心。

陆沉眼睛一亮，拍了拍年轻道官的肩膀，道："修行天赋如何，两说，只说自救的手段，不低不低。想起来了，听说好像就是你小子，进入白玉京没多久，第一次遥遥见着了余师兄，就心生'取而代之'的念头？"

余斗依旧全然不当回事。

庞鼎微微错愕，真有此事？这个弟子莫不是失心疯了？

陆沉嘿嘿笑道："这是不是意味着你几年后的元婴境瓶颈，有点大啊？"

因为心魔就是余师兄嘛。

如果不出意外，吴霜降的第二心魔，也是如此。甚至有可能是将囊括白玉京的整座青冥天下，视为一处沙场。

否则吴霜降作为兵家修士，一旦决意出手，绝对不会只是意气用事，自寻死路。

此外，陆沉比较担忧的，还是岁除宫的守夜人，被吴霜降昵称"小白"的那位。

飞升境修士，若想成功合道十四境，犹有第二心魔需要面对。

相较于元婴境瓶颈时心魔的不可力敌，道高一尺魔高一丈，要更加虚无缥缈，有些大修士，视若无物，甚至就像从未出现过。有一些却极难勘破。后边的"有一些"，白玉京这边的，都兵解了，在浩然天下那边，可能是韦赦，也可能是火龙真人。

青冥天下，在大掌教寇名失踪之后，二掌教余斗，就成了白玉京众望所归的下一位十五境修士。

余斗每次坐镇白玉京一百年，职掌天下，不管如何出手，并无私心，这是共识。

玄都观、岁除宫和地肺山华阳宫在内这些顶尖宗门，在这件事上，对这位道老二，从无任何指摘和非议。

但是余斗治理天下的手段，不近人情，更是共识。

陆沉一本正经道："小蘋，不用紧张，千万别紧张！在贫道看来，一个不想当掌教的白玉京修士，就不是一个合格的道官！"

周蘋萦道心坚韧，神色坚毅，后退三步，与两位掌教毕恭毕敬打了个道门稽首。

余斗点点头，开口道："心无旁骛，好好修行。"

心弦紧绷的庞鼎如释重负，意外之喜，这个嫡传弟子，大好造化！

余斗突然看了一眼陆沉。

陆沉笑着摇头，示意没事。

原来在陆沉的人身小天地之内，异象横生。有那风雨如晦，响起雷鸣声，仙人伸出手掌，将其攥在手心，轻轻碾碎。有那白云聚散不定，最终渐渐凝聚成云海，被一只晶莹剔透的大手揉碎。

这就是崔瀺的阳谋了。一旦陆沉选择入局，改变路数，用一种崭新的手段与青冥天下相处，那么在某种意义上，陆沉就再不是昔年的陆沉了。

无碍修为，只是道心有变，不然要说这点心相迹象，陆沉抹平、镇压、消解，都很简单，是举手之劳。

大修士心无杂念不难，那么心中无一念呢？

陆沉挥挥手，笑呵呵道："诸位，各回各家，努力修行。"

等到那一行人离开廊道，余斗露出一个极其罕见的笑脸，说道："师弟，你近期小心点，能不出门就别出门。至少别离开白玉京地界，南华城那边，也该多管管了。该传道传道，该收徒收徒。"

先下手为强？

不用。如果需要如此行事，那还是自己不够强。

陆沉欲言又止。

从前都是陆沉这个师弟絮絮叨叨，不承想今天却颠倒了，变成了师兄余斗多说一些。

"要是那个陈平安，连报仇这种事，都不敢光明正大，只敢鬼鬼祟祟，或是根本没想过来白玉京问剑问拳一场，就是个没心没肺的废物了。所以这家伙在那幻境中，与你把话说得敞亮了，我倒是愿意再高看他陈平安一眼。当隐官，做得不差；当师弟，亦然。"

余斗笑容更浓："难道只许我余斗为了报答师兄的代师收徒和传道之恩，让姜照磨与庞鼎对齐静春落井下石，痛下杀手，就不许一个年轻人，同样为了一位代师收徒、传道授业的师兄，向我寻仇？"

余斗摇摇头："没有这样的道理。他将来只要敢来白玉京，只要他还愿意，我倒是想要先请他喝一顿酒，再论生死。"

陆沉神色认真，一言不发。

"陆沉。"

"嗯?"

"你这个当师弟的,数千年以来,已经为余师兄分忧足够多了,从今天起,就别再为我担心什么了,不需要。"

"好,听师兄的。"

桐叶洲镇妖楼。

各自喝过了一壶竹海洞天酒。

至圣先师与年轻隐官,两人相对而坐,好似一场道龄辈分、学问修为皆极为悬殊的坐而论道。

曾经一步跨入十四境的纯阳吕喦,差一点就可以闭关证道十四境粹然剑修的小陌,青同,三个飞升境剑修仿佛在旁闻道观道。

至圣先师招手道:"纯阳道友,且借拂尘一用。"

吕喦笑着抛出手中那把拂尘,至圣先师接住拂尘。

方丈之地,蓦然间大如虚空。

一座镇妖楼,渺小如一块巴掌之地。一棵参天梧桐树,更是小如田边草。

至圣先师以拂尘缓缓画圆,出现了一条光线轨迹。

吕喦是第一个看出门道的,陈平安紧随其后。

小陌相较前两者,稍显后知后觉。

唯独青同道友,眼睛瞪得最大,最为懵懂,只不过片刻之后,青同也就看出了端倪。

至圣先师是在用一种最粗略的方式,阐述数座天下的万年岁月。

剑气长城三位剑修,联袂问剑托月山,使得蛮荒大祖最终无法跻身十五境,陈清都合道剑气长城。

十四境修士大妖初升,最初的那个设想谋划不成,只得退而求其次,开始创建蛮荒英灵殿。

道祖骑牛过关,进入蛮荒天下,大妖初升被迫逃离蛮荒天下,去往天外。

青冥天下的道祖首徒寇名代师收徒,同时代师授业,白玉京出现了第二位掌教。

礼圣联手三山九侯先生,开始着手制定新礼。

斩龙一役,造就了宝瓶洲的那座骊珠小洞天。

白玉京出现第三位掌教。

浩然天下的贾生变成蛮荒天下的周密。

文庙出现了那场"三四之争"。

齐静春力扛天劫。

剑气长城被打断成两截,举城飞升至崭新天下。

蛮荒妖族涌入浩然天下，肆虐三洲。

周密与一人并肩而行，率众登天而去。

三教祖师并未露面，由礼圣主持第二场河畔议事。

白泽重返蛮荒天下。

陈平安剑开托月山，城头刻字……

那条圆线，即将首尾相接之时，蓦然出现了一个之前从未出现过的极大分叉，分成了两条丝线，如绳打结，双方齐头并进，一起"缓缓"去向那个"既是终点又是起始"的地方。

两条线，宛如一场势不可免的天人之争。

至圣先师停下手中拂尘，问道："陈平安，你觉得接下来总计会有几种可能性？"

陈平安沉思许久，只能是摇摇头，老老实实答道："不知道。"

至圣先师冷不丁以心声询问一事。

陈平安毫不犹豫地摇头，眼神坚毅，甚至忘记了以心声言语，斩钉截铁道："不行！"

至圣先师点头而笑："这就勉强可行了。"

陈平安一愣，只是很快想明白其中关节，咧嘴一笑。

被至圣先师如此认可，陈平安就更有信心了。

或者说，至圣先师的这一问，再一认可，本身就是对陈平安心关的一种加固？

辛苦炼字为何事？只求个自欺欺人。

炼化文字无数，世间文字几经演变，常用字加上生僻字，大致有八万个，可如果再加上那些早已失传、现已不用的远古文字，数量只会更多。

陈平安为自己设置了重重关隘，其中层层迷障，何止是千山万水？

只说陈平安心湖中的那座书楼，书楼藏书无数卷，而且只会越来越多。每本书上边的文字，在密雪峰那座长春洞天之内，早就悉数被陈平安撷取，一一炼字，打造成一座座"心关"，而且陈平安有意只用儒家经典和佛家经书作为打造关隘的"砖石"，刻意绕开了道家典籍。

其实至今陆沉还不知道一事。当年，骊珠洞天大局已定，先帮忙牵红线再乱点鸳鸯谱的陆沉，收取神诰宗贺小凉为嫡传弟子，陆沉曾经带着她一起行走在光阴长河，为她推衍陈平安的诸多人生道路，看遍人生百态，但是在其中一截光阴长河的河段内，有一个双鬓微霜、面容清晰的教书先生，在蒙童们放学后，独自坐在屋内打谱，在那陆沉和贺小凉的游历"当下"，骊珠洞天的过往"当年"，齐静春拈起一枚棋子，笑着说了四个字。

如果说这已经是已逝之人与过往旧事，那么今年今月今日某人心境之中，四面八方，都悬挂着一条条"虚无的山脉"，仿佛也可以视为一条条黑色的光阴长河。

而折腾出这些脉络的道法根本，其实就是两个字，"遗忘"。

就像一座笼子的栅栏。歪斜，扭曲，疏密，不成体统。

更远处，是金、银白两色的文字关隘，或是堆积成书山，建造如书城。

就这么关押囚禁着一位双手笼袖、满身雪白的修长男子，他拥有一双粹然金色的眼眸。

抑可以说是一种自我流放？

"都说崔瀺对人对己都心狠，那么我这个当小师弟的，哪里差了？"

这位被自己关押在此的自言自语之人，缓缓转头望向一位头戴莲花冠的被囚禁者雏形，眯眼而笑。

如同一位至高者，俯瞰着一只依旧位于人间，不过是离天较近的蝼蚁。

"对吧，陆掌教。"

第五章
让　道

　　李二带着媳妇和女儿,跟着女婿韩澄江,一起走了赵北俱芦洲北边的花翎王朝,这算是两家结亲后,第一次正儿八经串门走亲戚。

　　妇人自打下了马车,在那条名为乔梓巷,却比大街更宽的地儿,就开始局促不安,等到见着女婿家的府邸,还没跨过那道高高的门槛,她两只手都不知道该搁哪儿了。

　　女婿先前说了这条乔梓巷的由来,"乔木高高然而上,梓木晋晋然而俯",还有一些道理,妇人也听不懂,就没太上心。只是等她听说一整条巷子都是他们韩家的,按照韩氏祖训不得分家,这让妇人咂舌不已,女婿家也太有钱了,这么长一条巷子,都姓韩,光是一年的饭钱,都不是一笔小数目了吧?

　　只说门口那么大的一块金字匾额,加上那两尊蹲着都比人还要高的白玉狮子,就已经给妇人一个结结实实的下马威。等到进了宅子,弯来绕去的,转得她头晕,一路上都没点鸡粪狗屎,吐口痰都不敢。妇人狠狠掐了一把男人的腰肉,男人转头咧嘴一笑,就要伸手握住她的手,被妇人连忙拍掉,老夫老妻的,也不害臊,若是被这里边的读书人瞧见了,连带着看不起咱们槐子,咋办?

　　妇人只得轻轻掐了一把自己的胳膊,疼,不是做梦。

　　之前带着女儿女婿,一起回了赵家乡小镇。同样是亲戚家,妇人都敢嫌弃掌厨的姑子手艺不济了,如今到了女婿家里,真是大气都不敢喘一口。

　　妇人其实早就知道女婿出身很好,是那种所谓的大户人家,书香门第,但是妇人哪里能够想象,女婿家的门槛会这么高,真是做梦都不敢想的事情嘛。

女儿如今嫁了人，还是老样子，闷闷的。李柳打小就这脾气，不大气，没法子，她脾气随爹嘛，亏得女儿模样、身段都随自己，不然如今估计就是个嫁不出去的老姑娘了。

倒是自家男人，平时看不出来，几棍子打不出个响屁的德行，不承想关键时刻，还挺镇得住场面，见了谁都不犯怵，也不怎么说话，板着脸，点点头，确实比自己更沉得住气。这让妇人稍稍心安几分，只是忍不住轻声提醒男人一句："李二，就这样，少说话，反正别给槐子丢脸，不然我跟你急眼，让你晚上打地铺去。"

李二咧嘴一笑，点点头。

妇人赶紧一瞪眼，土老帽。

韩澄江赶忙笑着说道："丈母娘，不用这么拘谨，就当自己家好了。"

其实丈母娘紧张，韩澄江更紧张，只是没有摆在脸上，他就怕家族里边的繁文缛节，惹来妻子一家三口的不适。

所以在返乡路上，韩澄江就接连寄了两封家书回绛县乔梓巷，提醒家族不可缺了礼数，同时尽量不要兴师动众。要不是爷爷亲自回了一封书信，让孙子只管放心，韩澄江还能再写一封。

妇人声若蚊蝇，小心翼翼道："澄江，听说你是长子长孙，家大业大的，规矩肯定多，咱们家不一样，小门小户穷惯了的，柳儿又是个闷葫芦，就怕给你丢人现眼哩。"

在家乡槐黄县和狮子峰山脚的小镇，但凡家里边人丁稍微多一点，家产都要争来抢去的，韩家这么个高门大户，还不得打破头去？

在韩府待了几天，儿子李槐是大隋山崖书院的贤人，这是妇人最拿得出手的事情了。

结果后来才晓得，女婿家族中，书院的副山长、君子贤人，一双手都数不过来。

妇人实在是待不住，住不惯，怕闹笑话，出丑，在那家宴上，吃个饭夹个菜，都不晓得往哪儿下筷子。

幸好韩澄江的爷爷——韩老爷子，和气得很，以前是在京城当官的，年纪大了，就告老还乡了。在宴席上，也没有半点官老爷的架子，都让妇人生出一种错觉，莫不是你们乔梓巷韩家，欠我们家钱啦？

听说韩澄江的爹娘，如今都在赶来绛县的路上，因为韩澄江的父亲，也是个当京官的，返乡需要向朝廷告假。

韩澄江的父亲，正是花翎王朝的当朝首辅。而这个韩老爷子，又正好是上一任首辅，当了将近四十年的一国宰执，当之无愧的群臣领袖。

花翎王朝的吏部和兵部，历来不是姓韩，就是武据韩氏的门生。

妇人想着见过了亲家，就早点去狮子峰山脚的小镇铺子，还是那边自在些，听得见鸡鸣狗吠，说话嗓门大些，谁管呢？

不像这边，丫鬟仆役们走路都没个声响的，就是那些个屁大点的孩子，在府上见着了他们，也会一个个学那夫子作揖，约莫这就叫知书达理吧。

在一间铺设有地龙的书房里，年近百岁高龄却依旧精神矍铄的韩老爷子，看着孙子和孙媳妇，老人笑容慈祥，十分欣慰。

韩澄江其实是一位下五境练气士，属于误打误撞走上修行路，志不在此，三天打鱼两天晒网的，对那所谓的证道长生从无兴趣。

韩老爷子神色和蔼，望向那个看着柔柔弱弱的女子，笑问道："可还住得惯？"

李柳微笑道："我还行，就是娘亲不太习惯。"

韩老爷子点头笑道："无妨，在县城外边，韩家还有一处山林别业，回头让澄江带你们去那边住，与乡野无异。"

李柳道了一声谢。

作为武据韩氏的家主，韩老爷子的消息，当然很灵通，再者李二和狮子峰也没如何藏掖，便对这家人大致知根知底了。

狮子峰李二，是一位止境武夫，其实他不是北俱芦洲本土人氏，来自宝瓶洲骊珠洞天。只不过如今的北俱芦洲山上仙师，知晓此事的还是不多。

听说那个老匹夫王赴愬曾经去过狮子峰山脚，在李二这里挨了顿打，之后在文庙议事，止境、山巅武夫扎堆垂钓，王赴愬好像与人说过李二的拳法，其实一般，不重。

北俱芦洲的花翎王朝，与那中部的大源卢氏王朝差不多，都是屈指可数的大国，国力鼎盛，更是少数几个山下庙堂能管山上仙府的王朝，要知道这可是在北俱芦洲。而这个家族祠堂位于曲沃郡绛县的武据韩氏，在花翎王朝一直有那"太上皇"的绰号，历史上拥有"文""武"谥号的多达百余人，配享太庙的韩氏先贤数量可观。

但是作为韩氏嫡长孙的韩澄江，已经不惑之年，在庙堂上却仍是毫无建树，做官只做到了礼部郎中，然后修了五六年书，前些年就干脆辞官了。

之前花翎王朝着手编订大部头巨著，担任正总裁官的翰林院侍讲学士，便举荐了礼部郎中韩澄江为总编纂官。

韩老爷子问道："如今在做什么？"

这些年韩澄江一直在外游历，爷孙见面次数屈指可数。

正襟危坐的韩澄江，恭敬地答道："正在编撰两本书，分别暂名为《百家杂钞》和《警言联璧》。"

韩澄江读书很杂，将自己看书过程中特别留意的序跋、诏令和那列传、典志、祭文、奏议等，分门别类，抄录整理。每遇先贤嘉言警句，不问古今，随手辑记，再额外将这些语句单独拎出来，又分成治学、存养、处世和文藻等十类，条分缕析，编订成册。

韩老爷子笑着点头："那就是类似两吴选定的《古文观止》和那陆湘客的《醉古堂剑

扫》了。"

韩澄江说道："就只是拾人牙慧了。"

韩老爷子摆手道："两部书做得好，也不失为成己成人之宝筏，希圣希贤之阶梯。回头把草稿给我看看，帮你把把关。以后若能版刻出书，记得用化名就是了。"

韩澄江答应下来。

韩老爷子突然笑道："李柳，澄江写得一手好字，槐黄县城祖宅的春联包在他身上。"

孙子韩澄江的书法，确实极具功力，深得当今天子青睐，故而花翎王朝每有御制碑版，必然让韩澄江提笔书写，在担任总编纂官之前，就连皇帝陛下的书斋名，都是韩澄江的手笔。

毕竟韩澄江是公认的少年神童，弱冠之龄，就考取了二甲头名，传闻这还是韩首辅以"官宦之子不该占天下寒士之先"的理由，向陛下主动请求降低嫡长子韩澄江的殿试名次。故而此次韩首辅返乡祭祖，尤其还需要见一见亲家，皇帝陛下便赐下一柄玉如意，寓意"此次出京往来事事如意"，此外还赠予内府孤本书百余册，当然是专门给韩澄江的。

李柳笑道："春联和福字，都是我弟弟写的。"

言语无忌，直来直往。

韩老爷子闻言哑然。

韩澄江看到爷爷脸上这种不常见的表情，忍住笑。

李柳瞥了一眼文房匾额，"愧怍斋"。

取自亚圣的那句"仰不愧于天，俯不怍于人"，而且与门口的那条乔梓巷也算一种呼应。

墙上悬一副对联，铁画银钩。

"风来海立，剑鞘之中有龙气。"

"云抱山行，酒杯以外皆鸿毛。"

韩澄江轻声笑道："爷爷其实不喜欢喝酒，就只是单纯喜欢这副对联。"

韩老爷子年轻那会儿，还曾投身沙场，戎马生涯十数年，是一位著名的儒将，所以他后来在官场上有一句奇怪的言语。

"我的朋友，多是你们不认识的年轻人。"

韩老爷子感慨道："狮子峰是个修行的好地方，我只在年少时去过一次，这类天下名山道场处久了，不光是修道之人的风水宝地，还可以让读书人开阔心境，最能感发人希圣希贤之志、利己利人之心。"

狮子峰山主，一位久负盛名的老元婴修士，与鱼凫书院上任山长周密，还是关系极好的挚友。

韩老爷子突然问了一个在外人看来会觉得极为不可思议的问题："能不能问一句，怎么看得上澄江？"

李柳直截了当道："属于山上事，既有宿怨，也有宿缘，得在这一世做个清爽的了断。"

她跟韩澄江成亲，先前就只是在狮子峰山脚的小镇办了一场喜酒，韩家无人露面。

韩澄江和武据韩氏也算好说话了。

韩澄江的两次前世，在中土神洲和流霞洲，都与一次次兵解转世皆生而知之的李柳有过不小的交集。

当初杨老头让李二一家三口离开小镇，搬去北俱芦洲，而那次出门游历的韩澄江就刚好碰到了李柳，然后一起去往狮子峰。

就好似一桩天定的缘分。

李柳倒是心知肚明，是杨老头托付蔡道煌的手笔，定婚店内翻开姻缘谱，写名字，牵红线。

作为交换，杨老头送给了胡沣一桩机缘，他这才得以上山修行。

不过那只藏着一座洞天的金色蝉蜕，就只是弟弟李槐随手为之。

韩老爷子怔怔无言，犹豫了一下，还是问道："李柳，你当下的境界？"

李柳说道："仙人境。"

韩老爷子看了一眼韩澄江，好像也是头一回听说此事，却是一脸无所谓的神色，心宽多福，确实不假。

先前韩澄江陪着李柳回乡省亲，在那槐黄县城，挑水砍柴的活计也做得，粗茶淡饭也吃得，就是被好友刘羡阳吓得不轻，故意将那林守一和董水井说成是打小就喜欢套麻袋敲闷棍的混世魔王。还参加过落魄山建立宗门的庆典观礼，跟那位主动下山登门拜访的陈山主喝了一顿酒，只是对方酒量实在太好，自己喝不过他。

韩老爷子沉默许久，伸手出袖，抬了抬，轻声问道："可有希望更上一层楼？"

李柳点头道："至多百年，必然之事。"

韩老爷子再次沉默。

如今咱们北俱芦洲，飞升境修士好像暂时就只有趴地峰的火龙真人吧。

韩老爷子笑道："立不世之功勋而终保晚节与身后名者，不多的。李柳，以后澄江就托付给你了。"

功高震主一事，历来是古人在封侯拜相的路上如何都绕不过去的险隘。

李柳点头道："没问题。"

韩老爷子好奇地问道："听说那位陈隐官也是出身骊珠洞天，好像如今还很年轻，他具体年岁是多大？"

李柳说道:"四十岁出头一点。"

韩老爷子犹豫了一下,问道:"能不能问一下陈隐官的境界?"

按照之前的说法,作为数座天下的年轻十人之一,剑气长城的陈十一,是玉璞境剑修,山巅境武夫。

李柳想了想,摇头道:"难说。"

红烛镇,小巷里边的书铺。

来了个五短身材的木讷汉子,看着那个懒洋洋地躺在藤椅上的黑衣青年,说道:"来买书。"

冲澹江水神李锦立即坐起身,笑道:"稀客稀客,难得难得。"

当初眼前这个家伙,狮子大开口,跟大骊直接讨要一个州城隍的位置,说是若只给那郡县城隍爷的头衔,他就继续在那馒头山土地庙待着,不挪窝了。

山水官场的升迁,一个萝卜一个坑,比朝廷补缺更难,不过大骊朝廷还真就答应了此事。

曾经,一个才二十岁的年轻人,帮助神水国的开国皇帝,只用了不到十年时间,就打下了将近半壁江山的辽阔版图,几乎统一了历史上的古蜀地界。那会儿的神水国,疆域广袤,囊括了如今大隋王朝和黄庭国,就连昔年大骊宋氏的宗主国,位于宝瓶洲最北端的卢氏王朝,也有一部分版图隶属于神水国边境州郡。

一代名将,开国功臣。功成身退之时,好像还不到四十岁。

只不过此人的名字,倒是半点不稀奇,张平。

如今红烛镇就有好几个叫张平的。

大骊北岳披云山的第一场夜游宴,辖境内唯一一位没有到场的山水神灵,就是这位馒头山的小小土地爷。

外界猜测是他品秩太低,未曾受邀,可事实上,山君府的第一批请帖,而且还是魏檗的亲笔手书,邀请之人,就有这个张平。

而魏檗,曾是神水国的大岳山君。只不过那会儿神水国不断有国土分裂出去,版图缩减得厉害。

等到大骊宋氏立国之后,将魏檗这个亡国余孽一贬再贬,他直接从一个大王朝的五岳山君,最终沦为棋墩山的土地公。

与那旧朱荧王朝的山君晋青,是截然不同的境遇,也难怪两位大岳山君是出了名的各自看不顺眼。

这位州城隍爷问道:"有没有兵书?"

李锦指了指一处书架,道:"都在那边了。"

张平走到那处书架前,扫了几眼,抽出一本版刻精良的《二十七史百将传》,是说那中土神洲历朝名将的,他随手翻了几页,又放回去,重新取出一本,好像找到了想要浏览的某位名将列传,便将书收入袖中,转头问道:"多少钱?"

李锦笑道:"破例不收钱,送你了。"

张平也没客套寒暄的意思,转身就要走。

李锦招手道:"再聊会儿,如果没记错,这是你第一次来书铺?"

张平停下脚步,问道:"怎么回事?"

先前这红烛镇书铺,山水气象的动静不小,连州城隍庙都察觉到了这边的异象。

李锦笑道:"之前落魄山的大管家,送了我两幅画,陈山主前不久来了一趟,帮忙描金,钤印私章。"

张平点头道:"恭喜。功遂身退,天之道也。"

李锦摇摇头,笑道:"你一个兵家子弟,倒像是个道家练气士。"

就像名将列传中有一人,便是这个张平极为推崇的杀神,姓白。

浩然天下各地武庙,依循文庙礼制而建。

郡县两级,只悬武庙十哲的挂像。州一级武庙,财力不足的,挂像;有那财力的,就为武庙殿上十人塑造神像。

各国京城、陪都,分成殿上十人及两庑六十二人,一同享受人间香火。

传闻那中土亚圣府,红边黑色油漆大门,嵌着狻猊,绕过影壁,便是仪门,两边各挂两幅彩绘门神,总计四位武庙陪祀圣贤,正是那"武功无瑕"武庙十哲中的四位。

李锦笑道:"你仰慕的那位,实在是杀性太重,手段过于酷烈了。"

张平神色淡然道:"我给他牵马都不配,至于你们,就别妄加评论了。"

武庙七十二将,主殿十人,两庑六十二人,不同于变动极少的文庙,武庙经常会有神主更换,颇为频繁,但是一般来说,陪祀人选更换挂像、雕像和神主,浩然天下的异议不会太大,唯有一人是例外,此人入庙陪祀岁月极久,从最早的武庙副祀十哲,却在后世地位一降再降,先是被撤出主殿,搬去了两庑之一,之后名次越来越低,差点连陪祀两庑的资格都要没了,如今在武庙里边,就只是位列第四等名将之列。

宝瓶洲是小地方,历史上只有一位武将入选武庙,但是陪祀岁月极为短暂,很快就被剔除出去,因为被别洲名将顶替了位置,以至于后世宝瓶洲根本就不知道兵家老皇历上边,还有这么一页。

而此人正是神水国张平。

李锦笑问道:"那个与你相依为命的小家伙呢?"

张平瞥了一眼馒头山土地庙,没好气道:"小崽子又去那边点卯了。"

李锦忍俊不禁:"也是一桩不小的善缘。"

红烛镇往西约莫两百里水路，水面辽阔，水势平稳的江心地带，有一座孤零零的小山头，有个俗称，馒头山，上边有个香火还算凑合的土地庙。

如今张平发迹了，这座历史悠久的土地庙也没荒废，虽然神主金身迁徙去了州城隍庙，这边类似下山，但还是有了庙祝，修缮了客房，并在香火小人的拼死谏言之下，拿出了点钱，给这边的泥塑神像重新彩绘、贴金，看着终于有那么点像样了。

身穿朱衣腰系白玉带的香火小人儿，约莫巴掌高，骂骂咧咧道，张平这厮就是个王八蛋，带着自己来到这边，结果他说走就走了，也不捎自己一程。

但不管怎么说，都是苦日子熬出头了，总算发达了，阔绰了。

朱衣童子狠狠一跺脚，因为蓦然记起一事，然后呆滞无言，咋办咋办？今天得点卯啊，还来得及吗？

它立即施展一门神通，下了一道勉强可算敕令的"法旨"，片刻之后，就游来一条三尺长的青色鲤鱼，如渡船靠岸。

朱衣童子一个健步如飞，跃上青鲤背脊，双手攥住两根鱼须，如手握缰绳，劈波斩浪。等到了红烛镇，急匆匆跳上岸，小家伙一路飞奔，绕过那条脂粉香腻的河段，许多在外行商的大骊商贾，都在这边的各州会馆过年。到了棋墩山附近，香火小人儿掐诀跺脚不停，很快就蹦出一个土地公。如今棋墩山的山神是那"宋金头"，跟自家城隍爷一样，都是臭茅坑里边的石头，但是宋山神手底下的这位土地爷，与这位州城隍庙的第二把交椅，却是老相识了，见着了香火小人，立即神色谄媚，都不用询问，就招来一条水桶粗的白花蛇。朱衣童子道了一声谢，跃上长蛇背脊，伸手揪住两片蛇鳞，风驰电掣，直奔落魄山，一路上念念有词："来得及，肯定来得及，一定不能破功啊，大爷我按时点卯就快要凑足一百次了……"

到了落魄山地界，便让那条白花蛇回去了，朱衣童子埋头狂奔，可怜两条小腿飞快晃荡，跟车轱辘似的。

小家伙火急火燎来到了山门口，大半夜的，没能瞧见那个看门的仙尉。

落魄山的看门人，最早是言谈风趣的大风兄弟，后来是只会看些正经书的曹晴朗和元宝，然后是慧眼独具、极有识人之明、对自己极为赏识的右护法大人，不过如今换成了那个年轻道士。

它环顾四周，一咬牙，趴在地上，从宅子门底下的缝隙一钻而过，到了屋门口，朱衣童子蹦跳起来，使劲敲门，扯开嗓子喊道："仙尉仙尉，这么早睡觉，睡个锤子的睡，赶紧起来，大年三十的，竟敢不守夜，懂不懂规矩……"

小家伙敲了半天门，有气无力苦兮兮地说道："仙尉道长，开个门，求你了，我晓得你没睡，屋子里边有火光呢，求你了啊，真心实意的！"

它想要趴在地上，从门缝里边钻进去，结果门缝可不比那大门，挤得小家伙脑壳疼也没能进去。小家伙站起身,眼神呆滞,捶胸顿足,一屁股坐在地上,干号起来,命苦啊。

实在不行,就去山上找暖树,她今儿肯定会守夜的,而且就在竹楼一楼。

唯一的问题在于,不知道自己这两条瘦得吧唧的小腿,赶不赶得上时辰。

吱呀一声,仙尉手中卷起一本书,开了门,蹲在地上,笑嘻嘻道:"终于晓得喊我一声仙尉道长了,说吧,大半夜摸上门来,想要干啥?"

小家伙挺直腰杆,双手叉腰,高高扬起脑袋,怒道:"干啥干啥,还能干啥,大爷来按时点卯啊! 他娘的,城隍庙来了一大帮来我家问夜饭的官场同僚,你又不是不知道,张平就是个不靠谱的主儿,半点不懂人情世故的废物,我不得帮忙待客啊,一不小心就喝高了,之后去了趟馒头山,这一路好跑,差点累死大爷了。"

仙尉这才记起,这个香火小人,今天好像确实需要来落魄山点卯。

还真把落魄山当个衙门了啊? 不过小家伙心诚是真心诚。

仙尉转身走入屋内,小家伙一个飞奔,跳到火炉边沿,蹲着烤火取暖,对于朱衣童子来说,火盆就像一座小火山。

小家伙埋怨道:"粽子呢,芋头条呢,屁都没有啊? 仙尉啊,真不是我说你,咋个混得这么寒酸,被老厨子克扣俸禄啦?"

仙尉置若罔闻,从书桌抽屉里取出一本小册子,是小米粒留在这边的,巴掌大小,每页都标注日期,让这个香火小人每次圈画一下,就算当天点过卯了。

朱衣童子发号施令道:"赶紧的,愣在那儿作甚,笔墨伺候啊,就你这点悟性和眼力见儿,要是混官场,吃屁吧你。"

仙尉白了小家伙一眼,弯腰从火盆里边捡起一块木炭,随手丢在火盆边沿上,小家伙只得抠出一小粒木炭做笔,神色认真,在那册子上边圈画过后,如释重负。

仙尉将册子丢回桌上,结果又挨了一顿骂,不过习惯就好。

仙尉坐在小竹椅上,好奇道:"一直没问,每半个月来一次,你这么按时点卯,到底图个啥?"

那位城隍爷在山水官场的官品可不低,张平作为一州城隍之首,管着郡县两级的所有城隍庙,还有那些土地公、土地婆。眼前这个朱衣童子,可不是世俗官场所谓的"宰相门房"能比的。

香火小人用一种看白痴的眼神,斜眼看那年轻道士:"只要点卯次数足够了,老子就可以按部就班,一级一级升官啊,男子汉大丈夫,岂能久居人下?!"

阴差阳错的,约莫是缘分未到,香火小人至今没能见到那位陈山主。按照裴舵主的说法,在山门口点卯一百次,以后再见着了那位山主大人,就可以跟山主主动打招呼了。

仙尉哭笑不得:"升官? 多大的官?"

小家伙愣了愣，挠挠脸，嗓音立马小了下去："反正咱们裴舵主和周护法大人心里都有谱的，我可不晓得，从不问这些，显得不心诚。"

当年朱衣童子顶替周米粒，接任了骑龙巷右护法。而且私底下听周护法的意思，以后裴钱有可能会设置骑龙巷总护法，责无旁贷，这么一副重担，只能由香火小人挑了！

这些年来，其实他们这座秘密小山头，只举办过一次"祖师堂"议事。

这场武林大会，声势浩大，极为隆重，就在那落魄山霁色峰祖师堂外边的广场上，一张桌子，四条长凳，桌上摆满了瓜果点心。

龙泉郡总舵，如今势力扩张得可怕，已经下辖两个分舵了，东华山分舵，骑龙巷分舵。

而那块总舵盟主令牌，被上任武林盟主兼总舵主的李宝瓶交给了裴钱。

裴钱现在是东华山分舵舵主，兼任骑龙巷分舵舵主，身兼两职，位高权重，地位显赫。

周米粒卸任骑龙巷右护法之后，顺势升迁为骑龙巷分舵的副舵主，当大官了。

至于分舵供奉，有陈暖树和陈灵均。

东华山分舵辖下又有某学舍小舵，小舵主李槐，手底下管着两个小喽啰，与李槐是山崖书院同学舍的刘观、马濂。

当年那场共襄盛举的武林大会，没有功劳却有苦劳的城隍庙香火小人儿，由于升迁为骑龙巷右护法，被分舵主裴钱准许破例坐在桌上议事。

那次，总舵主李宝瓶，骑龙巷分舵名誉舵主，大白鹅崔东山，都缺席了会议。

结果大白鹅就被杀伐果决、六亲不认的裴舵主当场记大过一次了。

至于那条骑龙巷左护法，呵呵，可就混得不行喽，只能趴在桌旁的长凳底下。

朱衣童子说道："来点瓜子嗑嗑。"

仙尉剥开一颗瓜子，放在火盆边沿。

朱衣童子点头赞赏道："仙尉，与你说句掏心窝子的交心话，以后我哪天升官了，就与裴舵主和周护法鼎力举荐一番，空出来的骑龙巷右护法一职，非你莫属。"

仙尉笑呵呵道："我是该谢谢你啊，还是该谢谢你啊？"

山君晋青秘密离开山君府，走了一趟篡山剑派，找到剑修元白。

元白玩笑道："岂不是要我当那三姓家奴？"

晋青说道："我觉得你还是慎重考虑一下。"

元白犹豫了一下，还是摇头道："不管篡山剑派的首任山主是谁，不管将来能否跻身宗门，我还是希望能够留在这边。"

"落魄山的下宗，仙都山青萍剑宗，将会是桐叶洲第一个剑道宗门。"晋青继续劝说道,"陈平安很看重你,不在剑道境界,也不在你的身份,就只是剑修之间的惺惺相惜。"

见元白笑着不说话,晋青说道:"你也别误会我是想你到了那边能帮衬谁一把,我只是认为你去了那边,要比待在这乌烟瘴气的篁山剑派,更舒心些。"

其实按照与陈平安的约定,晋青本该先确定了桐叶洲中部燐河畔的独孤氏复国一事,再来这里劝说元白,挖正阳山的墙脚。

元白还是摇头道:"算了,我就不去桐叶洲了。"

晋青点点头,问道:"那我就这么飞剑传信落魄山了?"

元白笑道:"有劳晋山君。"

宝瓶洲南塘湖。

秦湖君手持一只白碗,碗中有一颗水珠。

一颗小小的水珠,却凝聚着旧南塘湖的八成湖水。

要不是剑仙邵云岩提醒,于礼不合,她确实想要偷偷建造一座类似"家庙"的生祠,立起一块每天敬香的供奉牌位。

身为一湖水君,按照如今的大骊朝廷和中土文庙的规矩,按例准许开府,类似山上的金丹地仙开峰。这位女湖君打算与观湖书院、山崖书院分别求一件儒家文庙的祭祀礼器,再请一本文庙圣贤的著作。

之前在陈平安那边,她主动放弃了那笔功德馈赠,因为那就不是什么买卖事。

北俱芦洲,大渎公府,灵源公沈霖连夜打造出一块匾额,"德游宫"高高悬挂起来,甚至要比那块灵源公府匾额位置更高。

夜幕中,沈霖站在自家府邸的大门外,仰头望向那块陈平安亲笔手书的匾额,眯眼而笑,匾额取自"德人天游"一语。

沈霖面带笑意,喃喃道:"德人天游,秋月寒江。日问月学,旅人念乡。"

中土神洲,相传是道祖炼丹炉所在的火山群。

一座小酒铺里,沽酒妇人笑眯眯道:"甘州,想不想认我当师父,学习仙法?"

少女直接问道:"有啥好处?"

仰止说道:"可以传授给你几种水法。"

少女皱眉道:"你们练气士的术法,我可未必瞧得上,就算瞧得上,我也未必可以修行。"

这就叫神人有别,大道殊途。

妇人笑道:"肯定可以修行,说不定将来你由浊转清,跻身了江水正神,也可以一路修行下去。"

老山神龚新舟,按照如今文庙的金玉谱牒,品秩是从七品,就是山水官场的清流官身。

眼前这个朝湫小河婆，与河伯、土地爷一样，都属于垫底的浊流胥吏，还不如那些好歹属于清流出身的县城隍。

没办法，陈平安提醒过，老秀才也暗示过。再不识趣一点，仰止都要担心被穿小鞋了。

而且陈平安当时身边跟着个"扈从"青同，听说如今小陌更是这位年轻隐官身边的死士。

恢复文圣身份的老秀才，是跟着礼圣一起来的。

小河婆问道："拜师礼，需要磕头敬茶吗？"

仰止扇动蒲扇，微笑着摇头道："不记名的师徒，用不着。"

小河婆豪爽地说道："为啥不记名，干脆记名，一步到位得嘞。"

仰止笑了笑，稍作思量，点头道："也行吧。"

之后双方喝过了一碗酒，就算拜师收徒了，很省心省力，对仰止的胃口。

之前仰止询问陈平安，能否与文庙通通气，探探口风，让自己像那蛮荒桃亭，或是小陌那样，能够在浩然天下来去自由，她可以与文庙立下心誓，学那白泽，名义上被关押在一隅之地，面子上过得去，每次出门游历，都不会大张旗鼓。

可惜当时陈平安没有给出明确答案。

虽说之后礼圣亲临，但是仰止没敢开这个口，担心有得寸进尺的嫌疑。

小夫子的脾气如何，绯妃这些蛮荒晚辈，至多只是听说，仰止却是亲眼见过的。

须知人世间最早的那拨"书生"，就没一个是省油的灯，而这位小夫子，作为远古"天下十豪"的四位候补之一，更是……一言难尽。反正当初蛮荒妖族的山巅修士，见到这位小夫子，就只有一个想法，都不是什么赶紧绕路避让了，而是……老子就不该出门。

在小河婆离开酒铺后，来了一位腰悬玉佩的书院君子，没有隐藏行踪，身形掠空，落在酒铺里。

香榧山的老山神龚新舟，察觉到动静，瞥了一眼对方身形，真是方圆数百里难得一见的俊后生。

那位书院君子开门见山道："千年之内，未经文庙许可，不得去往南婆娑洲和扶摇洲，其余七洲，尤其不可以靠近三处归墟，一旦违约，斩立决。

"但是这里边还有个先决条件，你必须马上走一趟桐叶洲。

"落魄山陈山主，会帮你预留一部分曳落河水运，但是需要你用在桐叶洲开凿大渎一事上，作为你换取一千年自由身的代价。"

仰止问道："就只有这些？"

君子点头道："如果你答应，我马上就可以传信文庙，将此事报备录档。"

仰止犹豫了一下,问道:"作得准?"

那位书院君子哑然失笑:"这是文庙决议,不是开玩笑的。"

大岳居胥山,一位老道士离开黄粱酒铺,骑乘青牛,踏云而起,去往自家道场。

青牛道士封君,有了一个决断,那山君怀涟不识趣,自己却不能不讲究,反正就是一炷香而已,锦上添花,何乐不为。也好顺便与那陈道友打声招呼,提醒他如今贫道就在居胥山修行,欢迎来此做客。

老道士离开夜航船后,重返居胥山的副山鸟举山开辟道场,那是昔年这位真人的治所所在。

那会儿的天下五岳大渎,山君水神,都是他们这拨地仙真人的佐官,简单来说,几千年前,现任山君怀涟名义上归他管。

如今嘛,颠倒了。

桐叶洲,镇妖楼。

一行人来到了顶楼。

至圣先师凭栏远眺,笑道:"在这桐叶洲中部开凿大渎一事,需要大修士的搬山倒海,如今有了仰止和嫩道人,再加上青同道友敲边鼓,事半功倍了。"

陈平安回过神,点头道:"可能还需要跟东海水君商量一下。"

方才陈平安在分出一粒心神,归拢书本和文字。

先前山君晋青赠送了一部碑帖,汇总了旧朱荧王朝中岳山头的所有崖刻榜书、碑文石刻,多达两千余片。

黄庭国紫阳府,吴懿送出的那只剑匣,除了装有一枚极其珍稀的剑丸"泥丸",剑匣本身承载了六十多个宝篆真诰文字,同样极为珍贵。

钱塘江七里泷水域,陈平安借取历朝历代文人骚客的诗篇,总计三十万字,以量取胜。

至圣先师看着远方,道:"一条光阴长河,就像两个字。"

陈平安说道:"现在。"

至圣先师轻声感慨道:"造次必于是,颠沛必于是。"

陈平安缓缓道:"人一能之己百之,人十能之己千之,如是而已。强者多想一点,弱者就可以少想很多。"

至圣先师点点头,沉默片刻,笑问道:"先前问了你看书有无特别喜欢和厌恶的语句,那么有没有印象最深刻的某句话?"

"有的。"陈平安嗯了一声,轻声道,"家贫,无从致书以观。"

至圣先师会心一笑:"这个想法很好啊,因为也是我们这拨'书生'当年的最大感受。"

关于陈平安身上的那个一，如今数座天下，如果撇开天外那座古天庭遗址不谈，知晓此事的，不超过十个人。

那么别忘了，哪怕陈平安是那新人旧一，可一就是一。

哪怕只是当年那个至高存在的一半，也与登天而去的周密差不多刚好对半分。

至圣先师说道："陈平安，一定要守住心关啊，至少在你跻身十四境剑修之前，别把他放出来，尤其注意一点，千万不能让他占据主导位置。"

陈平安沉声道："争取！"

要说是一位十五境修士的半个一，没什么可怕的。

那么如果是一位十六境的一半呢？

至圣先师抚须而笑："别说陆沉，连我也怕。"

比如当初在那泥瓶巷，一定是有这么个人，让道祖让道。

一个身材瘦弱的道士，头戴毡帽，穿一身缝补厉害的青色棉布道袍，脚穿一双厚实棉鞋，走在路上，就跟瘦竹竿晃荡似的。

身边跟着一个身材魁梧的中年男子，腰间佩刀，刀柄被摩挲得包浆锃亮。他在几个月前开始蓄须，很快就满脸络腮胡。

二人一起走在回乡路上，各自家乡离着不远，也就三四十里路，都属于五陵郡地界。

其实道士要比那男子年轻二十多岁，只是面相显老的缘故，看着却要比后者至少年长十岁。

关键这道士虽无官方认可的度牒授箓，属于私箓路数，却是货真价实的修道之人，身边的好友，则是纯粹武夫。

原来二人正是米贼王原箓和捉刀客一脉的武夫戚鼓。

一个是玉璞境圆满的修士，一个是随时都有可能破境的九境巅峰武夫。

二人一起远游归来，这趟远游耗费数年之久，走了不少地方，见了不少奇人异事。

在这青冥天下，米贼一脉的道士，只看"米贼"二字，就知道处境不算多好了，与那尸解仙、挑夫和一字师类似，不至于是走在街上人人喊打的歪门邪道，但是也最好别靠近白玉京地界，一经发现行踪，多半就要去那五城十二楼做客了。

戚鼓问道："你觉得我要不要答应朱璇的邀请？"

在游历途中，二人曾经路过雍州，在青冥十四州当中，雍州属于一处水运最为充沛的风水宝地，并州的青神王朝，雍州的鱼符王朝，都是本州国力最盛的王朝。

不知怎么，两人被那位鱼符王朝的年轻女帝发现了行踪，朱璇亲自露面，邀请戚鼓担任皇家供奉。

不过双方心知肚明，鱼符王朝的女帝朱璇这就是截和，因为戚鼓随时随地都有可能以"最强"身份跻身止境武夫，若是在鱼符王朝破境，就可以为其增加一份数量可观的武运馈赠，所以朱璇除了拿出一个供奉身份，另有开价，还极其丰厚。不谈那笔俸禄，光是朱璇承诺从皇室密库中取出一件兵器，可供戚鼓使用，期限是三百年，这就极为诱人了。这把名为破阵的绝世名枪，一直是鱼符王朝的镇国之宝，先天能够克制练气士的阵法，戚鼓要是成为止境武夫，再手持此枪，对阵仙人之下的练气士，全无敌。

别说分胜负了，估计对方想跑都难。

无论是修士还是武夫，任何一个能够跻身年轻与候补十人之列的，谁没几手撒手锏？

反观青神王朝，好像全然无所谓戚鼓在哪里破境，至今就连个道官都没现身，就更别谈皇帝陛下和雅相姚清了。

这把戚鼓气得不轻。老子好歹是九境武夫，就这么不入你们的法眼？

王原箓说道："反正你见着了好看婆姨，就要挪不动腿。"

戚鼓没好气道："你也就只会窝里横了。"

王原箓确实就是在他这边敢这么横，见着了外人，就要舌头打结，话都说不清楚。比如在女帝朱璇那边，王原箓就一直低着头，红着耳根，差不多就是问三句答一句的光景，之前在陆抬和袁滢那边，道士更是喝高了，不知怎么就给那位陆公子几句话说到了伤心处，酒量又差，哭得稀里哗啦，亏得没有发酒疯。

可能唯一的例外，就是那个被王原箓喊了多年便宜"老祖宗"的玄都观孙道长。

王原箓在老观主那边，确实挺有英雄气概的，都敢当面骂一句"老瓜皮"。

老观主是雷打不动的天下第五人，尤其那句"贫道喜好与人为善，从不与人结隔夜仇"的口头禅，在青冥天下声名在外。

所以，戚鼓私底下劝过王原箓，在老神仙那边说话还是要客气点，只是劝不动。

"要是这趟回家，连那刘敬都见不着，老子就不拿热脸贴冷屁股了。"戚鼓越说越气，骂骂咧咧道，"他娘的，真是家花不如野花香，那就怨不得老子墙里开花墙外香了。"

位于青神王朝京畿之地的五陵郡，是个豪贵之家扎堆、世族门阀林立的地方，祖荫阴德之盛，冠绝一州。

五陵郡，辖下五县，长茂钧阳平。既是皇陵所在，最早其实就是青神王朝专门用来聚拢、安置开国勋贵之地。

如今的郡守大人刘敬，是皇亲国戚，还有个提点宫观官的身份，京城、京畿道士，都归他管。

此外，青神王朝各大山川都设置有宫观提举官，往往被朝廷用来安置上了岁数的闲散大臣，更像是个荣衔。

王原箓说道:"小心姚首辅就盯着你呢。"

戚鼓问道:"不至于吧?"

王原箓微皱眉头,说道:"难说。"

戚鼓犹豫了一下,还是使上了聚音成线的手段,与身边好友密语道:"亏得我们并州是归青翠城管辖,不然早就被白玉京道老二收拾得惨了,五陵郡绝不会有今天的生机气象。"

王原箓说道:"同源不同流,水性就有差异。老百姓逐水而居,当然喜欢水势平缓的,三天两头就发洪水,是个人都遭不住,要叫苦喊冤的。"

戚鼓笑道:"偶尔还是能够蹦出几句道理的。"

戚鼓又想起一事,说道:"听说余掌教新收了个弟子。"

道士咧咧嘴:"命好,羡慕不来哩。"

戚鼓调侃道:"徐隽的命才算好。"

道士想了想,摇头道:"徐宗主不光是命好……不对,徐宗主的命其实并不好,命硬才是真本事。"

戚鼓说道:"总有一天,我要娶了那白藕当媳妇,才算光宗耀祖!"

道士习惯性地低头袖手,身形佝偻,道:"辣婆姨,真要娶过门,就是每天嚼朝天椒哩。"

戚鼓眼神熠熠,晃了晃手腕,咧嘴笑道:"只要老子赢了她一场,娶过门来,再输给她一百场、一千场,都没问题!"

打架嘛,分两种的。

道士小声嘀咕,埋怨道:"你说话咋个这么下流嘞。"

戚鼓咦了一声:"这都听得懂?"

最近百年之内,如庄稼逢大年,五陵郡涌现出了一大拨各州瞩目的天之骄子,光是数座天下年轻十人候补,就有两位。

此外,符箓派祖庭之一的地肺山华阳宫,有个道号悠然的年轻修士,而采收山有个道号南山的女道官,两位是公认的天仙坯子,如今已是年轻元婴修士。

他们与此刻路上的这两位,都是五陵郡走出去的年轻一辈。悠然和南山,也都是赶赴五彩天下的三千道官之一,双方虽然出身于敌对宗门,但是他们却是同年同月同日生,就连时辰都毫厘不差,这等天作之合,以至于地肺山和采收山的两拨道官们,如今人心都有些微妙变化。

其实王原箓和戚鼓是很想一起走一趟五彩天下的,只是浩然天下文庙制定的规矩摆在那边,双方境界都超过了门槛,想去去不了。

在山上道官眼中,这个五陵郡就是个聚宝盆、神仙窝。

在数座天下眼里，这更是一个可与浩然天下骊珠洞天媲美的金玉道场。

既有躺在祖辈功劳簿上混吃等死的纨绔子弟，也有"少年负壮气，奋烈自有时"、不惜死于边庭的五陵子弟，更有一掷千金急人之难、豪侠任气的年轻游侠。

反正都是名动天下的五陵少年。

可是在王原箓和戚鼓眼中，五陵郡就只是家乡。

有钱人很有钱，穷人则穷得揭不开锅，各活各的。

离离原上草，官道上鲜衣怒马，尘土飞扬，来了一拨金鞍玉勒富贵客。

这拨骑乘骏马出游的，都是一些年轻的男女，佩剑背弓，骑马寻花，风流豪迈，意气相倾，满身凌厉之气。

那道士恰恰相反，畏畏缩缩，贼眉鼠眼的，满是鄙琐局踏之态。

王原箓赶紧挪步，不与对方争道，主动躲避那些极为雄健神异的高头骏马。戚鼓只得跟着站在道旁，等到那拨王孙子弟策马远去后，戚鼓抬手挥了挥尘土，一只手习惯性地掏了掏裤裆，笑道："只说皮囊卖相，确实得看种好不好，咱俩就都不济事，吃了大亏，所以将来娶媳妇，一定要找好看的。"

王原箓不搭话，沉默片刻，说道："掏裤裆这个习惯，能改就改了吧，被女子看到了，至少好感减半。"

两人路过一处道旁行亭，里边有一帮赌鬼在掷骰子，戚鼓搓搓手，王原箓斜眼一瞥。

戚鼓嘿嘿而笑："放心，老规矩，既然跟你保证过了，肯定说到做到。今儿就算了，先送你回家。"

戚鼓打小就有个毛病，嗜赌如命。后来认识了王原箓，还成了朋友，便拍胸脯保证，以后跟他混，保证缺啥有啥。

结果戚鼓曾经因为赌钱，在青神王朝京城和辘州，先后吃过两次大亏。

刚好两次都是王原箓闻讯匆忙赶去帮忙摆平的。所谓"摆平"，很简单，就是我王原箓拿钱摆不平的事情，就拿命摆平。

两次救出戚鼓，杀出一条血路。甚至可以说王原箓之所以成为米贼一脉的道士，都是拜戚鼓所赐。

不过那些年，王原箓至多埋怨戚鼓一句，"跟着大哥混，三天饿九顿"。

王原箓的想法，很简单朴素，答应跟你做朋友，是我自己的选择，既然做了朋友，就得有朋友的样子。朋友不把我当朋友，那是我的眼光问题，没什么可抱怨的，吃过几次苦头，觉得遭不住了，分道扬镳就是了。

之后王原箓就给戚鼓定了一条规矩。

只要你在赌桌上边，不想着挣钱，那随便你赌钱，几百几千两银子，甚至是那神仙钱都没事,没钱了,跟我借钱去赌都没问题。但是只要你想着挣钱,哪怕只是几文钱的小打小闹,都别赌,不然以后我们就别做朋友了。

王原箓交朋友的唯一宗旨,就是不小气,有几个交心的朋友,这种人才值得结交。

戚鼓问道:"还是不打算捅破窗户纸,不与你哥哥摆明身份?"

王原箓无奈道:"怕啊。"

戚鼓闷闷道:"得怨我。"

如果王原箓不是米贼一脉的旁门道士,在青神王朝朝廷这边受箓,他哥哥一家,也算是"一人飞升,仙及鸡犬"了,不说什么泼天富贵,至少能在这五陵郡立起门户来,开枝散叶,再传承几代香火,说不得就是一地郡望家族了。如今便不成了,被自己连累,王原箓的山上仇家实在太多。

王原箓摇摇头:"不是这样的,小日子有小日子的安稳,我大哥也有自己的命。"

戚鼓也只当是好友在安慰自己。

王原箓的亲哥,名叫王原福,丈人是个当地屠子,今儿手里拿着一副大肠和路边酒肆买来的一斤散酒,逛荡到了女婿家的黄泥屋门口,摆着一张臭脸,见了出门迎接的女儿女婿,埋怨道:"我自倒灶,走了霉运,把个本该嫁给有钱门户当夫人的女儿,嫁给你这现世宝的烂穷鬼,历年以来,不知累了我多少。如今不知因我祖上积了什么德,带挈你中了个道童身份,以后更有理由不做正事了,心肥了,以后又不知要开销我多少辛苦银子,莫不是上辈子欠你的,今世讨债来了,若有下辈子,千万记得还我。"

王原福弯腰低头,哪敢还嘴,瞥了一眼酒壶,咽了口唾沫,确实嘴馋了。

不出意外,待喝完了酒,装了一斤散酒的酒壶,老丈人还是要带回家去的。

那个被老丈人说成是被他"带挈"而来的道童身份,其实就是个道士候补,类似浩然天下的童生功名,有了这个身份,每三年就有一次参加县衙院试的机会,考中了,参加一府治所的授箓,才可以得到一个朝廷认可的正统道士身份。不过距离真正的"道官老爷"还差一步,得等着补缺,有了实缺,不管是去衙门当差,还是去宫观,都算正儿八经的道官。

膀大腰圆的屠子,对好似那泼出去的水的女儿说道:"去,把肠子煮了,再烫一壶酒来吃。"

王原福将老丈人领进屋子,老丈人说话嗓门大,唾沫四溅的,王原福偷偷抬起袖子,擦了擦脸。

等到老丈人坐下了,王原福才抖了抖衣袍,轻轻落座。屠子用眼角余光打量一眼,穷讲究,真把自个儿当道官老爷了,只是念在那个道童身份的分上,才忍住没说出口,问道:"你那个常年不着家的弟弟呢?"

王原福苦笑道:"好久没个音信了。"

老丈人嗤笑道:"家书都不晓得寄一封,白养了个弟弟,亏得他王原路还是个读过书识得字的,这些年是在外边混得多可怜,才会连一封书信的钱都舍不得花销。"

按照村里的祠堂族谱,两兄弟都是"原"字辈,名字里边都需要嵌个"原"字,其实王原篆的本名,是王原路。

王原福依旧不敢顶嘴。

在青冥天下,道官有五花八门的身份、头衔,不是只有练气士才可以成为道官,没有修行资质的凡夫俗子,只要通过官府考核,也能获得道士度牒,不过会授以不同的法箓。除了朝廷颁布的,也有世代相袭的,还有某些得道高真拣选高徒,秘授符诀。

像这个被老丈人横竖看不起的王原福,哪怕将来侥幸成为道官,多半依旧就像那浊流胥吏,不入清流品第,以后的升迁之路,也是相对狭窄,极有可能是被调派到一个僻远的小道观,或是在一些类似县衙宝诰司、酝酿局的清水衙门当闲差。但是对于出身贫寒、没根没脚的王原福来说,如果真有那么一天,已经算是光耀门楣的事情了,是完全可以去村子祠堂里边烧香祭祖的。

就像弟弟王原路,也是钻研道书律典小二十年,报考了多次,也未能考出个正式道官,主要还是五陵郡道士度牒的名额有限,典型的僧多粥少,那些富贵子弟自幼读书,又有名师传道授业,当然就有先天优势,而且擅长押题,毕竟有那律师头衔的主考官道士如何出题,也是一门学问。再者也怪弟弟心气太高,钻了牛角尖,一门心思要考取那家乡最大一座道观的威仪师,一旦考中了,再"行走"历练几年,就有希望负责主持道观的科律仪轨,指示道官们的坐作进退之威仪。

只是咱们五陵郡最大一座道观里边的威仪师,哪有那么容易考中,别说是王原路,就是那些祖上阔过、现今也没有如何家道中落的膏粱子弟,不一样是争破头?

老丈人说道:"你那弟弟,就是个扶不起的玩意儿,别回来最好,说是多双筷子的事,其实不还是个事儿。"

当年女儿求自己帮衬她那小叔子,他便帮着在县城找了个银铺学徒的活计,多好的营生,不然能有那句"贼不过银匠"的老话?不承想那小子不识好歹,死活不去,非要待在山上。

好巧不巧的,翁婿二人正聊着王原路,王原篆便回了家乡,此刻站了门槛外边,喊了一声"哥"。

瞧见了门外好几年没见的亲弟弟,王原福虽然心中欣喜,却依旧板着脸,刚要站起身,不过刚抬起屁股,就赶紧坐回长凳,只是点点头,说道:"去灶房那边,跟你嫂子打声招呼。"

王原篆嗯了一声,转身就走。

屠子一拍桌子,没好气道:"见了面,都不知道跟我打声招呼,半点规矩不懂的东西。”

王原福笑道：“原路打小就是这个样子，性子是孤僻了些，跟谁都不亲近。”

屠子冷嘲热讽道：“就他那𡝳包德行，想跟谁亲近，也得有人乐意才行，三十好几的人了，连个暖被窝的丑婆姨都找不到，要是搁我，哪有脸皮上坟祭祖，一头撞死得了，烧高香，下辈子投个好胎，至少别长得这么砢碜人，大晚上走路上，别说吓死人，鬼都要被他吓死。”

王原福脸色尴尬。毕竟这是老丈人，他也不好发火。

之后一顿饭，屠子跟王原福坐在桌前，王原箓死活不愿意上桌吃饭，就夹了几筷子菜，捧着个碗蹲在门口。

王原福劝了一句，知道这个弟弟是个主意很大的人，也不懂什么人情世故，劝不动，就算了。

王原箓在门外低头扒饭，戚鼓就没有登门，各回各家。

碗里的米饭很结实，是用饭勺使劲按过的。等到米饭见底，王原箓端着大白碗，怔怔看着前边。

不怨天尤人地过苦日子，哑巴笑着吃黄连。

王原箓转过头，再仰起头，咽下那口米饭，问道：“碧霄洞主怎么来了？”

之前一轮明月搬徙到青冥天下，在那天上，王原箓遥遥见过这位老前辈一面，只知架子很大，道法很高，就站在白玉京道老二身边。

听孙观主说过，那落宝滩碧霄洞主，活了一万年再加大几千年的漫长岁月，喜欢跟道祖掰手腕。将来与这位前辈见了面，二话不说多磕几个头，肯定没错。

老观主神色淡然道：“随便逛逛。”

王原箓点点头，说道：“随便就好。”

好像对方道法越高，年轻道士越不怯场。

老观主问道：“看到了什么，如此伤感？”

王原箓答道：“天上如龙者，庞然身躯悄然坠地，尸体上布满了蚊蝇蛆虫，挥之不去。”

“时日一久，也可能会开满花草。”

“所以伤感。”

“怎么说？”

“草长花开，漫山遍野，后来都没了。当然可以再等下一次，可如果我们就是那些花草呢。”

老观主听闻此说，流露出一抹赞许神色，微笑道：“你不修道谁修道。”

王原箓继续捧着碗，问道：“是不是要天下大乱了？”

老观主反问道:"这种将来之事,跟你有关系吗?"

王原箓摇摇头:"暂时没有。"

低头扒饭,吃掉最后一口米饭,细嚼慢咽,年轻道士顺便一起嚼着"将"与"来"二字。

老观主抚须而笑:"造命在天,立命在我。"

青神王朝的京畿之地,一处皇家宫苑,名为长柞宫,有一座铺着明黄云纹琉璃瓦的三梧观,是一国道观之首。

今天,雅相姚清和国师白藕在此款待两位贵客,贵客是一对年龄悬殊的道侣,大潮宗宗主徐隽,两京山的开山祖师朝歌。

姚清带着那对道侣逛过了三梧观,来到一间清雅的屋舍内,白藕亲自煮茶待客。

道观如此命名,源于道观前有开国皇帝亲手种植的三株梧桐树,分别名为椅桐、梧桐、荆桐。

一日之计种蕉,一岁之计种竹,十年种柳,百年种松。作千年万年之计,栽种梧桐。

青神刘氏,国祚绵延,冠绝并州。

而那三棵梧桐树,也都早已炼形成功,担任皇家供奉。

此地也是青神王朝先帝的驾崩与托孤之地。而雅相姚清,当然还是毫无悬念的顾命大臣之首。

在青冥天下,并没有浩然天下那种皇帝君主不可修行的规矩。所以,天下十四州,经常有那皇帝,既是开国之主,也是亡国之君。

在浩然天下,称帝在位一甲子,都算是极为罕见的长寿天子了。但是在这边,坐龙椅不超过一甲子光阴的,都属于短命皇帝。

并州山上,有个无据可查的小道消息,传闻先帝临终前,与雅相姚清有过一场推心置腹的对话。

先帝曾言:"主少国疑,非社稷之福,君可自取。"

姚清答以一句:"我若有面南之力,足可辅佐少主成为明君。"

至于这场君臣面对面的私下对话,是怎么流传开来的,孙观主对此言之凿凿,肯定是咱们陆老三当那梁上君子,偷听了对话,又管不住嘴。

道号复勘的女冠,从白藕手中接过茶盏,笑问道:"你怎么想到要跟那个怪物问拳了?"

她也无所谓会不会犯忌讳,是否会往白藕的伤口上撒盐。

白藕姿容极其出彩,妩媚天成。她腰别一支极有来头的短戟,名为铁室。

与那浩然天下大端王朝的裴杯,俱是女宗师,皆是一国国师。

差不多每隔十年,白藕就要与共同登评的武道十人之一问拳一场。

先后四场问拳，白藕全胜，死了三个，唯一活下来的，也跌境了。

所以一甲子一评的天下十宗师，一下子就少掉四个，武评随之沦为笑谈和摆设。

白藕虽是女子，却在青冥天下武学之巅，呈现出一种卓然挺立的无敌雄姿。

一支短戟，锋芒无匹，横扫天下。

只不过白藕这次选择与闰月峰辛苦问拳，在外界看来，绝不是什么明智之举，毕竟那是一个连道祖都极为欣赏的纯粹武夫。

白藕面有苦色，摇摇头，不太愿意说这档子事。

都未能登上闰月峰之巅，只是走到半山腰，就挨了一拳。

"是我提议白藕去闰月峰那边，试试看自己的真正斤两。"姚清笑着说道，"之前林江仙两次出手，太有分寸，容易让白藕误会，自视太高。"

白藕与闰月峰辛苦，都是武夫止境的神到一层，一个天下第二，一个第三。

姚清笑道："差距不小，依旧没能试出辛苦的武学深浅。"

白藕对这位亦师亦父的雅相，可谓言听计从。

朝歌说道："这个米贼王原箓，神识敏锐都快赶上飞升境了，青神王朝就没打算招徕一番？"

姚清笑道："这家伙就是个惹祸精，越是躲麻烦，麻烦越是登门找他，我们青神王朝消受不起。"

白藕却知道一桩秘事，在王原箓尚未发迹之前，首辅大人就曾数次带着自己一起去往五陵郡见这个年轻人，却不传授任何道法，好像就只是闲聊。

朝歌试探性地问道："那就让王原箓去两京山，我保证他未来可以担任山主，如何？"

姚清摇头道："他与两京山，都没有这个命。"

白藕一直在观察那个徐隽，奇了怪哉，这个年轻鬼修，怎么看都看不出奇啊，怎么就能够拥有那么多的机缘？

昔年是死对头的大潮宗和两京山，如今不分上下，两宗并肩。

反正宗主都是徐隽。

两京山一开始不是没有异议，可朝歌是开山鼻祖，她都没意见，徒子徒孙们又能如何？

再加上后来那场被誉为"前无古人，后无来者"的山上婚宴，喝喜酒的道贺客人当中，光是青冥天下前十，就来了四个。

余斗，陆沉，吾洲，孙怀中。

如果再加上当时某个没有显露身份的纯粹武夫林江仙，那就是五个了。因为他只肯坐在角落桌上，亦是徐隽的忘年交好友。

况且徐隽的修行之路,实在太过传奇。传闻白玉京三掌教陆沉传授过徐隽几张符箓,玄都观孙怀中教过他一门亲传剑术,甚至就连浩然天下的文庙亚圣,都为徐隽指点过学问,再加上那位天下炼丹第一人,以及林江仙的拳法,以至于外界都在猜测,这个徐隽,是不是道祖真正的关门弟子?

就像答一张考卷,就算提前知道答案了,你徐隽好歹也要落笔写字啊,从沦为鬼物开始算起,在短短二十几年内,你徐隽要见这么多的大人物,忙得过来吗?

朝歌说道:"资美,此次拜访,需要麻烦你一件事。"

姚清微笑道:"前辈请说。"

雅相姚清,字资美。按照山上的道龄来算,朝歌是当之无愧的前辈,岁数要比姚清足足大上千余年。

朝歌正色说道:"需要请你出山一趟,帮忙护道。"

姚清直截了当说道:"地点?"

朝歌说道:"就在两京山。"

姚清问道:"具体的时辰?"

朝歌如释重负:"暂时未定,等我密信。"

姚清笑道:"在此预祝徐宗主、复勘道友遂愿。"

徐隽站起身,后退三步,毕恭毕敬行稽首礼,沉声道:"晚辈在此谢过姚先生。"

原本没打算如此客气的朝歌,只得夫唱妇随,起身与姚清道谢一句。

那位道号太阴的十四境女修吾洲,与朝歌关系极好,当初参加完那场婚宴,临行之前,吾洲赠送给徐隽一道炼物仙诀,再额外传授了一门早已失传的鬼修术法。

朝歌的夫君徐隽是鬼修。未来数座天下,崭新十四境大修士中,不出意外,必然会有一位鬼仙,能够占据一席之地。

所以徐隽不但要争,而且必须要动作快,抓紧跻身飞升境,才能够占据先机。

其实有句"已经很好了"口头禅的徐隽,根本没有这个想法,但是在这件事上,道侣朝歌极为坚持,那就只能是妇唱夫随了。

如今万事俱备,只欠一场闭关了。

在徐隽和朝歌告辞离去后,白藕与姚清站在屋檐下,白藕轻声问道:"那个王原箓,当真不去管?"

姚清笑道:"美玉不雕琢。"

白藕犹豫了一下,还是忍不住问出了心中那个疑惑:"看样子戚鼓马上就能破境,这份武运馈赠,我们难道要拒之门外?谍报显示,鱼符王朝那边,朱璇都亲自出马了。"

戚鼓并不是一个城府深重的纯粹武夫,恰恰相反,略显莽撞,是个喜欢直来直往的,爱憎分明,如果家乡稍微示好一番,是不难将他留在青神王朝的。

其实当年京城内的那场风波，白藕就与首辅大人持有不同意见。

在她看来，大可以趁机招徕王原箓和戚鼓，这两人也不至于与朝廷闹得那么僵。

正是在那场险象环生的逃亡途中，王原箓和戚鼓，当年各自破境，一个跻身了元婴境，一个跻身了远游境。

姚清说道："落叶总会归根。"

白藕无奈道："毕竟是落叶啊。"

姚清笑道："拭目以待。"

在那对名动天下的道侣离开三梧观没多久，便有一位男子缓缓走来，竟然是一位在青冥天下极为罕见的僧人。

这位中年僧人，丰颊高鼻，状貌古野。光头，赤脚，身着紫衣袈裟。

白藕只知道这个行脚僧，俗名姜休，字道隐，法号丹青。

至于面容，想必对方施展了障眼法，白藕眼中所见，肯定并非真相。

如今僧人就在京畿之地的瓦棺寺挂单，已经将近十年了。

无论是本名姜休，还是那法号丹青，在青冥天下都没有任何名气，但是雅相姚清却对其极为礼重。

白藕是纯粹武夫，看不出对方的道行深浅，要说论禅说佛法，她更是一窍不通。

青冥天下十四州，对佛门寺庙和儒家书院的管束极其严格。

尤其是僧人，想要外出云游，获得通关文牒，需要与朝廷层层报备，而且十有八九都会被驳回，哪怕获得批准，具体行程也需要与白玉京报备录档。

许多王朝，干脆就直接明令禁止任何僧人入境。甚至有两个州，直接禁绝寺庙，不许僧人传法。

并州算是相对比较宽松的，但是大如青神王朝，也只有十六座寺庙。不过首辅大人力排众议，朝廷近些年开始着手筹建两座崭新寺庙。

在青冥天下，僧人想要建立寺庙，可能比在浩然天下那边建立宗门还要难。

此事需要白玉京许可，为此青神王朝耗费了不少功德，听说就连那个被别州讥笑为"点头皇帝"的陛下，都难得与首辅大人询问缘由。

紫衣僧人双手合十，轻声道："小僧来此与姚先生道个别。"

姚清笑着点头："大和尚离开之前，记得按照约定，为瓦棺寺留下那组罗汉壁画。"

一座寺庙，可不是所有僧人都可以被称为和尚的，唯有住持、首座在内的得道高僧，才当得起这个敬称，屈指可数。

白藕微微心动，她猜出对方的身份了。

记得青冥天下有一位极其神秘的高僧，丹青妙绝，容貌、身份变幻不定，自命不凡，自称"我心即佛"，又扬言"祖师西来本无意"。

此僧尤其擅长绘画罗汉像,每有真迹现世,就是一场哄抢,莫说是那些寺庙,便是天下各州帝王敕建的道家宫观,都愿意供养真本。更有传闻,每逢旱涝天灾、邪魔作祟,根本不用当地道官设坛作法,只需取出罗汉像,无论是祈雨,还是荡秽,无不灵验。

僧人笑道:"十六幅?十八幅?"

姚清笑道:"当然是多多益善。"

僧人说道:"已经画完了。"

姚清也不觉得奇怪,问道:"接下来要去哪里?"

僧人说道:"先去幽州赏雪。"

姚清稽首作别。

僧人微笑点头,朗声吟诵着一篇在青冥天下脍炙人口的《塞上》,大步离去,风采绝伦,身形消散,转瞬间便不见了踪迹,天地灵气毫无涟漪。

白藕沉默片刻,问道:"此人修为?"

"佛法之外,剑术精绝,一条直气,海内无双。"

姚清说道:"'一剑霜寒十四州',是他说的,也是说他的。"

骑龙巷的压岁铺子,掌柜石柔和小哑巴,正在熬夜守岁。

隔壁的草头铺子,就要更热闹些。

一对兄妹,赵树下,赵鸾;一对师兄妹,赵登高,田酒儿;一对师徒,白发童子,姚小妍;还要外加一个被大白鹅拐来的崔花生。白发童子这会儿正踩在长凳上,拉着俩姓赵的男子划拳呢,大声嚷着"哥俩好、五魁首、十满堂"之类的。

小镇的大年三十夜,有那问夜饭的习俗,家家户户都会点灯,摆上一桌子酒菜,老人和妇人们会守着一只火盆,不去串门走动,只等着那些青壮岁数的街坊邻居们,登门做客。邻里间关系好的汉子,会坐下来喝酒吃菜划拳,关系一般的,大多吃杯酒就走,成群结队的孩子们,进了屋子也不落座,与那些守家的老人妇人们打过招呼,按照辈分"爷爷奶奶姑姑婶婶"一通喊,就往袋子里边装些瓜果、甘蔗之类的。只等深夜了,家家户户才会关上门,然后一大清早,作为一家之主的男人们,就又要按时起床,因为每年都有那开门燃爆竹的规矩讲究,用来辞旧迎新。至于开门的具体时辰,往往都是小镇某些老人们推敲出来的,据说早年小镇开红白喜事铺子的几个掌柜,就很懂这些。

如今那些搬去州城的年轻人,哪有这样的讲究,据说一些个年轻人就连开门都让府上管家代劳了,只顾自己睡懒觉。

虽然如今槐黄县城的年味儿是一年比一年清淡了,几乎就没谁走门串户问夜饭了,不过骑龙巷的两间铺子,还是照着老规矩,开着门摆着酒。

坐在火盆边的石柔抬起头,望向门口,因为来了一位着一身雪白长袍的贵客。

昔年泥瓶巷宋集薪身边的婢女，稚圭，如今的真龙王朱，贵为浩然天下四海水君之一。

不知为何，这位东海水君，此刻好像心情不错。

压岁铺子里边亮如白昼，石柔壮起胆子，小心斟酌一番，称呼对方一声"稚圭姑娘"，再笑道："坐下喝点酒？"

王朱点点头，跨过门槛，坐到桌旁。石柔帮忙斟酒，桌上竟然还有一盘臭鳜鱼，王朱夹了一筷子，嚼了嚼，点头道："手艺不错。"

以前的泥瓶巷，就是个破落户扎堆的苦地方，挣着了钱的，早早搬去了别处更为宽阔的街巷。按照小镇老话说法，这里就是个流水地儿，根本留不住人。故而每逢大年三十夜，就只有巷口那边，因为有个俏寡妇，才不至于让一整条巷子都没人路过。大致位于巷子中间地界的相邻两栋宅子，其实是没人登门问夜饭的，至多是走近路的，或是去那寡妇家的，这才路过泥瓶巷，却看也不看一眼。

一个是满身晦气的扫把星，一个是有娘生没爹养、见不得光的私生子，再加上一个来历不明的婢女，都是无亲无故的，谁稀罕登门？而那两个同龄人，相互间也不串门。

那会儿，宋集薪每次到了大年三十夜，就赌气让稚圭干脆关上院门，爱来不来，大爷还稀罕伺候你们？

但隔壁就不这样，始终开着大门，若是巷子里边有积雪，还会帮忙将整条巷子的积雪聚拢到墙脚根，方便过客们走路。

宋集薪偶尔闲着无聊，就喜欢站在屋门口阴阳怪气地说话："大半夜的，开门等鬼来啊。"

隔壁宅子的同龄人，也从不还嘴。

后来陈平安认识了刘羡阳，就会一起围着炉子守夜，刘羡阳经常故意扯着大嗓门说话。

王朱转头望向那个站在柜台后边小板凳上的孩子，问道："喂，你叫什么名字？"

正在翻书看的小哑巴抬起头，面无表情道："你不是知道了吗？我叫'喂'。"

王朱也不跟这个脾气挺冲的孩子计较什么，蛮好的，小刺头嘛。她笑了笑，夹了一筷子佐酒菜，滋味不错，自己没有白走一趟宝瓶洲，老家祖宅的院门口都换上崭新的福字和春联了。

石柔赶忙打圆场说道："真名周俊臣，小名阿瞒，平时不太喜欢说话，所以有个小哑巴的绰号，是裴钱的徒弟。"

王朱提起白瓷酒杯，抿了一口酒水，笑道："裴钱的徒弟？那你岂不是要喊陈平安一声师祖？"

小哑巴原本想说一句"关你屁事"，只是见掌柜石柔朝自己使眼色，孩子只得把话咽回肚子,装聋作哑。

门口有个白发童子,双臂环胸,斜靠着屋门,在那儿"啧啧啧"。

王朱转头笑问道:"你是?"竟然看不出对方的真实境界。

白发童子冷笑道:"说出来怕吓死你。"

"试试看。"

"我是落魄山的杂役弟子,独一份!"

王朱笑眯眯提起酒杯:"容我压压惊。"

山上仙府,一般可以分为祖师堂嫡传、外门和杂役弟子。所谓嫡传,也就是师父和传道人,在祖师堂是有座椅的。

外门,便是师承和法脉一般,师父未能在祖师堂那边落座参与议事,比如落魄山的现任看门人仙尉和岑鸳机,虽然都入了霁色峰祖师堂的金玉谱牒,但因为在霁色峰祖师堂那边没椅子,他们要是如今收了徒弟,哪怕是亲传,依旧属于外门弟子。

至于杂役,就是连师承都暂时没有的,往往是进了山,勉强算是开始登山修行了,但是资质不行,无法拜师。

白发童子大摇大摆走入屋内,踮起脚尖,一屁股坐在桌旁长凳上,双臂环胸,直愣愣盯着那个身份特殊的年轻女子,丹凤眼,瓜子脸,漂亮是漂亮,就是冷了点。

王朱神色自若,自饮自酌,夹几筷子佐酒菜。

白发童子问道:"听说你与咱们隐官老祖是多年的邻居?"

王朱嗯了一声。

白发童子以心声笑问道:"有没有想过,要是蛮荒天下去不得,换成青冥天下又如何呢?树挪死人挪活嘛。"

王朱微微皱眉:"是他的意思?"

当年她忍住没有通过归墟去往蛮荒天下,确实是有过一番心境煎熬的。

事实证明,没有心存侥幸,是一个正确选择,不然如今自己估计就要跟那个大妖仰止做伴,在老君炼丹炉那边开酒铺了。或是被那拨鬼鬼祟祟的养龙士一脉修士,在归墟某处布下一张"渔网",抓个正着?

白发童子翻了个白眼:"隐官老祖事务繁重,忙来忙去,都是忙碌一些随随便便就可以影响天下走势的大事,岂会在意这种芝麻小事?

"我就是随口一提,斩龙人陈清流,虽说不是十四境纯粹剑修,可好歹是个货真价实的十四境。等到一场仗打完,天下事了,以他的合道方式,是不太愿意看到你的,陈清流曾经立下宏愿,要教'天下无真龙',这里边就有个漏洞可钻了,咱们浩然'天下'没有,但是青冥天下可以有嘛,勉强可以不与陈清流的大道冲突了。到了那边,稚圭姑娘再随便找几个靠山,嗯,准确说来,是互为靠山,盟友嘛,大伙儿好好谋划一番,将某条大渎作为托身之所,哪天跻身了十四境,还怕那跨越天下而来的斩龙人?都说强龙不压地头蛇,那么一条过江蛇而已,能不怕地头龙?"

浩然天下和青冥天下的大修士,往返于两座天下,按照文庙礼圣和白玉京大掌教订立的规矩,是要压境界的。

王朱微笑摇头:"哪怕同样是十四境修士,只要对方是斩龙之人,我就毫无胜算,只要不跑,必死无疑。"

即便在好似自家道场的东海水域,又跻身了十四境,王朱自认对上那位斩龙之人,依旧没得打。唯一的好处,是身为文庙敕封的四海水君之一,陈清流不敢随便问剑水府。

冥冥之中,王朱笃定一事。

不光是真龙,加上世间那些血统驳杂的众多蛟龙之属,还要加上数座天下所有的水族精怪、水仙之流,更甚至是主修水法的练气士,只要对上那位斩龙功、身负某种大气运的陈清流,都会被天然大道压胜,若有厮杀,简直就是一头撞到剑尖上的下场。

简单来说,面对这三者,陈清流完全可以被视为一位十四境纯粹剑修,一旦出剑,就是砍瓜切菜一般。

白发童子皱眉不语,神情凝重起来。看上去是在考虑什么天大的难题,其实就只是在腹诽不已,咋个与谍报上的消息不一样呢,莫不是小米粒消息有误、谎报军情了?

不都说隐官老祖的这个泥瓶巷邻居,眼睛长在眉毛上边的,为何这般有自知之明?

罢了罢了,当那说客,确实非我所长。岁除宫的小白,才是那种纵横捭阖的行家里手。

在夜航船,某人曾嘱咐过他,能说服王朱去往青冥天下鹳雀楼修道是最好的,劝不动就随意了。

按照那人的说法,反正王朱就算去了青冥天下,对岁除宫而言,她的存在也是鸡肋,除了帮忙聚拢水运一事,她注定帮不上什么大忙。

一想到吴霜降,白发童子赶忙抬起酒杯,一口闷,喝酒压压惊。

练气士不怕自己的心魔,化外天魔反而怕这位练气士,这种糗事传出去,还不得被人笑掉大牙?

王朱突然问道:"听说青冥天下有个大宗门叫岁除宫,水边有座鹳雀楼?"

白发童子愣了愣,心虚道:"我是浩然天下土生土长的修士,对那啥青冥天下什么岁除宫不熟啊。"

王朱一笑置之。

白发童子心事重重,试探性地问道:"没头没脑的,你问这个作甚?"

王朱提起酒杯,笑道:"不聊这些烦心事,既然一见投缘,那就喝酒。"

白发童子提起酒杯，轻轻碰一下："走一个。"

白发童子看王朱的眼神里，有一种咱俩都好惨的同病相怜。

王朱察觉到这种情绪，难得没有生气，好像被一个自称是落魄山的杂役弟子可怜，犯不着生气？

王朱喝过了酒，走出这间压岁铺子，在骑龙巷拾级而上。

她缓缓登高，有些怀念离开小镇之前的天寒时节，她那会儿满手冻疮，所以每次出门去铁锁井打水，她都只提大半桶水，晃晃悠悠，到了泥瓶巷，倒入水缸，差不多也就刚好只剩下半桶水了。

后来，最后一次见面，有人曾经留下一句类似谶语的话。

"登鹳雀楼天高地阔，下鹳雀楼源远流长。"

这个人，还曾为她泄露过天机，教她如何应对那位再起大道之争的斩龙之人。

好像不管是去是留，她都有选择。

而且最后，那个人笑着说，以后真遇到了那种自认过不去的坎，就去找他的小师弟，就说是齐师兄的请求。

王朱心情有些烦躁，深吸一口气，转头望向骑龙巷下边相邻的两间铺子。

屋内灯光照出铺子，哪怕没有过路的行人，依旧默默照耀着巷子里的夜路。

她不喜欢那座学塾里的书声和某人的道理，不喜欢泥瓶巷隔壁那个人的好心和善意。

不喜欢那一大一小，他们身上那种如出一辙的"没关系""其实还好""每个今天的昨天都不曾虚度，每个明天都是今天的希望"……

可能是她不知道如何喜欢，所以故意装着讨厌。

可能是知道某些道理，只是做不到，不敢厌恶自己的软弱，只好厌恶那些做得到的人。

就像大冬天里一只别人家的炭笼，焐热双手片刻就要归还。

落魄山，山门口。

今儿过来点卯的香火小人儿，与仙尉道长喝了个微醺，摇摇晃晃爬过那道屋门槛，结果到了宅子大门前，小家伙忍不住骂了一句，只能再次如钻狗洞一般，匍匐在地，爬过大门缝隙，拍了拍尘土，那条棋墩山土地爷麾下的白花蛇，还在远处候着呢。

结果瞧见了一位相貌儒雅的读书人，年纪不大，看着三十岁出头吧，就站在山脚发呆。

香火小人一路飞奔过去，挡在山门牌坊正中央，扯开嗓门喊道："你谁啊？"

不等对方答话，觉得与人仰头说话，脖子太累，香火小人急匆匆转身跑上几级台阶，双手叉腰，一本正经提醒道："可不能擅闯山门啊，如今咱们落魄山不待客的，你要是来山上找谁，得先去仙尉道长那里报备。"

书生笑着自我介绍道："我叫李希圣，来自小镇的福禄街，是李宝瓶的兄长。"

香火小人儿目瞪口呆，心肝颤，啥?! 竟然是咱们李总舵主的兄长?!

虽说对方不在官场厮混，但是扛不住对方朝中有人啊。

既然来头这么大，出门咋个不一路敲锣打鼓放爆竹呢?

香火小人刚跑上台阶，立即又屁颠屁颠跑下台阶，重新回到山门口，作了一个大揖，恭敬万分道："小的籍贯在那馒头山土地庙，如今在州城隍庙那边当差，混口饭吃，承蒙咱们落魄山周护法赏识，忝为骑龙巷右护法，在此拜见李大人，荣幸之至，有失远迎……"

李希圣笑道："我与陈山主是旧识，就不用打搅仙尉道长看书了，我对落魄山还算熟门熟路，可以自行登山。"

香火小人立即在心中盘算、掂量一番，觉得既然是李总舵主的兄长，又与陈山主是老朋友，在仙尉那边不记名就上山，好像也不算坏了规矩。

香火小人试探性地问道："李大人，容小的帮忙领路?"

稍后登山路上，得暗示李大人一番，回头给咱们李总舵主美言几句，哈哈，到时候别说骑龙巷总护法了，当个与李槐平起平坐的小舵舵主，都不是痴人说梦哩。

仙尉打开大门，披衣而出，好歹是个修行中人，山门口的动静，仙尉还是察觉到了。

香火小人赶忙帮着那位李大人介绍身份，免得看门的仙尉眼拙，大水冲了龙王庙。

李希圣笑着邀请道："仙尉道友，一同登山?"

仙尉连忙拒绝道："守夜，要回去看书。"

他只觉得这个生面孔的读书人，真心架子不小，大半夜串门就罢了，竟然还想拉着自己一起爬山，想啥呢，半点人情世故都不懂。

儒生李希圣面带笑意，与仙尉作揖行礼。

道士仙尉坦然受之，只是礼尚往来，便回了一个道门稽首。

第六章
见麒麟

杨家药铺后院，小名胭脂的苏店，这位女武夫独自一人，守着空荡荡的药铺后院。

师弟石灵山，回了桃叶巷家中。

苏店也不觉得寂寞苦闷什么的，打小就习惯了，人多反而觉得不自在。

药铺是前店后坊的样式，煎药、晒药材都在后院，正屋那边，是杨老头的住处。

东厢房关着门，一般只有李槐回乡，来这边逛荡，杨老头才会打开屋门，只有西厢房早早腾出来给了苏店。

院子角落还有间杂物房，里边堆放了各色老物件，瓶瓶罐罐的，房门钥匙留给了苏店。师父曾经交代过她，等到下次李槐返乡，就与李槐打声招呼，说房间里边一大堆的老旧物件，都留给他了，是卖是送都随意。

与北边正屋相对的南边屋檐下，摆放着一条长凳，苏店从不去坐，平时也不准师弟随便坐在那边。

她就像守着一座老铺子，也帮师父守着一些老规矩。

苏店是个武痴，不过今夜她却难得没有练武，就只是坐在椅子上边发呆，双脚踩在火盆边沿上，想着一些往事。

终于回过神，苏店低头弯腰，伸出手指，捻了捻被炉火烤得微微发烫的裤脚。

药铺大门虚掩，有人推门而入，穿过前店，掀起帘子，年轻男子喊了一声："师姐。"

厢房这边的苏店应了一声，是师弟石灵山来串门了。

石灵山进了屋子，搬了条长凳，坐在火盆一旁。苏店笑道："问夜饭问到了药铺，你也不嫌晦气。"

石灵山伸手烤火取暖,故意装傻:"还有这讲究?"

家里边是热闹些,四代同堂,祖宅在桃叶巷的门户,都穷不到哪里去,只是石灵山还是担心师姐独自一人,在药铺太冷清。

他知道师姐自从那个相依为命的叔叔去世后,在小镇就无亲无故了,好像连个平日里嘘寒问暖几句的穷亲戚都没有。

石灵山从袖子里摸出一包压岁铺子的糕点,笑道:"骑龙巷那边石掌柜给的。"

苏店犹豫了一下,还是伸手接过一油纸包的糕点,问道:"你还真去问夜饭了?"

这大年三十的问夜饭,福禄街、桃叶巷的人,和这两条街巷之外的人,一个天一个地,一般是不会相互走动的。

昔年的小镇,福禄街和桃叶巷有四姓十族。早先的小镇高门大户,四大姓,卢、李、赵、宋,一直是以卢氏为首的,因为卢氏王朝在覆灭之前,曾是大骊宋氏的宗主国,而卢氏开国皇帝,与福禄街卢氏有千丝万缕的渊源。此外类似袁、曹、谢在内的十族,祖上都出过大人物,他们离开骊珠洞天之后,都曾扬名立万,比如被视为大骊中兴之臣的曹沆、袁澧,造就出了如今大骊朝廷的两大上柱国姓氏,此外还有南婆娑洲的剑仙曹曦以及北俱芦洲的天君谢实等。

只说一条泥瓶巷,就有隐官陈平安、大骊藩王宋集薪、郑居中嫡传弟子顾璨。

那边还是南婆娑洲那座镇海楼的驻守剑仙曹曦的祖宅所在。

而苏店,除了药铺这边的关系,在家乡小镇这边唯一称得上认识的人,只有一个叫胡沣的。胡沣比她年长几岁,家里以前是开白事铺子的,他也会经常跟着爷爷一起当那短工,做些砖瓦木匠活计,或是走街串户帮忙磨刀。不过胡沣也离乡了,可就算胡沣留在这边,苏店与他也没什么可聊的。

石灵山笑道:"你猜我刚才在骑龙巷瞧见了谁?"

苏店默不作声,细细嚼着糕点,反正看到了谁,都不值得大惊小怪。

多年前,骑龙巷经常会有一个蓬头垢面、面黄肌瘦的小姑娘,假装无意间路过那条骑龙巷,走得很慢,轻轻抽着鼻子,闻着糕点的香味,肚子越发饿得咕咕叫。

年幼时做梦都想的美味糕点,还有布店里那些花花绿绿的布料,都曾让那个饥寒交迫的女孩觉得是天底下最遥不可及的好东西,但是熬到长大后,手头有了钱,不知为何,反而好像半点都不念想了。

石灵山说道:"远远看了她一眼,好像是骑龙巷的王朱。"

以前是个近在咫尺的小镇同乡,如今却是个远在天边的大人物了。

苏店只是嗯了一声,反正不是一路人,她对这些同乡的富贵发迹并不感兴趣。

如今的旧龙州,新处州,是一洲公认的藏龙卧虎之地,奇人异士扎堆,可在苏店看来，相较以往，根本没法比。

最早一拨外乡人，在西边群山购买山头的山上仙府，只要中途没有转手贱卖，如今都算得了个财源广进的聚宝盆。再后来，便是一些个消息灵通、闻讯赶来的修士，与当地百姓购买小镇上边的祖宅，或是"高价"入手那些从龙须河里边捡来的蛇胆石，墙上嵌着的青铜镜，以及古钱币、瓷器之类的老物件，好像一夜之间，所有不值钱的东西，都变得无比金贵起来。唯一变得不值钱的，反而是那些祖祖辈辈辛苦积攒起来的碎银子，或是家家户户拿来压箱底的金银首饰。

如今不少在小镇隐姓埋名的练气士，一年到头，深居简出，将那些破败宅子当成了修行的道场。

他们的户籍和山上谱牒，暗中都归龙泉郡窑务督造署管理，至于槐黄县衙那边，始终不清楚这些山上神仙的身份背景，反正也没谁惹事，比起一般的县城，简直就是个路不拾遗的地方，以至于县衙政务清明得无以复加，在州城年年都是优等考语，毕竟连个翻墙行窃的蟊贼都没有，更别说那种家长里短鸡毛蒜皮的纠纷了。

天地灵气，山水气运，法宝灵器，这拨眼尖、下手还快的外乡修士，确实都挣到了，而且各有收获，几乎无人双手落空。

只说一事，曾经有人去往天幕，与越境犯禁的远古神灵递拳，为宝瓶洲带来了几场金色大雨，几乎都被北岳魏山君收入囊中了，看上去是披云山一家得利，可魏檗毕竟是一洲山君，整个北岳辖境都跟着水涨船高，山水气运变得浓厚，天地灵气越发充沛。在槐黄县城和西边群山中隐居的修道之人，餐霞饮露，吃了个饱，这二十多年来，时不时就有修士悄然破境。

石灵山随口问道："师姐，你说咱们这一门，到底有几个人啊？"

按照他们这一脉的辈分划分，谱牒再简单不过，反正就一个教拳的师父。明面上，苏店和石灵山上边还有两个师兄，只是李二和郑大风，一个拖家带口去了北俱芦洲，一个去了五彩天下，至于还有没有其他的师兄师姐，一直是个谜。杨老头不喜欢提这一茬，石灵山曾经问过，结果挨了一顿劈头盖脸的臭骂。杨老头一向如此，要么干脆不开口，要么一开口就说话贼难听，骂石灵山这个弟子，这么想着去外边认师兄，是想去捧个臭脚，还是桃叶巷石家饿着你了，非要跑去别家讨要一口热乎的屎吃？

打那之后，石灵山就不敢再问半句了。

苏店想了想，说道："具体有几人，师门谱牒上边拢共几人，如今在世的又有几人，我都不清楚，但是除了李、郑两位师兄，确实还有其他人。"

石灵山抬起头，充满了好奇神色。

苏店摇头道："我知道两个师兄师姐的名字，但是师父没说可不可以泄露他们的身份，你就别多问了。"

屋内师姐弟两个，性情很不一样，在石灵山看来，师父没说不可以，就是可以。但是在师姐苏店这边，却是师父没说可以，就是不可以。

苏店突然说道："我打算按照师父的吩咐，过完这个年，等到李槐回来，交代他些事情，我就出门远游一趟。"

石灵山问道："师姐准备去哪儿？远游是多远，是别洲的古战场遗址？"

他与师姐，如今还没离开过宝瓶洲呢。

小镇年轻一辈，好像一个比一个喜欢出远门。

苏店知道这个师弟误会了，解释道："这次我打算独自历练，就不带你了。"

石灵山大失所望，但是也没纠缠，因为晓得师姐的脾气，犟得很，她认定的事，不会改了。

苏店难得有个笑脸："下次见面，请你喝酒。"

石灵山只顾着开心，傻乎乎笑着。

请别人喝喜酒，就更好了。

石灵山却没有发现，低着头的师姐，那张被炭火映照的娇艳脸庞上，眉眼间有些伤感。

一个乐观，一个悲观。

前者眼中，所有的远游，是为了重逢之日。

后者看来，所有的相逢，都是离别的铺垫。

等到苏店在浩然天下这边跻身了远游境，她就会外出历练，去找一个师兄，名叫谢新恩。

对方远在青冥天下。按照师父的说法，这个谢师兄如今混得不错，不过更换了名字，不再叫谢新恩了。

只是听师父的口气，苏店猜得出来，谢师兄在那座天下，已经攒下了一份不小的家业。

师父每次聊起他们这些徒弟，一般都没什么好脸色的，哪怕是提及已经是止境武夫的师兄李二，也没个笑脸。

师父留给那位素未谋面的谢师兄几句口信，让苏店帮忙捎话。

大致意思，就是让谢新恩见着师妹苏店之后，类似代师授业，为她传授拳法和剑术，然后等苏店跻身了山巅境，再帮着她在那边开山立派，就此扎根，自立门户，开枝散叶，在那之后，二人就各走各路，对外不要透露出同门关系。

至于苏店如何去往青冥天下，又该去何处寻找谢师兄，师父早就安排好了。

石灵山好奇地问道："师姐，那个李槐到底是什么来头啊？"

据说那位年轻隐官，曾经送给李槐一个绰号：窝里横。

那么在这座小镇,能够窝里横的人,李槐真就是独一份了。

苏店摇头道:"按照山上的说法,李槐本身没什么来头,就只是个最平常不过的肉眼凡胎。"

不过他们师父对李槐真是当亲孙子看待的。

只是这种事情羡慕不来。

石灵山在屋子这边坐了约莫半个时辰,便告辞离去。苏店送到了药铺门口,等到师弟的身影消逝在街巷拐角处,她这才关了门,重新回到后院,怔怔看着檐下那条长凳。

听师兄郑大风说过,这条长凳,在这儿搁放了很多很多的年头,没有人的岁数能大过它。

最后一次见到师父,老人依旧坐在正屋门外的台阶上,手持旱烟杆,吞云吐雾。

师父说了一句让苏店听不明白的言语。

老人用旱烟杆轻磕台阶,再提起旱烟杆,指了指那条长凳,说:"那条木凳,就是我们。"

见苏店欲言又止,老人说:"将来如果有机会,在青冥天下那边相逢,你可以问一问那个人,他肯定知道答案。"

一条木凳,与"我们",能有什么关系?

苏店百思不得其解。

一名女子,年轻容貌,鬓发青绝,身姿曼妙,如鱼游弋在龙须河中。

她正在以本地河神的身份,巡视自家辖境,身边带了几个孩童模样的河神水府小跟班。那拨面容稚嫩的孩子当中,有男有女,他们其实除了脸色惨白无色,瞧着比较瘆人,装束衣饰、神色以及稚声稚气的说话语气,都与岸上的市井儿童没啥两样。

他们跟着河神娘娘一起晃荡玩耍,虽然都是水鬼,照理说早就适应了水中活动,但是偶尔会有一种类似呛水的模样,手脚乱动,扑腾几下,就好像阳间不善凫水的孩童溺水一般,只是很快就会恢复正常,然后与身边同龄人相互间做个鬼脸,好似都觉得这是一件有趣的事情。

因为今夜是大年三十,按照习俗,河神娘娘给了这帮小跟班人手一份红包,红纸包里边的钱币,都是些早年遗落在溪涧中锈迹斑斑的铜钱。

没法子,自家河神娘娘是出了名的节俭持家,简单来说,就是小气嘛。

马兰花这位大骊朝廷正统封正的龙须河水神,依旧是止步于龙须河与铁符江接壤处的那个瀑布口,再逆流而上,其间路过了位于龙须河畔的铁匠铺子,趁着如今铺子没人,她从水中探出头颅,看了几眼。

这铺子先后换了三拨主人,最早是阮师傅,一个貌不惊人的铁匠,竟然是最后一任坐镇骊珠洞天的兵家圣人,出身风雪庙。后来是阮邛的徒弟徐小桥,一个右手缺了大拇指的女剑修,再后来是刘羡阳,以及一个瞧着脑袋不太灵光的外乡女子,余情月。

如今龙泉剑宗,山君魏檗亲自帮忙迁徙祖山神秀山在内的数座山头,一股脑搬去了北边,算是与昔年的骊珠洞天彻底做了个地契交割。

每次游过那座被大骊宋氏拆掉桥廊,也无悬挂老剑条的石拱桥,她都会格外心惊胆战。

快速游过石拱桥,来到一处深潭,有片青色石崖,马兰花停下来,悬立水中。

几个来不及停下脚步的孩子,轻轻撞在一起,叽叽喳喳埋怨过后,又是一阵欢声笑语。

在当年被某个女仙师寻仇上门后,本就上了岁数的杏花巷马婆婆,一个不小心就死了,却因祸得福,被那个杨老头聚拢阴魂,得以担任河婆,还渐渐恢复了容貌,好似"越活越回去",姿容越发年轻了。这条龙须河,最早是一条溪涧,铁符江由河升江之后,作为上游和源头的龙须溪,就跟着顺势升格为河。

而她也从一位河婆跻身了河神,莫名其妙就升官了。只是将近三十年过去了,好不容易河边有了个托身的祠庙,庙里边却依旧没有塑造神像,连个香炉也没有。

哪有这么寒酸窘迫的河神娘娘?

只是马兰花却不敢有任何不满,年复一年,扳着手指头,说是度日如年,半点不夸张。她让一位关系相熟的土地公帮忙打探消息,州城那边,到底还剩下几个知道"马兰花"这个名字、认得她年轻时相貌的老不死。据说那边如今只剩下两个跟她差不多辈分、年纪的同乡老人了,越是如此,马兰花就对那个药铺的杨老头越是敬畏,因为如果没有意外,只等三十年期限一到,州城里边的那两个老人就会寿终正寝了。

三姑六婆的六婆,占了一半,装神弄鬼的师婆,牵线搭桥的媒婆,替妇人接生的稳婆,杏花巷的马兰花都当过,结果后来又多出个河婆……

马兰花幽幽叹息一声,在碧绿深潭中现出身形,踩在水面上,河流自行向石崖延伸,她就那么走了上去,坐在青色石崖上边,从袖中摸出一把白玉梳子,梳理一头青丝,今儿准备换个发髻。

那些小家伙也跟着水神娘娘蹦跳出水面,聚拢在崖上,围绕着石崖跑来跑去,欢快闹腾起来。一般情况下,马兰花是绝对不允许他们上岸的,不说那白昼,阳光如火,随便一个曝晒,就会让鬼物魂飞魄散,哪怕是夜晚,罡风吹拂,也不敢掉以轻心。

何况他们自己也不敢擅自越境,否则与阳间人随便一个冲撞,阴气阳气相激,打架打不过,就要死翘翘喽。

马兰花看着这些无忧无虑的孩子,叹了口气,她挤出一个笑脸,嗓音轻柔,叮嘱几句翻来覆去的车轱辘话:别走散了,老实些,不许去岸上,不然就要家法伺候挨板子了。

其实他们在岸上的"阳寿"都不长，沦为鬼物后，就像陷入一种古怪的时间，长得慢，准确说来是很难长大，不像市井坊间的孩子，个头蹿得那么快，好像几个眨眼工夫，就从孩子变成少年少女，很快就到了谈婚论嫁的岁数，成家立业，再有了自己的子女，然后变成睡眠很浅、习惯早起的老人，某天睡一觉再也没睁眼……

马兰花举头眺望远方，深夜时分，她光是远远看了一眼披云山，都会觉得灼眼。

大骊朝廷最早设立了三座山神庙，披云山是山君大庙，高不可攀。

最南边的落魄山，曾经有个被同僚取笑为金头山神的山神老爷，曾经在那边当值，在山顶还有座规格不低的山神祠，可惜那些年混得惨兮兮，好好一座山神祠庙，都快沦为泥瓶巷那个孤儿的"家庙"了，能有什么香火？马兰花知晓那个金头山神宋煜章，来历不小，生前当过多年的窑务督造官，在小镇没有县衙的那些年里，算是唯一的官老爷了。上任督造官曹耕心，年纪轻轻的，卸任后就当了大骊的一部侍郎。反观宋督造宋大人，好人没好命，没能赶上好时辰呗。

至于建造在风凉山的山神庙，因为山头地理位置优越，位于群山最北，所以离着州郡治所同在一城的繁华地界最近，祠庙香火一直很旺，善男信女，香客如云，上山烧香络绎不绝，每逢初一、十五，山腰和山顶的庙会赶集更是热闹得让山水官场的同僚们羡慕不已，那条烧香神道的上山主路，宽阔平整得像是一条官道驿路，沿途都是茶馆酒肆和客栈店铺。

风凉山地界的一位土地公，与马兰花相熟，就是个老不正经的东西，倒是不敢对她毛手毛脚，就是每次见面，总要变着法子说几句荤话，好像嘴上不占点便宜就会死。

而这位土地公的顶头上司，正是风凉山的山神老爷。凭借那尊神像的面容，马兰花依稀认出，那就是个以前在小镇开白事铺子的，瞧瞧人家如今的气派，再看看自己的祠庙光景，人比人气死人。

说真的，那山神老爷年轻那会儿，还曾让人与自家提过亲哩。

只是不知为何，在她还是河婆那会儿，对方会时不时来龙须河碰个面，只是没过多久就疏远了。把马兰花气得不轻，老娘不过是让你打听一下孙子的消息，这点小事都不肯帮忙吗？

这龙须河的顶头上司是下游那条铁符江的水神杨花，据说是大骊太后娘娘的身边人，面冷得很，马兰花根本不敢凑近，偶尔参加铁符江的水府议事，她也是战战兢兢的，遇见那些一贯眼高于顶的水府胥吏，马兰花也是只敢赔笑脸，绝不敢摆半点架子，生怕哪句话说得不得体了，哪件事做得有纰漏，就要丢掉官位。所以一州之外发生的事情，马兰花只能通过那些来自州城隍庙的山水官场邸报来揣测一二。

按照杨老头给出的那个承诺，等到三十年一过，晓得她年轻时容貌、身份的小镇老人走得差不多了，她就可以立起神像，享受香火，凭此淬炼金身。

但是马兰花对此既期待，又忧虑重重。铁符江和玉液江水神庙的求姻缘，都很灵验；馒头山土地庙的求子，也是极有名气的；还有宋督造平调去的棋墩山以及风凉山，这两处山神庙，好像读书人求签许愿，希冀着科举顺遂，文运庇护，效果都是相当不错的。所以到现在马兰花也没想出个法子，以后就算立起神像，自家祠庙香火从哪儿来？要说镇压水运一事，轮得到她？处州地界，最不缺江河正神。

马兰花梳着头发，长吁短叹。

这片坑坑洼洼的青色石崖上边，以前小镇的孩子来这边凫水摸鱼，都有各自挑选好的“座位”。

成为一地山水神灵后，与阳间那些凡夫俗子的视野，是截然不同的。

位于西边大山和小镇接壤处，那座不起眼的真珠山，竟然是一颗骊珠所在。

而马兰花脚下这条龙须河，则是名副其实的一条龙须，所以当年水中才会出现那么多价值连城的蛇胆石。至于另外一条龙须，就是小镇那条主街，街上依次排开的螃蟹坊、铁锁井、老槐树，一直往东边蔓延而去，止步于东边栅栏门，曾经有个混不吝的年轻光棍，看门人郑大风，如今也不知道死到哪里去了，只留下一间没人住的黄泥屋子。

有个文绉绉的说法，叫那虎踞龙盘，好像那些龙窑窑口，就建造在这条龙的身躯之上。

其实这些年来，马兰花就怕泥瓶巷那个瘦瘦弱弱的小姑娘来找自己翻旧账。

毕竟之前在铁锁井挑水，每次见到这个“宋督造私生子”身边的低贱婢女，马兰花就是那个挑头的碎嘴婆姨，当年确实说了些不太中听的话。毕竟泥瓶巷的寡妇，还有那个孤儿，他们再穷，也不是贱籍嘛，再家徒四壁，好歹有个清清白白的身份，倒是这个名字古怪的小姑娘，日子过得殷实阔绰又如何……

当年的小镇妇人，别说是对稚圭指指点点了，反正只要吵架骂街了，管你是谁，总能挑出一堆毛病来，当面说几句搅心窝子、戳脊梁骨的言语，比如你家里有几个臭钱又咋了，如今有带把的崽儿吗，小心断了祖上的香火，将来钱归了谁，可不就是两说的事……这类相互揭短，实在是太平常不过了，等到一方说不过了，再上手抓头发挠脸。

只说拌嘴一事，不谈动手，那么杏花巷的马婆婆、泥瓶巷的顾家寡妇、小镇最西边的李家妇人、卖酒的黄二娘等，都是一等一的高手。

这份淳朴民风，阮铁匠、摆算命摊子的陆沉、每天醉醺醺的曹督造……这些外乡人，都曾亲身领教过，不认㞞还不行。

事实上，所有接触过小镇年轻一辈的，不管是什么身份、境界，多多少少，都会有类似的感受。

只说那场文庙议事，某人一番言语，为蛮荒共主斐然和文海周密的关门弟子，分别送出了两个响当当的崭新绰号，一个是躺着躺着就当上了一座天下共主的“托月山躺圣",一个是那从无胜绩的"甲申帐输圣",陈平安还扬言要为这两位浩然天下的大功臣,分别送出一方亲手雕刻的私章,"百死不悔""心向浩然"……

这更是让有资格参与托月山议事的蛮荒大妖们越发觉得那位年轻隐官不是自家人,可惜了,实在是太可惜了。

马兰花揉了揉脸颊。自己还曾被那个牙尖嘴利的小婆娘使劲扇过一个耳光哩。

她从袖中摸出几份老旧的山水邸报,唯一的相同点,就是邸报上边有她孙子的消息,其实她对上边的内容早就滚瓜烂熟了,倒背如流。这些年闲着也是闲着,这位河神娘娘便开始变着法子多识几个字了。

而这类山水官场的邸报,是从州城隍庙下发的,基本上每个季度都会有两三封,城隍爷张平会让阴冥胥吏分别送到各级郡县城隍和山水神灵手上,这让马兰花尤其扬扬得意。当河婆那会儿,一年到头也没几封邸报到手,等到晋升为河神后,官位等于入了大骊山水官场的清流,每年到手的邸报数量一下子翻番了。

比上不足,比下有余。过日子嘛,人往高处走,水往低处流,抬头看看那些过得好的,这叫活着有盼头,再低头看看不如自己的,心就平了。

妇人忘记是谁说过一句话了。

"人辛苦活着,骗过自己,就是希望。"

吕喦带着小陌和青同沿着廊道去往别处,有意让两位年龄悬殊的读书人聊点"家常事"。

至圣先师笑问道:"陈平安,你是怎么想到吃书的?"

陈平安愣了愣,不过很快就想明白了所谓"吃书",是指炼字。

陈平安解释道:"之前在城头实在是无事可做,恰巧隔壁城头的离真,丢了本山水游记给我,就派上用场了。"

至圣先师微笑道:"巧之又巧,恰到好处。"

陈平安抬头看了眼天幕。至圣先师显然是意有所指。

如果不是炼化了那本山水游记的全部文字,以及偶然,陈平安就算在城头枯守一万年,也想不到师兄崔瀺要做什么。

大概就像离真后来腹诽的那样,只有脑子有病的,才能跟脑子有病的同道中人,有的聊,说得通,心领神会。

至圣先师思绪飘远,记起了一张张面孔,他们皆置身于远古剑修阵营当中。

曾经的剑修观照,可不是后来那个离真的话痨,而是个出了名的闷葫芦,几乎跟谁都不说话,每次秘密议事,都躲在角落里,或是站在陈清都身旁,从头到尾一言不发。

但是观照不动手则已,一旦决心与人问剑,不能说全胜,至少可以保证自己立于不败之地。

甚至在某种程度上可以说，观照一辈子，好像都在为别人而活，为大局而炼剑递剑，所以观照是所有剑修当中，活得最不轻松的一个。

反观同辈剑修的那位龙君，纯粹就是喜欢与人问剑，好像输赢无所谓，每次遇到战事，更是不计生死，要远远比那个"不敢随便死"的观照更潇洒。

三位刑徒剑修领袖，陈清都、观照、龙君，是那座剑气长城的缔造者。

只是三位剑修刚刚站稳脚跟没多久，就在陈清都的带领下联袂远游。

那场影响深远的问剑托月山，成功阻拦那位距离十五境只差半步的托月山大祖，后者作为蛮荒天下的首任共主，最终未能炼化一座天下的天时地利人和，跻身十五境。

而陈清都三人，也付出了极为惨痛的代价，陈清都的本命飞剑浮萍彻底破碎，不得不合道剑气长城，陈清都更因此失去了跻身十五境的希望。

否则按照道祖的推算，只要再给陈清都两三千年的炼剑光阴，他就有机会成为那个"前无古人，后无来者"的十五境纯粹剑修。

前无古人，是因为那些有望跻身此境的剑修，在远古神灵的压制下，都死在半路上了。

后无来者，是一旦陈清都跻身此境，就像一人独占整条剑道，站在一座独木桥上，无路可让。

至圣先师曾经带着礼圣，一起去剑气长城劝过陈清都，但是劝阻无果。

陈清都只用两句话就将两位"书生"堵了回去。

"我们剑修未必要做最对的事情。

"你们读书人，记得信守承诺。"

龙君原本对于剑修沦为刑徒就极为不满，故而那场远游，龙君就根本没有想过活着返回剑气长城。他是准备以纯粹剑修的身份，让自己的人生落下帷幕，而不是沦为什么剑气长城的刑徒流民。

所以"身死"之后，对那座剑气长城也好，对陈清都这位曾经并肩作战的老友也罢，龙君都已经不亏欠半点。

龙君的本命飞剑，名为大墟仙冢。登山一役，加上登山之前，人间大地之上的前辈剑修，死无葬身之地的，不计其数，他龙君能够以本命飞剑作为坟茔，已算幸事。

而观照拥有一把更加特殊的本命飞剑。一万年之前的那两三千年里，被远古神灵针对最多的剑修，正是拥有一把本命飞剑光阴长河的观照。

所以观照的修道路程，最为坎坷、凶险，为观照护道的剑修，络绎不绝，前赴后继，光是远古"地仙"剑修的陨落数量，就多达双手之数。

至圣先师收起思绪，问道："若是追本溯源呢，山有来龙水有源嘛。"

陈平安说道："当年李先生与小暖树说了个道理，我虽然是旁听，不过在那之后，就一直记着。"

福禄街李希圣，曾经去泥瓶巷找过陈平安。

当时陈平安是第一次远游归来，身边多了青衣小童和粉裙女童。

那次李希圣教给了习惯"说话不把门"的青衣小童一个道理，说世间所有文字都是有力量的，字组词，词串联成句，语句接连成文，大道就在其中。

这句话，陈灵均没当真，左耳进右耳出了，却让陈平安记忆深刻，虽然没有篆刻在后来的竹简上，但是始终牢记于心。

之后，小暖树还壮起胆子问了那位读书人一个她心中疑惑许久的问题：为何读书之时，突然间就好像不认得某个字了，会觉得陌生？

李希圣笑着给出答案，说那是因为某时某刻，书上的文字被某些圣人偷偷借走了。

那会儿的小暖树，显然不太相信这种神神道道的说法，她便直接出言反驳李先生了，在某个旁观者眼中，就是把李先生给"教训"了一通。

这可是难得一见的稀罕场景。

在那之后，祖宅在泥瓶巷的南婆娑洲剑修曹峻，随便用了个"太岁头上动土"的借口，要找陈平安的麻烦。

结果这位仙都山如今的末席供奉，那次就跟主动揽事的李希圣，在小巷里边狭路相逢，都不愿让路，就打了一架。

一个只是六境练气士，一个却是自称在八境、九境之间的剑修，曹峻之所以有此古怪的说法，是因为当时他的金丹境名不副实，因为剑心崩碎了，一颗道心稀烂，心相景象沦为满池枯荷。要知道在剑心崩碎之前，曹峻的练剑资质之好，在那南婆娑洲是首屈一指的剑仙坯子。

只是一个再半吊子、再纸糊竹篾，也还是金丹境的剑修，竟然在一个六境修士面前，不管如何倾力出剑，还是落了个无功而返的下场。

而那场切磋斗法，当年陈平安只是看了个大概，随着眼界越来越宽阔，尤其是等到自己成为剑修之后，就越发感受到其中的不同寻常。

一位非剑修的练气士，面对一位剑修的问剑，而且自己的境界比对方更低，竟然能够稳操胜券？

当年李希圣那场气定神闲、看似极为游刃有余的接剑，就像教给未来的剑修陈平安一个无声的道理。

既然剑修一剑可破万法，那么破解之法就"很简单"了，只需要积攒出一万零一法。

在未来岁月里，陈平安觉得最为接近李希圣那种"境界"的两场架，一次是在剑气长城的城头茅屋附近，一次是在城外战场。

曹慈的拳法和斐然的剑术。

不光是他们的那种未卜先知、料敌先机，与当年李希圣的术法极为相似，还有一种从曹慈、斐然身上散发出来的气势与境地，无须使用阵法、神通、飞剑，完全不用任何外物加持，便能够自成小天地。

而打架之外，犹有两人，也会带给陈平安这种感觉。

在落魄山竹楼二楼，为自己教拳的崔前辈，以及坐在棋盘前准备落子的崔东山。

修道之人，都说人身小天地。但是这几位，仿佛他们自身即是大天地。

至圣先师想起当初在小镇，一本正经的青衣小童好心好意奉劝道祖一句，"道祖"这个名字太大，最好改一改名字。至圣先师忍俊不禁，笑着打趣道："你们家那位景清道友，有点道行的。"

陈平安备感无奈，自嘲道："像是请了个小祖宗回家。"

不过说这句话的时候，年轻山主的眼神很温柔。

在落魄山，哪怕陈平安当惯了甩手掌柜，但是只要每次返乡回家，就没有年轻山主不知道的小道消息。

明面上功劳都是小米粒的，其实陈灵均也是不容小觑的幕后功臣，一个勤快巡山，一个喜欢闲逛，所见所闻，都藏不住的。

至圣先师说道："陈灵均当初去北俱芦洲大渎走水，觉得自己犯了错，好像不是想着隐瞒什么，而是想着早点回乡，大不了在你这里挨顿骂，心中一颗大石就算落定了。要知道一般人犯了错，不管大小，总会希望是天不知地不知，最好是神不知鬼不觉，这是人性。"

陈平安疑惑不解，不知为何至圣先师会聊起陈灵均。

至圣先师问道："陈灵均那么要面子，唯独在你这边，他好像完全无所谓面子不面子的，你知道是为什么吗？"

陈平安还真没有想过这茬，略作思量，试探性地答道："因为我走过书简湖。"

落魄山所有的人，修士也好，武夫也罢，极有默契，好像都会刻意绕开那座书简湖，从不去触碰这个话题。

越是无瑕之人，旁人与之相处，无形压力越大。

尤其是陈平安这种心思细微之辈，泥瓶巷的孤儿，一辈子都在孜孜不倦追求"无错"二字。

一个经常喝酒却一次都没醉过的人，是很可怕的。

正因为那些人生路上的一个个遗憾和过错，和那些不为人知的问心有愧，才让陈平安变成了一个极少醉倒，可终究是会醉酒的善饮之人。

至圣先师说道："除此之外，还有一层用意。崔瀺知道形势紧迫，来不及用一种相对温和的手段了,他就干脆先帮你在心路上狠狠砸出一个无底洞,再逼着你拿其他东西去填补这个巨大的窟窿,至于是用良知、愧疚,还是用某种更加融洽的学问,总之不管是什么,都有了个去处。"

至圣先师有意说得含蓄几分,其实崔瀺就像是用了一种与"查漏补缺"反其道行之的手段,说是凿出一口水井,并不恰当,根本是直接在陈平安心境之内硬生生凿出一座无水之心湖。至于缝补一事,靠陈平安自己。难熬? 受着!

不然以陈平安原本的道心,是承载不住那份神性的。准确说来,心中善恶两条线极为靠拢的陈平安,是太过契合神性了,越修行,越登高,人性越是向神性靠拢,这是一种不由自主的大势所趋。就像至圣先师先前以拂尘画圆论道,有意询问陈平安最终有几种可能性,陈平安答不上来。在至圣先师看来,一个不小心,极有可能就是只有一种结果,登天而去、占据旧天庭遗址的周密,反而输给看似留在人间、输了先手的陈平安,因为后者的神性变得更为粹然。

药铺的那个杨老头何尝不是在赌? 而且他不会输。只要陈平安将赌桌上所有神性都收入囊中,不管陈平安这场人性与神性的拔河,是输是赢,在杨老头眼中,都是左手进右手出的事情,都还是那个一。昔年的男地仙之祖,十二高位神灵之一,手握一座飞升台的青童天君,苦苦守候一万年,不算白忙一场。

所以崔瀺才会早早出手,如果陈平安有朝一日当真成为那个一,成功归拢整座骊珠洞天所有争渡之人的神性,成为赌桌上最后留下的那个人,那么大部分的粹然神性,即便是原本不可控的,大不了就是神性宛如一条瀑布垂泻,从天而坠,灌注心湖之中。论事,既省心省力;论人,又能裨益修行。

至圣先师突然又问道:"有没有想过为什么崔东山会怕李宝瓶? 当年你们去大隋书院求学,崔东山在红棉袄小姑娘那边,始终打不还手,骂不还嘴?"

陈平安当场愣住,又是一个好像从未深思的问题。

然后陈平安很快就神色复杂起来。

第二次游历剑气长城,陈平安与师兄左右在那边重逢。其实最早,师兄不认这个小师弟,陈平安也不觉得他就是自己的大师兄。

但是陈平安对"欺师灭祖"的大师兄崔瀺,心情才是最为复杂的。

"因为李宝瓶与宝瓶洲,是那种休戚与共、福祸相依的关系,你以为'桃代李僵'一事,又是谁的手笔?"至圣先师一语道破天机,"白玉京大掌教寇名,志向高远,一气化三清,要以三种身份,最终真正融合三教学问,神诰宗周礼是道士,福禄街李希圣是儒生,崔瀺就是算准了李希圣明知道事实真相,依旧会护住妹妹李宝瓶的安全。李希圣如此选择,那么白玉京呢,甚至是青冥天下? 你信不信万一宝瓶洲战事不利,守不住大渎和陪都,大骊铁骑不得不退守北地京城,李宝瓶再有个好歹,李希圣会直接一路破境,一天之内重返十四境,选择直面周密?届时师弟余斗与陆沉,又会做何选择?甚至是道祖有无可能为这个最寄予厚望的首徒,破例出手一次?"

"不一定。"

至圣先师缓缓道:"但是崔瀺只需要有这个'不一定',就足够了。所以当年齐静春说那句'君子可以欺之以方',既是说给你这个小师弟听的,也是说给大师兄崔瀺听的,是希望后者的事功学问不要太走极端了,做事情稍微讲一讲分寸,要近乎人情。可惜崔瀺不听,如果说句'近乎人情'的话,还真怨不得他,一个都不给自己留半点退路的人,我们又能要求崔瀺多做什么呢。"

至圣先师双手负后,抬头望天。

一个昔年的浩然贾生,过往的蛮荒周密,如今的天庭新主,凭借一己之力,能够让三教祖师不得不联手对付。

陈平安沉默许久,问道:"算不到吗?道祖都不行?"

至圣先师摇头道:"还真就算不到。有些事,极为错综复杂,如果大道推演一事,虽然演化出几百几千条路,但能一条道走到底,那么数量再多都不难,随便一个上五境修士,都可以跑去当阴阳家了。难就难在,人心一动,天心即移。打个比方,只说五彩天下冯元宵这类事,道祖当然可以算得到她的出现,咱们再假设道祖小家子气点,一定要针对她,那么道祖就等于与整座五彩天下的大道抗衡,注定是吃力不讨好的,只会按下葫芦浮起了瓢。

"毕竟与当初那位兵家老祖,就不是一码事。

"可若是我们几个,各自道化一座天下,只说在自家地盘,当然也就算无遗策了。

"我觉得没什么意思,道祖认为知止天下将自正,佛祖觉得众生成佛是自己的事。反正我们几个,作为人间最早的'道士',都觉得道在天下。"

陈平安蓦然眼前一花,异象一闪而逝,随即道心震动。

再凝神定睛望去,已经不见踪迹。

刚才仿佛看到了一头传说中的……麒麟,在视野中一掠而过。

至圣先师神色从容,笑道:"三杯通大道,一斗合自然。愣着作甚,再来壶酒。"

处州的州城,与龙泉郡的郡城,治所同在一城,自然要比那三江汇流之地的红烛镇更加繁华。

一位锦衣玉食的妇人,返乡之后,经过这些年的养尊处优,气度雍容,若是只看面容,撇开眼角的鱼尾纹,瞧着也就三十来岁的模样,称赞她一句半老徐娘,半点不昧良心。如果不是知根知底的人,都要误以为她是福禄街出身的豪门女子。

宅子里边铺设有地龙,脚边哪里需要火盆,就连手上的炭笼都可以省了。

早年从书简湖青峡岛返回家乡，她就直接在州城买了好些宅子。事实证明，当年咬咬牙的一掷千金，非但没有打水漂，反而获利颇丰，光是每年那些铺子的租金，就有一大笔银子入账。当然，她早就瞧不上那些金银了，神仙钱才是钱。

这些年，妇人去槐黄县城的宅子，多是为了清明祭祖，这才回泥瓶巷坐一会儿。

她所有的心思，还是在新家，比如宅院内，凡事立起一个体统来，得有尊卑高下之分，才算治家有方。

州城里边有那山上的仙家客栈，她会让府上管家定期去购买山水邸报。

这是一笔不小的开销，毕竟花的都是神仙钱，但是妇人没有半点心疼，一来想要打听关于中土神洲，尤其是白帝城的消息，再者可以彰显自家的高门身份。

屋内，妇人拉着几个丫鬟聊家常，围炉夜坐，温了一壶糯米酒酿，各自小酌，花几上边，摆满了各色零嘴吃食。

一个体态丰腴的大丫鬟，低头抿了口酒酿，嫣然笑道："夫人，以少爷的修行资质，再加上少年那个白帝城嫡传身份，将来回了家乡，开宗立派都不难哩。"

当年妇人从青峡岛横波府带了几个贴身婢女，她们在这边也算入乡随俗了，今天跟着夫人，一起贴春联、烧香请门神、请灶神等，夫人家乡讲究多，只是熟能生巧，年复一年，她们也就习惯了。就像明天是正月初一，还要跟着夫人去风凉山的山神庙烧香，刚搬来州城，夫人还会想着除夕夜就动身，赶个早，好烧新年的头炉香，甚至还想要夜宿寺庙。可是自打上次顾璨回乡，与夫人聊过一场后，夫人就不刻意去争头香了，说我家顾璨讲了，按照佛门里边的讲究，所谓的头香，就是两种说法：一种是诚心实意，心香一瓣，不管是在寺庙还是在家里，在哪儿烧香都是一样的；再一种就是虔诚向佛，那么每次敬香，都是自己在烧头香，不用与人争。

妇人笑道："小璨只是郑城主的嫡传弟子之一，白帝城就算创建下宗，按照邸报上边写的，多半也是在那扶摇洲，不会来咱们宝瓶洲的。"

这些年，通过那座仙家客栈的山上邸报，妇人知晓了许多天下事，而且那座客栈的邸报，据说比州城隍庙还要来路宽泛呢。

妇人突然神色惋惜道："只是苦了你们，谁能料到书简湖那边会冒出个真境宗，你们要是当年没有跟着我来这边，指不定今儿就已经是宗门里边的谱牒神仙了，出门在外，都要被称呼一声仙子的，哪像现在，只能窝在这么个巴掌大小的宅子里边，给我一个妇道人家当什么丫鬟。"

妇人晓得她们这些修道之人，在"宗"字头的仙府金玉谱牒上边记名，称得上是件祖坟冒烟的事了。

原本府上有两个禁忌，一个是书简湖，一个是姓陈的账房先生。

一地一人，都不能聊。不承想今夜夫人竟然主动聊起了书简湖。

屋内两个贴身婢女，对视一眼，都看出了对方眼中的惊讶。身材相对消瘦的那个婢女，立即笑道："夫人这话说得不对。"

妇人笑眯眯问道："说说看，怎么就不对了？"

婢女正色道："当年，是夫人亲手将我们带出了火坑，如今长远来看，在那真境宗当个混日子的外门弟子，又有什么出息呢，而跟在夫人身边，少爷可是天底下最孝顺的人了，以后会差了咱们几个的造化？少爷洪福齐天，是那一等一的天之骄子，都不谈少爷的师父郑城主，只说那师姑韩俏色，就是一位仙人，还有身为琉璃阁主人的小师叔柳道醇，以及师兄傅噷，更是位大剑仙，他们哪个不是顶天的山上人物？他们中随便哪一个莅临宝瓶洲，别说是真境宗，就是去那神诰宗，见着了祁天君，也一样要互称一声道友，再当那座上宾哩。"

关于顾璨去白帝城修行一事，府上知晓真相的，除了妇人，就只有她们几个贴身婢女了。

这是一番真心话，只是她没说全。

顾璨的大道成就高低，只是一方面，她们几个，谁不怕那顾璨？对那书简湖的混世魔王，她们简直就是怕到了骨子里。

说来奇怪，顾璨长大后好似变成了一个儒家书生，上次返回家乡，再见到顾璨，虽然顾璨神色温和，她们却更怕了，越发心惊胆战。

如果说青峡岛截江真君刘志茂的弟子顾璨，是一个随时随地都有可能暴起杀人的小疯子，是个天生的野修。那么后来的青年顾璨，好像就变成了一个城府深重、心思叵测的人，哪怕面对面站着，仿佛也永远不知道顾璨心里在想什么。

走出书简湖的顾璨，无论是境界、心性，还是手段，都与年龄严重不符。

离乡之前，顾璨曾经私底下将她们几个喊到一起，非但没有端架子，再没有丝毫年少时的那种跋扈气焰，反而和颜悦色，与她们客客气气说话，与她们约法三章，赏罚分明，甚至允许她们犯错一两次。但是要求她们每年都要飞剑传信白帝城，至于信上写什么内容，都随她们，哪怕只是求教一些修行关隘的难题，都没有任何问题。而且这笔山上书信的开销，由他来出，只是叮嘱她们关于这件事，就不要与他娘亲说了。

最后，顾璨对她们笑道，与你们聊了些掏心窝子的话，不要不当回事。

双方约法三章，其中一条，就是不许她们在娘亲那边煽风点火，将一件小事变成需要惊动郡守府或是大骊朝廷的麻烦事，不许她们在外主动惹事，但是如果是别人招惹她们，不管对方是谁，有什么背景，只要是她们在理，那就也不用怕事，他顾璨自会兜底，因为她们如今算是半个自家人了。

最后顾璨还起身，向她们抱拳致谢，说是以后娘亲的衣食住行，就有劳几位多多费心了。

妇人听过那个婢女神色诚挚的言语，乐不可支，笑着从盘中拿起一块糕点，轻轻递过去，道："我家小璨从小就能吃苦，如今只是把苦日子熬出头了，没你说得那么夸张。"

是啊，原本好像没有个尽头的苦日子，竟然真的被他们娘俩给一天一天熬过去了。

想到这里，妇人红了眼眶，从袖中摸出一块帕巾，擦拭眼角的泪水。

两个婢女连忙安慰几句。

妇人笑着摆摆手："就只是忆苦思甜，反正过去的都过去了。"

这些年主动过来找她攀亲戚的，多了去。其实都是些八竿子打不着的货色，大多是从府上这边拿点钱，就被打发了事。总之，她不至于让那些骗子吃闭门羹，免得传出去不好听，背地里嚼舌头，说她做人忘本，有了钱就翻脸不认人。

顾璨上次离家之前，与相依为命的娘亲聊了些体己话。

妇人既欣慰，又心疼，还有几分陌生。

欣慰的是儿子真正长大了，能够挑起一个家的大梁了，同时心疼儿子年纪这么小，就这么懂事。

陌生的是好像这个儿子跟早年泥瓶巷和之后青峡岛的儿子，变得不太一样了，准确说来是太不一样了。

那次闲聊，顾璨与娘亲说了些书本以外的道理，那会儿身穿儒衫的年轻人，还开玩笑地说一句，这些都是他从家门口巷子里边，从地上捡起来的言语。

"只有穷过，才知道身边人几乎都是鬼。

"可只要等到人阔起来了，哪怕是走夜路，别说瞧见的人，就算路上遇到的鬼，都是好鬼了。

"但是人可以变成鬼，鬼绝对不会变成人。

"娘亲，如今咱们家里有钱了，以后只会更不缺钱，那就别太节省了，对宅子里边的下人们，规矩必须清晰且重，一定不能有半点含糊，不能一开心了，就对所有外人格外好，一个心情不好，就对身边人乱生气。时间久了，摸清楚脉络的下人，就会小看娘亲了，所以娘亲一定不能是让'自己'处理家务，而要让'规矩'来。

"但是家规之外，娘亲可以对他们客气些，这里边有两种施恩。一种是钱，是最实在的，还有通过银钱衍生而出的那些位置、身份、头衔。一种是虚的，是娘亲你作为一家之主，与他们日常相处的几句言语，甚至是一个眼神。任何一种，都无法收买人心，只能是两者都有，再加上规矩和家法，我们这个家，才能长长久久、安安稳稳。

"当然，娘亲要是心里边憋着一口气，觉得过了太多年的苦日子，好不容易才辛苦熬出头了，凭什么就要对他们好，那也是无妨的。如果娘亲觉得我说的有道理，愿意真心实意对他们好，把他们当人看，而不把他们当下人看，那是最好不过了。退一万步说，有儿子在，哪怕不在家乡和娘亲身边，他们也绝对不敢造次。但是我希望娘亲保证一件事,将来家里谁犯了错,我,或是我让人出手处置此人的时候,娘亲一定不能唱反调。

"我们什么都知道时,偏要如何,那是一个人活得很自由;但是我们明明什么都不知道,还偏要如何,就会白吃苦。

"说到底,如何处世与如何为人,是两回事。

"我觉得,如果有一个人,能够一辈子不害人,只有两种可能。一种是纯粹的好人,从无害人之心。还有一种,是真正的强者,因为他们根本不用害人,就可以活得很好。我希望娘亲能够善待前者,敬畏后者。"

妇人当时只是安静地听着儿子说话。

顾璨用一种云淡风轻的语气,说着一些她都听得懂的道理。

儿子长大啦,都会教她为人处世了呢。

妇人回过神,打趣道:"你们俩有没有相中的对象?"

两个婢女相视一笑,都摇头说没有。

每逢初一、十五,风雨无阻,妇人都会去那座香火鼎盛的风凉山祠庙,烧香许愿,保佑儿子在外边修行顺遂,心想事成。

而且每次到了山脚,妇人就会停下马车,徒步登山,求个心诚则灵。

之所以常去风凉山烧香,除了与州城宅子离着近,妇人还有一点自己的小心思。

遥想当年,在泥瓶巷,实在是听多了教人伤心伤肺的"风凉话"。

妇人喃喃道:"她要是能够见着今天的光景,该有多高兴啊。"

书简湖青峡岛。

山门口处,一间屋子锁着门,隔壁屋子里边,亮着灯火,亮如白昼。

来这边守夜的曾掖和马笃宜,几乎每年都是如此,也没点意外。

曾掖这小子自从登上青峡岛,就开始走大运了,也难怪他念旧,这样的一块"龙兴之地",是得多走动。

至于那个叫马笃宜的小姑娘,她是鬼物,这些年披了一张张狐皮符箓,好像喜欢经常买些胭脂水粉,犒劳自己。

刘志茂双手负后,走来山门牌坊这边,却没有去屋子里边落座,只是瞥了一眼那边的春联和福字,好像是青峡岛二等供奉朱弦府那个驮饭人出身的鬼修,与他的门房红酥一起张贴的。

刘志茂径直走向渡口,一阵清风拂过,身边出现了一位不速之客。

刘志茂转头笑道:"宗主这么有闲情逸致。"

渡口一旁的老者点点头:"当真想好了?不再考虑考虑?就不想着下次你做客宫柳岛,这句话换成我来说?"

来人正是刘老成，如今真境宗的宗主，也是宝瓶洲第一位跻身上五境的山泽野修。

言下之意是，如果答应他的那件事，刘志茂就是真境宗历史上的第四任宗主了。

刘志茂摇头道："我这条贱命，就当不了一把手，之前想要接替宗主，担任书简湖共主，费尽心思，前前后后谋划了那么多，还不是竹篮打水一场空，要不是还晓得几分做人留一线的道理，差点就要小命不保，如今每每想来，还是后怕不已。宗主就不要难为我了。"

刘老成点头道："那我就另作安排了。"

刘志茂没来由地感慨一句："旧时天气旧时衣，却道新年新气象。"

刘老成微笑道："山上人莫说山下话。"

刘志茂以心声试探性地问道："新任湖君那边，好打交道吗？"

刘老成说道："现在还凑合，以后肯定会越来越难，只是比起当年跟那位年轻账房先生钩心斗角，总是要轻松几分的。"

刘志茂突然大笑起来："实在无法想象，我会与宫柳岛刘老成结伴夜游，完全不必担心被打死。"

刘老成笑了笑，转头望向湖中，座座岛屿如不动之舟。

浪淘沙，夜行舟，香草美人不敢吟，防有蛟听。

早年的书简湖，谁都要多留个心眼，唯一的规矩就是没有规矩，想要睡个安稳觉都不容易。

山门屋子那边，鬼修马远致，带着门房红酥，在一起守夜。

反正一屋子，都是差不多的山上根脚，天然亲近几分。

曾掖说了些过往的事，反正总是绕不过两人，早先的陈先生，后来的顾璨。

每当曾掖提到后者，马笃宜便忍不住调侃几句，也不晓得以前是谁怕那顾璨怕得要死。结果等到当年最后一场分别，某人竟然开始默默流泪了，到底是伤心至极呢，还是喜极而泣呢？

曾掖脸色尴尬，自己从来吵不过马笃宜，只敢嘟囔一句，谁知道顾璨会性情大变，前前后后，判若两人。

"陈先生曾经说过，我们能够成为爹娘的子女，将来再成为子女的爹娘，可能是讨债，也可能是还债。陈先生说到这里的时候，就笑着说，他就是个讨债鬼。"

一屋子沉默下来，火盆内响起一阵轻微的木炭崩裂声响。

马笃宜蓦然气呼呼道："我怎么不知道陈先生跟你聊了这些？"

曾掖无奈道："我跟陈先生总有独处的时候。"

马笃宜埋怨道："陈先生与我单独相处的时候，怎么就不聊这些？"

他们喝着酒，都是红酥家乡的酒酿。曾掖便说了些陈先生关于饮酒的闲语，说人生有两事最有嚼劲:一是与故友久别重逢,喝酒半醺醉;一是回头看生平,饮茶有回甘。

马远致的脸色有几分不情不愿,说道:"陈平安这小子,还是有点学问的,喝过墨水的人,就是不太一样。"

红酥眨了眨眼睛,笑道:"怎么不喊陈公子啦?"

马远致呸了一声:"说好了要为我写本书,好好写写我与长公主殿下的故事,结果磨磨蹭蹭,都不晓得开篇几千字开完了没。"

马笃宜转头望向红酥,红酥只敢悄悄摇头,示意根本不是这么回事儿。

曾掖没来由地想起了一个女子,这么多年过去了,还是会经常挂念。

大概所谓挂念,就是心扉当中挂起一幅心爱女子的画像,念念不忘。

马笃宜随口问道:"那陈先生有没有说过,这辈子能够结为夫妻,又是什么呢?"

曾掖笑着点头,给出一个答案。

"是一种还愿。"

镇妖楼那栋最高建筑的顶楼廊道,秉拂背剑的纯阳真人,与那小陌和青同,几乎同时看到了异象。

以他们脚下这栋建筑作为圆心,空中依次出现了一位位山水神祇、修士的敬香身形,他们背对顶层廊道数人,依次排开,就像同时开启了数十场镜花水月,又像是一场前无古人后无来者的"祖师堂"议事,心思如一,只议一事,只做一事。

冲澹江水神李锦得了两幅描金画卷,离开书铺,返回水府,沐浴更衣,换上一身江水正神的朝服官袍,点燃一炷水香,礼敬南方的桐叶洲,起心念发心愿,心中默念,愿一洲逝者安息,生者无恙。

绣花江水神,一位青蛇缠绕手臂的江水正神,肃然敬香,愿桐叶洲破碎山河重归完整,愿一洲战场英灵得以转世。

玉液江水神娘娘叶青竹,点燃一炷水香后,念念有词,大人不记小人过,我愿为桐叶洲略尽绵薄之力,祝一洲版图安居乐业。

落魄山中的那座莲藕福地,以水蛟泓下为首,领着福地内的一众江河水神,各自点燃一炷清香,香火袅袅升空,倏忽间齐齐往南方飘摇而去。

北俱芦洲济渎,旧济渎中祠水正,如今的龙亭侯李源,拥有一双金色眼眸的黑袍少年,在大渎侯府内,朗声说出自己的心愿,愿那桐叶洲一洲之地风调雨顺。

大源王朝崇玄署云霄宫,国师杨清恐手捧一柄铭刻有"风神"二字的塵尾,点燃三炷清香。老真人一旁,是那位道号传泥的玉璞境修士,杨后觉神色恭敬,与杨氏老祖一同双手持香,面朝南方。

骸骨滩摇曳河,河伯薛元盛,不再是那撑船老舟子的装束,而是现出金身,身穿法袍,点燃水香。

大渎灵源公沈霖,旧南薰水殿水神,她如一株远山芙蓉,亭亭玉立,站在公府门口,背对着"德游宫"匾额,面朝南方,愿桐叶洲时和年丰。

银屏国境内,领着一湖三河两渠的苍筤湖水君殷侯,身穿一件姹紫法袍,隔着一座宝瓶洲,双手持香,礼敬桐叶洲,预祝桐叶洲大地回春,万象一新。

仙都山密雪峰上,来自墨线渡的于负山,点燃香火后,希望桐叶洲万姓安生,雨旸时若,百谷丰登,内外清吉。

来自敕鳞江的老虬裘渎,这位大渎龙宫旧吏,专门负责教习龙子龙孙们礼仪规矩的教习嬷嬷,手持香火,喃喃低语,祝愿桐叶洲在新的一年海晏河清,天下太平,希望桐叶洲百姓,幼有所教,老有所依。

大泉王朝埋河碧游宫,水神娘娘柳柔,她希望以后的桐叶洲不打仗,老百姓们都能吃饱穿暖,山上的神仙老爷们,少摆人上人的架子,多讲点道理。

浩然天下陆地水运共主,道号青钟的澹澹夫人,祈愿桐叶洲风和日丽,仓廪足而知礼节。

南海水君李邺侯点燃香火,希望桐叶洲大地山河枯木逢春,百姓安居乐业,诸国政通人和,重迎太平盛世。

雨龙宗的上任宗主,如今的掌律祖师,女修云签许下心愿,希望桐叶洲各国书声琅琅,人人丰衣足食,国泰民安,苍生有福。

相传是道祖炼丹炉处,小酒铺内的妇人,旧王座大妖仰止,带着刚收的入室弟子,朝湫河婆甘州,一同拈起水香,祈愿桐叶洲辞旧迎新,风雨时节,五谷丰登,社稷安宁。

宝瓶洲齐渎长春侯,水神杨花点燃水香,心中默念万物盛多,人民忠孝,则致时和年丰,故次华黍,岁丰宜黍稷也。

南塘湖秦湖君,烧香祈愿,心思虔诚,愿那桐叶洲五谷蕃熟,穰穰满家。

跳波河已经改名,升迁为老鱼湖,岑文倩在长春侯府与大骊朝廷都已录档,正式升迁为一地湖君。岑文倩斋戒过后,点燃一炷水香,遥遥礼敬桐叶洲山河,愿浩然天下东南地界的一洲山河,就此远离灾殃,富贵安康。

此外,犹有宝瓶洲齐渎淋漓伯,旧钱塘长曹涌;黄庭国境内,紫阳府开山祖师,老蛟长女吴懿;旧铁券河水神,高酿;白鹄江水神娘娘,萧鸾……一一现身。

宝瓶洲陪都上空,仿白玉京。

当年崔瀺跟人借"山""水"这两个圣贤本命字。"山"字,是礼记学宫大祭酒的本命字。

正如陈平安所猜测那般,师兄崔瀺所借"水"字,当然是这位道场在书简湖,写出过一篇《问天》的老前辈了。

他曾经将《山鬼》《涉江》与《东君》《招魂》四篇，都交给了文圣。

这位老先生，不在文庙道统文脉之内，属于自立门户。故而这位老先生的那炷"心香"，将是天地间最为灵验的一炷水香。

好像各洲水神点燃香火一事，由这位老先生负责收官。

书生又邀诸君入梦来，与君借取万重山。

游思六经，神越涉海，结想山岳，吾为东道主。

宝瓶洲北岳，披云山魏檗，中岳山君晋青，南岳女山君范峻茂，各自点燃一炷山香，为桐叶洲祈福消灾。

中土神洲，大雍王朝境内的九真仙馆，仙人云杪与道侣魏紫，在一座蛮瘴横生、鬼物群居的破碎福地，共同点香礼敬桐叶洲。

中土穗山，神号大醮的山君周游，现出巍峨的金身法相，面朝浩然天下的东南方向，双手持香。

大岳居胥山的两座储君之山之一，鸟举山陆地真人，道士封君点香。

香榧山老山神龚新舟亦持香礼敬。

宝瓶洲，叠云岭山神窦淹，分水岭山神韦蔚，领着两位山神庙陪祀神女，面朝南方，一起遥遥敬香。

最后一位好似为天下山岳英灵收官"山香"之人，竟然是"真身"在宝瓶洲的纯阳真人，吕喦。

镇妖楼顶楼廊道，小陌和青同，都与身边的这位纯阳真人作揖致谢，吕喦微笑稽首还礼。

香火袅袅，星光点点。涓滴之水，汇成江河。积土成山，风雨兴焉。

至圣先师看着那些渐渐消散的身影，抚须而笑道："回头让文庙将他们和此事都记录在册。"

陈平安也不好就此说什么。

至圣先师问道："你如今手上还剩下一笔功德？"

陈平安点点头，大致估算，约莫还剩下三成。

"雷声大，雨点也不能说小。说实话，已经算是很大的气象了，已经彻底解决掉了桐叶洲的燃眉之急。这话听着好像一般，其实殊为不易了，就像你们纯粹武夫，转换了一口真气，可不是什么拿药吊命的举动，而是彻底活了过来。"

至圣先师转头望向陈平安，笑呵呵道："可若是以此收尾，你将来岂不是回想一次，终究难免遗憾一次？"

陈平安疑惑不解，自己还能做什么？难不成至圣先师愿意帮忙牵线搭桥，将剩余三成功德，赠予那些自己并不熟悉的山水神灵？

至圣先师笑了笑："想岔了，一来我如今已经不宜插手任何具体事务，否则对浩然天下来说，绝对不是什么好事。再说了，我的面子，难道就这么不值钱，得厚着脸皮亲自出马，帮你一家一户敲门过去，问他们要不要与你做这桩买卖？成何体统？"

陈平安听得越发迷糊，只得静待下文。

至圣先师也没有卖关子，微笑道："不是一家人不进一家门，你们文圣一脉的几个师兄，虽说先天性情迥异，但是总有那么几件事，会格外心有灵犀。最早是齐静春，托付白也一事。然后是剑气长城的左右，托付陈清都一事。继而是君倩在去往青冥天下之前，曾经托付经生熹平一事。最后是崔瀺……什么都没说，但是他的意思嘛，文庙都懂。"

"其实就是同一件事，将他们的文庙功德都送给小师弟处置。"至圣先师拍了拍年轻人的肩膀，"所以说，除了被人寄予希望，是一件让人觉得不会孤单的事情，那么与他人大道同行，想必亦然。"

不单单是因为这些师兄相信，自己先生的关门弟子，他们的小师弟，可以挑起未来文圣一脉的大梁，会为先生的再传弟子们护道，更是因为文圣一脉嫡传的五位师兄弟间，无须言语交流的心有灵犀。

可能我们都曾对这个世界感到失望，但是我们都愿意对这个世界寄予希望。

第七章
旧人重逢

青冥天下，玄都观。

桃花林中，一位老道长与一个头戴虎头帽的清秀少年并肩而行，身后跟着个胖子，四处张望，看看地上有无桃枝可捡。

那拨来自剑气长城的远游剑修，分别落脚于青冥天下的白玉京神霄城、岁除宫、玄都观。

玄都观只分到了这个财迷胖子，不过胖子与老观主相当投缘，当然也可能是自认投缘。

反正晏琢这些年偷偷打着老观主的旗号，买卖做得不小。玄都观这样的庞然大物，藩属山头一双手都数不过来，再加上依附玄都观的数十个王朝和藩属国，即便只说玄都观一脉本身，辖下道官就将近十万人。

老观主也就睁一只眼闭一只眼，反正那些钱财往来，都是肥水不流外人田。晏胖子要是哪天能够从白玉京坑到钱，给他送块金字匾额都没问题，甚至老观主可以让陆老三题字落款。

老观主沉吟许久，终于还是打开天窗说亮话："白也，你将来愿不愿意担任玄都观住持？"

白也似乎也不觉得意外，摇摇头，直截了当道："不可能的事。"

老观主点点头："知道是这么个答案，就是忍不住多问一嘴，万一呢。"

老观主沉默片刻，又问道："观主不愿意当，世俗庶务一大堆的监院，比当观主更麻烦，也就不可能了，那么当个上座呢？"

一座道观的观主，可虚可实。愿意管事情，就什么都可以管，事无巨细，全部一把抓都没问题；不愿意管，就只是个虚衔，大可以放手给道观监院。而上座，被誉为道教宫观之栋梁，道众之模范，唯有功德卓著、精通律例的得道高真，才可以胜任，凭此表率丛林，人天眼目。

有点类似浩然天下山上门派，一人兼任首席供奉和客卿。

白也还是摇头："实在不愿分心。"

老观主唱叹一声："让你去当个执事，就算你白也愿意，贫道都没那脸皮给你，白白给青冥天下看笑话。"

一般规模较大的道观，除了设置八大执事，还有三都五主十八头。

晏琢发现气氛有点沉闷，便毛遂自荐道："老观主，观主上座什么的，要是不嫌弃的话，晚辈……"

老观主已经点头接话道："嫌弃。"

晏琢又没失心疯，哪敢奢望什么玄都观的观主、上座，只是他前些年就开始打小算盘，觉得以自己跟老观主的深厚交情，怎么都要琢磨琢磨那个十方云水堂的堂主一职，专门负责安置各路游方道士，虽说油水不多，但是晏琢自有手段，广开财路，还不是那种偏门财。

老观主突然说道："晏胖子，哪天等你跻身玉璞境了，贫道就找个机会，开一场祖师堂议事，顺嘴提一提，举荐你小子当那账房执事。不过事先说好，贫道久不管事，在道观内威望不够，未必能成啊，你今天听过一耳朵，别太上心，能成是最好，当不上，也别怨贫道不顶事。"

晏琢搓手而笑："我懂我懂，好说好说。"

以玄都观的巨大规模和雄厚底蕴，八大执事之一的账房执事，差不多相当于一个山下大王朝的户部尚书了。

老观主转头望向一处，就要告辞离去。白也欲言又止。老观主会心笑道："若有机会，补种桃花。"

老观主缩地山河，一步来到桃林别处。溪涧旁，站着一位满头白发却是少女面容的女冠。

老观主打了个稽首，沉声道："师姐。"

女冠只是点头致意，仰头望天。

玄都观一直对外宣称她在闭关，其实是在外四处云游，如今功德已满，这才重返玄都观。

静待天时，只等下雨。

既是未雨绸缪的一场深远谋划，也是一种颇为无奈的不得已而为之。

所以此次现身，她也就不与小孙摆什么师姐架子了。

女冠收回视线，低头望向溪涧，喃喃道："桃花流水窅然去。"

此句出自白也的那篇《山中答俗人问》。

她名为王孙，道号空山，曾是玄都观历史上公认资质最好的道官，甚至可以说，几个师弟打小就是被她打大的，其中就有如今的观主孙怀中。

总角闻道，是外界对她的赞誉。白头无成，是她对自己的评价。

岁除宫，鹳雀楼外，江水滚滚东流，有一处中流砥柱，是世间为数不多的歇龙石之一，建筑林立，崖刻众多。

老元婴境剑修程荽，此刻就与一位故人站在崖畔观水，只是双方身高悬殊，老剑修身边站着一个面容稚嫩的孩童，但是显得老气横秋。

故人正是剑气长城巅峰十剑仙之一的纳兰烧苇。

要比飞升城的陈熙，稍晚一些"现世"。只因为岁除宫实在太客气了，兴师动众，为他找来一副飞升境大修士的仙蜕，而且还是一位剑修兵解离世遗留下来的珍稀遗蜕。

河畔高楼，站着一位凭栏而立的年轻道官，满身书卷气，望向河对岸，怔怔出神，一条江水，好似天堑。一边如蚁拥簇，一边身影寥寥。因为在此人眼中，宛如以这条江河作为界线，一边是十四境大修士，一边是十四境之下的有灵众生。

纳兰烧苇瞥了一眼鹳雀楼边的年轻道官，看着挺像个读书人，便随口说道："岁除宫修士，不是在闭关，就是在着手准备闭关，怎么经常看到这家伙登楼闲逛？"

程荽说道："他叫高平，有两个道号，太行和走戈，听着就玄乎。高平是岁除宫的掌籍道官，貌似当了很多年，也没能升官，一直负责所有宫观道士的簿籍录档和度牒递请，不过高平除了正儿八经的掌籍身份，好像还有个岁除宫独一份的官职——'文学'，反正就是个之前我听都没听过的玩意儿。要是隐官大人在，他肯定懂得这里边七弯八拐的门道。"

纳兰烧苇点头道："是浩然天下的一个古老官职，很有些年头，如今不太用了。官帽子很小，不过没点学问，肯定当不了这个官。"

程荽一脸讶异地望向纳兰烧苇。

纳兰烧苇笑骂道："啥眼神，老子懂得'文学'的来历，有什么好稀奇的，搞得像是发现陈平安那小子不懂一样。"

程荽笑呵呵道："要说比剑术，你比隐官大人暂时高出一筹，我认；可要说比拼肚子里的墨水，真比不了，你也就是碰了个巧。"

纳兰烧苇扯开话题："你跟他打过交道？"

程荃点头道："在楼内和河边都碰见过几次，是个闷葫芦，聊得不多。关于他，岁除宫有些传闻，说他只与那个昵称小白的守岁人聊得来，好像喜欢下棋，吴宫主偶尔也会参与其中，不过有个古怪的规矩，双方只下前四十手。"

纳兰烧苇点头道："我当年也经常跟孙巨源他们几个手谈，赢多输少。"

程荃问道："你当真晓得棋盘上边有几条线？"

纳兰烧苇气笑道："你就是嘴欠。"

程荃笑道："过过招？"

纳兰烧苇不搭理这个剑气长城骂架前三名的高手，只是望向那个年轻的掌籍道官，有机会得找他对弈几局。

鹳雀楼那边，高平以心声微笑道："等纳兰剑仙哪天有空了，可以来这边做客，我想与纳兰剑仙对剑气长城最后一役，共同复盘一二。"

纳兰烧苇笑道："我不懂那些虚头巴脑的，你找错人了，你得找避暑行宫那拨年轻人聊这个。"

高平微笑道："纳兰剑仙自谦了，就是一场纸上谈兵。"

纳兰烧苇不置可否。

高平稽首致礼过后，转身走入鹳雀楼，关上门后，这位掌籍道官的视线中是一幅九洲形势图，几乎每年都会有细微变动。

将来岁除宫的问道白玉京，宫主吴霜降自身，兴许至多只占一半。另外一半，正是这幅形势图囊括的天下九洲。

风雪茫茫，雪花片片大如掌。

一位光脚的紫衣僧人，踏雪无痕，独自行走在两州边境线上，来到了一处灵气稀薄几近于无的穷山恶水之地，眺望一处山崖。

山中有高人。九十世僧。深谷危坐。万古千秋，高风不堕。

与雅相姚清作别、离开青神王朝的姜休，要来此听听对方的意见。

得到那个模棱两可的答案后，姜休只是一笑置之，继续远游，悄然进入幽州地界。

在那相传是一处远古战场遗址的逐鹿郡，一个叫甲马营的地方，有座瀍河桥。

一个村妇，走出一条铜驼巷，挑着担子过桥。

担子两头各挑着一只竹篮，篮子里边坐着俩孩子。

姜休微笑道："这是挑着俩祖宗呢。"

幽州偏远地界，一处名为注虚观的小道观。

门外不宽的街道上，在那街角处支起一个书摊子，既有江湖演义小说，也有小人书、连环画，只租不卖，花一枚铜钱，就可以看一本书。

高高低低的板凳上，坐着一些穿开裆裤的稚童，也有几个游手好闲的青年无赖，在那儿一边翻书一边聊些荤话。

摊主是个面容白皙的年轻道士，浓眉大眼，身材健硕，名叫毛锥，暂无道号。

注虚观是小县城里边的小道观，麻雀虽小，五脏俱全。毛锥是那座小道观的典造，也就是管伙食的，可好歹是个清流入品的道官。走在路上，被人称呼，是可以有个"老爷"后缀的。

而他的师父，更是道观的知客道士，地位仅次于观主和监院，坐第三把交椅。

年轻道官在这边摆书摊，其实也挣不了几个钱。他年少时就当那跑山人，入山采药，抓蜈蚣，编织蟋蟀笼，什么挣钱活计都肯做。

照理说，是个道官，相貌也不差，不至于打光棍才对。可问题在于，街坊邻居都说这个姓毛的典造老爷，好像脑子有点拎不清。经常愣愣地发呆，或是吃着饭，一下子就会满脸泪水，问题是也没个哭声。久而久之，也就没谁敢提亲了。不然有度牒的道官老爷，哪个不是香饽饽？

毛锥手掌摊放着一油纸包的酱肉，里边放了七八个蒜瓣，正在细嚼慢咽。

街上来了一个青年道士，头戴硬檐圆帽的混元巾，露出发髻，以一支黄杨木簪横贯之。

外乡道士停下脚步，抬头看着小道观的匾额，微笑道："好个抱盈注虚，取有余以补不足。"

持盈之道，抱而损之，方可免于亢龙之悔、乾坤之愆。

外乡道士转头笑望向那个毛锥。

大州小国，大郡小县，小小道观，却是一位大修士。

不是"却有"，而是"却是"。

因为道观众人与道观本身，都是这位道士所化。

毛锥转头望向那位外乡道士叹了口气："收摊了。"

孩子们立马不乐意了，毛锥只得说道："下次每人看三本书，都不收钱。"

反正也没有什么下次了。

孩子们欢天喜地，一哄而散。

至于那几个青壮，也没计较什么，拗着性子，骂骂咧咧几句也就走了，主要是觉得那个外乡道士，不像是个善茬。

外乡道士笑道："费了老大劲，才找到这里。难怪陆掌教找不到你。"

毛锥说道："他不是找不到我，是暂时不需要找我。"

外乡道士笑道："反正一样，都是贫道先到一步。

"青神王朝护不住你的，姚清顾虑太多，境界也差了点意思，所以就与贫道打了声招呼。贫道的地肺山，大阵一开，你再往华阳宫老祖洞一躲，护住你百年光阴，想来问题不大。反正开启山门大阵的一切花费，贫道都可以与青神王朝报销。"

毛锥冷笑道："你就不担心下一刻，他就在眼前了？"

"一来贫道的阵法造诣与遮蔽天机的手段，都不算太差。"外乡道士走到摊子那边，挑了条长凳落座，微笑道，"再者，明摆着与白玉京不对付的，已经有了玄都观和岁除宫，再多出一个地肺山，也不算什么，真无敌嘛。"

幽州某个国力底蕴不输并州青神王朝的大国，其中弘农杨氏，自古就是庙堂主心骨。而杨氏历来是华阳宫的最大香客。不单单是香火钱，地肺山的众多道官都来自弘农杨氏。

只要落在某个一百年内的白玉京人手上，可罚可不罚的，必然重罚；可杀可不杀的，必杀。

这些其实都没什么，反正谁都清楚，余斗从不刻意针对谁，只是就事论事。

问题在于这个道老二，每次问责违禁之人，按例或杀或重罚，除了就事论事，还会追究"教不严，师之过"，让整个山头低头。这也没什么，只是地肺山曾经有个被剥除天下道士度牒、永世不得录用为道官的年轻人不服气，不是为他自己，而是为师尊和山头，非要与道老二讨要一个说法和公道。

而这个人，不但出身弘农杨氏，也是这位外乡道士最小的弟子。

结果闹了一场，这个姓杨的昔年道官，不但罪加一等，又连累家族"子不教，父之过"，虽说不至于让弘农杨氏伤筋动骨，但至少损了"无瑕杨氏"的声誉。

当年，一位德高望重的老道士，青冥天下的十人之一，那次就站在白玉京边界，远远看着那座白玉京的五城十二楼。

他便是地肺山华阳宫的老祖宗高孤，道号巨岳，是公认的数座天下的炼丹第一人。

毛锥摇头道："你还是太小觑那个人了。"

高孤微笑道："不如换个说法，是高孤高估自己了？"

毛锥扯了扯嘴角："这个笑话听着不错。"

"纯阳道友曾言，一粒金丹在吾腹，始知我命不由天。"高孤说道，"我辈有幸生而为人，又可登山修道，所求之事，说破天去，究其根本，不过是为了保持人性。至于你，白骨真人，毕竟不同于行尸走肉，是在寻求人性，证道自我。道友，以为然？"

毛锥沉默片刻，说道："等我吃完酱肉和蒜瓣。"

大骊洪州豫章郡，新设置了采伐院。

而与洪州相连的禺州，在这之前就设立了织造局，名义上管着一州境内的御用、官用所需纺织用品的监督织造。首任主官是一位名叫李宝箴的年轻官员，沙场出身，有武勋在身。但是就连一州刺史都没有资格调阅、翻查此人的档案。

李织造在上任之时，只带了两名贴身扈从，担任织造衙署的佐官，都姓朱。

大骊禹州地界，根据地方志记载，经常在日近中午的禺中时分，无缘无故天有巨响，声大如雷，因此得名禹州。

今天深夜，织造官李宝箴带着两名衙署佐官，一起拜访豫章郡采伐院。

一行三人见着了林正诚，李宝箴执晚辈礼，作揖道："林叔叔，小侄冒昧拜访。"

坐在书房火炉旁守夜的林正诚，只是点头致意而已。

见那李宝箴好像打算继续站着说话，林正诚拿着火钳拨弄几下木炭，虚按几下，示意三位访客就别站着了，道："反正今夜不谈公务，又都是同乡，随便坐下聊好了。"

其实以双方的身份，是不可能谈什么公事的，新设的禹州织造局和洪州采伐院，类似最早的龙泉郡窑务督造署，都属于大骊朝廷的一种"下沉"机构，衙署密折，直达天听。若是两位主官私自接触，密谋些什么，属于官场大忌。但是一般的人情往来，倒是不用太过刻意疏远，至于其中的尺度拿捏，就看各自公门修行的道行了。就像今夜这次见面，林正诚和李宝箴双方都会主动录档，而且就算他们有意隐瞒，织造局或是采伐院，也肯定会有某些官吏让皇帝陛下知晓此事。

按照大骊新编律典，禹州织造局要比豫章郡采伐院的品秩高出一大截，身为织造局主官的李宝箴，官衔就是从四品，再加上一些隐蔽的权柄，说李织造是半个封疆大吏，都不算夸张了。

四人围坐火炉旁，火盆上边夹着一张铁网，烤着些泛出金黄色的年糕、豆腐块，大概就算是夜宵了。

那对姓朱的父女，早已脱离贱籍，跟随自家公子李宝箴，在外闯荡二十多年。经过公门修行的打磨和一些不见刀光剑影的别样战场厮杀，如今，朱河和女儿朱鹿分别是一位金身境武夫和一位六境武夫，后者在今年初刚刚破境。

老武夫，年近花甲，双鬓微霜。

林正诚转头望向朱河，笑道："朱河，我们好多年没见面了吧。"

朱河笑着点头道："距离上次见面，怎么都该有二十年了。"

当年林正诚是最早一拨离开骊珠洞天的小镇本土人氏，搬到了京城。朱河虽然是福禄街李家的护院，属于家生子，但是早年在小镇，林正诚是督造衙署的佐官，经常陪着督造官去查看窑口，而李家又拥有自己的龙窑，都是朱河在打理具体事务，所以双方经常碰头，并不陌生。

林正诚转头问道："朱鹿，可曾嫁人？"

朱鹿略显拘谨，轻轻摇头："还不曾嫁人。"

林正诚点头道："知道你打小就心气高。"

朱鹿神色赧然。

李宝箴其实比较羡慕这对父女，能够与林正诚叙旧几句，不像自己，今天来这采伐院，就只是拜个山头。

关于林正诚这个深藏不露的旧督造署官吏，李宝箴只通过一点，就知道大致的深浅了。

就像堂堂正三品的禺州刺史，都无法调阅自己境内一个从四品的织造官的档案，这就是李宝箴的底气。

而李宝箴作为昔年执掌宝瓶洲整个东南谍报的主官，曾经接触过不少大骊谍报机密档案。从林正诚那份看似翔实、庸碌的履历中，以及之后林正诚在大骊京城捷报处的任职，李宝箴却嗅出了一种极其隐蔽的不同寻常的气息，甚至产生了某个让他感到背脊发凉的推断。这个年少时记忆中不苟言笑的林叔叔，说不定就是国师崔瀺安插在骊珠洞天的一颗关键棋子，而这颗看似毫不起眼的棋子，又极有可能在一定程度上影响到整个大骊朝廷的走势，这是李宝箴的一种官场直觉。

林正诚瞥了一眼正襟危坐的李织造，李宝箴不算年轻了，不惑之年，官居从四品。如果撇开天子心腹的身份，其实在大骊京城和陪都两座庙堂，织造局毕竟是大骊朝廷的特设机构，属于游离在官场边缘地界的"冷板凳"衙门，所以李宝箴不像曹耕心、袁正定这些上柱国姓氏弟子那样太过瞩目，但是有些人确实好像天生就是混官场的料，毕竟整个底蕴深厚的福禄街李氏，唯一一个涉足官场的，就是李宝箴。

林正诚用火钳轻轻拨弄着炭火，蒙在灰尘里，淡然道："一个人动用智慧，就像烧炭取暖，要学会韬光养晦，才能烧得长久。"

李宝箴点点头，微笑道："除了勤俭持家、节省炭火之外，也要增长智慧，上山伐木烧炭是一种，与人购买木炭又是一种。此外，寒冬时节烧炭取暖，除了自己要掌控好火候，也要留心围炉而坐的旁人，尽量让所有人都不觉得炭火太烫。"

林正诚点点头，举一反三，是个聪明人，聊天不费劲。

福禄街李氏年轻一辈的三兄妹，确实都应了那句谶语。

林正诚随口问道："当了这么多年的官，有没有什么感悟？"

"不可轻视任何人。"李宝箴说道，"帝王将相，贩夫走卒，山上神仙，鬼魅精怪，各有各的可取之处，尤其要注意一点，下下人有上上智。"

朱鹿犹豫了一下，还是柔声说道："林叔叔，这么些年来，公子一直喜欢与三教九流打交道，与大骊官员的交集反而不多。"

林正诚笑道："潜龙勿用。"

李宝箴神色如常。

林正诚说道："想要得个'见龙在田'的评语，还差点意思。当然了，我就是个采伐院当差的，只是碰见个同乡的晚辈，忍不住说几句倚老卖老的言语，反正我也不是大骊礼部高官,李织造不用太当真。"

李宝箴笑道:"也是离开家乡多年,才晓得家乡的老人老话,是何等金贵。"

不同于一般地方的人,离开家乡越远越久,就会觉得家乡越小,骊珠洞天这拨年轻人,但凡有出息的,无一例外,都会觉得家乡小镇之"大",深不见底。

之后的闲聊,林正诚还是言语不多,多是李宝箴找话聊,朱河也会见缝插针说些往事,林正诚始终没有露出不耐烦的脸色。

随后李宝箴告辞离去,带着朱河和朱鹿离开采伐院。离开郡城后,李宝箴为了照顾朱鹿,祭出一条符舟,重返禹州,却不是直奔织造局,而是去往一处山头。

夜幕沉沉,李宝箴闲来无事,在船头盘腿而坐,拈起一粒灵气凝聚而成的光球,符舟风驰电掣,在夜空中划出一抹流萤。

父女二人,沉默不语,各怀心思。

朱河已经跻身七境武夫多年,再打熬几年体魄,有望以纯粹武夫之身覆地远游,按照二公子的安排,只要成为远游境,就会让他由织造局转任地方武官,虽然官职不会太高,但是有军功武勋在身,又是远游境武夫,想必也不会太低,那么未来立祠堂、编宗谱,供奉祖先神主牌位,都不再是奢望。朱河一介武夫,以昔年贱籍身份能有此作为,也算光耀门楣了。

朱河一直就不是一个有太大野心的人,如果不是为了报答李家的恩德,也需要为了独女朱鹿做长远考虑,其实朱河更希望能够离开官场,在远离大骊王朝的宝瓶洲南方某国江湖上落脚,要么开山立派,要么开馆收徒。

朱鹿则心情复杂。离乡多年,早已不是少女的朱鹿,偶尔会想,当年她要是没有离开那支求学队伍,自己的人生际遇,又会是如何?

当初一行人离开小镇,走过龙须河和铁符江,路过棋墩山,最终到达红烛镇,然后就有了那场风波,就此分道扬镳。

如果不曾分开,她跟着去了大隋书院,会如何?

李宝瓶,她和父亲。林守一、李槐,还有那个人。

朱鹿觉得那会儿的两拨人,虽然同行,可就是两种人。

其间他们遇到一个戴斗笠、佩刀、牵毛驴的男人,自称阿良,善良的良,是一名剑客。

阿良自称剑术无敌,绝世无双,认真起来连自己都觉得可怕,一手剑术,挥洒自如,泼水不入,湿了一片衣角就算他剑术不精……所以每次路过河边,李槐就要阿良站在岸边,自己去捡一堆石头,让阿良抖搂一下所谓的剑术,或是掰着手指头等待下雨天。

一直闹哄哄,闹到最后,就连朱河这样的老实人,都觉得那个看似深不可测的剑客,莫不是个只会夸夸其谈的江湖骗子?

结果在那三江汇流之地，如那江水之分合，好像刚好分出了三条截然不同的人生道路。

她和父亲，黯然离开红烛镇，追随福禄街李氏的二公子。

李宝瓶一行人继续前往大隋山崖书院。

至于那个吊儿郎当的色坯，竟然在那一天破开天幕，去往青冥天下，又竟然能够与白玉京二掌教既问拳又问剑，还以剑修身份，跻身了十四境……

林守一，担任过中部大渎的庙祝，已经是一位元婴境修士，据说最近已经开始闭关。

李宝瓶，已经是书院君子。就连那个李槐，也莫名其妙成了大隋山崖书院的贤人。

至于那人，更是……在未来人生的"山路"上，一骑绝尘。

听说之后在大骊边境，求学队伍中又多出三人，白衣少年崔东山带着两个卢氏遗民，于禄和谢谢，一同远游大隋。

于禄，是卢氏亡国太子殿下，早就是远游境武夫了，跻身山巅境，十拿九稳。谢谢也早已是一位陆地神仙。

除了福禄街李家的小主人李宝瓶，其余诸人，简直就是一群不可理喻的……怪物。

尤其是那个姓陈的泥腿子，草鞋柴刀，曾经是一个黑炭似的消瘦少年。

后来得知对方先后买下落魄山在内的诸多山头，渐渐有了几分山上仙府的气象，她心中就有了一些顾虑，但是觉得只要跟着二公子，便可以万事无忧。

再后来落魄山问礼正阳山，朱鹿更是忧心忡忡，不过父亲劝她不用如此，说那个人性情淳朴，绝对不会与我们父女翻旧账的。

又后来，一封来自中土神洲山海宗的山水邸报，让朱鹿彻底慌了神。

朱河察觉到女儿的心事重重，轻声问道："想什么？"

朱鹿笑着摇摇头："没什么。"

禹州境内有一处风景名胜，名为天烛峰。

一峰独高，每逢日出日落，就会有那金色云海，风景壮丽。

一位中年却尚未娶妻的实权武将，夜宿山中道馆，准备在此地看日出。

此人出身大骊藩属国，却已经做到了禹州将军的高位。文官柳清风，武将曹茂，都是极有名气的大骊本土以外出身的高官。

按照大骊朝廷律例，武将担任巡狩使的官位最高，是从一品，走到了这一步，就已经官无可封，只有那几个谥号、虚衔的高低讲究了。接下来，就是四征四镇四平，总计十二位将军，如今半数都跟随宋长镜去了蛮荒天下，剩下半数，都驻守在宝瓶洲中部漫长的边境线上，然后就是一州将军了，但是并非所有州都有，大骊只在类似禹州这样的兵家必争之地设置。

曹茂在深夜时分撤下几名行伍扈从和一名随军修士,独自离开那座山中敕建的道馆,登顶天烛峰,寻了一处平坦地方,搬来石头做凳,默然而坐。

曹茂突然眯起眼,原来有一条符舟倏忽而至,只见它稍稍更换轨迹,没有去往道馆,而是在峰顶这边飘然落地。

曹茂看清符舟上的三人后,无动于衷,全然没有起身相迎的意思。

一个出身骊珠洞天福禄街的从四品织造官,论私交,只是见过几面而已,点头之交都算不上;说公事,双方都在禹州当差,谁都管不了谁。

李宝箴抱拳笑道:"见过曹将军。"

曹茂只是点点头,也不开口询问对方来意。

李宝箴挪步前行,蹲在一旁,朱河朱鹿父女两人,就站在不远处。

曹茂见那李织造竟然摆出一副当哑巴的架势,微微皱眉,他实在是不愿被一个外人打搅清净,只得问道:"有何贵干?"

李宝箴微笑道:"就是想要与一个念旧的人叙叙旧,不然下官就直接去衙署找曹将军了。"

禹州将军曹茂,是巡狩使苏高山麾下,当初跟随大骊铁骑一路南下,到了一洲最南端的老龙城,之后一国即一洲的大骊王朝,不得不以老龙城作为据点,以一洲之力抵御蛮荒天下的妖族大军,大骊边军便且战且退至宝瓶洲中部大渎。

一南下,一北归,在这两场连绵不绝的战事中,曹茂立下了一连串战功。虽然不是大骊王朝本土人氏,却最终脱颖而出,成为苏高山旧部诸将当中最为前程广大的一个。

曹茂会在每年正月里抽出时间,以前是去大骊京城拜会那位大将军的遗孀,如今就是去苏高山家乡拜年。

京城官场里边不是没有闲言碎语,有说他是做样子给皇帝陛下看的,是想要借机拉拢苏巡狩旧部,自立山头,也有一些更刺耳的言语,说他是在烧冷灶。曹茂对此却都无所谓,苏将军对自己有知遇之恩,苏将军在世时,拜年也好,道贺也罢,簸儿街苏府门口人满为患,不缺他一个,今时不同往日,苏将军走了,拜年的人里边,少了谁,都不能少他一个。

曹茂说道:"李织造,好像我们还没熟到那个份上。"

李宝箴笑问道:"曹将军何时衣锦还乡?"

曹茂微笑道:"李织造何出此言?"

石毫国现在的皇帝韩靖灵、大将军黄鹤之流,对如今大骊朝廷一州将军的曹茂,是完全没办法平起平坐的。假使曹茂愿意恢复身份,摘掉禹州将军的身份,孑然一身,重返石毫国,就此改朝换代,都不是没有可能。

李宝箴是大骊谍子头目出身,当然清楚这个禹州将军的真实身份,"曹茂"本名许茂,来自昔年旧朱荧王朝藩属之一的石毫国,投奔大骊朝廷之前,是正四品武将。许茂拥有一条祖传长槊,是公认的马战第一人,石毫国朝野上下,皆知那个先帝御赐的名号,"横槊赋诗郎"。

许茂本是皇子韩靖信的心腹,许家更是石毫国的边军砥柱之一,许茂却失心疯一般,不惜弑主,拎着两颗头颅,转投大骊边军铁骑,在苏高山那边,从斥候标长做起,凭借实打实的军功一步步晋升为如今的禺州将军。不过许茂还算聪明,知道隐姓埋名,早早用了曹茂这个化名,不然以许茂的所作所为,一旦泄露出去,当年就别想在大骊边军里边混了。虽然石毫国当年为了阻滞大骊铁骑的南下马蹄,不惜打光了所有边军,也要困守京城,但是大骊铁骑,从武将到校尉和士卒,反而对不惜以卵击石的石毫国将士颇为敬重。

李宝箴摇头道:"许茂兄何必明知故问。"

曹茂眯眼道:"是皇帝陛下的意思?"

李宝箴哑然失笑,捡起脚边一块石头,轻轻抛向崖外,道:"陛下对许茂兄一向信赖有加,何况我们大骊边军上至巡狩使,下至一般武卒,最近百年以来,不论出身,只看军功,陛下岂会因为许茂兄的身份,横生枝节,白白损失一员功勋大将和边军砥柱。"

曹茂说道:"如今可是无仗可打的太平光景,我一个带兵打仗的,跟你一个管织造的,可尿不到一个壶里去。"

李宝箴笑道:"用我家乡的话说,咱俩是老同哥。"

曹茂讥笑道:"又不是同年同乡,李织造何来此说?"

李宝箴说道:"我与许茂兄是同属相啊。在我家乡,别说是同属相了,就算都是入赘的女婿,俩人在路上碰到了,也要喊声老同哥。"

朱河板着脸,朱鹿忍住笑,公子又在胡说八道了。

曹茂没了耐心:"如果没事,就别找事。"

李宝箴又找了几块石头,丢到崖外,道:"你我都曾遇到过那个人,都在他手上吃过亏。"

曹茂默不作声,思绪飘远。

早年邻近书简湖的石毫国,风雪中,两拨人狭路相逢。

一身青色棉袍的年轻人,带着两名随从,分别是鬼修少年曾掖和披着一张狐皮符箓的女鬼马笃宜。

尚未封王就藩的皇子韩靖信,带着的贴身护卫,是那石毫国武道第一人,金身境武夫胡邶。

还有两名心腹扈从,有那"横槊赋诗郎"美誉的年轻武将许茂,以及府上供奉曾先生。

那场风波过后，许茂亲手将那拨王府精锐扈从的四十余骑卒一一击杀。再以战刀割下皇子韩靖信的脑袋，系挂在腰间。挑了三匹战马，打算就此离开家乡，另寻出路，搏个出身。

只是许茂在漫天风雪中并没有就此离去，而是坐在马背上，等着那个去追杀胡邯的棉袍男子返回原地。

后者将胡邯的那颗脑袋抛给许茂，许茂也没有客气，将头颅悬在马鞍另外一侧，同样是一笔不小的战功，拿来当那投名状。

当时的石毫国，作为旧朱荧王朝的重要藩属国之一，从皇帝陛下到庙堂文武百官，再到各路边军主将，几乎皆是主战一派。虽然国力悬殊，石毫国未能给大骊铁骑造成太大的伤亡，但是即便北境边军打光了，京城被苏高山的大军围困起来，哪怕国祚断绝，也不与大骊宋氏俯首称臣。比如皇子韩靖信，就曾领着许茂一行人，亲自伏杀了两支拥有随军修士的大骊边军斥候。只不过大势所趋，下场只能是以卵击石罢了。

而落了个护主不利的名声的许茂，即便能够侥幸活着潜入京城，见着了那个石毫国皇帝，不出意外，要么被直接赐死，要么被丢到战场上，美其名曰将功补过，反正都是个死。

毕竟死了个原本有望继承大统的皇子殿下，可不是什么小事。

许茂便干脆投靠了大骊武将苏高山。

李宝簪以心声说道："除此之外，我也曾见过一位赊刀人，姓曾。他曾许诺给我一个官职，如果没有猜测，他也曾许诺过给你一个官职，大骊巡狩使？"

许茂反问道："你呢，上柱国姓氏？"

许氏有一条口口相传的祖训，大致意思就是许氏子孙将来需要报答一位"登门讨债"的恩公，不管对方讨要什么，不管隔了多久的年月，持有风雪长槊的许氏子孙，见到此人后，确定了对方的身份，就都必须无条件偿还对方的恩情，虽死无悔，没有任何讨价还价的余地。

这条长槊，传到许茂手上，已经是第五代。石毫国许氏，世代忠烈，在边关抛头颅洒血热，为历代韩氏皇帝镇守边境，到了许茂的父亲，只因为与京城权贵不合，就只能告老还乡，郁郁而终。

而那位墨家赊刀人，便是一直隐瞒身份的"曾先生"，在那场风雪夜变故过后，双方有过一场开诚布公的交谈，许茂最终得以继续保留那条长槊，曾先生也预祝许茂有朝一日能够成为大骊巡狩使。

审时度势，做不成英雄，就只好退而求其次，当那应运而生、顺势而起的枭雄。

这位心思叵测、行事诡秘的曾先生，自称只是混江湖的，哪里有饭吃，就去哪里讨饭吃。

李宝箴继续以心声密语道:"我跟你还不太一样,我跟同乡董水井一样,也都是一个赊刀人,只是同行不同脉,各做各的买卖,井水不犯河水。"

许茂问道:"我的耐心有限,麻烦李织造说句敞亮话。"

"有请许茂兄同舟共济,算了,我干脆就说得难听点,就是恳请许茂兄,与我,准确说来,是与我们,一同当那鸬鹚,合力抓捕一条漏网之鱼。"李宝箴说道,"事成之后,我可以保证许茂兄生前位极人臣,死后极尽哀荣,并且可以另谋出路,比如一举成为宝瓶洲地位尊崇的山岳英灵之一,到时候是想当某尊大骊高位山神,还是当那石毫国五岳山君,只看许茂兄自己的意思。"

李宝箴丢完手中石子,拍拍手,道:"豪杰暮年,壮心不已?这怎么够,远远不够。"

许茂伸手指了指夜幕,神色淡然道:"天下匹夫在马背,月满人间几千州。"

李宝箴轻轻叹息:"就当我今夜没来过此地。"

因为这就是许茂的答案。石毫国的横槊赋诗郎许茂也好,大骊边军的禺州将军曹茂也罢,都是一介武夫,生死荣辱都在马背上、沙场上。

中土文庙,功德林一处秘境。

一名阶下囚,坐在湖边,用那酒糟玉米打窝。

汉子守着一条鱼路,为了散饵雾化,所以一次次抛竿提竿,都是空竿。

今天那个少年又来了,刘叉从不过问对方的名字,也不去计较一个才是下五境的儒家弟子,为何能够来到此地。

刘叉也懒得解释什么,一看少年就是个地地道道的门外汉。

少年好奇地问道:"听说钓不同的鱼,要用不同的鱼竿。"

刘叉笑呵呵道:"高手一根竿,外行摆地摊。"

少年点点头:"一听就是高手说的话。"

蛮荒天下,曳落河。

绯妃开始闭关了。

然后来了一拨外乡修士,好像约好了,同一天赶来曳落河,来见白泽,就像是一种迫不得已的"觐见"。

其中有一位,极为扎眼,少年模样,身材消瘦,披着一件老旧貂裘,脸颊有两坨腮红,整个人显得十分活泼有生气。

少年嗓音清脆,大大方方说道:"白老爷,与你商量个事呗。"

原来是个长得像少年的姑娘。

白泽笑道:"说说看。"

她难得流露出几分扭捏神色,道:"我打算走一趟浩然天下,我也不主动惹事,但是从那剑气长城开始,谁敢阻拦,我就砍死谁,就当我为蛮荒天下出过力了,砍不过,被揍被抓被打死,都当我技不如人,认栽便是。可我要是顺利走到了浩然天下某个洲,比如宝瓶洲那边,我也不会乱来……反正大概就是这么个意思,白老爷你这么聪明,肯定知道我是怎么个意思了。"

白泽微笑道:"是去找他?"

她咧嘴而笑,一张笑脸,灿烂如阳光。

白泽说道:"那我们做个约定,将来等到哪天我跟礼圣打起来了,你得找机会返回蛮荒,所以此行远游浩然,你必须事先为自己找好一条退路,哪怕丢了半条命,都得回到蛮荒天下。在那之前,我可以与礼圣打声招呼,你只需要保证以后不与蛮荒为敌,也不在浩然天下随心所欲,横行无忌,越境游历,想必问题不大。"

她显然大为意外:"真行啊?!"

她就是随口说说的,与白泽打过了招呼,她就准备一走了之,没想到白泽这么好说话,看来敬称一声白老爷,绝对没白喊哪。

就是这么个"少女",便是远古妖族剑修中的最拔尖者,拥有一大堆的道号,白景、朝晖、外景、耀灵……

白泽笑容和煦,轻声道:"看来是真心喜欢了。"

"也不确定是不是喜欢,就是那家伙躲着我,一直没得手。"白景破天荒有些赧颜,"对了,白老爷,如今我叫谢狗。这个新名字,咋样,很凑合吧?"

白泽嗯了一声,点头道:"取名一事,我不擅长。"

白景还好说,其余那几个从万年长眠中醒来的远古大妖,一个个的,都是道心震颤,悚然一惊,脸色都不太好看。

一个能让剑修白景都要恭恭敬敬尊称一声"白老爷"的,哪怕是场面话,那也得有资格让白景低头服软才行。

白泽笑道:"如果没有猜错,你们几个,连同白景在内,事先都商量好了,看看能不能合起伙来,跟我订立一条盟约,比如劝我别管你们太多,差不多就得了?"

白景笑哈哈道:"白老爷,不过现在我反悔了,站白老爷这边。都姓白嘛,一家人。"

其余那几个远古大妖,一个个死死盯住白景这个倒戈一击的叛徒,这就是蛮荒天下了。

"没有一个十四境领衔,只靠着数量多,在我这边,意义不大。"白泽眯眼说道,"合情合理,下不为例。"

白景哪里管那拨"盟友"的死活,只是开开心心嘀咕一句:"小陌,小陌? 这名字取的,真心一般。"

采伐院,林正诚独自守夜。

作为昔年小镇的阍者,林正诚将很多事情都看在眼里,比如那个少女时总喜欢自怨自艾的朱鹿,至今被蒙在鼓里,不知自己的真正来历。

她一直觉得当年那拨同龄人,之所以能够有今天的成就,出身和天资,运气与福缘,占了很多成分。比如于禄的亡国太子身份,又例如陈平安是因为认识了宁姚、棋墩山土地公魏檗,侥幸成为文圣一脉的关门弟子,才有了之后的一连串机缘履历……

但其实在青冥天下,有个流传不广的成语,叫作"朱陈之好",此外又衍生出一个比较生僻的说法,"朱陈一家,永不相背"。

因为要论出身,朱鹿是相当不错的,甚至可以说在小镇年轻一辈当中,只要撇开阮秀、李柳、李希圣这一小撮人不去谈,她就是当之无愧的佼佼者,甚至要比桃叶巷的谢灵、喜事铺子的胡沣他们更好,因为朱鹿属于半个骊珠洞天的"外乡人"。

至于机缘,也是给了她的。

之前陆沉来这边做客,就跟林正诚泄露了更多的天机,原来朱鹿的前身前世,来自青冥天下的古战场,幽州逐鹿郡。

所以她既不是什么心比天高命比纸薄,更不是什么小姐身子丫鬟命。甚至就连她的取名,都大有来头,有点类似福禄街的李宝瓶之于宝瓶洲,而"朱鹿"这个名字的赐名之人,来自白玉京某位道法极为高妙,就连余斗都颇为礼重的女冠。

因为她是白玉京,或者说是陆沉,为大师兄安排的小镇护道人。

当然,也可能只是"之一"。毕竟神诰宗道士周礼身边,不出意外,也会有一位暗中的护道人。更多的,陆沉也没有说什么。

但哪怕只是三人之一,以陆沉对掌教师兄的敬重,也足以看出朱鹿的身世不俗,修行天资之好,以至于陆沉不惜刻意为提前几年进入骊珠洞天的朱鹿遮蔽天机。

林正诚当时听着三掌教在那边神神道道,一副痛心疾首状,念叨了两句,其中一句是:"朱陈一家,朱遇陈事必恭让。"

林正诚听得懂这句话的言下之意,因为李希圣本该姓"陈",故而朱鹿身为白玉京花费不小代价送往浩然天下的一颗关键棋子,同时作为"李希圣"登山路上的护道人,朱鹿对李希圣待之恭敬,是题中之义。

还有一句"男遇男于友,男遇女于婚,结朱陈之好,永不相背"。

林正诚当时就眼神古怪起来,陆沉悻悻然而笑,自嘲一句,乱点鸳鸯谱,贫道当年这不是想着为未来的小师弟、白玉京四掌教拉郎配一次嘛。

由于李希圣占据了一部分小镇陈氏气运,故而朱鹿的出现,本该既是一种还债,又是一桩花果因缘,类似佛家所说的"前世因,今世果,今世因,来世果"。要说"朱遇陈事必恭让",用在朱鹿和泥瓶巷陈平安身上,原本也是适用的。此外,朱鹿若能为李宝瓶一路护道至大隋，顺便在山崖书院游学，于宝瓶洲就是一桩不大不小的功德，将来三教祖师散道，等她重返青冥天下家乡，想必又有一份"报酬"从天而降，总之白玉京绝不会让她白走一遭异乡天下。

如果朱鹿的人生历程，能够按部就班走到这一步，原本可以成为一桩山上美谈。

只是到手的机会都抓不住，那就只好"不谈"了，陆沉就假装根本没有这么一回事。

就像那灵宝城庞鼎的嫡传弟子，在白玉京最高处，表现出一种无运自通的坚韧道心，反而让余斗和陆沉高看一眼。

正如老龙城孙嘉树，错过了一桩等同于"整座老龙城"的财运，也未就此意志消沉，反而悟出一个"造命在天，立命在己"的可贵道理。

林正诚也懒得与陆沉拐弯抹角，直接询问对方准备如何处置朱鹿。是就这么对朱鹿弃之不管，还是准备有朝一日带回青冥天下？

陆沉答非所问，只说了一句含糊不清的言语。

"人生会有很多的结果，却没有任何一个如果。"

林正诚问道："陆掌教就没打算告诉她真相？"

陆沉摇摇头："以后再说吧，现在道破真相，于事无补。事情一旦长远看，对错是非，好坏偏正，就都要一团糨糊了。"

林正诚疑惑道："既然朱鹿如此重要，陆掌教为何对她放任不管，眼睁睁看着朱鹿走向一条与预期不符的岔路？"

那封李宝箴寄给朱鹿的密信，是个极为关键的转折点。

既没有防患未然，陆沉在摆摊那些年里，与朱鹿从未有过交集，好似故意不去推敲朱鹿的心性，不去雕琢一块蒙尘的璞玉，红烛镇那场风波，陆沉也没有任何亡羊补牢的举措。

以陆沉的道法，不至于推算不到，只说朱鹿的习武一事，陆沉如果想要指点一番，当初朱鹿的武道前三境，就绝对不会走得那么磕磕绊绊。

因为按照国师崔瀺的猜测，青冥天下的十大武学宗师，陆沉的某个分身，必然占据一席之地。

"只是不符合贫道初衷的岔路，却可能是这一世朱鹿的正途，这种事，这个道理，又该怎么算？"陆沉笑道，"修道之人，来世上走几遭，开窍与否，归根结底，还是咎由自取，还需自求多福。"

好像往前看一万年，都是必然。似乎往后看一万年，都是偶然。

道理可以是年年一换的春联、福字，是一场悄然来去的春风细雨，是总会消融殆尽的冬日积雪，是一去不复还的流水，是缝缝补补又一年的老宅子，是看似推倒重建却始终保留地基的新屋子。

还可以是骊珠洞天的小镇街巷,喜欢的门户,就登门做客;吵过架拌过嘴的宅子,不喜欢就绕路。是那粮店、布店、酒肆、白事铺子、喜事铺子,是福禄街和桃叶巷的青石板,也可以是杏花巷的黄泥路。甚至可以是桌面上的鸡粪,家门口墙脚根的狗屎,可以是一只积满灰尘的酒杯,是小巷里边年复一年的滴水痕迹,是一双懒得清洗、每次吃饭就随手往腋下一抹的青竹筷子……

但是真相,只会是大夏天曝晒穷人后背的骄阳,是所有人抬头望向太阳时灼烧的视线,任你有千百道理,万千理由,不管明不明白道理,都得受着。

小镇那边有一句土话,被年纪大的老人经常挂在嘴边,"眼睛看不清耳朵聋,已经是个菩萨了"。

表面上,这就是一句充满自嘲意味的言语,人之将死,行将就木,已经跟泥塑、木雕的菩萨差不多了。

但是如果往深处细究,这却是一个极有深意的说法。只是当老话传得太久,代代相传,年轻人早已不当真,听过就算,甚至就连说这种话的老人,也只当它是一句略带几分伤感或是彻底看开了的玩笑话。

恐怕一地方言的消散,就是一座故乡的消亡,就像一个老人的逝去,入土为安。

昔年小镇某座龙窑窑口,有个每次劳作过后永远衣衫洁净的老师傅,还有个一年到头都跟木炭、泥土和窑火为邻的窑工学徒。

之后在那剑气长城的城头,一位先生俩学生。

先生饮酒率先言语一句,两个得意学生,崔东山和曹晴朗先后唱和。

"贫儿衣中珠,本自圆明好。"

"不会自寻求,却数他人宝。数他宝,终无益,只是教君空费力。"

"垢不染,光自明,无法不从心里生……出言便作狮子鸣。"

泥瓶巷内狮子鸣。

青冥天下,雍州与沛州的边境线。

两位女修,闲庭信步,并肩登高。

女冠的面容模糊不清,如云水飘摇不定。一件水云袍,仙山万叠。

正是屈指可数的十四境大修士之一,参加过上次河畔议事的吾洲。

她身边跟随一位姿容妩媚的年轻女子,帝王冠冕,身穿黄色龙袍,则是雍州鱼符王朝的当今天子,朱璇。在青冥天下,女子登基继承正统,十分平常。

朱璇肩头停靠着一只紫色燕子,身边围绕着一条虚实不定的金色游鱼,已经生长出两条货真价实的龙须。

鳞虫中的金鱼,羽虫中的紫燕,一向被视为物类神仙,故而这两类灵物,炼形得道,相对容易。传闻双方行至大道高处，前者可作鱼龙变，有幸成为真龙，后者可脱胎换骨化为传说中的"朱雀"。前者还算数量众多，后者却是屈指可数。

双方一起"登山"。只是此山，却是位于大渎水底的一条山脉。

好个"青冥浩荡不见底，日月照耀金银台"。

而山神祠庙竟然建造在水底，也是青冥天下独有的景象。

飞阁流丹，云蒸霞蔚。

高山之巅，因为山势稍稍凹陷如盆，有那"洗脸盆"的俗称，其中一座山神祠庙，又有个"梳妆台"的绰号。

好像是孙怀中曾经游历此地，由这位玄都观老观主最先给出的两个说法，很快就在数州之地广为流传。

这位老观主，简直就是青冥天下行走的山水邸报。

吾洲笑问道："听说陆老三答应过你，会为你们鱼符王朝带来一位首席供奉？"

朱璇点头道："所以这些年位置一直空着。此次陆掌教重返白玉京，怎么都该给我一个交代了，好歹给个大概年限，否则总这么拖着，也不是个事。"

好像但凡是与陆沉相熟的，都不会计较这位白玉京三掌教的身份与境界。

吾洲笑道："你们雍州这是要出第二条真龙了？"

浩然天下，已经有了真龙王朱。

青冥天下，是九山一水的格局，水运的浓郁程度，远远无法与浩然媲美，确实难出真龙也难养。

因为登天一役，当初论功行赏，其中修炼得道的蛟龙，几乎全部留在了拥有四海水域的浩然天下，开辟出来的四海龙宫，大渎、江河湖潭各类水府，不计其数，负责行云布雨。

朱璇说道："不敢做此奢望。"

吾洲提醒道："是可以再争取一下戚鼓，他破境后，武运馈赠一事，不算什么，主要还是那个米贼王原箓，大道可期，你要是成功拉拢了戚鼓，以他跟王原箓的交情，说不得就是桩买一送一的好买卖。"

看得出来，戚鼓与那王原箓，都是极为念旧情之人。若是戚鼓担任鱼符朱氏的皇家供奉，再有王原箓跟随，当个境内某处十方丛林的观主，对蒸蒸日上的鱼符王朝而言，等于多出两大臂助。

朱璇愁眉不展："只是那戚鼓含糊其词，明明心动了，却依旧不肯点头，给句准话，说是要先回一趟家乡五陵郡。"

相较于并州的青神王朝，无论是国力，还是比拼道官的顶尖战力，鱼符朱氏还是差了一大截，毕竟雍州只是个小州，底子薄，有点类似浩然天下的宝瓶洲，很多事情真就是螺蛳壳里做道场了。只是所幸身边这位太阴祖师重返故地，如此一来，雍州就等于拥有了一位十四境修士坐镇山河。

吾洲之所以如此青睐鱼符王朝，一来此地曾是她的修道之地，只是早已成为遗址；再者她炼制的第一件仙兵，就是如今鱼符王朝的镇国之宝，当年被吾洲赠予了鱼符朱氏的开国皇帝，那个雄才伟略的男子，曾经能算是吾洲的半个道侣；最后便是吾洲看好朱璇的大道成就，百年道龄，就已经是一位仙人，再给朱璇四五百年，再给她一桩大道机缘，她将有望飞升，而且可能会是那品秩极高的乘龙飞升，一人一龙，同时证道，届时鱼符王朝的国势更是值得期待，所以吾洲才愿意在这雍州重新开启道场遗址。

一位练气士，跻身了传说中的十四境，成为得道之人，接下来的修行之路，就会变得很……尴尬，以及无聊。

吾洲笑道："事在人为。"

朱璇点点头："尽人事听天命。"

吾洲随口道："换成我是你，就干脆微服私访一趟，跟着他们一起去那青神王朝，就当是游历散心了。"

朱璇无奈道："是有这个想法，可惜实在是脱不开身。"

国之大事，在祀与戎。雍州地盘小，鱼符朱氏属于一枝独秀，所以朱璇登基后，兵戎战事寥寥，但是斋醮祭祀一事，实在是耗神耗力又不可有半点马虎之要事，因为祭祀种类繁多，且仪轨复杂，除了祭祀天地的燔烧、牺牲，还有那祭水之沉没、祭祀山神的悬投等等，天神、人鬼和地祇，还有诸多山川神灵，都需要礼敬。此外，犹有每隔几年就要各置办一场的金、玉两箓大醮。由于朱璇属于资历尚浅的一国之君，暂时无法将这些事情交给外人，所以一年到头，她至少有三个月，不是在斋醮祭祀，就是在去斋醮祭祀的路上。尤其是最近，整个鱼符王朝在全力着手准备一场百年不遇的普天大醮，供奉醮位多达三千六百神位，会邀请举国甚至是一州经师、高功道官、各脉道观住持来到京城共襄盛举，都需要身为主祀的女帝朱璇亲力亲为，所以她才有"脱不开身"一说。亏得先帝是在她跻身仙人境后才将皇位禅让给她。

吾洲打趣道："你们鱼符缺个足可让君主垂拱而治的雅相。"

雅相姚清，确实是任何一位帝王都梦寐以求的辅政大臣。

临近山巅，吾洲突然停下脚步，眯眼望天，透过大渎水幕，她的视线一路延伸至北边最高处。

吾洲没来由地说了句类似天文术语的话："北斗群星浑天仪，事发始末期可寻。"

作为道官，尤其是一国之君，还要经常主持祭祀，朱璇当然不会感到陌生，顺着吾洲的视线，望向那座传闻相较万年之前群星黯淡许多的……紫微垣。

紫微临大角，皇极正乘舆。天市居中间，垂地牵偶线。

紫微垣在北天中央的位置,以北极作为中枢,左右环列,藩屏之象,两弓相合,环抱成垣。

因为天神运转,乾坤造化与阴阳开合,传言曾经都在此宫之内,故名"紫宫"。

吾洲继续挪步登高,微笑道:"两京山,大潮宗,再加上两座宗门各自设置的那些藩属山头,勾连在一起,再加上某个人,就很巧了。巧合巧合,最巧合的,当然是那种犹如天公作美的天作之合。天文垂象,朝歌这丫头,下了好大一盘棋。"

朱璇内心微动,皱眉道:"所以徐隽当年才会……必须死一次?类似以鬼物英灵之身成神?难不成这些都是朝歌和两京山的布局?"

吾洲笑了笑:"可能是朝歌早有预谋,也可能是她误打误撞,更大可能,还是她在闭关期间看到了一种让她可以顺势而为的时机,说不定她的合道契机所在,不在己,而在某种天时。就是些猜测而已,我不擅长算卦,你下次遇见那位陆掌教,可以自己问问他,他历来精通此道。"

如果撇开过程不谈,只看结果,赤黄连两藩,君有喜。原本身为一对死敌的大潮宗与两京山,摒弃前嫌,双方精诚合作,当然属于双赢,那么徐隽一人身兼两宗之主,更是占尽了天大便宜。

紫宫和而正,则致凤凰,颂声作。是说那场联姻,是说两京山女祖师朝歌与徐隽结为道侣,女冠朝歌绝对不会白忙活一场。

紫宫星盛即吉昌,内辅强。当然是说如今的两京山和大潮宗合拢之后,势不可挡。那么一旦紫宫旗直者,就是天子出,亲自率将兵,随后紫宫大开,便是天下兵起之态势。

吾洲说道:"我们这些修道之人,除了破境一事,还是有很多事情可做的,尤其是修行碰壁,打破不了某个瓶颈,总要找点事情做做,就像我,此次出山,不也走到了这里。"

三教一家,儒释道加上一个兵家,三教祖师散道,此消彼长,那么兵家崛起,大势不可挡。

从蛮荒天下入侵浩然天下,再到浩然天下反攻蛮荒,反观如今的青冥十四州,何尝不是乱象横生?兴许稍微给点火星,就是野火燎原之势。

席卷天下的战事,不管打来打去,不论谁输谁赢,最终是谁得利?

自然是兵家祖庭之外,那一小撮躲在幕后的某些得道之士,坐享其成,窃据气运。

其实兵家内部,存在着一场无形的大道之争。

所以当初中土文庙圣贤,以"功业无瑕"作为理由,变动武庙七十二将陪祀神像的位次,绝不是简单的书生意气,而是有深远意义的。

周密如果,不是如果,这家伙是一定在人间留有后手,那么就有几种可能性,帮着已经登天而去的那个周密,上下呼应,里应外合。

比如周密曾经在人间留下一具隐蔽的分身,要么是剑修,保证将来有机会跻身十四境纯粹剑修，要么就是能够浑水摸鱼的兵家修士，然后就是所有的……其他可能。

毕竟周密的想法，一般人还真猜不到。

只是剑修一途，得利最多，但是风险最大，因为浩然天下少了一位人间最得意的，但是青冥天下的玄都观，却多出了一位已经是剑修的白也。

好个白也。等于先后两次坐断津流，仅凭一己之力拦阻周密的去路了。

朱璇诚心问道："我能否为前辈做点什么？"

吾洲哑然失笑。

朱璇自知失言。她都能做到的，吾洲又岂会做不到？

吾洲笑着捏了捏朱璇的脸颊，道："好意心领。"

朱璇欲言又止。

吾洲摇头道："那把破阵，你不会给，我也不会要。"

先前朱璇招徕戚鼓担任供奉，她给出的条件，就是从皇室密库中取出这件神兵，暂借给戚鼓使用，期限三百年。

事实上，这件神兵，曾是一件定情信物，正是吾洲早年亲手送给鱼符王朝的开国皇帝的。

吾洲是需要收集神兵，用来继续合道，多多益善，唯独这一件，吾洲没什么想法。

如今青冥天下记录在册、有据可查的，连同破阵在内，总计有十八件神兵遗物。都是来之不易的珍稀之物，只有极少数神兵，才是在登天一役中遗落在青冥天下的，绝大多数，都是白玉京天仙一次次涉险远游天外，从那古战场遗址、神灵尸骸化作星辰之地挖掘而出，或是从光阴长河的破碎秘境中捞取而来。

其中品秩最高的两件，一件珍藏在白玉京碧云楼，是一副封禁数千年的远古甲胄。另外一件，就在吾洲身上，或者说她本身就是，因为准确说来，此物早已是她合道的一部分。

她在年少修道时，机缘巧合之下，获得了远古十二高位神灵之一"铸造者"的一部分本命神通。

吾洲亲手铸造、锻炼出来的半仙兵，早就超过了双手之数，这还只是被青冥天下山巅修士勘验根脚的，至于仙兵的数量，除了吾洲自己知晓具体数目，外界就只能胡乱猜测了。

所以吾洲是当之无愧的数座天下第一炼师。

当年参加徐隽和朝歌的婚宴，同坐主桌，吾洲便以心声问过余斗一句，结果被对方直接拒绝了。

吾洲给出的条件，不可谓不诚意，只要碧云楼取出那件甲胄，交由她炼化，那么她可以帮助白玉京，在未来解决掉某个隐患，至于这个隐患是哪个州，或是某个人，都由白玉京决定，只要给个消息，她就帮忙摆平，愿意不惜代价。

但是那个道老二根本不为所动。多半是打算留给那个道号山青的道祖关门弟子，作为将来担任某城、某楼之主的贺礼吧。

之后十五件有据可查的神兵，其中就有岁除宫吴霜降的那把佩刀，上古行刑台遗物之一的斩勘。

在余斗这边无果，其实并不算太过意外，白玉京家大业大的，道老二又是那么个脾气，只是吾洲微微皱了皱眉头，若说道老二拒绝这桩交易，还算合情合理，为何岁除宫也是这么个态度？

一把狭刀斩勘，不算品秩太高，吴霜降自己又不用，为何不愿点头？是要摆在岁除宫里边吃灰吗？

吾洲先前秘密去往鹳雀楼，同样给出了一个自认极有诚意的交易条件，不承想还是落了空。

吾洲有过一番大道推演，只是都未能绕过"吴霜降"，对方显然是在故意拦路。

毕竟演算推衍一途，吾洲自认确实不算精通，只能算是入门而已。

这类神兵，最大的古怪之处，就是练气士想要将其炼化，可谓千辛万难，最典型的例子，就是那孕育出生灵的四把仙剑，哪怕道法高如余斗，也只能是让其认主，却始终无法炼化为本命物。

练气士侥幸得手某件神兵，若是自身修为境界不够高，或是道心不够坚韧，很容易心性变迁，跟随那件神兵的本命神通，发生微妙变化，最终就像被鸠占鹊巢一般，酿成大祸。轻则伤及大道根本，重则走火入魔，迷失心智，性情大变，走向一种极端，比如变得杀心极重，且不可抑制。青冥天下历史上，这类毫无征兆的祸事，光是白玉京那边有明确记录的，就有将近二十起之多。

但是最奇怪的地方，在于如果被纯粹武夫得手，那就是如虎添翼，用起来十分顺手，几乎没有什么后遗症，甚至可以淬炼体魄，有点像是本命飞剑之于剑修，天然互补。

汝州林江仙，闰月峰辛苦，并州女国师白藕，这三位止境武夫，天下武道前三的大宗师，刚好人手一件神兵。

紫气楼姜照磨好像也有一件品秩一般的神兵，属于他的前身旧物了。

反观练气士，手握神兵，都需要小心再小心。

曾经有一位飞升境大修士，差点就手持神兵，彻底打开天外天屏障禁制，足可成为一条让化外天魔来到青冥天下的通道。

余斗离开白玉京，仗剑远游，也差一点就要砍掉这位大修士的头颅。

还是大掌教亲自出手拦下双方，再补上窟窿，然后将那位老修士带回白玉京青翠城，跟随大掌教修道数百年，才好不容易恢复一颗澄澈道心，之后担任神霄城城主。

大掌教寇名，曾经担任函谷令。早年道祖骑牛过关之初，寇名夜观星象，勘破天机。

相传道祖传授五千言，寇名注解出一部《西升经》，为楼观派一脉推重，尊奉为首经。

吾洲笑道："有可能会去一趟蛮荒天下。在那边，有个老不死的，刚刚醒来没多久，不凑巧，他与我起了一场潜在的大道之争。"

吾洲取出一只荷叶杯，自行酒水满溢，酒香扑鼻，她也不忙于饮酒，只是轻轻拧转，略带几分伤感，自嘲道："回头看故人长绝，可以叙旧之人寥寥。"

神霄城的上任城主，也就是那位差点酿下大错的老修士，真名姚可久，道号拟古。

他曾与地肺山高孤之流，是一个辈分的白玉京之外道官。

而神霄城与玄都观，都拥有一座桃林。

姚可久也是极少数能与玄都观孙怀中做朋友的白玉京道官。

他并非出身白玉京嫡传，而是半路转投的白玉京。

他犯过大错，如果不是大掌教寇名拦阻，早已死在余斗剑下，根本就没有什么将功补过的改错机会了。

寇名当年将走火入魔的姚可久带回青翠城道场，之后让姚可久担任神霄城城主，其实非议不小。

因为信不过姚可久，或者说是信不过这位飞升境修士的道心，甚至猜测这位道号拟古的白玉京城主天仙，其实与化外天魔无异了，只是这些非议被大掌教帮忙镇压下来。

所以不少白玉京道官，那么些年，对整座神霄城都观感不佳，一直冷眼旁观，好像就在等着姚可久重新犯错。

姚可久慢慢积攒功德，终于在白玉京那本唯有三位掌教可以翻看的簿子上边，还清了债，一笔勾销。

那一天，姚可久独自离开白玉京，去遥远家乡的市井酒肆，请自己喝了一顿酒，自饮自酌。

就像个市井百姓，闷头做事，辛苦还债多年，无债一身轻，终于可以痛快喝酒了。那份心酸过后的惬意，不足为外人道也。姚可久喝着市井劣酒，如鱼得水，优哉游哉，好似修道以来，从未如此轻松。

酒肆外边，滂沱大雨，姚可久一边饮酒，一边转头望向外边，如观雨战。

正身直行，众邪自息。

姚可久神色怡然，反复默念两字：心乡。

先后有三人，从雨幕中走入铺子，落座与老道士同桌共饮。

一个是孙怀中，一个是陆沉，还有一个是高孤。

三人其实事先都没有打招呼，属于不约而同，刚好坐满一张酒桌。

大概修道之人，不只有修行事。

最终，姚可久选择去了剑气长城，是那坐镇天幕的三教圣人之一。

他没能回来，可能是就没想着回来。

一个人的离乡远游，就像一场两手空空的搬家，只是在心中搬走了整个故乡。

吾洲和朱璇，两人行至山顶"洗脸盆"内，见那溪涧之上，架有一座单孔的小巧石拱桥，此桥看着不起眼，名号却极大，名为回龙桥。

桥对面，便是那座被鱼符王朝严密护卫起来的山神祠，规格极高，屋脊铺满碧玉琉璃瓦，如能拘押云雾，好似积雪一般，铺在屋脊之上，却是缓缓流动的。朱门赫赫，两扇大门，如灿然日光凝聚不散之所，又有丹朱点染。形势巍峨，山根稳固，祠庙控扼万里大渎之水脉，生杀威灵，庙神总掌四方之祸福。

祠庙旁有一棵古老樟树，极为神异，高百丈，围十尺，古木夹日月，岁久空深根，枝叶繁茂，敷张如帐，上有玄狐与黑猿，将樟树作为道场。

吾洲仰头瞥了眼樟树，幽幽叹息一声，来一回，老一回，人与树皆是。

此树在青冥天下极负盛名，因为传说这棵万年老樟树，虽然始终未能孕育出灵智，但是主四州气运，斫之可占四州吉凶。

樟树分出四枝树杈，每枝各主一州诸国运势，让四位护法力士持斧劈砍枝丫，若斫之复生，其州有福；若是树枝多年未能痊愈，无法恢复原貌，则州伯有病，意味着一州山河存在隐患，那么各国君主就可以颁布罪己诏了；可如果那树枝积岁经年不得复生，其州灭亡！

鱼符王朝此次以国主朱璇担任主祀，举办一场道教斋醮中规格最高的普天大醮，其实就等于是一张"关牒"，成功举办这场大醮，就可以名正言顺地帮助鱼符王朝和雍州，甚至是天下四州勘验福祸。

虽说此山和祠庙都属于鱼符王朝辖境，照理说，鱼符朱氏想要如何处置老樟树，外界都没办法指手画脚。可事实上，鱼符朱氏先帝，在位五百年，再加上上任君主的三百年，足足八百年岁月，都不曾举办普天大醮了。有两个关键原因，一内一外。前者是鱼符朱氏两位皇帝陛下都"自认德不配位"，不敢轻易泄露天机，因为非其所祭而祭之，名曰淫祀，淫祀无福，反受其殃。而后者，所谓的外部压力，当然是鱼符朱氏需要看白玉京的脸色了。

吾洲问道："你打算砍几个方向的枝条？"

只砍老樟树一枝，毫无问题，反正是福是祸，都算鱼符朱氏咎由自取。可若是砍伐两枝，比如加上沛州方向的枝条，若是枝条复生，也就罢了，可要是枝条创伤不愈，你让沛州大大小小百余国的皇帝君主,如何自处?真去下一道罪己诏吗?可问题当真只是一道罪己诏的小事?万一,一个不小心,出现了那个最坏的结果,沛州的道官不得暴跳如雷?人人自危,暗流涌动,可能原本没啥事情,都要硬生生搞出点事情来了。

朱璇眼神坚毅道:"劈砍四枝。"

吾洲率先走上石桥,斜靠桥栏,慢饮杯中酒,瞥了一眼身边同行的年轻女子,是个大美人,天然妩媚。只是看似有花的态度,实则有雪的精神。

真的很像年轻时候的自己啊。一往无前,百无禁忌。

要知道先前那场河畔议事,十四境大修士当中,吾洲是第一个提出要去天外做掉周密的人。

青冥天下的顶尖战力,从古至今,从无阳盛阴衰的嫌疑。

除了道号太阴的吾洲,她此次现世,已经验证了外界揣测她早已跻身十四境的那个猜想。

白玉京南华城的第一副城主,一向被尊称为魏夫人,道号紫虚,青冥天下女元君第一尊。

还有玄都观那位闭关极久的女冠,道号空山的王孙,她在同门师弟孙怀中崛起之前,是当之无愧的道门剑仙一脉执牛耳者。

两京山开山祖师,道号复勘的朝歌。

此外天下武夫前十,除了白藕,还有两位是女武夫,只是武评名次与问拳事迹,都不如白藕那么高和显赫。

而白藕跻身前十之列后,她每次找人问拳,都会故意绕开女武夫。

吾洲手持荷叶杯,轻轻拧转酒杯,她眯着眼望向那座祠庙。

如果吾洲没有猜错的话,昔年那场惊心动魄的"共斩"之一,如今就在这祠庙内。

位于青冥天下最北方的秘州,有一座孤零零的山头,独高出平原地界,名为闰月峰,山脚有条弱水。

山势险峻,积石如玉,列松如翠,却灵气稀薄,显然不是一处适宜开辟道场的风水宝地。

这座闰月峰的山水禁制,就是武夫辛苦的那份拳罡。

就像一座山顶的湖泊,拳意如流水倾泻满山,但是偏偏能够不伤山中生灵丝毫。

武夫非止境,修士不是飞升境,就不用奢望登顶了。

恕不待客。

有十数位纯粹武夫,来自各州,武道境界高低不一,在山脚弱水之畔各找地盘结茅修行,将登山一事,视为最好的练拳途径。

作为闰月峰山主的辛苦,倒也从不赶人。

今天闰月峰来了一位访客,文士青衫,剑眉入鬓,极有书卷气。

得见此人身形,不断有身影兔起鹘落,俱是成名已久的武学宗师,纷纷赶往此地,想要瞻仰这位名动青冥天下的"林师"。

结果他们距离男子数十丈、百余丈不等,就再也无法前行半步,就像被施展了一张张定身符,任由他们铆足了劲,甚至是出拳,试图以双拳开路,仍旧不得前行半步。

紧接着,就有数人气力不支,身形开始倒滑出去,好似天下武学之路的逆水行舟不进则退。他们为了止住退势,武夫使劲跺地如闷雷,可惜依旧注定徒劳无功,犁地一般,双腿在地面上划拉出两条裂缝。其中有一位山巅境武夫的白发老者,扯开嗓子自报名号,只求能够与这位青冥天下历史上最长寿的纯粹武夫,当面闲聊几句。

武夫林江仙,青冥天下十人之一。

名次第六,排在那雷打不动的第五人玄都观孙怀中之后。

但是老观主只要出门在外,每次在江湖里与人聊起林江仙,逢人就说"惭愧惭愧,贫道羞在第四之后,愧居林师之前"。

林江仙不理睬那些都属于炼神三境的各州武夫,自顾自登山,没有用上覆地远游的手段,就只是散步一般,走上闰月峰。

山中无台阶,甚至就连石板路都没有,只有一条通往山顶的蜿蜒泥路,杂草丛生。

闰月峰顶,有人结草庐独居,是个身形消瘦的年轻男子,满脸络腮胡,不修边幅,眼神浑浊。

青年正盘腿坐在一片巨石之上,摩挲一支老旧竹笛。脚边搁放一壶酒,还有像是拿来当佐酒菜的一堆松子、煨山芋和茯苓片。

瞧见了林江仙,辛苦并未开口言语,只是对之点头致意。

林江仙则抱拳致礼,一样没说明来意,然后来到那片巨石旁,双手负后,眺望山外那条潺潺而流的弱水。相传那条弱水之中,有上古仙人曾以精炼铁链先后拘押的一只青猿和一条差点化作魅类的白蛇,在那之后,两只被囚禁在水底的孽畜,形同闰月峰的护山供奉。只是这等志怪仙迹,始终未能被修士验证真假,青猿与那白蛇,以讹传讹。

山风凛冽,文士青衫模样的"林师",双袖飘摇。不知为何,他要比从不下山的闰月峰辛苦,更给人一种超然世外之感。

山中无杂草,认得都是宝。此间大有烟霞趣。

辛苦直截了当说道:"打不过你,不用问拳了,我认输便是。"

如此认怂,一点都不像纯粹武夫,偏偏是个天下第二。

前不久还一拳将那走到半山腰的白藕,打落回山脚,身形坠入弱水中。

林江仙笑道:"不为切磋而来,就是来这边赏景,散散心。"

这还是双方第一次见面。

山巅除了辛苦潦草搭建的几间茅屋,就是一处乱石堆,大小各异,奇形怪状。不远处临崖,有一片浮石,尤其出类拔萃,方可丈余,其形方稳,下圆上平,悬于他石之上,榜书崖刻有"延寿道场"四个红漆大字,并无落款。林江仙便多看了几眼,如果不出意外,这就是那块被私底下誉为"道祖歇脚处"的"垫脚石"了。

不过道祖曾经来此歇脚一事,在青冥天下并未广泛流传,只在大宗门里边私下议论议论。

在道祖莅临闰月峰之前,闰月峰唯一拿得出手的,就是山中那些古松,以及这片浮石的奇云灵气,弥覆其顶,盘桓不去。故而一直有那神仙幽人游息其上的传说。之所以历史上始终没有练气士在此开辟道场,在于这份异象就只是个花架子,一个没有天地灵气的山头,对练气士而言,就是不毛之地,无源之水。

林江仙站在山巅,思绪飘远,丝毫不顾及当下身边就站着一位止境神到一层的武夫。

一封山水邸报显示,两京山朝歌与大潮宗徐隽,这对年龄悬殊、名动天下的道侣,刚刚来过一趟闰月峰,只是他们在山顶并未久留,很快就返回了两京山,好像是要闭关了,护道人是个外人,青神王朝的雅相姚清。由此可见,朝歌对此次闭关志在必得。

林江仙知道这位道号复勘的飞升境女冠,曾是"朝天女"户籍出身,至于前身如何,倒是有点捕风捉影而来的蛛丝马迹,因为鸦山武夫,谍子遍及天下,源于鸦山设置有一个秘密机构,名为稗官司,专门负责收集街谈巷议和历朝掌故。

辛苦收起那支竹笛,捡起脚边几颗松子,丢入嘴中,细嚼慢咽起来。

林江仙从袖中摸出一件木制墨模,轻轻抛给辛苦,道:"物归原主,顺便替我那位再传弟子,向你道个歉。"

原来林江仙的一名小弟子,之前被一个年轻武痴纠缠不休,非要拜师,年轻人资质是好的,就是性子太过毛躁,把自己给练岔了。小弟子不愿收徒,为了让那个难缠鬼知难而退,就给年轻人出了一道难题,来这闰月峰,偷也好,求也罢,都要取回一块崭新墨锭,当作一份拜师礼,成了,林江仙就愿意喝那拜师茶,正式收徒。

结果年轻人给了一个不大不小的惊喜,没有取回墨锭,却将这件更能显露辛苦武学造诣的木制墨模带下山。

按照林江仙这名再传弟子的说法,是在那登山途中耗尽了真气和精神,昏厥过去,结果被辛苦救下,准许他在半山腰养伤,一来二去就混熟了,送了件墨模给他,当作临别赠礼。

辛苦摇摇头,那件墨模便悬停在两人之间的空中,道:"让他留下做个纪念便是,当时我要是不给,他也偷不走。"

林江仙忍俊不禁,这个刚入门的再传弟子,原来是个不告自取的小蟊贼,可造之才。

先前在鸦山,年轻人说得天花乱坠,说辛苦见他是个千年不遇的练武奇才,又见他有大毅力,舍生忘死,豁出性命不要,也要登上闰月峰之顶,辛大宗师这才起了一份惜才之心,还问他愿不愿留在闰月峰当那开山大弟子,只是他不愿改变初衷,已经认定师父人选,岂能三心二意,便决意下山,辛苦便亲自一路将他送到了闰月峰的山脚,双方依依惜别,成了忘年交……

闰月峰辛苦在习武练拳之外,唯一的兴趣爱好,就是就地取材,砍伐松枝,制造松烟墨。从炼烟、雕刻墨模、熔胶、杵捣、锤炼，再到晒墨、打磨、描金，都是辛苦一力为之。辛苦亲手炼制的松烟墨，在青冥天下极负盛名，最宜小楷抄经，以及工笔画人物须眉、翎毛等，墨锭质细易磨，不伤砚。

传闻浩然天下的苏子，曾经来此游历，没白走一趟，得到了辛苦赠予的一套彩墨，便有了那"辛苦墨成不敢用"一语。事实上，苏子在重返家乡后，就将这套墨锭拆开，分别赠予了几个久别重逢的得意门生，由此可见苏子对这套墨锭的珍惜程度。

林江仙造访闰月峰之前，曾经让弟子搜寻了几块分别篆刻"三万杵"和"十万杵"的墨锭，前不久还得到了一只木制墨模。当然不是林江仙喜欢附庸风雅，只是他可以凭借那几块墨锭的凝练程度，以及墨模的刀工，验证辛苦拳法的大致深浅与精进程度。倒不是说林江仙将辛苦视为争夺天下第一名号的威胁，就只是好奇，一个只顾自己埋头练拳的年轻武夫，也不与人切磋，更无人帮忙教拳喂拳，甚至连部像样的拳谱都没有，怎么就能靠着自己瞎琢磨，一路走到武道之巅，关键是登山脚步还能如此之快。

见辛苦如此客气，林江仙便将那件墨模收回入袖，作为投桃报李，笑着提醒一番："巨阙穴那边，可能还有查漏补缺的余地。玉堂与膺窗四寸之地的这条路线，纯粹真气走势，搁在你身上，其实需要反其道而行之，宜沉浊而不宜轻灵，此外一条手三阳经路线，再好好雕琢一番，下刀也好，递拳也罢，说不定可以快上几分。"

辛苦认真思量片刻，点头道："林师高见。"

林江仙笑问道："既然有三万杵和十万杵，将来某块新制墨锭，可有那百万杵？"

辛苦点点头："是有这个打算，至于具体什么时候开工，暂时没定，得看天气。"

林江仙笑了笑。

眼前这个闰月峰辛苦，喜欢制墨。青神王朝的女国师白藕，嗜好搜集碑帖。

至于浩然天下，剑气长城的末代隐官，好像喜欢刻印。

现在的年轻武夫，爱好都很雅致嘛。

辛苦犹豫了一下，问道："能不能问一句，当年林师在方壶城递出的那拳？"

林江仙目视前方，微笑道："等到某天与我问拳，自然就一清二楚了。"

辛苦也就不多问了。

一些个江湖忌讳，辛苦还是懂的，询问一位武学宗师的压箱底拳法，差不多等于询问一位剑修飞剑的本命神通了。

林江仙一个人在天下武道之巅，独占鳌头将近三百年了。

青冥天下一甲子一评的武学十人，先后六届武评，宗师们换了一茬又一茬，林江仙始终是毫无悬念的天下第一。

林江仙已经三百六十多岁了。对于纯粹武夫而言，这是当之无愧的高龄，简直就是个惊世骇俗的奇迹。

一般的武学宗师,即便是那止境武夫,想要活到两百岁,已经极为不易。

只说寿命一事,相较于练气士的地仙之流,随随便便就能够人间常驻数百载,实属天壤之别。

在裴杯之前,浩然天下的武学第一人,是那绰号龙伯的张条霞,而他之所以能够活这么久,还是转去修行的缘故。

可是被山巅修士由衷地尊称为"林师"的林江仙,就只是个纯粹武夫。所以一直有小道消息,说其实林江仙早已暗中跻身了那个虚无缥缈的武道十一境。

按照山上的揣测,武道十一境,大致可以视为练气士的十四境。

林江仙在奠定天下武道第一人的超然地位之后,就开始创立一个名为"鸦山"的江湖门派,经过两百多年的发展,已经成长为一个底蕴极其深厚、势力盘根交错的帮派,丝毫不输于山上的顶尖宗门。

在那汝州,鸦山一家独大,更出奇的是,林江仙所在的赤金王朝,除拥有度牒的正统道官之外,竟然一国境内无仙怪。没有山泽野修、精怪鬼魅,尤其是妖族修士,更是不见踪迹。

一个人口接近八千万人的庞大王朝,竟然无一鬼物精怪,不说汝州,这在任何一座天下,都是匪夷所思的事情。

所以赤金王朝的百姓,已经两百多年没有见过任何"怪事"了。

林江仙约莫在两甲子之前,才开始正式收徒,陆陆续续收了四个入室弟子,四个习武奇才,拜在"林师"门下,时间都在短短一甲子之内,在那之后,林江仙就不再收徒,至今尚无关门弟子一说。

四个嫡传弟子,一止境三山巅。

能够接近这桩壮举的武夫,数座天下,或者说整个人间,恐怕就只有浩然天下的那位女武神裴杯了。

据说裴杯的大弟子马瘤仙,早已山巅境圆满,其余两个女弟子,窦粉霞和廖青霭,都是远游境瓶颈的纯粹武夫。

可即便如此,这也才是一山巅两远游,与林江仙的那几个嫡传弟子,还是差距甚远,所以还是要归功于裴杯收了个名为曹慈的嫡传弟子。

至于这四人收取的再传弟子,加在一起大概有四十余人,再加上鸦山经过两百多年的开枝散叶,谱牒上边的徒子徒孙,更是不计其数。

一个江湖帮派,帮众多达十数万人,搁在任何一座天下,都是不常见的事情。

鸦山一脉的武夫,除了担任各州王朝的皇室供奉,帮忙镇压一国武运,或是转去开设武馆,收徒授艺,将鸦山一脉拳法发扬光大,或是自立门户,在汝州在内的两州之地,创立数十个门派,依旧共同尊奉林江仙为祖师。

林江仙曾经订立一条规矩,他只负责教拳,弟子们习武有成,走出师门后,生死自负,恩怨自了。

林江仙主动与人问拳的次数,屈指可数,但是林江仙不出手则已,每次出手,必然声势惊人。只说死在林江仙拳下的练气士,光是上五境,就有一飞升两仙人。之所以没有玉璞境,当然是因为底气不足,绝对不敢去招惹林江仙和鸦山。

林江仙当年那场与飞升境大修士的生死战,用观战的那拨天下止境武夫的话说,就是太没劲,因为过于雷声大雨点小了,不到半炷香工夫,对方就被林江仙打杀了。那个飞升境修士还用了半炷香的大半光阴,施展保命遁法,最后一路逃窜到汝州地界,想要以一座小国京城数十万人的性命,要挟林江仙,逼迫后者发誓,必须保证在五百年之内不找自己麻烦。明摆着是要让林江仙投鼠忌器,结果这个走投无路、出此下策的大修士,仍是未能逃过一劫,依然被林江仙当场打杀在那处小国京城内的大街上,最关键的是,一个飞升境修士的身死道消,竟然悄无声息,没有造成半点风波。

这是因为林江仙的致命一击,太过玄妙,没有给那飞升境修士试图凭借一场滥杀无辜来牵连林江仙的机会,就连一路远远尾随的几个止境武夫,和那一小撮遥遥掌观山河的山巅修士,都未能确定林江仙到底是如何出拳的。

故而陆沉会说极有意思。一般来说,按照白玉京的规矩,那个飞升境修士在众目睽睽之下做出这个阴损的决定,哪怕林江仙就此撤离,没有出手伤及无辜,那个飞升境修士也得自己主动走一趟白玉京了。他打得一手好算盘,要是林江仙应对失策,执意杀人,不介意那座京城被双方厮杀殃及池鱼,那么只要造成了任何世俗王朝的伤亡,在白玉京那边,林江仙是一样需要承担罪责的,而且绝对不轻。他就是在赌,赌林江仙不敢与他一起去白玉京某座城楼……翻看道书。一个在飞升境中属于年纪轻轻的大修士,耗得起几百年光阴,你林江仙耗得起吗?愿意就此老死在白玉京?

唯一的意外,就是那个大修士小觑了林江仙的拳法之高。

林江仙转头望向那块仿佛将天圆地方颠倒了个的浮石,问道:"这就是道祖歇脚处,那块垫脚石?"

辛苦也不藏掖什么,轻轻点头。

一开始辛苦没认出道祖的身份,不过高人肯定是高人,否则也无法神不知鬼不觉地就坐在那块浮石之上。

当时辛苦刚刚跻身止境没多久,那个少年道童模样的家伙,就那么看着辛苦在山巅慢慢走桩,二人皆是沉默,互不打搅。

之后双方随便攀谈了几句,临行之前,少年道童只撂下一句,"谁不敢为天下先"。

从头到尾,辛苦不问对方来历,对方也不明说身份。

在那之后,闰月峰就开始热闹起来了,一个年轻道士偷摸上闰月峰,装模作样,呼呼喝喝的,一路哼哧哼哧出拳,到了半山腰就满脸涨红再转为铁青脸色,挺像个货真价实的纯粹武夫,然后假装受了重伤,脸色惨白,摇摇欲坠,伸手捂嘴,两眼一白,便倒地不起,在半山腰那边装死。还真就骗过了辛苦,等到辛苦离开山顶,打算将这个"愣头青的金身境武夫"搬到山脚,结果对方一个鲤鱼打挺,就与辛苦勾肩搭背起来,自称陆人龙,人中龙凤的那个"人""龙"。

事后辛苦才得知,原来此人正是白玉京三掌教陆沉。陆沉厚着脸皮在山顶茅屋那边借住了一段时日,每天不是在山中驱赶鹿群,就是采集松子酿酒,忙得不亦乐乎。这家伙什么都能聊,简直就是个话痨,最后陆沉学他师尊道祖,临行之前,也说了句辛苦懒得去深究的玄妙言语,"古之人外化而内不化",算是抛媚眼给瞎子看了。

玄都观孙怀中,也来过闰月峰,还算是相对比较投缘的,二人还曾一起制墨,孙道长说那修道所在,不过是两事而已,如何吃,如何睡,吃得下睡得着,就是修行。

亚圣也曾游历闰月峰,当时身边带着个名叫元雯的少年书童,老先生曾言,治学要在不起疑处起疑,待人要在有疑处不疑人。

苏子,则带着一个背竹箱的少年书童,和一个背着满满当当锅碗瓢盆大包裹的少女,"琢玉郎"与"点酥娘",双方都是由文运凝聚显化而生。

在苏子之后,是两人结伴而来,来自诗余福地又名词牌福地的柳七,与挚友曹组。

柳七托付辛苦帮忙照顾一人,正是他留在青冥天下的唯一嫡传弟子,少女韦滢,她也是后来的数座天下年轻候补十人之一。

辛苦只说韦滢如果遇到麻烦,她可以来闰月峰躲一躲,再多的就不答应了。

在前不久徐隽和朝歌来之前,其实还来了一个怪人,是个自称姜休的紫衣僧人。

好在辛苦早已见怪不怪。

僧人曾经在此夜坐一宿,只等天明,才下山离去。

其间光脚僧人只是询问辛苦一个荒诞的问题:"你这耕夫土民,是打算气鼓神通,立地成佛吗?"

最后这位云游至此的紫衣僧人,以手指做笔,刻下榜书,姜休坦言是送给自己的一首谶语,让辛苦不用计较。

"只恨太平无一事,闲杀山中老秃驴。万一禅关蓦然破,人间千里落花风。"

林江仙转头看着一处石头上边的那首崖刻谶语,剑气凛然,隐隐有气冲斗牛之气象,只是被刻字之人设置了一种类似文字障的禁制,将那份剑意拘押在笔画之中。简而言之,这二十八个字,就是一篇极为上乘的剑诀,同时也是一道如同锁剑符的高明阵法。好个擅长为自己画地为牢的剑仙!

青冥天下的纯粹剑修,其实没有浩然天下那么多。

林江仙收回视线后,笑问道:"一个个的,登山又下山,好像将你这闰月峰,当作了一处访仙探幽的风景胜地,是不是觉得莫名其妙?"

辛苦说道:"习惯就好。"

林江仙点头道:"确实,习惯成自然,习武亦然,功夫只在'记忆'二字上边。"

止境武夫,孕育而出的那份磅礴拳意,如有一尊神灵庇护。

比如林江仙,可以随时随地彻底酣睡过去,根本无惧任何一位武学宗师或是飞升境修士的所谓偷袭。

一个纯粹武夫,睁眼看天地,闭眼睡如神。是谓武道止境的神到一层。

林江仙突然取出一只签筒,晃了晃,笑道:"不如算一卦?帮你算一算何时下山?"

辛苦面露疑惑神色。一个纯粹武夫,捣鼓此事作甚?

林江仙笑着解释道:"闲来无事,看了些道门高功的出阳藏阴、趋吉避凶之术,学了点皮毛。"

辛苦摇头道:"我不太信这个。"

林江仙挑了邻近的一片石,盘腿而坐,将那签筒放在身前,微笑道:"如止境分三层,这算卦,也差不多。第一层,如观浑水,人之命理,就是那些细微的水文,凝聚暗藏着一条条水脉,能够估算个大致走势。第二层,见到了浑水现游鱼,众生有灵,便有了一种所谓的自由意志,就需要算卦人增添变数,将人之气数联系天地运势,其中关键,是浑水摸鱼之人能够成功将自己剥离出去。最后一层,才是那水落石出。此境难求,就像雍州边境鱼符王朝那座建造在水底山脉之巅的藕神祠,女帝朱璇打算劈砍樟树枝条,凭此勘验四州吉凶。不管结果如何,将来回头来看,如何确定朱璇此举到底是测算命理,还是在篡改命运?又如何确定朱璇有此举,四州众生,都是在同一条光阴河流之内?"

辛苦沉默片刻,说道:"林师与我说这些,我至多就是假装自己在听了。"

林江仙一笑置之:"假设人生亦有命,岂能行叹复坐愁?"

辛苦其实可以确定,林江仙是个"外乡人"。

这是一种直觉,因为辛苦不喜欢眼前此人。

可事实上,林江仙在青冥天下的口碑,相当不错。

拳高,有宗师风范,从不滥杀,待人接物也极有风度,被人问拳,也往往点到即止,更多像是一种没有师徒名分的教拳喂拳。

而且辛苦也几乎从不亲近或者厌恶谁,他之所以会从内心深处如此排斥这个"林师",只是单纯因为对方的那个"外乡人"身份。

之前的文庙亚圣、苏子、柳七和曹组,做客闰月峰,辛苦都曾有过类似的不适感觉,所以可以肯定一事,绝对不是自己的错觉。

想必知道林江仙不是青冥天下本土人氏的人,肯定不多。即便是在白玉京,知道的人也屈指可数。

林江仙望向位于天下中央的那座白玉京方向。

余斗职掌天下，在百年内处理事务，手段太过霸道，于人于己，都不留丝毫余地。这才落了个"独夫"的恶评，当然没谁敢公然宣称此事。

说来奇怪，就连将"赞誉"白玉京当成家常便饭的玄都观孙怀中，对余斗的这个称呼，也从来不予置评，并未如何火上浇油。

据说最后有一次与几位老友喝高了，老观主也只是给了个不褒不贬的折中说法，就只有三个字，"不至于"。

三掌教陆沉太过懒散，他们的小师弟山青，如今才是一位刚刚出关的仙人，远远不可以独当一面。

当年青冥天下三千道官，联袂赶赴五彩天下，在最东边占据山头，延续各自道统法脉，其中白玉京占据了将近一半的席位。

可能对于道号山青的道祖小弟子而言，就是一场历练，看他能否主持大局，帮助白玉京站稳脚跟，力压玄都观、岁除宫在内的诸多远游道官。

那么接下来，白玉京就要有得忙了。

先前吾洲现身鱼符王朝，名义上说是开辟旧道场，看似名正言顺，其实不过是由她拦着白玉京去阻拦朱璇罢了。

林江仙会心一笑。

显而易见，这位道号太阴的女冠，是与白玉京，或者说与那位"真无敌"，没谈拢某笔买卖。所以说，惹谁都别惹女子，尤其还是一位十四境女修。

辛苦犹豫了一下，提了提手中酒壶，问道："林师，喝不喝酒？"

是辛苦自酿的松酒，除了松花，还有去壳松子，被捣如膏泥收贮。饮此松酒，可滋润魂魄肥五脏，驻颜有术。

林江仙婉拒道："我不爱喝酒。"

何况人生大醉无须酒。看过三百余秋，鬓已星星也。

林江仙准备就此离去，收起签筒，站起身，笑着邀请道："将来下山游历，可以去汝州看看。"

因为有客登门了。

辛苦说道："随缘，不做承诺。"

就在此时，一行人突兀现身，一位身材高大的老道士，三缕长须，容貌俨然，道气之盛，竟是直接压下了闰月峰拳意，以至于山外整条弱水都开始掀起巨浪。

老道士正是远古落宝滩碧霄洞主，后来的东海观道观观主。

老道士身边并排站着三人，站在一起，就像一道斜坡。

个子最矮的小道童，本名荀兰陵，道号金井，是个一直跟在老观主身边的烧火道童。

另外两个，米贼王原箓、武夫戚鼓，都是青神王朝的五陵少年。

老道士开门见山道："带着刚收的徒弟，来这边拜个山头。"

养弟子如养闺女，最要严出入，谨交游。最近百年之内，王原箓出门闲逛的机会不多了。

作为自己唯一的嫡传弟子，没个飞升境，也有脸在外逛荡？

"至于这姓戚的，是个顺带的拖油瓶，他对你仰慕已久，死皮赖脸要跟着过来，亲眼见一见闰月峰辛苦的风采，确定到底是神是鬼。"

辛苦依旧没有起身，竟是对那位碧霄洞主视而不见，对老道士的言语置若罔闻。

至于什么拜山头的，山巅修士这种没头没脑的怪话，辛苦也只当是耳边风。

林江仙站在那片石上，笑意淡然，抱拳行礼，道："鸦山林江仙，见过碧霄洞主。"

老道士捻须而笑："前有纯阳真人，后有林江仙，都这么喜欢倒退而走？"

林江仙笑着没说什么。

即便被这位碧霄洞主泄露了天机，也无妨，反正很快就会天下皆知此事。

王原箓向那闰月峰一主一客，打了个道门稽首。

戚鼓则满脸尴尬。对于青冥天下的武学宗师来说，检验成色，一种是与同境武夫问拳，再就是可以在这闰月峰，从山脚登山，看看能走几步路。

尴尬过后，戚鼓只觉得这次跟随碧霄洞主来这闰月峰，真是赚大发了，没白来。竟然一口气见着了林江仙和辛苦两人，可惜那个尚未娶过门的媳妇白藕不在场。

天下公认武道一途，就是一条路走到黑。最头疼之事，还是短命。

戚鼓这辈子有几个愿望。

第一，当然是娶那白藕当媳妇。当然鱼符王朝的女帝朱璇也行。倒插门啥的，戚鼓没那讲究忌讳。自己就不用再去羡慕那个大潮宗的徐隽了。

戚鼓一想到这个就会斗志昂扬，只觉得学拳半点不苦。

道家流派众多，各有法统，道脉繁杂，谱系之厚重，要远远胜过儒释两教，万年以来，历史上出现过"旁门三千，左道八百"的盛况，青冥天下可谓旁门左道乱如麻。如果再加上那些不入流的外道，其中光是采补、房中术一道，学问就大了去。戚鼓每次听人说起那徐隽，就会想到道门房中术，然后想到那些男女打架事了……

戚鼓的第二个心愿，就是与林江仙讨教长寿秘诀。至于问拳，就算了。戚鼓再自负，还是知道一点天高地厚的。

一出拳就要打死人的白藕，可以让同境武夫根本不敢与她问拳。

林江仙，却是能够让天下武夫完全不想与之问拳。

这种差距，其实极大。

闰月峰辛苦,大概介于两者之间,主要还是吃了从不下山、不主动与人切磋的亏。

戚鼓聚音成线,与林江仙密语问道:"林师,晚辈戚鼓,能不能向你请教个问题?"

林江仙微笑道:"问就是了。"

戚鼓小心翼翼说道:"我们纯粹武夫,如何活过三百岁?"

那些小时候去街边摊翻烂的游侠小说,书上都说英雄总是志向远大。至于枭雄,往往野心勃勃。可在戚鼓这边,说来说去,也还是一个看得高、走得远、活得久。

天下武夫每甲子一评,林江仙太过无敌,递拳次数不多,尤其是等他打杀了一个"年轻"飞升境修士后,就更难有出手机会了,难免有种蹲着茅坑不拉屎的嫌疑。

倒是白玉京紫气楼的楼主姜照磨,差不多每甲子都会有一场问拳,去汝州鸦山找林江仙砥砺武道。所以孙道长就给了这位道号垂象的白玉京天仙一个"求败"的绰号。

如果不知道姜照磨与林江仙每甲子一问拳的真相,只是光听绰号,好像还真就不输"真无敌"太多。

林江仙笑着给出答案:"先跻身止境,再走到神到一层,在这个过程里边,与人问拳小心点,不要落下病根隐患,一些个山上仙丹,可以挑着进补。"

戚鼓哑口无言。这位林师,逗我玩呢,说了不等于没说。

老观主瞥了一眼姜休的崖刻字迹,呵呵一笑。

林江仙告辞离去,老观主以心声说道:"若是徒步下山,咱俩稍后一叙。"

林江仙笑着点头。

之后老观主率先在辛苦所坐的大石上落座,让王原箓几个都别太拘束,说你们与辛苦都是自家人,太客气就生分了。

辛苦也不介意碧霄洞主的不见外,取出几壶自酿松酒,再多拿了些烤松子、煨芋头,用来待客。

细竹竿似的棉袍道士,从袖中摸出几双竹筷子,往腋下一抹,递给戚鼓,戚鼓也习以为常了,半点不以为意,接过筷子,开始喝酒。看得一旁的小道童直翻白眼,没接下那双筷子。

王原箓抿一口酒,酒劲够大,顿时打了个激灵。

老观主讥笑道:"你这个酒蒙子,喝麻筋上了?"

王原箓装聋作哑。即便双方有了师徒名分,也不见王原箓在老观主这边如何畏首畏尾。

旧米贼一脉的王原箓,与那个绰号小鬼的鬼修徐隽,都很有韧性,最为大道可期。

老观主抬头眯眼看天,有一条不易察觉的淡薄痕迹,是那徐隽携手道侣朝歌的游历轨迹,自己随便一抬眼,便见得这条脉络,但是一般修士可就未必了。

老道士转移视线,望向白玉京,嗤笑一声。

天下人都在骂余斗，却又都想成为余斗。

可怜"真无敌"。

那白玉京有两处一向多疯子，一个是专注于训诂的经师，另一个就是夜观星象的"天师"，估计如今更得疯。习得天文夜睡迟，月明云笼恨星稀。强撑老眼苦无力，犹向天边认紫微。

在闰月峰喝过了酒，老观主又带着一行人下山去，找到了林江仙。

老观主以心声打趣道："风惊过山鸟，云垂通天河。乡书难寄，雁又南回。"

汝州的赤金王朝，境内有条大河，常年雾霭弥漫，林江仙的鸦山，就建造在河畔。

老观主突然问道："先前见到了姜休那份剑意，有无感想？"

林江仙摇头道："没什么感想。"

"贫道倒是有几分感想，惆怅人间万事违，三人同去一人归。"

约莫是说那万年之前，陈清都携手观照、龙君，联袂问剑托月山一役。

林江仙微笑道："前辈洞若观火，明察秋毫。只是还望前辈帮忙保守这个秘密。"

老观主玩味道："你就这么确定，道祖不会将此事说给两个弟子听？"

林江仙反问道："就算说了，又会如何？"

老观主点点头。

看着山间纤细如发的泥路，老观主不再以心声言语，微笑道："哪天有了台阶，山再也不是山。"

视线稍远几分，便是那条路过闰月峰的弱水，"若无桥梁，水依旧是水"。

王原箓叹息一声。显然是言下有悟。

戚鼓对这类世外高人最喜欢挂在嘴边的神神道道的言语，历来是听不进耳朵的。

林江仙说道："前辈有无指教？"

老观主笑道："万千珍重，千万珍重。"

林江仙点点头，明明不是修道之人，却施展出了一步缩地山河的山上神通。

老观主停下脚步，眺望远方。

远古时代，"天下"曾经剑分四脉，蔚为壮观。

脚下这座青冥天下，有玄都观的道门剑仙一脉，传承有序，屹立不倒。

如果再加上那个蠢蠢欲动的僧人姜休，独门剑术，举世无双，据说他曾经扬言要为天下拔除一魔。

如今玄都观增添了昔年浩然天下的白也。

剑气长城的末代刑官豪素，现在已经在白玉京神霄城内。

仿佛万年之前，"天下"所传最早几条剑脉，最终在青冥天下好像出现了某种玄之又玄的聚拢、归一？

若是将来陈平安那小子再赶来青冥天下，可就热闹了。

只说如今的青冥天下，无论是剑修，还是纯粹武夫，只要聚在一起闲聊天下事，那么就都绕不开一个别座天下的陈姓年轻人。

尤其是这边的剑修，说句不夸张的，十个年轻剑修，九个觉得自己是陈隐官，一个觉得陈平安算老几。

林江仙重返汝州鸦山。

白玉京，神霄城内，刑官豪素开始闭关炼剑。

汝州以南边境上，一个边远小国的颍川郡内，在一座名不见经传的小道观内，一个只记得自己名叫陈丛的少年，腰间悬挂一块碎瓷片挂饰，尚未授箓，开始正式修行。

蛮荒天下，金翠城。

一座八面攒尖的亭子，匾额"月眉"。

天漏月稀明，地偏风自杂。

一位青衫长褂、头戴碧玉冠的中年文士，轻轻攥拳，手心中握有黑白两枚棋子，咯吱作响。

随着这位金翠城客卿修士的动心起念，这座凉亭内，异象横生，气象万千，却没有丝毫天地灵气流泻至亭外。

先是有一串金色文字飘荡而起，如何是第一句第二句第三句？

很快便因为这十几个文字，凉亭内响起了一阵雷鸣声，青砖地面如陆地，青砖纹路便如水文，掀起了波涛万丈。

好个佛门禅宗一脉的秘传心印，要识吾家宗风吗，青天轰霹雳，陆地起波涛。

在其中某块宛如一洲山河陆地的青砖之上，风波骤然停歇，在天清气朗中，好像有两位小如芥子的僧人登高。一师一徒联袂登山，年轻僧人神色庄严肃穆，问师父："寻常教人行鸟道，未审如何是鸟道？"老和尚大步流星，健步如飞，在险峻山道上边如履平地，闻言笑曰四字，"不逢一人"。登山途中，两位僧人依次遇见道旁崖刻榜书，皆只有一字：祖，是，亲，普，要。依次见字如过关，不做任何停歇。年轻僧人突然又问："如何是本来面目？"不料老和尚又答："不行鸟道。"年轻僧人默然。老和尚蓦然大喝一声："如何是佛？"年轻僧人缓缓答曰："丙丁童子来求火。"老和尚又道："好语，丙丁属火，以火求火，可惜犹未到底，可更说看。"

两位僧人脚下此山，实则由正、续道藏数以亿计的文字内容炼造而成，而这座"道山"的山道崖外，有飞鸟蓦然划破长空，振翅绕山，一座青山开始同时旋转，最终旋山与飞鸟仿佛皆静止，故名一支镞矢之疾，而有不行不止之时，两位登高而不觉山转的僧人，见山外飞鸟犹如一支悬空静止的箭矢。年轻僧人沉吟不语，老和尚叹了口气，檐下团露矣。年轻僧人霎时间心有灵犀，自问自答："如何是佛？丙丁童子来求火。"老和尚轻轻点头，重重跺脚踩地一下，最后笑言一句："莫露贼赃……"

在当年终于想明白某件事后，这位在金翠城修道多年的中年文士，把更多心思放在了佛家各脉浩瀚如海的经律论上边。

凉亭外，金翠城的女城主姗姗而来，停步后，看了片刻，由于那位"先生"并未刻意遮掩景象，她才得以瞧见凉亭里边的奇异人事。等到那位"先生"转过头，望向自己，她这才仪态万方施了个万福，笑语嫣然，柔声问道："先生，这是作甚？"

城主清嘉，道号鸳湖，是一位仙人境妖族女修。她其实拥有一件仙兵品秩的法袍水炼，只是这些年在金翠城内，不举办各类庆典的话，她都会穿着身上这件显得极为朴素的碧绿法袍蕉叶，略施淡妆而已。

那位被清嘉尊称为"先生"的金翠城清客，站起身，微笑道："闲来无事，随便想想，聊以解闷。"

此人姓改名正，是个外乡修士。他在金翠城担任客卿已经将近百年光阴，深居简出，几乎从不抛头露面，就算是清嘉的那拨嫡传弟子，都不曾知晓金翠城有这么一号古怪人物。

改正偶尔会悄然出门远游，从不与清嘉打招呼，她也从不过问。

清嘉神色诚挚地说道："先生不必如此在意繁文缛节。天下规矩，就是给我们这些俗人设置的条条框框。以先生的学究天人，不必如此。"

中年文士笑道："入乡随俗，礼不可废。"

清嘉由衷地赞叹道："先生律己有秋气。"

中年文士摇头说道："不是翻过几本书的读书人，就可以被称呼为先生的。"

"先生"一说，其实要比远古时代的"书生"更早，意思更大，足可与"道士"比肩。

清嘉始终乖乖站在凉亭台阶底部，试探性地问道："今天其实无事请教先生，可以去凉亭里边落座吗？"

女修双肩分别停着一只画眉鸟和一只名为纺织娘的花木精魅。私底下，清嘉对这位化名改正的客卿，一直敬称为"先生"，都不加姓氏。

何况，金翠城真正的主人，早就不是她了。

只不过最让清嘉觉得"好玩"而不是恐惧的某个真相，是除非她亲眼见到凉亭内的这位先生，否则她关于此人此事的全部记忆，就像被锁在了某间屋子里边，身为主人的她，却是没有钥匙的，钥匙只掌握在这位先生手中。

故而就连她自己都不知道此事，那么整座蛮荒天下，又有谁能知晓这个真相？

清嘉觉得很有意思，就像一个情窦初开的小姑娘，暗藏着一个不愿与任何人分享的秘密。

将一位仙人境修士的道心，好似完全玩弄于股掌之中，恐怕就算是飞升境巅峰修士，都不敢说自己一定可以做到，要说让对方明知此事，依旧心甘情愿，就更是匪夷所思了。而金翠城女仙鸳湖，可不是什么性格软绵之辈，光凭仙人境，也无老祖师可以依靠，她又天生不擅长厮杀，能够护住数百名女修和整座金翠城，就可以知道鸳湖道心定然极其坚韧。

　　中年文士也没有撤掉那份凉亭异象，笑道："当然是客随主便。"

　　清嘉闻言，咬了咬嘴唇，一双极其灵动的秋水长眸，既幽怨，又妩媚。她拎起裙角，拾级而上，进了凉亭，才察觉到小小凉亭的广袤程度。她小心翼翼绕过某些道气萦绕的地面青砖，最终坐在那位先生对面。

　　一位名动天下的女仙人，此刻正襟危坐，如面对一位学塾的教书先生。

　　清嘉落座后，流露出几分自惭形秽的神色，自嘲道："先生打发光阴的随便想想，得出的结论，可能就是我们这些鲁钝之辈穷其一生都无法理解的玄之又玄的道理。"

　　中年文士摇头道："鸳湖道友谬赞了。一个人的知识越多，就会面临更大的未知。凡夫俗子，在于知道什么；修道之人，在于知道自己不知道什么。"

　　清嘉无言以对。

　　中年文士，坐姿端正，笑容和煦，但是在清嘉眼中，对方却是……高若神明。

　　没办法，眼前此人，是那位敢在托月山，也能在托月山随便杀人的白帝城郑居中啊。

　　清嘉欲言又止。就像她自己所说，原本没打算聊什么正事，只是等到她进入凉亭，与郑居中面对面而坐，好像不说点什么，她就会觉得有点……暴殄天物了。

　　至于凉亭"小天地"内，两位僧人的继续登高与对话，清嘉看了也等于白看，听了也白听，一则完全不懂，二则道不同。

　　清嘉强行压下心中那个念头，换了个话题，亦是心中好奇已久的问题："敢问先生，会觉得什么事情是真正有意思的吗？"

　　郑居中微笑道："很多啊。"

　　例如在一处中等品秩的福地之内，郑居中曾经让某个自己白手起家，从一个手无缚鸡之力的文弱书生，在短短二十年间，变成一位成功辅佐帝王一统天下的军师。同时又添加了两个崭新的身份，其中一个，是武学天赋极好的草野莽夫，揭竿而起；另外一个，成了山上练气士，修行资质一般，下山后去当了纵横家。

　　三者各有一条潜在的主要心路脉络，牵引三人走向不同的道路，分别负责三件事，创建、摧毁、修补。

　　郑居中低头看着那座山头，突然说道："鸳湖道友，是该为金翠城做长远计了。"

　　清嘉如释重负，沉声道："恳请先生赐教。"

金翠城在蛮荒天下的处境，与酒泉宗相仿。两座"宗"字头的立身之本，分别是炼制法袍和酿造仙酿。

在外界看来，金翠城因为曾经帮助旧王座大妖仰止，将那件墨色龙袍提升了一层品秩，才得到了仰止的庇护。倒也不假，毕竟蛮荒天下的那拨飞升境大妖，极少侵扰金翠城，却非全部事实，仰止确实对清嘉青眼相加，可不过依旧是想要将其吞并，作为一只财源广进的聚宝盆。之所以没有成事，还是因为清嘉坚持己见，甚至不惜撂下一句狠话，仰止似乎有些不为人知的顾虑，才没有与清嘉一般见识，反正此间辛酸，不足为外人道也。

由于金翠城的法袍，炼制门槛高，难以大规模量产，上次攻伐浩然天下，金翠城与仙篆城在内的几个宗门，都是破财消灾，给出了一大笔神仙钱，而金翠城也搬空了密库储藏千年之久的法袍，一并折价交付给甲子帐。

所以在剑气长城，金翠城也没有任何修士现身战场。而城主清嘉，只是在之后的托月山议事中现身，与那拨参加文庙议事的浩然大修士遥遥对峙。事实上，当时对面仔细打量这位金翠城女仙的视线，不在少数，当然还是因为她身上那件水路分阴阳，拥有日月更迭、斗转星移大道气息的水炼法袍。

郑居中瞥了一眼清嘉，点头说道："桃亭道友的建议，大方向是对的。"看人道心、翻检记忆如随手翻书。

清嘉没有感到任何不适，只是追问道："以先生之见？"

金翠城能够数千年来始终屹立不倒，在于拥有两座所谓的靠山，分别是明处的仰止、暗处的蛮荒桃亭。

可惜旧王座大妖仰止，被柳七拦阻，已经被文庙囚禁，未能返回蛮荒。桃亭也早就在那十万大山当看门狗多年，如今更是在浩然天下摇身一变，成了那个在鸳鸯渚一举成名的嫩道人。

所以托月山大祖的嫡传弟子之一，同为女修的大妖新妆，先前曾让金翠城全盘交出炼制法袍的秘法、道诀。金翠城没有什么可讨价还价的余地。作为交换，托月山允许金翠城随便拣选两地，建造两座下宗。

只是对清嘉来说，这种华而不实的好处，意义何在？ 根本就是毫无意义。

金翠城即便立起了下宗，也守不住。金翠城内嫡传皆女修，除了炼制法袍，根本不懂如何与人厮杀。

所以那桃亭先前曾经偷偷寄来一封极其隐蔽的密信。

大致意思，无非是暗示清嘉，树挪死人挪活。不如将金翠城搬迁去往浩然天下，在那边混口饭吃，双方也好有个照应。桃亭在信上拍胸脯保证，到了那边，不敢说让金翠城更好，只说维持当下的家业，与文庙讨要一个"宗"字头身份，不在话下。

对桃亭来说，金翠城清嘉，就是个小姑娘，属于半个自家晚辈。

因为金翠城若是往上追溯，有两条道脉，一条类似正宗法统，一条属于旁门秘传。而桃亭与清嘉某位身份隐蔽的传道人，确实极有故事，称不上道侣，可要说是姘头就又难听了点。

而清嘉的这位不纳入金翠城谱牒的传道人，曾经为金翠城留下一道遗嘱法旨，说在那轮明月皓彩当中，有一位按照辈分清嘉可以喊一声太上师祖的祖师爷，但是何时得见这位祖师爷，说不定，耐心等着就是了。

清嘉本以为金翠城可以凭此多出一座巍峨靠山，结果天上一轮明月，直接被那些剑气长城阴魂不散的剑修给联手搬迁去了青冥天下。这让清嘉哭笑不得，这让她还怎么认祖归宗？只是失望之余，又有几分轻松。毕竟金翠城内已经有了一位自己甘心托付生死的郑先生，就足够了，真要让那位道龄悠悠的祖师重返人间，再来到金翠城，说不定反而是一桩祸事。

大骊王朝，在那宝瓶洲战场，曾经大肆搜刮一切出自金翠城的法袍，可惜未能成功捕获几个精通炼制技艺的金翠城嫡传修士。

三百年前城主鸳湖跻身仙人的庆典，除了仰止亲自参加观礼，桃亭也曾偷偷溜出十万大山。

避暑行宫秘档对此都是有明确记录的。

显而易见，浩然天下与蛮荒天下，已经是如箭在弦的形势，随时都有可能爆发大战。而金翠城，如果不是郑先生，其实没有任何选择可言，要么主动依附托月山，要么被浩然天下攻破，沦为阶下囚。

清嘉发现这位先生好像有点心不在焉，她也不敢打搅对方的神游万里，耐心等待下文。

郑居中很快就回过神，只是与她说了句言简意赅的话语："无非是将托月山新妆换成中土文庙，金翠城主动要价减半，去扶摇洲扎根，再在别洲，类似皑皑洲，挑选一处地盘作为下宗。"

清嘉显然对此并无异议，没有任何惊讶神色，能够适宜浩然水土的蛮荒宗门，数量稀少，恰好金翠城就位列其中。她小心翼翼问道："怎么搬迁走金翠城所有的家当呢？再就是如何挑选修士？"

郑居中说道："跟我走就是了。"

约莫是担心对方听不懂，郑居中笑着解释道："整座金翠城已经被我炼化为本命物，为了瞒过托月山，不露出马脚，连累鸳湖道友，在这件事上，确实耗费了我不少时日。"

方才郑居中之所以会分心，是在考虑一件与双方议事离题万里的事情。

而这件事，郑居中只与崔瀺聊过。

双方的观点是差不多的，有灵众生，在修道之人的率领下，铺路搭桥，往天外走，是一条肉眼可见的出路，要将那些天外星辰作为桥梁或是"宗门飞地"，只要棋盘够大，就可以脱离胜负之争，减少整个既定天地的内部消耗，可能是以人族为首，与各族修士精诚合作，在那些天外星辰，拣选宜居之地，繁衍生息……

但是光有这条暂时难说是崭新"去路"还是老旧"来路"的通天道路，是远远不够的，以防万一，还得用某条前所未有的路径，"往内走"。让天地众生皆有另外一种活法的，则是一条必须未雨绸缪早做谋划的退路。

绣虎崔瀺穷其学问，终于打造出瓷人一事，就是为了与郑居中，也是与三教祖师，证明这个"万一"的恐怖意外。

现成的例子，就摆在眼前了，你们三位，总不好视而不见了吧。

郑居中笃定，人族若是既没有找到一条出路，又未能找出足可保全自身的退路，那么迟早有一天，会被自己毁灭。

就像曾经高高在上的神灵，毁灭于亲手造就出来的大地众生。

每一个我们不敢承认的自己，就是一头徘徊笼中的困兽，就是一尊高坐大殿的神灵。

绝大部分的所谓得道之士，根本不知道所谓的立教称祖，立教之根底是要做什么，称祖所求何事。眼已不高，手自然更低，是注定伸手够不着"那道帘幕"的。

凉亭内的人，一个在想着金翠城的生死存亡，一个在考虑整个有灵众生的生死存亡，大概这就是差异了。

难怪玄都观孙道长会笑言一句，人与人之间的差距，比人与猪的差距更大。

郑居中一挥袖子，收起凉亭内的那份异象，弯曲双指，轻轻叩击亭柱。

人间木作，以卯榫为关键。

在家门户，在外学塾，修行在山，靠何物来相互衔接人心？

郑居中站起身，微笑道："我们都是一盏灯火，在天地间忽明忽暗。"

言行互为卯榫，人心共做灯火。搭建屋舍，抱团取暖。

之后郑居中率先走出月眉亭，带着清嘉散步于金翠城内。大雪时节，金翠城的殿阁极为壮丽，美若琉璃境界。

跟在郑居中身边的清嘉，无法施展道法，便一并隐匿身形了。在那好似一处皇宫大殿的地方，有梳灵蛇髻的少女们，正在那儿踮起脚尖，伸长腰肢，手持长竿，敲打冰凌，坠地有一串碎玉声响，少女们的笑声，婉转如莺歌燕语。

走出宫殿，郑居中带着清嘉来到金翠城外的一条护城河边，河面宽阔，桥下结了冰，有许多孩子在上边飞奔嬉戏。

郑居中沿着河流一直往上游散步而去，来到一处河边堤坝，脚下的路由瘦长条石堆砌而成，遍地攒簇密集，石缝间浇筑糯米浆，再以铁锔和榫使劲夯实，如同鱼鳞层层叠叠，又如老者之瘦骨嶙峋。

郑居中这些年一直好奇，齐静春当年在骊珠洞天到底是怎么做到的，齐静春又到底看到了什么。

真正让郑居中觉得有意思的事，就是有人做到了不管他如何花心思依旧做不到的事情。事情本身有大小之分，只是在郑居中心中，也不一定就有高下之别。如果一枚山上的雪花钱，突然间只能在山下折算成一百两银子，天下形势又会如何？又比如天地间突然所有的三种神仙钱都消失无踪了，事态又会如何发展？

听说崔瀺年幼时，有个家族长辈，不许他看那江湖演义小说和才子佳人小说。也不许崔瀺下棋，因为觉得聪明人容易痴迷此道，白白消磨大好光阴，耽误治学，不务正业。

清嘉转头看着郑先生，片刻之后，她自顾自笑起来，壮起胆子开口问道："先生，如何看待男女情爱一事？恕我冒昧，先生可曾有过心仪的女子？"

郑居中笑着摇摇头。

清嘉这辈子还不曾有过道侣，她也不觉得需要找个道侣，但是她有个极为宠溺的嫡传弟子，跟随闺中好友，大妖官巷的一个家族嫡出晚辈，还有一拨相熟的女修，一共乘坐一架极有来头的车辇，北游剑气长城。据说虽未能成功登上城头，却遥遥见到了那位着鲜红法袍的年轻隐官，车辇还挨了一道雷法呢，没白跑一趟。

成功见着了那位名动天下的年轻隐官，让她们雀跃不已。如出一辙的观感，就俩字，真俊！

回乡之后，清嘉的这个嫡传弟子便痴心一片，好似魔怔了。

郑居中神色淡然道："爱欲之人，犹如执炬逆风而行，必有烧手之患。"

清嘉便不敢多问什么了。

郑居中缓缓而行，先前在那黥迹渡口，另外一个自己，与岁除宫吴霜降，双方确实见面了。

浩然天下白帝城，青冥天下岁除宫，是公认对宗门掌控力最强的两个地方，修士对各自宗主敬若神明。

当时郑居中开门见山说道："吴宫主不该这么早来的。"

吴霜降微笑道："破甑不顾。"

可既然吴霜降来了，也就意味着绣虎在某种程度上开始收网了。郑居中会按照事先约定出手一次。

吴霜降当时就看着剑气长城的天幕，一轮明月被拖拽去往青冥天下，随口问道：

"好像打不起来?"

郑居中说道:"因为陈平安还是不够心狠。"

最终陈平安的那个选择,也不算太过让人意外。

白玉京三掌教陆沉,差点死在一个死人手上。

青冥天下,天地中央,一山独高闰月峰。

与林江仙在山路上边分别,碧霄洞主只留下戚鼓一人,带着刚来这边拜山头的嫡传弟子王原箓,和那个道号金井的烧火小道童,一起离开闰月峰,去往明月皓彩中的简陋道场。

作为收徒礼,老道士拿出了一件巴掌大小的宫殿袖珍模型,丢给王原箓,又瞥了一眼小道童,道:"此地归属王原箓。金井,只要王原箓没意见,你将来可以在里边修行炼丹。"

至于拜师礼就免了,王原箓当然巴不得没有这套山上的繁文缛节。

王原箓双手接过那座来历不明的"仙宫遗址",珍稀异常,毋庸置疑。

小道童谨遵老爷法旨,不敢有任何怨言,各人有各命,既然羡慕不来,何必羡慕……他娘的,瞧着真眼馋啊。

老道士不理睬两个各怀心思的家伙,自顾自走入屋内,只是让金井继续盯着那炉子丹药的火候,顺便让他传授王原箓一门炼丹道诀,能教多少,能学多少,各凭本事。

王原箓将那件重宝收入袖中,落袋为安再说,这才开口问道:"金井师兄,此物来历,给说道说道?"

看在那一声"师兄"的分上,小道童白眼道:"听没听过一句话?"

结果等了半天,也没等着下文,王原箓给整蒙了。

小道童这才大摇大摆跨过门槛,坐在丹炉一旁的板凳上,笑道:"有句老话,龙潜渌水坑,火助太阳宫。晓得吧?"

王原箓蹲在一旁,摇头道:"从没听说。"

小道童嗤笑道:"井底之蛙!"

王原箓笑呵呵不反驳,谁是井底之蛙还不好说呢。

小道童继续说道:"相传是远古五至高之一的……"

说到这里,小道童连忙止住话头,伸手指了指天花板,道:"那渌水坑,是远古水神的避暑行宫,只能算是其中之一吧。可这太阳宫,是谁的地盘,你自个儿猜去,反正要比那渌水坑品秩更高一筹,相传曾是铸剑地之一。外边的修士,知道个什么,只会以讹传讹。都说给打碎了,其实就在我家老爷这边搁放着呢,算是极好极好的宝贝了,能排在我家老爷……前五的家当,被你得手,就偷着乐吧。"

王原篆感慨道："金井师兄懂得真多。"

小道童盯着丹炉的火焰，一张稚嫩脸庞被火光照耀得熠熠生辉，撇撇嘴，说道："有个屁用。"

王原篆双手笼袖，轻声道："比没屁用强多了。"

小道童闻言勃然大怒，误以为对方是在说怪话讥讽自己，只是等他转过头去，却看到一张面带伤感的真诚脸庞。

青冥天下，甘州，岁除宫。

山中一座建造在最高处的宫殿观景阁内，四人相约饮酒。

他们当下正在传阅一本宫主亲笔撰写的册子，以蝇头小楷详细记录着五彩天下那边的风土人情。

在这里，既可以看到鹳雀楼，也可以看到鹳雀楼外江水中央的中流砥柱，其实是一块歇龙石。

他们几个，都是鹳雀客栈的"旧人"了，昔年一座寂寂无名的鹳雀客栈，在浩然天下的倒悬山，开了两三百年。小小客栈，藏龙卧虎，一飞升两仙人，外加两玉璞。年轻掌柜之外，客栈厨子、杂役四人，化名都姓年，而且都是以阴神之姿，远游浩然天下倒悬山。其中化名年窗花的少女，更是宫主吴霜降的嫡女，道号灯烛。

而那个年轻掌柜，正是被吴霜降昵称小白的白落，岁除宫真正全权处理庶务的二把手。

此刻除了守岁人白落，其余四个，就都在这边了。

道号洞中龙的仙人张元伯，是个酒糟鼻的白发老翁，将那本翻完了的册子，轻轻抛给隔壁案几那对正在打情骂俏的道侣。

修行之余，闲暇无事，要是给这个老人一壶酒，一碟下酒菜，就能够喝上一整天。

就像每端碗喝上一口酒，就往碗里吐回一大口。

酒桌三板斧，吱溜一口，眯眼陶醉状，打个哆嗦。

以前张元伯的道场，就在那块歇龙石之上，后来来了个剑修程荃，张元伯就主动挪地盘了，都不用祖师堂议事，如果这种琐碎事都需要劳烦宫主定夺，传出去还不被外人笑掉大牙。

山上君虞俦，伸手接住那本册子，神色认真，翻书如飞，书页哗啦啦作响，虽然看得快，却不敢错过任何一个字。

毕竟是宫主亲笔。

当初青冥天下三千道官，进入五彩天下。名义上，白玉京只有千余人，距离半数还差了四百多人。可事实上，白玉京的天君仙官，在外边开枝散叶的不在少数，千丝万缕的关系,其实真要宽泛来算,白玉京道官还是差不多占了半数名额。

虞侗的山上道侣,名为谢春条,妇人身材健壮,姿容实在是……很不仙子,喜欢喝烈酒,说荤话。

谢春条头别一根翠竹发簪,正默默喝酒。

虞侗将那本册子交给身边的道侣,不忘轻轻捏了一把妇人的白腻手腕,结果谢春条一手接过册子,一手甩在对方脑壳上边,打得他差点原地转圈圈。

张元伯皱眉说道:"怎么会在这个关头,比预期早了七八年,冷不丁冒出个天下十人的榜单?"

虞侗嬉笑道:"爱怎么折腾就怎么折腾去,反正老子也没在榜单上边,就不关我事。"

谢春条一边看书,一边说道:"关键是仙杖派声明,这份榜单根本不是他们的手笔,这就很玄乎了。"

化名年窗花的少女,她作为吴霜降的嫡女,真名吴讳。只是这个名字,好像取得有点吃亏。因为谐音都不是特别美好,污秽,误会,无悔……

当初那场阴神出窍的联袂远游,他们足足跨越两座天下,并非完整魂魄,真身和阳神都留在了岁除宫。

当然是被宫主吴霜降用上了某种秘法护持,否则以他们的境界,阴神无法在倒悬山待那么久,而且各自还能够继续修行。

吴讳腰间悬挂一把小巧玲珑的拨浪鼓,彩绘鼓面,画工繁复,以龙皮缝制,桃木柄坠有红线系挂的一颗琉璃宝珠。

以少女的修为,竟是无法完全遮掩本命物的宝光气象,由此可见,这把小鼓不但是件仙兵品秩的重宝,而且在仙兵当中,注定都是上乘的。岁除宫每年的除夕夜,都有那遍燃灯烛照虚耗和击鼓驱逐疫疠之鬼的旧风俗,负责主持这两件事的,便是吴讳。

吴讳在鹳雀客栈那会儿,化名年窗花。

因为年少时,有一次她与父亲一起守岁。吴霜降喜欢看杂书,尤其喜欢翻阅那些掌故类的文人笔记,吴讳曾经听父亲说过一句书上言语:"窗内人于窗纸上写字贴花,吾于窗外观之,极佳。"

可能是书上看到的,也可能是有感而发,谁知道呢。

吴讳说道:"回头我问问父亲?"

虞侗赶紧摇头:"吴讳,克制,要克制啊,千万别连累我们在宫主那边挨训。"

三百年来,青冥天下十人,变动极小,几乎都是些老人。

白玉京占据了前三的席位,没有任何异议,大掌教寇名,二掌教余斗,三掌教陆沉。

第四,是那地肺山华阳宫的掌门老真人,道号巨岳的高孤。

第五,玄都观孙怀中。第六,鸦山林江仙,是唯一上榜的纯粹武夫。

之后几个,也都是名字、道号如雷贯耳的老面孔。

其余像岁除宫吴霜降,两京山女祖师、道号复勘的朝歌,因为他们各自闭关太久,登上过榜单,又都曾退出了天下十人之列。

至于吾洲,闭关岁月更为长久,这位道号太阴的散修女冠,原本几乎都快被青冥天下彻底遗忘了。

关于以往的天下十人,四人除外,各种名次高低,都还算让看客们有个争论不休的说头。这四人,当然是三位白玉京掌教,外加一个玄都观的孙道长。

但是这一次,不知是谁捣鼓出来的榜单,最新的天下十人。

充满了玄妙,甚至是一种暗流涌动……杀机!

高居榜首之人,是白玉京二掌教余斗。

第二,白玉京三掌教,南华城城主陆沉。

第三,道场暂时位于明月皓彩之中的碧霄洞主。

第四,祖籍雍州的散修、炼师,女冠吾洲。

第五,蕲州,玄都观观主孙怀中。

第六,汝州,赤金王朝,鸦山林江仙。

第七,岁除宫吴霜降。

第八,幽州,地肺山华阳宫,高孤。

第九,并州,青神王朝,雅相姚清。

第十,是两人并列。玄都观,道号空山的女冠,王孙。闰月峰纯粹武夫,辛苦。

另有候补十人。但是相比前十人,已经让看客们提不起太多兴趣了。

首先,这份十人榜单,再没有那位白玉京大掌教冠名!

这就已经是足够惊世骇俗的消息了,说是晴天霹雳都不夸张。

其次,吾洲再度现世,等于坐实了她的十四境,她挤掉高孤的位置,并不意外,但是为何高孤并未紧随其后,难不成玄都观孙怀中是那雷打不动的第五人,当真成了青冥天下的一条铁律?还是说……孙观主其实已经同样跻身了十四境?玄都观是道门剑仙一脉,孙怀中可是那……十四境纯粹剑修?!

此外,玄都观除了孙道长,如今还多出了一个师姐王孙,而玄都观与白玉京的恩怨情仇,谁心里没点数?难不成……?

谢春条刚要将那本册子归还吴讳,后者摇头道:"你们留着好了。"

张元伯想起一事,捏着下巴,疑惑道:"当年桂夫人临时反悔,没有跟我们一起来到青冥天下,是不是早就察觉到了这边的不对劲?"

虞㑊想到那位气态雍容的桂夫人,与自家婆姨的那种搔首弄姿,可是截然不同的风韵,虞俦忍不住嘿嘿而笑,结果立即挨了谢春条一肘,打得虞俦额头当场冒冷汗。

谢春条没来由地感叹道:"还是无法相信,那个少年能够当上隐官,还可以在城头刻字。"

当年那位背剑少年的清澈眼神,实在让人记忆深刻。

曾经的背剑少年,后来的末代隐官,是客栈的老主顾了。

两次游历倒悬山,都下榻于小巷尽头的鹳雀客栈,很捧场。

张元伯笑着点头,看了一眼吴讳,道:"我觉得董画符瞧着也不错。"

吴讳只当没听出其中的言外之意。

当年倒悬山重返青冥天下,董画符曾经和晏琢一起跟着程荃来到岁除宫,一起浏览岁除宫景象,大好风光,不看白不看,又不需要花他一枚铜钱。其间他们遇到了那个道号灯烛的丫头片子,修道有成,看着年纪不大罢了,与他们俩说话阴阳怪气的。

可惜碰到了祖师爷。吴讳确实骂不过那个董黑炭。吵架最怕听不懂对方在讲啥。

所幸双方都没动手,只是约了一场架。

她嫌弃俩外乡人境界不高,又是岁除宫的客人,就没有跟他们一般见识。

但是至今吴讳还不清楚,那是董画符帮陈平安约的架,跟他董画符无关。

歇龙石上,吴霜降亲临此地。

吴霜降与少年面容的纳兰烧苇闲聊几句修行事,最后就只剩下一个程荃,陪着宫主散步河边。

作为剑气长城十六位远游剑修的领头人,老元婴境剑修程荃背着一只棉布包裹的剑匣,装着纳兰烧苇的一盏本命灯。

程荃加入了岁除宫的祖师堂山水谱牒,却没有授箓,不曾获得正式道牒。这就意味着,老剑修至今还不是一位道官。

双方脚下这块歇龙石,本该随水迁徙,不会长久扎根某处。但是被吴霜降亲自施展了数重禁制,强行拘押在此。其实除去歇龙石本身价值之外,吴霜降此举很不划算,属于一笔亏本买卖,要是搁在其他宗门、道观,可能就会开凿出一条环形河道,让一座随波逐流的歇龙石不断增添水运,就是一笔源远流长的收益了。只不过岁除宫底蕴深厚,吴霜降的暴殄天物之举多了去,不差这一桩。

在历史上,歇龙石总计四块:一块在那场水火之争的战事中,被彻底打碎;一块后来被某位上古仙人炼化为本命物;一块就是曾经被渌水坑澹澹夫人视为禁脔的那座海中巨石;最后一块,便是岁除宫这处道场。

传闻,仅是传闻。

昔年宫主吴霜降的道侣,修道资质平平,喜好搜集天下奇珍异宝,吴霜降就带着她云游天下,她所有喜欢之物,都会被吴霜降带回岁除宫。

程荃得知那一连串事迹后，试探性地问道："吴宫主，有无山水画卷，可以观看一二？"

吴霜降停下脚步，歇龙石外边的那条河流中，便水雾升腾起来，江水如镜，那幅水纹画卷中，只见一位状若疯癫的女修，狂笑不已，抬起一条如灰烬簌簌而落的腐朽胳膊，拍了拍脑袋。

她如失心疯了一般，对那年轻隐官扬言，宰掉她便是，就当是多出一笔战功，但是她竟然请求年轻隐官，一定要做掉元凶，打崩托月山……

随后便有一道金色雷电，将那仙人境女修的身躯打作齑粉。

由于这幅画卷被掐头去尾了，故而看得程荃一脸茫然，这是咋回事？

至于那只仙人境大妖，程荃当然认得对方，女修道号繁露，也曾是在蛮荒天下割据一方的一宗之主。

看样子她是只能靠着一盏续命灯，折损了一部分魂魄，再去借尸还魂了，可这属于最下乘的尸解，毕竟妖族修士要远远比人族练气士更重视"真身"。许多术法的大道根本都与真身体魄休戚相关。所以妖族修士跌境之多，要远远多过人族修士。

何况就算能够从头再来，也再难走前世修行的那条老路了，既然无法熟门熟路走旧道，以后修行岂能顺遂？

所以对蛮荒天下的任何一座"宗"字头门派来说，祖师堂每供奉一盏续命灯，几乎就是一笔注定赔本的买卖。即便是那宗主，能够靠着续命灯存世，接下来往往就是一场毫无悬念的改朝换代了。

程荃虽然想不通其中关节，但是不耽误老剑修满脸笑容。

在托月山被人斩杀，就像道官在那白玉京给人砍死，儒家修士在中土文庙被外人打嘛。

痛快痛快。

咱们隐官大人，果然还是一如既往的怜香惜玉！

吴霜降微笑道："确实憋屈，繁露若是堂堂正正地与年轻隐官厮杀，也不至于死得如此窝囊，只是这场托月山一役，太过诡谲，就像托月山大祖的开山弟子，元凶，与陈平安联手，做掉了他们这拨留在托月山做客的蛮荒上五境修士。"

程荃震惊道："这拨？！不只是繁露这个老妖婆？"

吴霜降点头道："比较多。"

老剑修哈哈大笑："不枉我当年与隐官大人吵架不还嘴。"

吴霜降一笑置之。

老剑修感慨万千。这位隐官大人，确实从不让人失望。

吴霜降突然笑问道："程荃，你这辈子最恨谁？"

程荃默然。

当然会恨很多人，只说那些妖族畜生，数得过来？

但是程荃最恨之人，其实是自己。

恨此生剑术稀松。恨自己胆小，连那董三更、齐廷济都敢骂，至于老聋儿之流，都不配程荃浪费唾沫，但是这么一号剑修，这辈子却连"喜欢"二字都不敢说出口。

有些事，不会等人。有些人，也不等人。

程荃神色黯然。

吴霜降说道："红叶剑宗的剑修蕙庭，肯定记得吧？"

程荃眼神瞬间凌厉起来。

程荃与挚友赵个篓，曾经有过一个私底下的约定，下次蕙庭再出现在剑气长城时，如果再无法将蕙庭大卸八块，以后双方就当哑巴好了。可惜蕙庭在百年之前，那把本命飞剑脂粉在战场上破碎了，跌境后就在宗门内养伤，没有参加最后那场大战。

吴霜降说道："还有一幅画卷，自己看吧。"

原来是为了斩杀红叶剑宗的元婴境剑修蕙庭，陈平安放走了一位仙人境妖族修士。当然，后者经过托月山一役，也算元气大伤了。

蕙庭选择以命换命，为一个从来不曾去过剑气长城的妖族仙人，换取一条生路。

在那战场上，陈平安先是剑光直落，将那蕙庭当头劈下，一切为二。然后是一道锋芒无匹的剑光横扫而过，将其拦腰斩断。再以一座悬空雷局，以五雷正法缓缓炼化修士魂魄。

最恐怖之处，在于那座道韵无穷的璀璨雷局当中，出现了两个被强行剥离出来的金色文字，正是蕙庭的妖族真名。

一场足可让旁观者背脊发凉、毛骨悚然的虐杀。

剑气长城多战事，战场之上，惨绝人寰的画面，层出不穷的狠辣手段，茫茫多。

只说米裕、纳兰彩焕、齐狩，这些剑修在蛮荒妖族眼中，何尝会是什么善茬？

而这幅画卷，之所以容易让人备感不适，只是因为出手之人，是陈平安。

但是程荃，绝对是例外。他绝对不会感到有任何不对的地方。

吴霜降收起秘法，画卷随水消散。如那人生无常，萍踪聚散不定。

吴霜降去往鹳雀楼。

程荃向吴宫主道了一声谢，然后独自走在河边，神色轻松，洒然一笑，是隐官大人做得出来的勾当。

昔年墙头之上，并肩作战的战事间隙，竟然骂不过年轻隐官。

老人一转身，好像还来不及收敛笑意，蓦然间就已经老泪纵横。

不小心。

鹳雀楼内。

吴霜降渐次登高，来到顶楼，大门自行开启，他走入一间屋内。

在青冥天下历史上，岁除宫曾经只是一个勉强可算二流的门派，直到出现了一个吴霜降，他完全是凭借一己之力，将岁除宫抬升为天下最顶尖的宗门。

除了吴霜降自身道法造诣极高，可以说是视各境瓶颈如无物，他真正让天下修士忌惮的地方，在于他传道授业的本事独一无二。

故而在岁除宫内，吴霜降更是出了名的说一不二。

屋内，除了守岁人白落，还有掌籍兼文学的道官高平。

此外犹有三人。一个是瞧着与高平差不多岁数的道官，弱冠之年的面容，极有英气，他化名桓景，道号无恙。

还有一个私底下有个"大话秀才"绰号的老人，化名常幼，见着了那位跨过门槛的岁除宫宫主，也毫无畏缩神色。

最后一位是魂魄不全的鬼仙，姓杨，早已脱离了师门和家族，在岁除宫闭关多年，这是他第一次离开道场。

吴霜降率先盘腿而坐，微笑道："都别客气。"

鹳雀楼外，云水悠悠，与君同愁。

鹳雀楼内，兵家豪杰，谁堪共坐。

有些人，好像只存在于书中。然后某些人，就好像从书中走出来了。

而这本书，名为《武庙》。

浩然天下，桐叶洲，镇妖楼。

楼外山水神灵共同敬香的天地异象，渐渐消散。

其中一炷水香和一炷山香，分别来自书简湖的老先生，担任仿白玉京的阍者，与纯阳真人吕嵒。

"虽然你对那几个师兄留给你的那些功德，已有了个决断，但是我还得提醒你一句。"至圣先师微笑打趣道，"功德散尽，出乎私心，是没有任何回报的，可别心存侥幸啊。"

陈平安点点头。

二话不说，陈平安祭出那把不属于本命飞剑的小龈都，道："有劳至圣先师帮忙打开禁制。"

至圣先师也不觉得意外，一个连绣虎都没能捣烂道心的年轻人，脑子灵光，不奇怪。

只是没有急于出手，至圣先师没来由地笑问道："一个修道之人，至今还没个道号，不像话吧？"

陈平安难得有笑容尴尬的时候，总不能在至圣先师这边，说自己极其擅长取名一事，只因为候选道号一箩筐，反而不知如何取舍吧？

至圣先师又问道："将来去了青冥天下，化名想好了？"

陈平安愣了愣，摇摇头，道："还没想过此事。"

要说化名，还真不少，北俱芦洲的陈好人，桐叶洲的曹沫，五彩天下的窦义。至于青冥天下……有了！

只是至圣先师却微笑道："自己知道就好，不用跟我说了，免得泄露天机。"

随后至圣先师才伸出手，双指捏住那把飞剑，根本无须让青同打开镇妖楼禁制，只是将那把飞剑轻轻往镇妖楼外一丢，飞剑便化作一条纤细流萤，瞬间远去千万里，在夜幕中消逝不见。

蓦然间，如无数星辰渐渐坠落人间荒野，在大地之上，依次亮起，渐渐稠密，灯火辉煌，仿佛有那百千万亿，熠耀往来，不可计数。

在那破败城池，在那荒郊野岭，若荧光点点，恍惚如有一灯的独行者，又好似结伴并携双灯者，俱是那死无葬身之所、只能徘徊不去的孤魂野鬼。灯火攒簇密集之地，是那桐叶洲的破碎山河，无人收废帐，归马识残旗，在那大大小小的战场遗址，连绵不绝的破败城池内，是复国后犹然来不及做那水陆法会，无法被祭奠的亡魂，英灵汇聚不散，执念深重。死后依旧希冀着庇护一方山水的各路英灵，披挂破败甲胄，灯火汇聚，涓流虽寡浸成江河，爝火虽微能燎野。

处处灯火倏合倏分，好似路上行人，终要各奔东西。在那众多官府衙门、私家书院，好似响起书声琅琅，如挑灯夜读。有依稀灯火若渡江者，或迎风疾行，或踟蹰不前。回首望去，有那市井乡野，光亮寥寥，若寒窗爇灯荧荧然，有那灯火在道上相遇，驻足不前如逢旧人。

有那太平山、扶乩宗、玉芝岗等宗门覆灭之地，好似有灯火，仿佛修士纷纷御风而起，在漆黑夜幕中带起了一阵阵的流萤光彩。一洲各地，皆有灯火等高，好似夫妇，生生死死，皆不愿离别；又有那些高低差距，是那些大人牵着自家孩子的手，好像父母在低头安慰那些孩子，不怕不怕，爹娘就在身边呢……

至圣先师转头望向身边的青衫客。

之前一直默然远眺的年轻人，等看到最后这一幕景象时，便一下子泪眼蒙眬，嘴唇颤抖，使劲皱着脸。

至圣先师安静地等着身边的年轻人，一点一点收拾情绪。

年轻人转过头，数次深呼吸，再转回头，向至圣先师默然作揖致谢。

老人侧过身，拱手还礼。

看时辰，马上就是新的一年了。

于是等到陈平安直腰起身，才发现自己已经不在桐叶洲镇妖楼，而是重返大岳穗山之巅。

传闻上古时代，穗山曾经设有一座节气院，其中架有报春鼓，敲响此鼓，便是为浩然天下辞旧迎新，为人间报春。

但是不知为何，穗山已经太多年不曾有人敲鼓迎春了。

置身于节气院高台上的陈平安，怔怔地看着那架巨大的报春鼓，深吸一口气，开始擂鼓。

敲响报春鼓，天下共迎春。

第九章
青萍峰上

一年立春日。

有万物起始,一切更生之义。

既是四时之始,又是一岁之首。

等到陈平安从穗山之巅的节气院,返回桐叶洲镇妖楼,已经不见至圣先师和纯阳真人的身影。

只剩下黄帽青鞋绿竹杖的小陌,陪着一身碧绿法袍的青同站在顶楼廊道中。

陈平安将那把夜游重新背在身后,准备打道回府了。这趟出门远游,从带着小陌一起离开仙都山,进入镇妖楼,步入邹子暗中授意、青同亲手布局的十二座幻象天地,再到那场梦中神游数十处山水神庙,在那梦梁国境内的汾河神祠,又见陆沉,之后一起联袂登上黄粱派娄山……相较于自己以前的所有远游,按照真实尺度的光阴流逝,其实耗时不久,可如果算上十二幅画卷中的山水路程,再加上心路历程的话,真可谓恍若隔世。

青同见到了那个风尘仆仆的年轻隐官,欲言又止,他当然是想要参加仙都山的下宗庆典,只是一时间难以启齿,其实青同已经打定主意,必须抱上仙都山的大腿,今夜绝不能让陈平安就这么跑了。

时隔数千年,一个能够替礼圣敲响报春鼓的读书人,在青同看来,是不是文圣一脉的关门弟子,已经不那么重要了。

青同甚至猜测,是不是只要陈平安自己愿意,肯在这个方向上努力前行,未来担任文庙副教主,已算是此人囊中物了?

陈平安看着几次想要开口又止住话头的青同,笑问道:"青同前辈,是有话要说?"

青同笑容尴尬,有点死心了。

对方都不直呼其名了,甚至都不是什么青同道友了。呵呵,青同前辈,看似热络,实则生分哪。

明摆着是要过河拆桥,要与自己和镇妖楼划清界限呗。

实在是与陈平安一同远游,跟这个自己曾经误以为是白帝城郑居中的年轻隐官相处久了,青同觉得自己多少有点见微知著的本事,打机锋,说禅机,察言观色,很是闻弦知雅意了。

小陌受不了青同的磨磨叽叽,耽误自家公子的赶路,直截了当说道:"公子,青同是想要参加仙都山的下宗庆典。"

陈平安笑道:"小事,小事,参加观礼而已。青同道友别多想,我就是觉得仙都山都没有发出请帖,于礼不合,担心慢待了青同道友。"

青同连忙咳嗽一声,示意小陌把话说全乎了,别这么拖泥带水。

自己这趟神游山川,没有功劳也有苦劳,你们仙都山,怎么都该给个"首席"当当?

再说了,一位飞升境大修士,何况还是半个桐叶洲的东道主,竟然需要与人求着当个宗门供奉、客卿,传出去都是个天大笑话。

小陌说道:"青同还想要担任青萍剑宗的记名供奉或是客卿,方才闲聊,就想让我帮忙美言几句,我说这种有可能涉及增添一张下宗祖师堂座椅的大事,我自己都只是个落魄山的记名供奉而已,当然说了不算,成与不成,还得是公子亲自定夺,何况我们落魄山,又不是什么一言堂,想必难度不小。"

陈平安恍然,思量片刻,点头道:"青同,你愿意屈尊主动参加观礼,再当个记名的供奉客卿,仙都山当然是会因此蓬荜生辉,实属求之不得的好事。不过小陌还真没故意诓骗你,一来下宗事务,我与学生崔东山早有约定,几乎从不插手,全盘交给了崔东山处置,确实不好为谁破例,坏了规矩。再者就算是在上宗落魄山,举办祖师堂议事,怨我自己不靠谱,当山主那么些年里,因为做惯了见不着人影的甩手掌柜,常年不在山上,人人都有怨气呢,好些事情,他们都故意跟我怄气,唱反调。"

小陌立即跟上一番言语:"所以我之前见青同似乎不太相信,就举了现成的例子,当年公子的得意学生,如今仙都山的首任宗主崔仙师,担保举荐姜老宗主担任落魄山的首席供奉,不就是异议不小嘛,过程颇为曲折。听周护法说,当时在那雾色峰祖师堂,都吵架了,都快要吵翻天呢,姜老宗主好不容易才当上落魄山首席。"

青同板着脸说道:"如果实在为难,就当我没提这茬。"

爱咋咋的,我还真就不伺候了。

陈平安面带微笑,跟我横呢,还真就不惯着你。

小陌以心声提醒道:"趁着公子方才远游,青同搬空了几间屋子的多年珍藏,看架势,是要拿来当庆典贺礼了。"

陈平安瞪了一眼小陌,这种事情,不得开门见山就与我说了?隐官大人立即尾音上扬拖长唤了一声:"青同道友咋个还说上气话了,别这样,就凭我跟青同的交情,'道友'一词,简直就是为咱们仨量身打造的说法,于公于私,于情于理,我和小陌都该鼎力举荐一二,为你在青萍峰祖师堂争取来一把椅子!"

青同点点头,好像还在气头上呢。

动身离开镇妖楼之前,陈平安突然笑道:"青同,别的不谈,只言'道友'一说,同道好友,我是很诚心实意的。"

青同点头道:"我只相信这句话。"

小陌看了一眼自家公子。

陈平安悄悄点头,心领神会。

这个青同道友,今时不同往日了,不是个好骗的。

之后陈平安带头拈出三山符,青同颇为意外,却不动声色。

到底是陈平安着急赶路返回仙都山,还是说明他如今施展这张大符,已经无须消耗功德了?

凭借三山符的缩地山河,几个眨眼工夫,便来到一处山中。

已经身在青萍剑宗地界了,仙都、云蒸、绸缪,三山并峙,是一主两辅的格局。

绸缪山景星峰,此地正是曹晴朗的闭关之地。连同云蒸山在内,两山依旧被阵法遮掩。

三山都曾是桐叶洲的旧山岳遗址,在崔东山的精心营造、修缮之后,焕然一新。

两山主峰,分别在山巅立碑,由崔东山亲笔篆刻,"吾曹不出""天地紫气"。

山中有绿竹成林,风摇竹林,满山韵动,其下有溪涧幽幽然,其鸣忽大忽小。

青衫背剑的陈平安,黄帽青鞋绿竹杖的小陌,一身碧绿法袍、姿容俊美的青同,三人沿水而行,竹林间的溪涧,潺潺而流,有石高出水面,丛丛菖蒲,翠绿可爱。

水中多有凹石积水而成的小潭,石泓内水尤清冽,清深多儵鱼,忽上忽下。

溪流两岸边多竹丛,竹丛下乱石如齿相拥簇,倒映水中,若牛马饮于溪水。

陈平安笑着介绍道:"别处那座云蒸山的主峰吾曹峰,会是崔东山这位下宗宗主的道场,他同时兼任云蒸山的首任山主。他接下来,除了主持一宗具体事务,还会广泛收徒,按道诀、剑术、拳法、符箓、炼丹、阵法、经济之道等等,分门别类,各自收取弟子。等到今天白天的典礼结束后,第一场青萍峰议事之时,崔东山还会提议,将来青萍剑宗的年轻谱牒修士当中,第一位跻身玉璞境的剑修,就可以入主吾曹峰,担任第二任山主。

"而我们脚下这座景星峰,而非整座绸缪山,会暂时交给在此闭关结丹的曹晴朗打理,因为曹晴朗既是景星峰的第一位修道之人,又是毫无悬念的下任宗主,这件事,上下两宗,早就心知肚明了。那么青萍剑宗随之又多出了一个传统,是一条不成文的规矩,自第二任宗主曹晴朗起,以后第三任以及所有下任宗主,都会是景星峰的峰主出身。这一点,我们显然是借鉴了玉圭宗的九弈峰。

"既然宗门名字是青萍剑宗,那么当然是以剑道作为立身之本,作为祖山的仙都山,是未来剑修的落脚地。云蒸山可能会负责收纳纯粹武夫,除了崔东山,下宗还有种夫子,以及谪仙峰的隋右边,再加上我们与蒲山关系极好,教拳一事,问题不大。绸缪山这边,诸子百家练气士,可能都会有些。"

青同其实对这些宗门事务并不太感兴趣,听身边的陈平安娓娓道来,落在耳中,也就是如溪涧缓缓流去了,不上心头。

不过涉及一座宗门的传承人选、世袭秘传之法,搁在任何一个山头仙府,都不是小事,只是此刻陈平安说起来云淡风轻,略显轻巧罢了,其实对未来青萍剑宗的谱牒修士来说,可能就是无数的爱恨情仇,人心起伏。所以陈平安确实没有把他青同当外人了。

小陌微笑道:"青同道友,很多事情,我都是头回听说,所以你不要那么心不在焉。"

青同面色无奈,却是绵里藏针地说了一句:"我总不能拿出本册子,一一记下这些话吧。"

小陌微笑道:"我在仙都山的山脚,一处刚刚取名为落宝滩的地方,建造了道场,相信以后少不了会与青同供奉或是青同客卿,时常叙旧寒暄。"

青同脸色僵硬。

陈平安冷不丁问道:"这么多年,你就没有收取几个传授道术或是拳法的弟子?"

毕竟青同是等于半个止境武夫的飞升境修士。而且以青同经常逛荡藕花福地的脾气,一看就不像是个喜欢太过冷清的生涯的人。

青同摇头赧颜道:"不曾有过。"

主要还是因为负责坐镇镇妖楼,职责太过特殊,青同哪敢随便收徒,担心会给自己惹来一身腥臊,而且那位东海老观主,碧霄洞主,也曾毫不客气地敲打过青同,说青同根本就不是能够仅凭一己之力去开宗立派的那块料。

事实证明,真是青同小心驶得万年船了,只说太平山的那场祸事,就是最好的前车之鉴,镇妖楼极有可能沦为差不多的处境。而且青同觉得自己一旦有了开山弟子,在收徒这件事上,一定会停不下来,就跟镇妖楼内那一屋子一屋子的收藏差不多,青同从来不看品相、珍稀程度,只看眼缘,那么关门弟子的到来,就肯定会遥遥无期了。

陈平安感慨道:"青同道友真是一心求道,让旁人自愧不如。"

青同再次欲言又止。他之所以会厚着脸皮与仙都山攀上关系,就在于如今天下形势变了，青同心思就跟着变了，很想要捞个某某宗门的第一代祖师爷当当。

陈平安好像看穿了青同的心思，说道："投桃报李，我闭关之后，会跟朋友一起远游浩然，其间路过中土神洲，会拉上我家先生一起，在文庙帮你说几句话，看看能否准许你在桐叶洲中部某地，邻近镇妖楼的地方开宗立派，争取准许桐叶洲的本土妖族修士，投靠你这个门派，也省得他们一年到头风声鹤唳，道心涣散，根本无心修行。时日一久，这拨已经心生怨怼的妖族修士，之于桐叶洲，是会有些隐患的。

"青同，你主动跟我们来到青萍剑宗，有私心，我带你来到这座景星峰，其实也有私心。"

青同疑惑道："什么意思？"

陈平安双手笼袖，走在竹林小径，道："心怀远望又谨慎之人，能成大功。秉性忠良敦厚之人，可托大事。

"在我看来，青同道友的存在本身，可以完全撇开镇妖楼不谈，就是我们青萍剑宗仙都、云蒸、绸缪之外的第四座山。

"青同道友，未必是一个出类拔萃的宗门初祖，但肯定会是一个极负责、极用心、极好的护道人。"

小陌大为意外。一口气接连说了三个"极"字，青同当真配得上这个评价吗？

自家公子的这番话，都没什么言下之意了，就直接将所有意思都给摆在了桌面上，就是希望青同能够成为青萍剑宗的幕后护道人，至少也是之一。

青同更为讶异，苦笑不已，自嘲道："就算你说得真心实意，我自己也不信啊。"

陈平安微笑："在这件事上，你可以相信，因为我自己就是这么一步步走过来的。青同道友只管放心，也不用担心跌入个是非窝，我会跟崔东山他们事先说好，保证不能因为你的境界和身份，就将你牵扯到任何宗门事务里边，所以你只需要以半个山外人的身份，多加留心青萍剑宗一年年的发展态势，只要有觉得不对劲的地方，哪怕嘴上说不出哪里不对，都可以与崔东山，或是以后的第二任宗主曹晴朗主动提出来，完全不用计较自己的观点是对是错。"

青同点点头："只敢保证会尽力而为，我不做其他任何承诺。"

陈平安笑道："那就一言为定。"

一行人走到景星峰之巅，天清气朗，山青月白，环顾四周，心旷神怡。

因为陆沉的评价，将碑文形容为存神去形的"某种仙蜕"，陈平安这次就又多看了几眼那块石碑。

一位儒衫青年，从石室内快步走出，作揖道："先生，陌生前辈。"

果然如陆沉所料，曹晴朗所结金丹，品秩介于一品和二品之间。

丹成一品，是飞升资质，比如早年皑皑洲的韦赦，还有青冥天下的雅相姚清，都是如此。但事实上，许多如今屹立于天下山巅的大修士，多是丹成二品。

陈平安欣慰笑道："丹成二品之上，大气象。比先生当年结丹，强太多了。"

然后陈平安开始介绍身边的青同："这位道友，道号青同，是桐叶洲本土修士，飞升境。因为道号与我们青萍剑宗的宗名都带了个'青'字，青同道友觉得是一桩难得的缘分，再加上被我数次邀请，所以才答应担任青萍剑宗的记名供奉。"

曹晴朗再次作揖行礼："晚辈曹晴朗，见过青同前辈。"

青同点头致意，面带微笑，心中小有腹诽，隐官大人真是张嘴就来啊。

陈平安说道："青同道友的境界、资历，都明明白白摆在那边，只因为米裕已经是内定的首席供奉了，青同道友就只能屈居次席了。"

青同无言。自己这就是次席供奉了？这不就很一言堂吗？

曹晴朗笑容和煦，道："毕竟我们青萍剑宗，还是个剑道宗门，就只能委屈青同前辈了。"

青同笑道："谈不上委屈，能与青萍剑宗结缘，荣幸之至。"

不敢有半点委屈。

何况身边小陌，一位飞升境圆满剑修，如今不也才是个落魄山的记名供奉，至今都没个次席位置，还不如自己呢。

一袭白衣眉心有痣的少年，风驰电掣御风而来，身形飘摇落定时，两只雪白袖子猎猎作响，他作揖道："拜见先生。"

崔东山刚刚起身，便有一个扎丸子发髻的年轻女子，带着一个黑衣小姑娘赶来景星峰。

原来是崔东山察觉到先生一行人的踪迹后，便去敲门，让大师姐裴钱，喊上了本就在屋内一同围炉熬夜守岁的小米粒。

小米粒雀跃不已，报喜道："好人山主，余米已经破境嘞，是那当之无愧、名正言顺、货真价实的米大剑仙了！"

陈平安故意流露出满脸意外的神色，赞叹道："厉害厉害。"

青同内心微动。

那个剑气长城的米拦腰，仙都山的首任首席供奉，竟然已经是一位仙人境剑修了？！

陈平安弯腰揉了揉小米粒的脑袋，道："是不是经常为米大剑仙守关？"

小米粒咧嘴笑道："偶尔偶尔。"

小米粒伸手挡在嘴边，与好人山主悄悄说道："余米说啦，闭关过程可凶险可凶险了，每逢道心不稳之际，他想起隐官大人在战场上的临危不乱，心就定了，这才侥幸破境，所以余米跟我反复念叨，这次能够打破瓶颈，活着出关，除了要由衷感谢太徽剑宗的刘宗主，剩下大半功劳，全是隐官大人的，与他自身修为、剑心啥的，一枚铜钱关系都没有。"

陈平安气笑不已，脱口而出道："放他娘的屁。"

小米粒挠挠脸。

陈平安立即和颜悦色起来："先别管他，咱们回密雪峰。"

青同默然。

至于落魄山的风气如何，因为先前梦中神游，陈平安选择过家门而不入，所以青同始终未能亲身领教一二。

不过，小陌的言行举止已经让青同做好心理准备了，只是就目前情况看来，好像还是不太够。

陈平安又帮忙介绍起了青同。

之后又有两道身形，从大渊王朝境内那座鬼城内化虹御风而来，是钟魁和那个自称姑苏的鬼仙庚谨，陈平安只得再次介绍起青同的身份，不过略去了镇妖楼和青同的境界一事，不是信不过钟魁，而是信不过那个看上去油腻的胖子，一个差点比大骊宋氏更早完成一洲即一国壮举的帝王雄主，史书上所谓的"丈夫持白刃，斩落百万头"，可不是什么溢美之词。

钟魁看了一眼陈平安。陈平安点点头。

钟魁偷偷竖起大拇指。陈平安也朝钟魁竖起大拇指。

相逢莫逆于心，只在不言中。

都不差。因为两个朋友，就像一个负责开辟道路，一个则负责帮忙护道。陈平安也亲眼见识到了钟魁在鬼道一途的某种"无敌之姿"。开路不易，护道更难。

整个桐叶洲西北地界，钟魁几乎是全凭自己就以一种类似白也当初在扶摇洲"剑化万千"的壮观手段，一人身形道化在无数条路上，为无数鬼物阴灵指引前行方向，同时抵挡天地间的罡风，强行抵御沿途仙府练气士与各路山水神灵对孤魂野鬼的先天压制，护送他们走入一扇扇通往冥府的大门内，那绝对是飞升境修士都无法做成的壮举。

与此同时，钟魁还亲自走了一趟黄泉路，都无须觐见酆都那一尊尊"府君"，就直接下达了一道道法旨，严令道路之上的冥府胥吏、鬼差和数量众多的牛头马面，不得擅自鞭笞任何一位入境鬼物，关键是地位超然到可以无视文庙和白玉京礼仪规矩、道尊法旨的酆都，好像对此都没有任何异议，等于是默认了钟魁的僭越之举。

所以在新旧交替的这个深夜，对于整个桐叶洲的修道之人，三座儒家书院，各国帝王将相，还有山水神灵，可能都注定是一个不眠夜。

其实在钟魁动身时，连带着胖子庚谨，也跟着跑了一趟远门，以至于庚谨的一身天地灵气，都消耗殆尽了。

对鬼仙庾谨来说,算是一场别开生面的护道。

等到返回那座空落落的再无一只孤魂野鬼的破败鬼城内,胖子累瘫在地,谈不上有多少成就感,也难得没有跟钟馗喊冤叫苦。

一个筋疲力尽的胖子,躺在地上,只说了一句肺腑之言,略带自嘲道:"没想过我这辈子,除了杀人,还会做这种事情。"

被钟馗带来仙都山的胖子,来时路上还在那边絮絮叨叨,埋怨钟馗不晓得心疼人,就是头拉磨的驴,这么使唤,都给累死了。

只是等到庾谨来到景星峰,顿时眼睛一亮,因为瞧见了那位一身碧绿法袍的漂亮"女子",只觉得不虚此行。

胖子有点由衷地佩服陈平安了,黄庭,叶芸芸,再加上那个关系说不清道不明的大泉女帝陛下,个个都是大美人。

拈花惹草,太不像话。

趁着陈平安跟钟馗在那儿闲聊,胖子颠屁颠地挪步走向那位"仙子姐姐",道:"小生姓庾,名姑苏,与陈山主是莫逆之交,不知姑娘除了道号'青同',姓甚名谁,祖籍何地,如今家住何方,可有师门山头?小生最喜游山玩水,愿意与青同姐姐在观礼结束后一同下山,顺便一见长辈。"

青同其实不太愿意搭理这位鬼仙。因为庾谨之前跟着钟馗在桐叶洲瞎逛荡,青同是扫过这对主仆几眼的,对庾谨十分知根知底。

至于被这个胖子误认为是女修,青同倒是没什么芥蒂。

庾谨微笑道:"小生不才,只是恰好对诗词一道,还算有几分心得体会,比如瞧见姑娘美若画卷,恰似一位桐荫仕女小立明月中,便有'风过梧叶绿生凉'一语,有感而发……说出来怕吓到姑娘,实不相瞒,小生其实是鬼物了,只是姑娘莫要对此伤感,小生在世时,曾经作诗数万首,如今改弦易辙,转入诗余词道了,一看姑娘雅致,就是精于此道的林下人物。小生最近填词,有那'溶溶月,淡淡风,柳絮傍梨花'。只是总感觉此语中的这个'傍'字,意犹未尽,似乎难称最佳,姑娘以为然?若是换成'拂'字,'清风拂面'之'拂',会不会更好些?如果再换成'搀扶'之'扶',是不是余味最长?"

青同被烦得不行,只得以心声嗤笑一句:"庾谨,你那些不堪入目的打油诗,我还看过一些的,要说谋朝篡位,带兵打仗,你是世间第一流的人物,可要说这种作诗填词的勾当,你好像连末流都算不上。"

庾谨眼神哀怨,斜瞥一眼陈平安,悻悻然道:"某人真是与青同姑娘交情不浅,什么都往外说。"

崔东山开口问道:"先生,不如先去密雪峰休息,到了庆典前半个时辰,我再让小米粒通知先生?"

小米粒深呼吸一口气，使劲点头，攥紧手中绿竹杖和金扁担，重任在肩，责无旁贷。

陈平安笑道："只需要打个盹，眯会儿就行。"

崔东山说道："那我就与先生一边下山，一边谈点事情？"

之后曹晴朗他们就各自返回仙都山密雪峰的宅院，小陌独自回了山脚的落宝滩，裴钱会安排青同住处。

不过陈平安留下了小米粒，陪着崔东山一起散步下山景星峰。

崔东山确实有几件事，要与先生好好商量。

第一件事，就是要不要在桐叶洲中部开凿出一条崭新大渎。

先前在老将军姚镇的屋子那边，蒲山云草堂那边，均有此意。

不同于宝瓶洲，桐叶洲历史上是有一条旧渎的，只是时过境迁，被一洲中部沿途王朝、小国城池、仙家府邸切割得支离破碎，修旧如旧，意义不大，毕竟旧不如新。所幸有个现成的成功案例，可以照搬套用，就是宝瓶洲的齐渎，而且这条大渎当年开凿难度之大，要远远大过桐叶洲这条旧渎。

不然就算陈平安和仙都山青萍剑宗是发起人之一，是真正意义上的牵头人，同样少不了要大吵特吵几场，必然会出现很多的根本分歧。

此外，建造一条大渎，到底需要消耗多少枚谷雨钱，就看这条暂未命名的新大渎，摊子到底会铺得多大了。

大泉王朝显然谋划此事已久，如今已经有了个大渎河床的大致雏形，但是在崔东山眼中，需要修正的地方实在太多，都不是什么只需要外人查漏补缺的小事。

陈平安听过了大致情况，问道："先前你跟老将军他们聊起此事，有无谈到一条大渎几尊高位水神的候补人选？"

因为按照文庙定例，大渎一起，就等于让桐叶宗可以凭空多出三位品秩极高的水神，只说公、侯、伯，至少是三尊高位水神。

如果说除了牵头的仙都山和青萍剑宗，大泉王朝姚氏，蒲山，黄庭的太平山，都算发起人，那么是他们几方势力，关起门来，早早将三个宝贵名额给瓜分殆尽，还是广开门路，尽可能吸纳更多的属国和仙家门派，再罗列出最合适的水神人选，主动让出其中一个甚至是两个名额？

其实就是个不小的难题。

一些个文人习气，不顶事，只会坏事。而且也不是一味大公无私，就能够成事的。

崔东山眨了眨眼睛，笑道："先前学生在老将军屋内，大伙儿围炉畅谈此事，只是由于当时眼前所见的都是些燃眉之急，更多是在忧心此事到底可不可行，毕竟能否开个好头，都还两说呢。先生不在场，我们当时也不敢聊得这么远。"

陈平安一瞪眼。崔东山明摆着是要让自己这个先生劳心劳力了。

崔东山嘿嘿笑道："大泉王朝那边，咱们那位埋河水神娘娘的碧游宫，肯定会占据公、侯、伯的一个名额。"

陈平安轻声说道："这件事，还得看柳柔自己的意愿。"

此事更大的难题，在于大渎不宜过于笔直，否则大水滔滔，汹汹入海，其实容易带走一洲山河气数，沿途寻常王朝国家和山上仙府都留不住，故而每逢大渎河道笔直处，就是无数抱怨声。

但是一条大渎，又不宜过于蜿蜒曲折，否则容易伤及一洲山运。因为这就意味着，许多国家的城池、耕田，都必然会被大渎之水淹没，光是沿途百姓背井离乡的搬迁一事，就极有可能涉及数以百万甚至是千万计的人口数量，都会惹来无数的非议。再加上，大渎一起，除开凿河床之外，还涉及数量众多的河流改道，许多处于平原地带，尤其是盆地之中的山岳，极有可能就此成为老皇历，对于刚刚复国的各国君主朝廷而言，都是近在眼前、不折不扣的巨大损失，所以这里边的权衡利弊，还是涉及了方方面面、复杂至极的利益之争。

在宝瓶洲，大骊一国即一洲，是根本不用计较这些具体到各国各地的利弊得失，再加上大骊官员政务干练，更不会有谁敢在旁指手画脚拖后腿。然而，桐叶洲怎么能和宝瓶洲相比？

归根结底，两大难题，钱财与人心。

陈平安神色无奈道："最省心省力的，是用神仙钱买下整条大渎流经的道路。"

想要省心省力，就得花大价钱，用足够的钱填平人心大坑。

小米粒皱着两条疏淡眉头，感叹道："那得搬空一座多高多大的钱山哪？"

陈平安笑道："可能只有一个人，有此财力底蕴，就是皑皑洲的刘财神。"

小米粒赞叹道："那也太有钱了点，可惜我跟皑皑洲刘财神不熟悉，见了面，都说不上话哩。"

崔东山笑着伸手摸了摸小米粒的脑袋。

小姑娘赶紧一个低头屈膝晃脑袋，大白鹅越来越放肆了，瞧瞧，这还没当宗主，就胆儿肥嘞，等当了宗主，了不得，不得了，不了得。

陈平安说道："具体事务，你代表仙都山，全权负责，我只帮忙牵头，但是你也别觉得委屈。首先，文庙和书院，我得出面吧；其次，我已经帮你们与仰止约好了，可能之后嫩道人也会来桐叶洲这边出把力，一水一山，只说搬迁事宜的耗费，就已经可以省下一笔天文数字的神仙钱了；另外镇妖楼那边，青同也会出力，青同担任了我们青萍剑宗的次席供奉，肯定不会袖手旁观。"

崔东山笑着搓手："够了，太足够了。得学先生，见好就收，见好就收。"

陈平安说道："还有什么事？"

崔东山就照实说了第二件事，原来他是打算搬迁更多的旧五岳、仙府遗址，陆陆续续扎根于宗门地界。

其实许多旧山岳遗址，落在各个复国新君的手上，就是鸡肋。因为大战过后被扶持起来的众多新五岳山君，其实也不愿意在破败不堪的旧址上边开府，觉得有几分晦气，而且那些破败山头，山中被妖族修士糟践得一塌糊涂，周边的天地灵气也被搜刮一空，就是个大窟窿。复国后的皇帝君主，也有自己的务实考量，不单单是贪功求大，为了青史留名，毕竟封禅山岳一事，在历朝历代可不是谁都有机会的，君主想要封禅，自古门槛极高，如果更换山岳选址，不但可以名正言顺封禅山岳，还可以帮助一国气运，辞旧迎新，宛如山下市井的新年新气象。

如此一来，崔东山的家底，只说神仙钱，不谈那堆天材地宝，可能就要被他大手大脚给挥霍一空。

所以青萍剑宗的首任宗主，就还有一层哭穷的意思了。开凿大渎一事的开销，咱们下宗实在是有心无力了，出人可以，至于出钱嘛，就只能靠先生和上宗落魄山。

陈平安抖了抖袖子，笑眯眯道："真是收了个好学生，得意弟子。"

难怪崔东山故意让小米粒走在两人之间，是担心挨打吧。

第三件事，终于不涉及钱财了。

原来是玉圭宗借着这次落魄山开创下宗的机会，主动与仙都山示好，不惜让九弈峰新任峰主、少年剑修邱植，亲自赶来仙都山参加庆典观礼。

青萍剑宗，到底要不要顺势与玉圭宗结盟？此事其实各有利弊。

一旦正式结盟，双方缔结山上契约，就等于双方都认可了"南玉圭北青萍"的未来一洲山上格局。即便仙都山没有这种野心，至少玉圭宗愿意单方面承认此事，这就是一种不小的诚意。

只是如果双方结盟，先前那场桃叶之盟，就成了一张废纸。

可如果双方不去缔结盟约，就等于双方无形中划出一条道来，以大泉王朝、燧河等作为界线，或者说是以后的那条大渎作为边境，青萍剑宗与玉圭宗井水不犯河水，将来一旦起了纠纷，既然没有什么香火情，那就只能公事公办了。

陈平安说道："这件事，你自己想去，我不给任何看法和建议。"

崔东山也没觉得意外，捏着下巴，满脸愁容。

陈平安都懒得看一眼，苦兮兮装样子给谁看呢。

最后一件事，崔东山要与先生确定一事，未来百年的动向。

可能只有这件事，对崔东山和下宗来说，才是最至关重要的头等大事。

陈平安说道："我先闭关一段时日，重返玉璞境，然后游历浩然天下，几个没去过的洲，都去逛一逛。"

毕竟在竹海洞天开设酒铺且不收租金一事，可是至圣先师亲口承诺的。

还有因为大骊京城封姨交代的某件事，陈平安必须走一趟百花福地。至于当什么福地的太上客卿，就免了。

崔东山试探性问道："先生是在密雪峰闭关吧？"

陈平安说道："我回落魄山，把那处小洞天道场让给柴芜、孙春王几个孩子。"

崔东山一跺脚："小米粒，快快帮小师兄说句公道话。"

小米粒摇头晃脑，哈哈笑道："我也想回家喽。"

崔东山伤心道："我们仙都山，咋个就不是右护法的家啦？"

小米粒想了想，给出心中的答案："这边也不用我每天巡山啊。"

她机灵着呢，在仙都山，所谓的巡山，就是她自己找点事情做。

在落魄山，是不一样的。

从老厨子，到暖树姐姐，到山门口的仙尉道长，再远到小镇的骑龙巷，所有人都觉得巡山不是瞎胡闹，是个认认真真才能做好的正经事。虽说是一件没有碗口大的米粒小事，但是只有周米粒做得好啊。

崔东山听小米粒这么一说，就知道没有任何斡旋余地了，自己再敢掰扯半句，估计就要在先生这边挨训了。

陈平安揉了揉小米粒的脑袋，与崔东山问道："祖师堂那边，具体位次是怎么安排的？"

关于下宗庆典具体的流程安排，陈平安这还真没详细了解过。再者不同山头，各有各的家法科仪。

太过遥远之事，想都不敢想。

等到真的好事临门了，又宛如做梦。

所以先前落魄山创建宗门典礼，从头到尾，才会显得那么潦草随意。

崔东山笑道："先生作为上宗之主，当然无须主持敬香仪式，敬香都不用的。"

毕竟下宗祖师堂的画像，居中悬挂的，就是上宗宗主的陈平安本人。

哪有自己给自己敬香的道理。

这当然也是因为落魄山和青萍剑宗，这上宗和下宗的建立，间隔实在是太过短了。

浩然天下绝大多数的下宗建造之初，可见不着上宗的开山祖师，都是只见挂像，不见活人的。

崔东山继续说道："像身为落魄山掌律的长命道友，还有咱们风鸢渡船二管事的贾老神仙，因为都来自上宗，与观礼客人还是有些区别的。他们会跟在先生身后，在我们这拨下宗谱牒成员之前，先行依次敬香。至于青萍峰祖师堂里边两排座椅的位置，反正在山上尊左尊右，各有不同，没个定例，那就按照当初先生在剑气长城去往春幡斋的规矩,以左为尊好了。

"例如大骊朝廷,就是朝官尊左,军中尊右。只是官场上,升职为右移,降职则称左迁,倒也有趣。

"左边一排上宗,右手一排下宗,以示下宗敬意,没有上宗之水源,何来下宗之江河。

"但是将来青萍峰,再有上下两宗共同议事,就要座椅对换了。按照一般的规矩,下宗祖师堂,除了先生你,会常设座椅,其余即使是上宗掌律长命、首席供奉姜尚真,也不会为他们安排固定的座椅,因为他们都不属于青萍剑宗的祖师堂成员。

"再就是姚仙之、叶芸芸和黄庭,这拨客人会先以观礼客人的身份来敬香。等到我们的第一场祖师堂议事,等他们各自有了供奉、客卿身份之后,就会第一次正式以自家人身份,重新走入青萍峰祖师堂。嘿,前脚走出,转身后脚就回。"

崔东山笑嘻嘻问道:"先生就不过问,咱们下宗祖师堂的挂像位置,是怎么个安排?"

陈平安没好气道:"谁是下宗宗主,谁自个儿头疼去。"

崔东山从袖中摸出几张纸,道:"这几份名单,请先生过目。"

三张纸,其实就是过个场。

整个下宗的谱牒成员,以及青萍剑宗的祖师堂成员,也就是在青萍峰祖师堂里边有座位的,以及他们各自即将担任青萍剑宗的具体职务。最后就是观礼客人。

陈平安还是接过手,仔细看了一遍,看到最后一张纸上的两个名字,疑惑道:"刘聚宝和郁泮水怎么也在观礼名单内?"

崔东山笑道:"大渎开凿一事,先生打算拉上皑皑洲刘氏和玄密王朝,人傻钱多冤大头嘛。"

陈平安微微皱眉。

崔东山立即正色道:"先生放心,他们来了,也只负责事先给钱,事后分账,绝不允许他们凭借开凿大渎一事,在桐叶洲暗中扶植傀儡庙堂、仙府山头。只是这种事,签订纸面契约,其实是用处不大的,反而需要一种……君子之约。"说到这里,崔东山开始横着挪步,道:"学生有个屁的威望和牌面,当然不行,绝对不行。所以还得是先生亲自出马!"

陈平安面带微笑,转头朝这个得意学生招招手。

不知不觉,三人已经走到绸缪山的山脚。

陈平安抬头望向仙都山,落魄山的下宗,青萍峰的山门口,会悬挂起吴霜降赠送的那副楹联,那可是实打实的镇山之宝。

楹联上边的每一个文字,皆是道韵无穷、神气团结之处。

休息之前,陈平安打算到了密雪峰,先去见张山峰。

而张山峰的师兄,指玄峰袁灵殿,其实还是自家落魄山的记名客卿。

让崔东山自己忙去,再让小米粒继续跟裴钱守岁就是了,结果等陈平安独自走到了宅子那边,却听袁灵殿说师弟张山峰正在呼吸吐纳,只得作罢。

因为就只是打算小憩片刻,陈平安就没有去往小洞天道场,毕竟山上还有不少的观礼客人,都是初次登山,像老真人梁爽、玉圭宗一行人,当然还有蒲山掌律檀溶。

临时休歇处,好像是崔东山专程为师弟赵树下准备的二进院子,宅子不大,陈平安就挑了一间厢房。

陈平安刚盘腿坐下,正要闭眼养神片刻,就发现门外道路上跑来一个小姑娘,靠近宅子后,就开始蹑手蹑脚走路,悄悄站定,然后在门口当起了门神,手持绿竹杖,怀抱金扁担。

陈平安就笑着站起身,走向门外。

密雪峰离此不远处的一栋宅子里边,刘景龙看着那个臊眉耷眼的徒弟,笑问道:"怎么了?"

照理说,陈平安回了仙都山,白首就该吃下一颗定心丸了,再不用担心无缘无故被裴钱打一顿。

白首满脸纠结,垂头丧气道:"怪那个白玄,给我出了一个天大难题。"

刘景龙也不过问缘由。

白首问道:"姓刘的,你觉得一个人行走江湖,是面子要紧,还是义气当头?"

刘景龙笑道:"别问我,你自己看着办。"

白首双手抓头,懊恼不已:"都是姓白的,何苦为难姓白的。"

原来那白玄有本册子,记录了不少名字,美其名曰一部英雄谱,上边都是铁骨铮铮的好汉。

先前那白玄还问白首,要不要咱们兄弟二人共襄盛举,将来好与某人讨要一个公道。

要是帮着白玄隐瞒此事,白首总觉得纸是包不住火的,迟早有一天,要挨削。册子上边留名的英雄好汉们,一个都别想跑。

可要说向裴钱告密,白首心里过不去那个坎,好像又太不讲江湖道义了,不是白首一贯的风格。

可不告密吧,还真怕白玄那个愣头青二百五,已经偷偷摸摸将自己的名字记录在册了,到时候事情败露,一裤裆黄泥巴,不是屎也是屎。

这让白首犹豫不决,到最后还是觉得保险起见,与姓刘的把这桩事情给说了,哪怕以后被裴钱算账,自己也好有个证人。

刘景龙听过那桩密事,笑道:"又不算什么难题,解铃还须系铃人。"

"啥意思?"白首听得迷糊,恼火道,"总不会是要我跟裴钱低声下气说啥吧,休想!一个大老爷们,被打几次也就算了,实打实切磋,技不如人,也算虽败犹荣,还要我主动服软?!让她吃屁去……"

白首赶紧闭嘴。

刘景龙无奈道:"我的意思是让你找陈平安,你找我当证人,不如找裴钱的师父管用。"

白首以拳击掌:"妙啊!"

屋门外边,站着俩人,一大一小。

青衫陈平安,黑衣小姑娘。

陈平安敲了敲屋门,笑呵呵带着小米粒跨过门槛。

这家伙没敲门就翻墙进院子,白首已经顾不得这点鸡毛蒜皮的小事了,反正整个密雪峰,都是自家兄弟的地盘。白首起身后,大笑道:"陈平安,你可是都听说了,以后白玄被痛打一顿,我这边你得帮忙跟裴钱解释清楚。"

陈平安跨过门槛,笑着点头:"当然没问题。"

这一刻,光顾着自己乐和的白首,显然还没有意识到问题的严重性。

小米粒,已经默默记下了两件事。

一件大事,是关于白玄的那本英雄谱。还有一件小事,就是翩然峰峰主,金丹剑仙白首,对咱们好人山主直呼其名哩。

前边那件大事,涉及了"江湖恩怨",自己不好给裴钱通风报信,当那耳报神。

但是后边这件小事,要是谁不小心说漏了嘴,想必问题不大吧?

刘景龙看了一眼小米粒,再视线偏移,发现陈平安果然在憋着坏呢。

刘景龙咳嗽一声。

白首倒也不笨,悚然一惊,立即挤出个灿烂笑脸,道:"小米粒啊,今儿的事情,记得帮我,主要是帮白玄保密啊。"

小米粒立即正色道:"我绝对不知道什么册子,听都没听说过!"

白首觉得万事稳妥了,大手一挥,道:"好兄弟,赶紧坐下聊,喝酒喝酒。"

陈平安刚要从袖中取出一壶酒水。

刘景龙微笑道:"在大骊京城,我已经见过韩昼锦了。托某人的福,沾光不小,见着了我,韩姑娘很客气。"

他二话不说,就取出了两壶早就备好的长春酿。

当然是每人两壶。约莫是生怕刘宗主喝得不尽兴,韩昼锦说还有几壶。

陈平安便抖了抖袖子,从椅子上起身道:"我还要去见一见张山峰,就先不跟你唠嗑了。"

刘景龙满脸疑惑道:"才刚来,这就走了,不喝点?"

只见那位陈山主满身正气道:"咱俩谁跟谁,不差这一顿酒。等到庆典结束,以后再说,瞎客气啥,不说都成。"

走出这栋宅子,小米粒压低嗓音,轻声问道:"好人山主,刘宗主又被人劝酒啦?"

陈平安点头道:"是啊是啊,没法子的事,刘大剑仙的酒量好,声名在外,羡慕不来。"

之后陈平安敲开了一栋宅子的门,开门的,是龙虎山外姓大天师,老真人梁爽。

至于住在一侧厢房的马宣徽,是修道之人,在未真正得道之前,往往睡觉浅。

这位年轻女冠,很快就走出她的那间厢房,打量着正屋里围桌闲聊的三人,先前听了师父提起桐叶洲大起异象的真正缘由,对这个年纪轻轻就有了个下宗的青衫男子,马宣徽就越发敬畏了。师父当时感叹一句:"以后你们年轻一辈修士,都会对此人,以陆地神明视之。"

马宣徽看着那个青衫男子,再看着与他坐在同一条长凳上边,那位正在小口抿酒的黑衣小姑娘。等到陈平安抬起头,笑着称呼一声马姑娘,马宣徽点头致意,腼腆一笑,赶紧退回屋内。不知为何,明明是那么一个平易近人的人,马宣徽竟然觉得自己有点怕他。

之后陈平安带着小米粒,到了蒲山云草堂在密雪峰落脚处,老掌律的宅子。

檀溶见着了陈平安,苦笑着抱拳道:"多有失敬,贻笑大方。"

陈平安抱拳还礼,抱歉道:"先前在云草堂,晚辈并非有意隐瞒身份。"

檀溶说道:"能否与陈先生讨要……几方印章?"

老修士本想说一方印章,但是话到嘴边就赶紧改口了。

陈平安点头答应下来,还问檀掌律有无心仪的印文,檀溶只说全看陈先生的自由发挥了。

密雪峰这边,一栋比较罕见的大宅府邸,庭院深深,游廊转折,是专门用来接待大宗门谱牒修士的。

原本一直闲置着,等到玉圭宗修士联袂前来观礼,刚好就派上了用场。

登门夜访,陈平安见到了玉圭宗的祖师堂供奉,玉璞境王霁。

还有九弈峰峰主,一个还只能算是孩子的天才剑修,邱植。

玉圭宗当代宗主韦滢的嫡传弟子,两个年纪轻轻的金丹境剑修,师兄韦姑苏,师妹韦仙游。

还有一位老人,名为张丰谷,道号老象,坐在主位上。

此外,云窟福地的"少主"姜蘅一行人,以及那个属于玉圭宗外人的大剑仙徐獬,都没有露面。

这位与老宗主荀渊辈分相同的玉圭宗老祖师，是一位仙人。在先前那场被妖族围攻玉圭宗的大战中，张丰谷之所以没有现身，有自己的苦衷。

关于此人的大道根脚，青同曾经主动泄露过天机。

相传在昔年桐叶洲最大的一个王朝，建造有象房，时日一久，各具灵性，与君主、仙师，群象皆可行三跪九叩首之礼，唯有一老象，犹作古人之礼。王朝曾让丹青妙手为群象作画纪念，画中像多是虽体型庞大而带妩媚，唯独此老象，截然不同。

陈平安第一眼看到这个名叫邱植的孩子，就觉得有些心生亲近。

一看就有眼缘。

而邱植，在亲眼见到这个大名鼎鼎的隐官大人之后，亦是差不多，与想象中的隐官、剑仙、宗主形象，大不相同。

哪怕一位得道之士，神华内敛，对话闲聊都愿意和颜悦色，平易近人，可终究很难如眼前的山上年轻长辈那般，让邱植由衷觉得，对方好像时时刻刻都在与人平起平坐。

陈平安与张丰谷和王霁闲聊时，忍不住望向邱植。

这么点大的孩子，就已经是一位龙门境剑修。而且看样子，邱植已经摸着了龙门境的瓶颈，很快就会是金丹。

陈平安差点就要脱口而出，将来邱植结丹，就去玉圭宗九弈峰参加观礼。只是想到对方此行目的，陈平安只得强行忍住这句话，只说了一句看似很客套的言语，玉圭宗后继有人。

陈平安告辞离去，带着小米粒找到了姚仙之，轻声问道："老将军睡了？"

姚仙之点点头，满脸无奈道："好不容易才睡着，因为爷爷觉得大渎开凿一事，总算好不容易有了点眉目，原本打算守夜到天明的，不过爷爷毕竟年纪大了，拗不过瞌睡虫。"

陈平安轻声笑道："等到老将军早上醒过来，与他说一声，桐叶洲开凿大渎一事，包在我和仙都山身上了。"

姚仙之满脸惊讶："当真?!"

陈平安笑道："这是可以开玩笑的事情吗？"

姚仙之屋子对面的厢房，灯火泛黄，依稀透过窗户纸。

是礼部老尚书李锡龄还在挑灯夜读，他还有一重身份，是当今大泉皇帝陛下的姑父。

老尚书曾经亲自陪着崔东山走了一趟北晋国，正是在此人的牵线搭桥之下，崔东山才买了一座旧山岳，也就是如今的绸缪山。

北晋国新君，魄力极大，只开价五十枚谷雨钱，而且暗示那位崔仙师，若是愿意全部拿下旧五岳山头，只需两百枚谷雨钱。

这都不是卖了，而是相当于白送。

只是天底下的某些买卖，很多时候，还真就不只是钱的事情。

比如一个只有金丹地仙坐镇的山头，就算价格翻一番，甚至是翻两番，与北晋国开价八百颗谷雨钱，要打包买下那五座旧山岳。估计从皇帝本人，到朝野上下，都只会觉得是在羞辱北晋国，甚至是在挑衅北晋国。

正在挑灯看书顺便守岁的老尚书，家学渊源深厚，富收藏，精鉴赏，是大泉王朝第一流的豪阀子弟，还是公认的少年神童、风流才子，直到遇到了姚仙之的姑姑，就彻底收心了。当初为了迎娶她，很是坎坷，由于边军姚氏恪守一条家族祖训，不愿也不敢与京城高门联姻，担心被大泉李氏皇帝猜忌，所以一路磕磕绊绊的，所幸最终还是有情人终成眷属。

不过身为礼部尚书的李锡龄，由于父亲曾是前任吏部尚书，如今在大泉朝堂，很多事情并不是一味靠近皇帝陛下，门生故吏，再加上前朝遗老，大多投靠李锡龄门下，另有一拨青壮岁数的清流文官，以及几支边军出身的武将，从庙堂到地方，大体上形成了三股势力，盘根错节。由于大泉王朝是罕见的女子称帝，曾经的外戚姚氏，就成了如今的皇室勋贵，以担任京城府尹的姚仙之为首。

陈平安让小米粒留在姚仙之这边，自己去敲响对面的房门，见到了那位披衣而出的老人后，作揖道："文圣一脉陈平安，见过李尚书。"

因为李锡龄年少时就曾去往大伏书院游学，拜师求学于一位书院君子，故而不仅仅是宽泛意义上的儒家子弟，更是书院弟子。

李锡龄作为每天都会翻看圣贤书的读书人，不管见着谁，总不能露怯。原本还有点刻意绷着脸的老尚书，蓦然有了笑容，连忙作揖还礼，只是等到起身，老人已经稍稍收敛笑意，说道："当不起，万万当不起陈先生这份大礼。"

与李锡龄不缺话题，毕竟陈平安对大泉王朝再熟悉不过，所以被老尚书拉着聊了足足一个时辰，陈平安才得以脱身。

之后陈平安就带着小米粒去装钱那边，发现曹晴朗也在火盆边坐着，还有个在这边好似守株待兔的米大剑仙。

小米粒开始从斜挎棉布包里边掏出瓜子，分了瓜子，嗑瓜子！

除了留在落魄山和骑龙巷的，郑大风在五彩天下，周首席、魏羡都去了蛮荒天下。

昔年藕花福地画卷四人当中的卢白象，带着元宝、元来两名嫡传弟子，有了自己的门派。

陈平安从剑气长城带回的几个剑仙坯子，其中虞青章和贺乡亭，已经拜师于落魄山供奉于樾，跟随老剑修远游别洲。

陈灵均和陈平安的小弟子郭竹酒，如今还在宝瓶洲娄山，观礼黄粱派的开峰庆典。

不知不觉,光阴流逝,亏得小米粒的棉布挎包里边"家底厚"。

拂晓时分,屋外天蒙蒙亮。

天外一钩残月带数星,春山烟欲收,山外人间,鸡声喊退茅店月。

陈平安站起身,笑道:"我去休息会儿。"

离着下宗庆典约莫还有半个时辰,落魄山和仙都山的谱牒成员与观礼客人,就开始陆陆续续来到了青萍峰祖师堂外边的广场。

其实最早在那边的,还是小米粒这拨人,他们离着还有一个时辰,就已经到了这边,除了小米粒,还有白玄、柴芜、孙春王几个,他们是一座小山头嘛。

当然,还有贾晟,早早忙碌着待人接物。种秋都要比贾老神仙稍晚到广场这边。

等到即将担任下宗账房、财神爷的种夫子赶来,贾晟就自然而然站在了种夫子身后,话不多了。

来仙都山的观礼客人,越来越多现身于青萍峰祖师堂外边的广场。

不过其中一些客人,很快就会改变身份。

当下已经站在广场的,大泉王朝有三人,老将军姚镇,大泉蠡景城府尹姚仙之,礼部尚书李锡龄。

太平山女冠黄庭,玉璞境剑修。黄庭身边,站着一个她从五彩天下返回家乡,新收的护山供奉于负山,道号负山。

一对来自中土铁树山的师徒,仙人果然,道号龙门,带着弟子谈瀛洲。

师徒身边,还有个陈平安师兄君倩的嫡传弟子,郑又乾。

蒲山云草堂,山主叶芸芸,大弟子薛怀,蒲山掌律檀溶。

中土神洲,龙虎山外姓天师,梁爽。老真人在桐叶洲收了个弟子,女冠马宣徽。

北俱芦洲趴地峰,一对师兄弟,袁灵殿、张山峰。

玉圭宗九弈峰,新任峰主,龙门境剑修,少年邱植。姜氏云窟福地,姜尚真嫡长子,姜蘅。

宗主韦滢的两个嫡传剑修,年酒和岁鱼,真名分别是韦姑苏和韦仙游。

神篆峰祖师堂供奉王霁,玉璞境。皑皑洲刘氏客卿,驱山渡。大剑仙徐獬,一个外人。

姜蘅,即将与陈平安第二次见面了。上一次,是在老龙城跨洲渡船之一的桂花岛,去往倒悬山。那会儿双方的身份、境界,可谓云泥之别。

旧大渎龙宫教习嬷嬷出身,老虬裘渎。老妪唯一的一个嫡传弟子,敕鳞江畔定婚店,少女胡楚菱,昵称醋醋。

钟魁带着鬼仙身份的胖子庾谨,自称姑苏。

韦仙游偷偷打量着那位白衣胜雪的米大剑仙,确实好看。

徐獬主动找到了裴钱。这位不苟言笑的"剑仙徐君"见到裴钱，脸上难得露出一抹笑意。

裴钱抱拳致礼。

在那金甲洲战场，一剑仙，一武夫，双方曾经数次并肩作战。

事实上，这次愿意给玉圭宗保驾护航，徐獬就是想着能够与裴钱闲聊几句。

这位家乡在那金甲洲的年轻大剑仙，看裴钱的眼神，就跟看待自家极有出息的晚辈差不多。

徐獬还问裴钱何时会再次游历金甲洲，到时候与他打声招呼，说自己在那边还算有点山上关系。

钟魁与老将军姚镇，聊得很开心。

胖子庾谨的眼睛就没闲着，等到见着了那个年轻女冠马宣徽，就又感慨不已。

隋右边带着弟子程朝露，她与黄庭站在一起，主动问了一些五彩天下的风土。

于负山，在跟老妪裘渎闲聊。

玉圭宗一行人，与太徽剑宗的宗主刘景龙，翩然峰峰主白首，站在一起。

白首有意无意躲着那个白玄。

袁灵殿，与道号龙门的仙人境果然聚在一起，因为师父火龙真人与郭藕汀是旧识。

广场上，在得知那个名叫郑又乾的小精怪竟然是刘十六的高徒后，不少人都忍不住多看了几眼。

既然是刘十六的弟子，那么按照文脉辈分，就是陈平安的师侄了。

文圣一脉，风气如何，几座天下都一清二楚。

小陌则跟一拨仙都山最新出炉的谱牒修士站在一起，其实后者也都不认识这个黄帽青鞋绿竹杖的家伙，到底是何方神圣。

如此一来，青同就显得有点形单影只了。

然后广场上，蓦然间寂静无声，不过很快就继续各聊各的，显然只是觉得有些意外，都没有太当回事。

因为方才几乎同时，广场上莫名其妙出现了三人，皑皑洲刘财神，身边带着独子刘幽州，另一个是玄密王朝的太上皇，郁泮水。

双方都是用一种山上公认最暴发户的方式现身此地。

刘聚宝主动与老真人梁爽抱拳行礼，刘幽州则视线游弋，然后一下就看到了她，郁泮水则走到并肩而立的崔东山与曹晴朗身边。

离着庆典约莫还有一炷香工夫，从密雪峰与青萍峰相衔接的山道上，有个准备踩着点参加开山庆典的剑修，陶然。

陶然听到身后的脚步声，转头望去，是那个在燐河畔有过一面之缘的青衫男子，只是今天没有悬佩双刀，而是换成了背剑。

花样还挺多。

那人跟上陶然的脚步，笑着打招呼道："陶剑仙。"

陶然黑着脸，点点头。

陈平安说道："放心，今天庆典不会开太久，一切从简。"

陶然说道："随便，反正给墙上的挂像敬香过后，我就可以坐在椅子上打瞌睡了。"

陈平安点头笑道："当然没问题。"

陶然直来直往地说道："作为崔先生的师门长辈，开峰典礼在山上不算小事了，你还这么不急不忙的，有点不像话吧？"

陈平安笑道："反正该忙的，都已经忙完了，现在怎么该我忙里偷闲了。"

陶然随口问道："有没有开启镜花水月？"

陈平安摇头说道："没呢，打肿脸充胖子的花哨事情，做不来。"

陶然笑呵呵道："也是。"

能够将兜里没钱一事，说得这么堂而皇之，挺不容易的。

陶然没好气地说道："以后别一口一个陶剑仙的，我不爱听。要是搁以前，就我这脾气，就等于跟我问剑。"

陈平安笑着点头："好的好的。"

绕过一条小路后，双方视野豁然开朗，拾级而上，就是青萍峰祖师堂外边的白玉广场了。

这一次，才是真正的鸦雀无声。

陶然暗自点头，别看山头小，不承想门风规矩还挺重。

至于观礼客人什么的，如今的桐叶洲，能赶来几个道贺地仙？

然后我们陶剑仙，就遥遥看到了那个……蒲山黄衣芸！

陶然以往虽是山泽野修，不愿跟山上打交道，但他再怎么认不得谁，都不会认不得这位既是大美人又是止境武夫的叶芸芸。

等会儿，那个男人，怎么看着那么像皑皑洲的刘财神呢？还有那拨瞅着衣饰佩剑样式，像是玉圭宗剑修的模样？

只是为了骗个本命飞剑都已破碎的金丹剑修，你们仙都山不至于摆出这么大的阵仗吧？！

接下来，陶然只见广场上众人面色肃然，一起朝自己这边各自行礼。

青萍峰上，青衫剑客笑着抱拳还礼。

陶然咽了口唾沫，硬着头皮，壮起胆子以心声问道："你真是那个谁？"

陶剑仙都没敢直呼其名，太不像话。

陈平安笑着以心声答道："上次在燐河畔，不就已经说了，如果不出意外的话，就是我了。陶剑仙自己不信而已。"

你让老子咋个信？半路上随便见着个年轻男子，腰间悬佩双刀，青衫长褙布鞋的，然后自称是陈平安，我就傻乎乎相信啊。

就像天边人突然走到眼前，又像书中人走出书中。

今天白衣佩剑的崔东山，在远处朝陶然伸出大拇指，一旁的米大剑仙，正对着陶剑仙挤眉弄眼。

距离开宗庆典的吉时，约莫还有半炷香的工夫，陈平安快步向前，与观礼客人们纷纷寒暄几句。趁着这个机会，脑子一团糨糊的剑修陶然，左顾右看，给自己挑选了一处落脚地。随后，陈平安牵着师侄郑又乾的手，在一处位于最边缘位置的"小山头"停下身形，这些即将加入仙都山青萍峰谱牒的修士，说来好笑，大多数至今还不知晓眼前这位青衫剑仙的真实身份，他们先前来到广场后，就下意识聚在了一起，只是相互间也没什么可聊的，等到广场人多了之后，显然就更局促拘谨了。

此刻陈平安朝他们抱拳笑道："正式介绍一下自己，我姓陈，名平安，宝瓶洲大骊龙泉郡人氏，担任落魄山山主，我是文圣一脉儒生，我的先生便是前不久恢复文庙神位的文圣，我也是崔东山、裴钱和曹晴朗他们几个的先生。"

这也是陈平安第一次摆明上宗山主身份，与他们正儿八经对话。

陈平安摸了摸身边孩子的脑袋，笑着介绍道："郑又乾，是君倩师兄的开山大弟子，我的师侄。"

此刻站在陈平安对面的一行人，除了那位桐叶洲山泽野修出身的金丹剑修陶然，还有两位地仙鬼修，吴钩和萧幔影，是一对道侣，精通阵法。

三位来自旧玉芝岗淑仪楼的流亡修士，兰贻、俞杏楼、傅祝。

真实身份是宝瓶洲旧朱荧王朝的亡国太子，元婴境剑修邵坡仙；以及跟随他走南闯北，有过很长一段时间逃亡生涯的侍女蒙珑，她如今已经改名为独孤朦胧，桐叶洲即将迎来第二位女君主。这对主仆，崔东山先前就让小陌帮着施展了障眼法。两人身边，还有一位来自北俱芦洲打醮山的女修，石淞。

陈平安望向石淞，石淞抿嘴微笑，轻轻点头。

陈平安再次抱拳致谢道："仙都山创立宗门，从选址到建造，再到今天举办庆典，其实每个环节都极为仓促，能够在短短时日之内，就让仙都山诸峰有此规模，等于是平地起渡口，实打实的白手起家，诸位都辛苦了。"

撇开邵坡仙三位落魄山旧人不谈，在燐河畔接管铺子的剑修陶然，还有鬼修吴钩和玉芝岗兰贻这两拨修士，都是被崔东山亲自带到仙都山的，故而可以算是追随崔东山一起开山立派的元老了。双方之前主要是在风鸢渡船和渡口营建两事上边出力，其中一条跨洲渡船的风鸢，无论是成员数量，还是战力，本身就相当于一座山上小门派了。

渡船之上，崔东山精心炼制的符篆傀儡、金甲力士，数量近百，分别取名为雨工、金师、挑山工、摸鱼儿等，它们无论是皮囊，还是心智，都与真人无异，负责风鸢渡船的日常维修和渡船航线上的地理勘察，后者的主要职责其实也就是在桐叶洲各地山河"寻宝捡漏"，它们因此被崔东山封了个临时设置的官职，"山水点检"，而精通阵法的吴钩和萧幔影，就负责风鸢渡船的日常运转。

陈平安以心声对邵坡仙说道："我见过山君晋青了，你们在燐河畔立国一事，回头我们细聊。"

邵坡仙笑着点头致谢一句。

陈平安笑问道："何时跻身上五境？"

邵坡仙满脸愁容："难。"

除了这些根脚古怪的"山水点检"，另外还有两百多具品秩远远低于雨工、摸鱼儿的符篆力士和机关傀儡，数量多达两百，之前营造仙都山府邸、渡口，都是它们在担任苦力，而玉芝岗淑仪楼出身的三位修士，先前的临时身份是渡口督造官，三人年纪都不大，百余岁，他们如今境界也不高，两观海一洞府。

其实在陈平安到来之前，他们仨就都被彻底吓傻了。

因为身边众多观礼客人的闲聊，谁都没有刻意用上心声言语，比如那个扎丸子头发髻的年轻女子，他们并不陌生，在渡口经常能见面，知道她叫裴钱，但是如何能够与那个声名鹊起的女大宗师"郑钱"挂钩？等到通过裴钱与那个被她敬称为"徐剑仙"的男子，聊起了什么金甲洲战事，提到了曹慈、郁狷夫等人，裴钱还主动提起了自己曾经偶遇一位身穿紫衣的老神仙，符箓于玄！如此一来，男子的身份便水落石出了，正是那位被誉为"剑仙徐君"的金甲洲大剑仙，徐獬。这位皑皑洲刘氏客卿，跨洲来到桐叶洲后，就在驱山渡落脚，按照几封山水邸报的小道消息，听说是为了防止玉圭宗对刘氏几条渡船下绊子，玉圭宗专门派出了祖师堂供奉王霄，去与这位"剑仙徐君"在驱山渡针锋相对。

很凑巧，王霄今天也来了，而且还带着那个瞧着还不到十岁的孩子，竟然是玉圭宗九弈峰的新任峰主。

蒲山黄衣芸，她被选为桐叶洲历史上十大武学宗师之一，与武圣吴殳是如今桐叶洲硕果仅存的两位止境武夫。

还有那个老人，竟然是如今桐叶洲十大王朝之首大泉王朝当今女帝姚近之的爷爷，老将军姚镇。老人身边两位，一位是礼部尚书，至于那个瘸腿断胳膊的年轻男子，则是大泉屦景城的府尹大人。

此外，除了自称是中土神洲铁树山修士的，还有来自北俱芦洲趴地峰的两位道士，那可不就是那位火龙真人的再传，甚至都有可能是嫡传弟子？

他们是与崔仙师事先说了，可以保证声名狼藉的三人，在保留玉芝岗谱牒修士身份之余，能够在仙都山这边混口饭吃，至少不用在外晃荡，受尽白眼。毕竟玉芝岗的宗门覆灭，属于开门揖盗，最终被一只旧王座大妖切韵带头登山，屠戮殆尽，尤其是貌美女修，下场极惨，但是如今几乎所有桐叶洲本土修士，都觉得他们玉芝岗是咎由自取。

其实兰赇三位同门，对此已经足够心满意足了，不好说对那位崔仙师如何感恩戴德，可要说对仙都山由衷地心怀感激，绝对是半点不夸张的。即便崔先生说话直接，早早挑明了意图，就是看中了他们那门淑仪楼秘传的独门手艺，又有什么关系呢？有个安身之地，还能细水长流一起分账挣钱，何况崔仙师也不会与他们索要那份炼制符箓美人的淑仪楼秘法。

陈平安没有用心声言语，直接开口与三人说道："你们只管在仙都山安心修行，等到你们觉得方方面面时机合适了，到时候哪怕是主动提出要脱离仙都山谱牒，我可以代替崔东山与你们保证，仙都山都不会有任何阻拦。重续玉芝岗淑仪楼的香火传承一事，甚至重建玉芝岗，仙都山会略尽绵薄之力。此外，如果你们在仙都山日久见人心，信得过崔宗主和仙都山，到时候双方就正式结为山上盟友。在这之前，你们可以主动寻找流散各地的玉芝岗修士，仙都山会拿出一座山峰，作为临时道场，专门安置他们。"

兰贻三人,仿佛吃下一颗天大的定心丸,简直就是天大的意外之喜。

光凭他们,连个地仙修士都没有,在有生之年,重建淑仪楼都是一种莫大的奢望,更别谈为整座玉芝岗祖师堂重新续上香火了。

崔东山会心一笑。先生显然是故意说给在场所有人听的,是要为玉芝岗覆灭一事,做出自己的一番盖棺论定。

大概在先生看来,若说时逢乱世,注定容不下一个可谓昏了头的玉芝岗,那么未来的太平世道,桐叶洲就必然不可缺少一个玉芝岗。

因此不管整个桐叶洲如何看待玉芝岗那场变故,从宝瓶洲落魄山,到桐叶洲青萍剑宗,愿意为玉芝岗重续香火。

崔东山神采奕奕。

这就很好了。先生管得越多越好。怕就怕先生彻彻底底当了甩手掌柜,从今以后,对仙都山不热心,爱答不理的,那自己这个得意学生,当得多揪心啊。

崔东山来到陶然身边,拿手肘撞了一下身边的陶剑仙,以心声笑道:"陶剑仙,告诉你几个事呗。首先,姜尚真是咱们仙都山上宗落魄山的首席供奉,不过用了个化名叫周肥。姜老宗主在咱们落魄山,脾气老好了,口碑很结实的,所以你要是当上了仙都山的祖师堂成员,骂他几句又如何,他不好还嘴的。惊喜不惊喜?"

陶然绷着脸,默默告诉自己,连"陈平安"都是真的陈平安了,骂不骂姜尚真啥的,小事情。

"再就是那个你怎么看怎么碍眼的余米,就是米裕,剑气长城的那个米拦腰,意不意外?"

陶然小心翼翼用眼角余光瞥了一眼……米裕,顿时笑容尴尬,下意识揉了揉腰,总觉得凉飕飕的。

其实从陈平安,到小陌,再到米裕,都已经被陶然骂过了。

作为淑仪楼师姐的兰贻喜极而泣,哽咽道:"陈先生何必如此厚待我们三个无名之辈?"

陈平安给出自己的答案:"不谈那场惨烈变故的功过是非,也不说铸成大错的既定事实,我只说一事。若无恻隐,何必开门。"

陈平安说道:"路途坎坷,任重道远,过程中肯定会有很多的非议,你们要早早做好心理准备了。"

随后陈平安又笑道:"当然了,要是你们哪天放弃了这个念头,觉得实在太过艰难,竭尽心力,依旧力所未逮,做不到就是做不到,我们仙都山也欢迎你们。届时青萍峰祖师堂,会为你们中的某人专门安排一张椅子。"

兰贻、俞杏楼、傅祝,三人与陈平安和崔东山两位宗主作揖致谢。

吉时已到。

曹晴朗掏出钥匙,打开青萍峰祖师堂大门。

陈平安和崔东山,并肩走入大门,跨过门槛,率先走向前方的祖师堂正殿。

作为仙都山的祖山,青萍峰祖师堂内,此刻只悬挂一幅画卷。

上宗祖师,落魄山山主陈平安。

青衫背剑,头别玉簪,极其传神。

崔东山到底还是没有按照先生的意思,将霁色峰祖师堂三幅挂像居中悬挂,然后将他和崔东山的画像分别悬挂在左右最两端的位置上。

今天仙都山建立下宗的庆典,还是照旧,与之前上宗落魄山一样,都没有什么繁文缛节,显得极为简单,毫不烦琐。

祖师堂内,一左一右,各自搁放了两排的椅子。

一上宗,落魄山。一下宗,仙都山,青萍剑宗。

一边是陈平安、长命、韦文龙、裴钱、周米粒、小陌、贾晟、张嘉贞,后排座椅,纳兰玉牒、白玄、孙春王、柴芜,总计十二人。

另一边有崔东山、米裕、崔嵬、种秋、隋右边、曹晴朗、陶然,后排则有邵坡仙、蒙眬、石湫、蒋去、于斜回、程朝露、何辜、吴钩、萧幔影、兰贻、俞杏楼、傅祝,总计十九人。

上下两宗成员,加在一起有三十一人。

在左右两边各两排椅子之后,又有观礼客人的座位,一拨是桐叶洲本土人氏,在崔东山身后;一拨是外乡人,在陈平安这边。

大泉王朝姚镇,府尹姚仙之,礼部尚书李锡龄。太平山山主黄庭,护山供奉于负山。蒲山草堂,山主叶芸芸,掌律檀溶,薛怀。

玉圭宗的老祖师张丰谷,供奉王霁,九弈峰峰主邱植,韦姑苏,韦仙游,云窟福地姜蘅。裴渎,胡楚菱。钟魁,庾谨。镇妖楼青同。

龙虎山外姓大天师梁爽,马宣徽。趴地峰指玄峰袁灵殿,张山峰。太徽剑宗,宗主刘景龙,翩然峰白首。铁树山果然,谈瀛洲。郑又乾。金甲洲大剑仙徐獬。皑皑洲刘聚宝,刘幽州。中土神洲玄密王朝,郁泮水。

两拨观礼客人,总计三十二人。

两边的观礼座位安排也极有意思,因为根本就没有安排,人人随便落座就是了。

上次落魄山霁色峰,负责递香火的,是陈暖树和周米粒。

这一次青萍峰,换成了曹晴朗和周米粒,两人各自手捧一只香筒。

而上一次落魄山建立宗门庆典,霁色峰祖师堂内敬香,是四十三位霁色峰祖师堂谱牒人氏在前,三十六位观礼之人在后。

这一次下宗敬香仪式,只有身为上宗祖师的陈平安无须敬香,一袭青衫,只是站在左边为首的位置上。

众人依次敬香过后，各自找椅子落座。

钟魁明显可以感受到陈平安的尴尬。

太年轻有为，也不好啊。一个人杵在那儿，然后被那龙虎山外姓大天师、刘氏财神爷、郁泮水几个敬香的个中滋味，想来是不足为外人道也。

胖子庾谨备感无奈，总觉得自己吃大亏了。只是一想到钟魁还要为自己，与陈平安讨要回五成家底，也就忍了。

张山峰也在忍住笑。青同觉得挺有趣的。

之后崔东山便带着曹晴朗和落魄山右护法周米粒，按照约定俗成的山上规矩，先去揭开山门和祖师堂的两块匾额幕布，青萍剑宗。在青萍峰山脚，还得老老实实架好梯子，悬挂起吴霜降赠送的那副楹联，然后才返回祖师堂。

如果不是仙都山有意一切从简的缘故，接下来就还会有一个德高望重的修士，担任类似唱名官的职务，负责大声朗诵一些未能亲自到场的宗门祖师、仙府掌门和王朝君主的各类贺词。一般浩然天下的下宗典礼，因为有上宗的底子和各路香火情在，可能光是这一个环节，往往就会耗费半个时辰甚至更久，因为贺词往往动辄多达百余份之多。

跳过这个环节，崔东山开始按部就班介绍起所有在座诸人，先从上宗落魄山开始，再是青萍剑宗谱牒修士，最后就是观礼客人。

接下来就是落魄山掌律长命，宣布青萍剑宗的祖师堂成员。

陈平安。首任宗主崔东山，掌律祖师崔嵬，首席供奉米裕，执掌一宗财政的种秋。隋右边，曹晴朗，陶然，吴钩，萧幔影。

之后是崔东山以宗主身份，为青萍剑宗正式邀请太平山黄庭，担任首席客卿；蒲山叶芸芸和大泉姚仙之，为记名客卿。再邀请青同、裴渡担任青萍剑宗记名供奉，以及今日未能到场与会的剑修曹峻，担任末席供奉，三人等于是补任青萍峰祖师堂成员。

客人们的观礼一事，到此就算收官结束了。

之后就要开始举办青萍剑宗的第一场祖师堂议事。

成员有：陈平安，长命，韦文龙，裴钱，周米粒，小陌，贾晟；崔东山，米裕，崔嵬，种秋，隋右边，曹晴朗；陶然，吴钩，萧幔影。

再加上五位祖师堂拥有座位的供奉、客卿，青同，裴渡，黄庭，叶芸芸，姚仙之。

陈平安亲自将观礼众人送出祖师堂，除了极少数留在了广场上，都开始返回密雪峰各个府邸宅院。

没有着急返回祖师堂，陈平安来到留在山顶的刘聚宝和郁泮水这边，笑道："多有怠慢。"

刘聚宝笑着打趣道："不用去跟动辄上百号认识或不认识的人打招呼，从头到尾当个闲人，如此轻松惬意的观礼，我倒是希望多参加几次。"

郁泮水看了眼渡口，笑呵呵道："隐官大人，那条风鸢渡船，还不错吧？"

陈平安笑道："再来一条就更好了。"

郁泮水急眼了，埋怨道："不去挑肥，专门拣瘦的，天底下哪有这样的生意经。"

崔东山跳起来一把搂住郁泮水的脖子，扯得后者只得低头哈腰："郁胖子，你不肥谁肥。"

刘聚宝轻轻咳嗽一声，某人终于舍得从某处收回视线，赶忙笑着与隐官大人打招呼。

陈平安看着刘幽州，点头笑道："桂花岛一别多年，很是想念。"

当年双方都还是少年。

仙都山青萍峰高耸入云，站在山顶眺望远方，视野中云海滔滔。

一袭青衫白云上，万景都归两目中。

玄都观内，一个好像每个季节都能养出膘来的胖子，腰悬一枚老观主亲自赐下的关牒桃符，便可以无视那些足可让一位飞升境修士鬼打墙的玄妙禁制，晏琢屁颠屁颠找到孙道长的道场，是一座大名鼎鼎的"观内观"，轻轻敲响大殿朱门，试探性地问道："老观主，在闭关吗？忙不忙？"

屋内传出一个不耐烦的嗓音："有事说事，没事滚蛋。"

晏琢在门外搓手道："我在来时路上，认识个世外高人，不穿道袍不戴道冠道巾，反而头簪鲜花，老观主帮忙掌掌眼？如果对方人品过硬，说不定就是一桩源源不绝的大买卖，一本万利！"

晏琢刚刚出了一趟门，美其名曰外出历练，其实就是游历玄都观的一众旁支道脉、藩属山头。

之前在玄都观这座祖庭之内，晏琢没啥感觉，反正隔三岔五就能在桃林里边瞧见老观主一面，搬俩板凳坐在溪涧里，一起喝个小酒儿，至于双方差了七八个辈分什么的，孙道长不讲究，晏琢就不客气。孙道长不当回事，上行下效，那些高功真人对晏琢就更客气了，再加上玄都观是道门剑仙一脉，道官多背剑或是佩剑，自然而然就让晏琢有了一种错觉。好像还在家乡，还在剑气长城。辈分、境界什么的，都可以不用计较。

结果等晏琢真正离开玄都观，到了外边的广阔山河，才知道玄都观一脉祖庭出身的度牒道士，出门在外，很有牌面的，那些个孙道长徒孙、玄孙辈的各国一观之主、护国真人，在蕲州各地开枝散叶，见着了这个年纪轻轻的胖子，都不用晏琢搬出那套准备好的说辞，就对他极为礼重客气。

但其实是晏琢误会了，不是所有从玄都观走出的谱牒道官，都有此待遇的，那些道门仙其实只是在好奇一事,这个胖子,到底与老观主是啥关系,所以他们都用一种"老观主该不是在外边找到了私生子带回家"的玩味眼神,打量着那个比较面生的晏姓剑修。

毕竟敢打那片桃林主意的玄都观道士,不多的。

老观主一贯秉持某个宗旨,既然收了弟子,师门自己不教,难道让他们跑到外边,再让外人教做人的道理吗?

再加上老观主某些独树一帜的鲜明作风,顺带着整个玄都观在青冥天下都是独一份的,白玉京地界之外,大可以横着走。

至于晏琢的真实身份,作为诸脉祖庭的玄都观这边,一直没有对外宣扬,而是有意隐瞒此事。老观主不提这茬,谁敢往外泄漏消息。

故而即便是如今的玄都观里边,知晓晏琢来自剑气长城的道官,连同道号春晖的道观"门房"韩湛然在内,不会超过十人。

反正玄都观也从不缺少故事和谈资。

孙道长嗤笑道:"是那个喜欢扮婆姨的疯癫汉?"

听说这厮一路晃荡到了蕲州边境才停步,真是个狗鼻子,这不师姐一出关,立马就飞奔过来了。不过对方还算懂点规矩,没有直接进入玄都观地界。毕竟玄都观与他所在的山头,不太对付,这家伙约莫是担心被套麻袋。

至于晏胖子嘴上所谓的买卖,还不就是去祸害那片桃林。

晏琢一开始骗到个大傻子的笑容逐渐凝固。

沉默片刻,晏琢跳脚大怒道:"莫不是个骗子? 真是造反了,都敢坑蒙拐骗到咱们玄都观的门口。我这就喊上湛然姐姐,与他讨要个公道去!"

原来对方扬言,晏琢精心制造的桃枝笔、桃符牌、桃叶书签等物,他可以帮忙卖到与蕲州并不接壤的永州去,保证能挣大钱,双方分账三七开。只要晏仙官点个头,以后就可以等着收钱了。

此外,玄都观不是每年还有一筐筐的桃子嘛,反正年年有,你们玄都观的道官们吃又吃不完,送人又不收钱,何必浪费呢。永州大大小小的仙府、道馆那么多,简直就是每天都有庆典,有庆典,就需要一簸箕一箩筐的仙家蔬果,在整个青冥天下都鼎鼎大名的玄都观仙桃,能愁没销路?

晏琢就觉得可行,对方胆子再大,靠山再强,总不至于敢骗到咱们玄都观头上吧?

"他是怎么跟你自报名号的?"

"这家伙自称青零,有名无姓,也没个道号啥的,说自己就只是混江湖久了,道上的朋友多,都愿意卖他几分薄面……"

听到这里,屋内老观主嗤笑一声,这是混黑帮呢,还道上朋友多。

"我问他境界如何,他老实交代了,是个仙人境,来自永州首屈一指的山头,在他家门派里很有威望的,而且我看他身边带着三个随从,瞧着好像都是些陆地神仙,大概是怕我不信,这位青零道友还主动要求将一支随身携带的铁笛,算是作为押金,我没敢收。他就报了个收信地址,估计这会儿,还等着我的消息呢。"

孙道长笑了笑,犹豫要不要将此人的消息告知师姐。

此地其实就是玄都观的祖师殿,天下道门剑仙一脉所有枝叶的根本之地。

大殿内悬挂着道观历代祖师爷的画像,得有四五十幅之多。

白玉京之外的天下宗门以及子孙庙道观,挂像一事,也看各自底蕴高低,不一而论,有些是金丹道士去世后,挂像就可以在祖师堂占据一席之地,享受香火,但是像玄都观这样的庞然大物,就需要是玉璞境修士起步了。

只因为他这位当代观主,道法够高,活得够久,占着茅坑不拉屎实在太多年,所以众多挂像上边的"祖师",其实辈分都要比孙怀中低。

祖师殿内的挂像,按照辈分,从高至低,依次排列,最终就像一座宝塔。

墙上较高处,有三幅挂像,是空白,并列两幅,分别属于未来的观主孙怀中,师姐王孙。就像一种"虚位以待",这在青冥天下不算奇怪,这就跟市井坊间老人不忌讳谈论生死,在世时就会为自己早早备好棺材是一个道理。

一座山上仙府祖师堂,空白挂像越多,自然就意味着这座门派的在世祖师越多。

祖师殿大门缓缓打开,孙道长跨过门槛,走出大殿,抚须眯眼,道:"他是找贫道的师姐而来。跟你找买卖,就是个添头,把你当块敲门砖了。"

在开门时,晏胖子低下脑袋,不去看大殿内的光景,等到关上门,晏琢重新抬头,问了个很务实的问题:"观主,能不能与我说句到底话,我跟他合伙,真能挣着大钱?"

孙道长点头道:"能。"

晏琢闻言如释重负:"只要不是骗子就好,这种高人,多认识几个,混个脸熟,总归是好事。"

孙道长笑道:"这个龙新浦,不喜欢待在山上好好修行,最喜欢跑去江湖里边搅浑水,时日一久,就被那些眼窝子浅的,尊称为'龙师'了,只是与林江仙的那个'林师'相比,含金量差得有点远,不过反正龙新浦脸皮厚,就算有那不怕死的,愿意喊他一声龙掌教,他一样敢收下。"

那个化名青零的老道士,真名龙新浦,是那永州境内兵解山的一位老祖师,如果按辈分算,还是当代山主的太上祖师。

兵解山是永州数一数二的山头,作为兵解山硕果仅存的"同辈老人",自称在门派里边有威望,云游在外略有薄面,确实不算吹牛不打草稿。

不过兵解山这地儿,风气比较怪,修士道龄都不高,有那"千年一劫数"的说法,而且也不是越老越能打。

因为那边的修士不够长寿,所以此人的辈分,实则占了大便宜,否则要说玄都观、采收山这些宗门里边,有个观主、宗主的太上祖师,传出去还不得吓死人?

毕竟能活个五六千年,境界能低到哪里去?

这个兵解山的龙新浦,与师姐是同乡,还是同年,都来自永州境内一个小地方。

可要说境界、修行资质、打架本事,比起自家师姐,又都要差了十万八千里。

这厮在外晃荡,没饿死,也没被人打死,就靠一张嘴。先后三次跌境,也都是嘴巴没把门惹来的祸事。

晏琢好奇问道:"这位前辈,是奔着观主的师姐而来?这里边,有说头?"

孙道长瞪眼道:"不该问的就别问。"

你小子要是大嘴巴乱传话,以师姐的脾气,不会跟你这个小辈计较什么,那么回头收拾的,就是贫道了。

当年道龄不大的时候,也没啥,如今好歹是一观之主了,多少要点面子,每天伸手捂着半边脸出门,不像话。

孙道长带着晏琢走出这座属于禁地的观内观,随口问道:"出门一趟,有何感想?"

晏琢感慨万分道:"威风八面,走到哪里都吃香,好得很,不枉费我慧眼独具,早早相中了老观主的玄都观,在这件事上,董黑炭就不如我了。"

其实这就要归功于年轻隐官的举荐了,否则满身铜臭的晏胖子,在那规矩森严的白玉京,在生财有道这条路上,恐怕空有十八般武艺,也没有太多的施展余地。

林江仙的鸦山,在那汝州的地位,靠着人多势众,又是赤金王朝鼎力扶持的江湖门派,鸦山的嫡传武夫在那一洲山河当然可以横着走。

而玄都观在这蕲州,也是当之无愧的……扛把子。

不像殷州,自古就有两京山和大潮宗敌对相峙,势同水火。当然,今时不同往日了,两家人成了一家人,而且还是字面意思上的那种一家人。山上宗门联姻,多是弟子们相互间看对了眼,然后喜结连理,哪有两位一宗之主结为道侣的?这在青冥天下,确实是头一遭。

翥州,亦有采收山,与道家符箓祖庭之一的青祠宫争锋。

就算是幽州,不也有个守山阁,能够与地肺山华阳宫掰手腕。

很难说是谁一家独大。

永州则有仙杖派和兵解山,两个顶尖宗门仙府,始终在争那个一州魁首的位置。

当然,那白玉京是整个青冥天下的主人,甚至可以说青冥天下所有的宗门,都是白玉京的"外门"藩属。即便是玄都观,与之相比,也还是有极大差距的。

晏琢问道:"老观主,我能跟他做买卖吗?"

孙道长嗯了一声:"随你,钱财往来,买卖而已,这里头没什么忌讳。"

何况玄都观与兵解山的那点旧怨，在孙怀中看来，谈不上死结，只是兵解山那个当代山主死脑筋，钻牛角尖，自己不肯出来。

孙道长问道："当真就这么喜欢赚钱？"

晏琢笑道："喜欢是真喜欢，打小就喜欢。况且修行炼剑之外，总得找点事情做做，帮着分分心，走走神。"

孙道长点点头："蛮好。"

如果有机会，通过这桩买卖，能够让双方缓和关系，以后举荐晏琢担任玄都观祖庭的账房执事，好歹自己也有个说头。免得被谁说成是任人唯亲，如今玄都观暂时又不缺扫地道士。

孙道长说道："你去喊上狄元封和詹晴，跟着贫道一起出门散散心。"

晏琢点头答应下来，这就去喊那俩福缘深厚的幸运儿。

晏琢试探性地问道："我先飞剑传信给那位兵解山老前辈？"

孙道长摇头道："不用。"

孙道长上次阴神出窍远游，再次游历了一趟浩然天下，最终在北俱芦洲收了两个亲传弟子，一并收入袖里乾坤当中，带回玄都观。

不过只是名义上的亲传，丢了几本道书几篇仙诀给他们，其实真正为他们传授剑术、道诀的，是"门房"韩湛然这样的上五境道官。

按照孙道长的说法，给人传道当师父，贫道有个缺点，教得了天才，教不了笨人。

那两个来自浩然天下北俱芦洲的外乡年轻人，哪敢有任何怨言。只觉得能够与一位雷打不动的天下第五人搭上关系，即便只是有个有名无实的师徒名义，也已经是祖坟冒青烟的天大幸事了，实在不敢奢望更多。

况且只要是玄都观祖脉道士，修行都可以安心。至少谁都不用担心在外被人欺负。老观主孙怀中，就像一棵参天古树，遮风挡雨，庇护着所有道士，人人都在树荫里边避暑纳凉，只需要专心修道即可。

晏琢去找到那狄元封和詹晴，说是你们师尊下了一道法旨，要咱们一起陪他老人家出门散心去。人比人气死人，这俩同龄人，作为老观主的嫡传，在玄都观的辈分高得无法无天了，而且得以破例在桃林结茅修行。狄元封两个见到了这个晏胖子，也不敢有任何小觑心思，二话不说，立即跟着晏琢去觐见师尊。

当年在他们家乡的北俱芦洲，一处仙府遗址，狄元封和詹晴可是切身领教过某人是何等"不做人"的行事风格。难怪能被自家师尊称呼一声陈小道友。

只是等到他们事后得知，对方竟然是剑气长城的末代隐官，就开始各自庆幸自己的"劫后余生"和因祸得福了，越发珍惜如今稳稳当当的修道岁月。

晏琢笑道："以后陈平安来了玄都观，你们三个就是不折不扣的故人重逢，还不得好好喝顿酒？这酒水,有无想法？我可以帮你们早早备好几坛仙家酒酿,价格嘛,好说,保证原价!"

狄元封不搭腔。詹晴却是笑道:"这敢情好,就有劳晏兄多费心了。"

其实与狄元封他们的初次相逢,也是陈平安继误入藕花福地之后,首次壮起胆子,主动学那山上修士进入山水秘境,寻道访仙,追求机缘。

如果只看结果,陈平安当然收获颇丰,但要说过程之凶险,也确实让人心有余悸。在这之外,陈平安又等于无形中接下了一桩分量不轻的因果。在那山巅小道观内,供奉着一尊中年面容的道士桃木神像,此人的真实身份,正是玄都观孙道长的小师弟。当年白玉京二掌教余斗穿法衣携仙剑,亲自问道、问剑玄都观,死在真无敌的剑下之人,便是这位玄都观道官。

而此人的嫡传弟子宋茅庐,更是一个被誉为"青出于蓝而胜于蓝"的道士。

按照当年在龙宫小洞天凫水岛火龙真人的说法,这位按辈分属于老观主师侄的道士,曾经以永州作为大本营,聚拢起了白玉京之外将近六成的道门法脉。这个说法,当然会有一定的水分。因为天下最顶尖的那一小撮宗门、仙府,当年并未真正与宋茅庐结盟。可能私底下有契约,但至少在明面上,是没有与永州联盟的。可即便如此,也算足够惊世骇俗了,就像当时火龙真人用了一个比喻,搁在我们浩然天下,这就像有个人,可以抗衡半个儒家,与中土文庙分庭抗礼。

而宋茅庐的师尊,孙道长的师弟,这位飞升境老道士的那尊桃木神像,如今便是陈平安的五行本命物之一的木宅关键所在。

除了狄元封和詹晴,被老观主收入袖里乾坤,好似一场鸡犬升天,化虹而起,飞升青冥天下,其实当年彩雀府女修柳瑰宝,也差点成为老观主的亲传弟子。

晏琢满脸好奇道:"啥时候咱们兄弟几个喝个小酒,给我好好说道说道当年那场游历,是怎么认识的陈平安。"

因为陈平安的关系,晏琢跟他们特别亲。至于这两位是怎么想的,晏胖子可不管。

詹晴笑着答应下来,说当然没问题,狄元封则备感无奈,他实在是不愿多提那个老奸巨猾、挣钱不要命的"陈好人"。

当年家道中落的狄元封,腰间悬佩一件祖传之物的宝刀,曾经与一位边关武将出身的家族供奉,学了点刀法,他曾经用了个嘉佑国秦巨源的身份,当然是向后者栽赃嫁祸泼脏水。一路上先后认识了"孙道长"、黄师等人,几个不受待见的山泽野修,合力求财,走那趟仙府秘境,狄元封算是把脑袋拴在裤腰带上边,去搏命求个大富大贵的。反观詹晴,作为北亭国小侯爷,是个出了名的风流种、薄情郎,当初腰别一支羊脂玉笛,一副贵公子做派,拎着那根暗藏一把软剑的竹杖,身边又有佳人相伴,简直就是去游山玩水的。

至于老观主,为何愿意收他们为徒,带回青冥天下,詹晴和狄元封至今都还一头雾水,浑浑噩噩就成了道官,走在玄都观内,莫名其妙就会被那些上五境老真人喊师伯师叔,甚至是师伯祖、师叔祖,甚至还曾被人毕恭毕敬喊那太上师伯祖、太上师叔祖。

只是两位同门之间,其实如今关系也一般,说到底,双方从来就不是一路人。

不同路,当然只是他们自己这么觉得。

詹晴小心翼翼问道:"晏兄,那位隐官大人,作为外乡人,最早是怎么在剑气长城那边立足的?"

晏琢认真想了想,大笑道:"以诚待人!"

在晏胖子去喊人的时候,孙道长找到了师姐王孙,试探性问道:"兵解山的那个龙新浦,找上门了,你要不要见他?"

少女姿容的女冠,神色淡然道:"如果对方是打着同乡叙旧的幌子,就免了,不见。如果你觉得他是来跟我们玄都观谈事情,而且比较重要,反正你才是观主,我无所谓。"

孙道长问道:"如果对方两者兼有,如何是好?"

王孙说道:"当然是公事大过私事,见一面无妨。"

孙道长如释重负,沉默片刻,没来由地感慨一句:"师姐,我们师父,是个有晚福的人。"

作为孙道长和师姐王孙的师尊,那位道号清源的老道士,是寿终正寝,属于无疾而终。几个徒弟,又都算有出息,若是晚个几百年再走,可能就要揪心了。

王孙点头说道:"亏得师父走得早,不然多活几年,要被我们几个活活气死。"

哪怕是提到师尊,王孙说话还是没什么忌讳。

孙道长笑道:"你们一个个的,当年都不乐意接过师尊的位置,继任观主,我一直怀疑,师尊当年选我,是不是师姐你与师尊偷偷说了什么?"

"没证据的事情,少胡说八道。"王孙坐在桃树下,伸手按住一把在鞘长剑,教训道,"当师弟的,没大没小。"

孙道长哑然失笑。

当年被玄都观上任观主,清源道长,同时领进玄都观修行的一拨孩子,有七人之多,在那之后,这位老真人就再没有收取嫡传了。

不过是七个孩子,结果其中光是飞升境修士,后来就有三个!

除了刚刚"出关"的王孙,现任观主孙怀中,还有那个喜好手持行山杖、负笈云游的小师弟,家乡来自一个盛产枇杷的小地方,出身贫寒,名叫黄柑,后来道号青李。

三位同门,孙怀中,师姐王孙,师弟黄柑,都先后跻身了飞升境,也曾分别担任玄都观住持、首座、都讲。

故而上任观主最后收徒的那一年,也被后世视为玄都观历史上最为丰收年景的一个"大年份"。即便是搁在整个青冥天下那部厚重老皇历书页中，也注定属于浓墨重彩的一笔。

所以老秀才上次带着一个虎头帽孩子，做客玄都观，就专程来这祖师殿，给上任观主敬了三炷香。

挂像上面的人，与挂像之外的敬香客，双方都擅长收徒嘛。

此外，老秀才的关门弟子，与上任观主的小弟子，亦有一桩不浅的道缘。

这就很善了嘛。

玄都观的上任观主，元禾，道号清源，老道士第一次为入室弟子们正式传道授业，就是丢给那些孩子一本只有寥寥五千言的道祖著作。

而王孙只是看了开篇的"道可道非常道"六字，就合上了书。

那年还只是在玄都观担任三都之一的老道士，颔首而笑，让她可以玩去了。

当时还扎两羊角辫的小姑娘，便蹦蹦跳跳离开屋子，独自玩耍去了。

只留下孙怀中在内的同门师兄弟，一个个大眼瞪小眼。

孙怀中事后问师姐，到底是怎么回事。

当时师姐的解释是我又不认识字，师父丢给我一本书算咋回事。

孙怀中还就真信了，年少无知，年少无知啊。

确实，家乡是那永州的师姐王孙，她家世代都是捕蛇人，不曾读书识字，并不意外。

反观孙怀中他们这拨大多出身不错的修行坯子，别说认字，就是各脉道书都背了不少，比如最早公认修道资质最好的小师弟黄柑，不到十岁，早就熟读整部道藏了。

孙怀中是多年之后才知道真相，原来师姐就只是觉得刚认识没多久的师弟"小孙"，年纪再小，可好歹是个修道之人，竟然能问出这种白痴问题，瞧着怪可怜的，她就随便找了个蹩脚的借口安慰他罢了。

反正在那些年里，师姐每次看到孙怀中，眼神都格外"和善"，也从不冷着脸，多半当他是个需要她可怜可怜的小傻子看待吧。

此后王孙的修行路，无比顺遂，破境一事，势如破竹。完全就是碾压同辈，一骑绝尘，同辈都只能远远看着那个王孙的登高背影。

久而久之，玄都观所有"徽"字辈的道士们，就都认命了，明摆着没法比，那就不跟王孙比。切磋道法，探讨义理，谁都不找那个王孙。

王孙先是碾压同辈，继而是追上师辈，然后是"徽"字上边的两个辈分，其中不乏惊才绝艳的修道天才，结果都被王孙一一超越。

后世评价王孙的"总角闻道"一说，可不是开玩笑的。

作为修道资质仅次于王孙的小师弟黄柑，进入玄都观之前，有那一句"当是天仙"的谶语，却反而是修行最为迟缓的一个。

至于孙怀中，在那段无忧无虑的修道岁月里，自认高不成低不就，也不算如何出类拔萃，既然有师姐王孙在，天才不天才的，都没了意思，至于后来被说成是什么大器晚成，厚积薄发，听着也当是些骂人的话了。

玄都观作为天下道门剑仙一脉的执牛耳者，其实在蕲州，是一处出了名与世无争的"山上山"，幽居修道，不染红尘，跟外界打交道极少。

等到"徽"字辈道官开始成长为玄都观的中坚力量，纷纷占据道观要职，原本清静高妙的玄都门风，随之一变，变得锋芒毕露，涉世渐深。

经常是有同门在外吃了亏，王孙大手一挥，就是数十号同龄修士背着师长们偷偷联袂远游，每次都由孙怀中打头阵，小师弟黄柑当出谋划策的军师，师姐王孙次次负责对付那些境界高的，以及由她收拾残局。比如回到道观后，都是她跟师门长辈们掰扯道理，挨训过后，就得面壁思过，每次都是一窝一窝的，一起被禁足在桃林，这就叫有难同当。

等到孙怀中从"徽"字辈当中脱颖而出，出人意料担任玄都观的住持后，数千年以来，在孙观主的默认，甚至是暗中"推波助澜"之下，玄都观剑仙一脉的道士，最喜欢也最擅长的"单挑"门风，更是被发扬光大到了顶点，玄都观的那数十套精妙剑阵，堪称蔚为壮观的剑阵是怎么来的？当然是一场场围殴而来。

而从小孙变成年轻观主，再变成老观主的孙道长，那些个臭毛病……得换个更加公道的说法，是某些个山上山下、路人皆知的优良传统，其实就是年少时跟师姐王孙依葫芦画瓢而来。

比如打人要趁早。

青萍剑宗，祖师堂第一场议事。

椅子旁边都摆放有茶几，上边搁放着一碗清茶，一碟瓜子。

看样子，估计就要成为以后祖师堂议事的某种定例了。

曹晴朗和裴钱负责提壶倒茶，小米粒负责分瓜子。

黑衣小姑娘神色尤其认真，没法子嘞，分到每个碟子里边的瓜子总数，她得保证精确到一颗瓜子都不差！

昨夜陪着裴钱一起守岁，她为此演练了很久，还是觉得不够保险，至多做到误差在两三颗瓜子之内，着急啊。裴钱就帮她想了个天衣无缝的法子，她掏出瓜子的时候，若有误差，裴钱就眼神示意小米粒，差两颗有差两颗的暗号，差一颗有差一颗的提醒。哈哈，完美！

陈平安率先嗑上瓜子，好人山主很快就看出门道了，嗯，很好，比其他人都要多出三颗，果然小米粒还是很向着自己的。

贾晟最为正襟危坐,老神仙本以为这次开宗立派的首次祖师堂议事,是没有自己份的,不承想陈山主还是这般念旧,崔宗主果然还是如此尊师重道。

裴渎也比贾老神仙好不到哪里去。

其实贾晟和老妪之外,姚仙之是最别扭的一个,当年与陈先生半开玩笑,讨要一个下宗的客卿身份,他自己都没有太当真,不承想当了记名客卿不说,还能在青萍峰祖师堂有个固定座位。

至于陶剑仙,当然也没打瞌睡。

"大家都随意些,不是什么'就当'自家人关起门来聊天,本来就是了。"

陈平安端起茶碗,停顿片刻,好像是有感而发,微笑道:"必须承认一点,我们上山下宗,风气很正,大家都有功劳。"

崔东山眨了眨眼睛,瞥向一旁的裴钱,示意大师姐你好意思跟师父抢这种功劳?

裴钱不理睬那只大白鹅,只是用眼神示意身边的曹晴朗,你好歹说句话。

曹晴朗无动于衷。

隋右边扯了扯嘴角,也没说什么。

韦账房与种夫子对视一眼,极有默契,开始各自低头喝茶。

只有小米粒,轻轻摇晃悬空的脚丫,使劲点头,抬起双手,无声鼓掌。

小陌是觉得自己跟随公子身边,时日尚短,当不起这份评价。

略显冷场,陈平安原本打算撂下一句,既然在座各位都不说话,那就是默认了,很好,开始议事。

所幸贾老神仙满脸诚挚神色,率先开口打破沉默,沉声说道:"必须的!"

于是崔东山、裴钱、曹晴朗几个,都直愣愣看着贾老神仙。

陈平安猛然间站起身。

青萍峰山门口,凭空多出了一个眉眼飞扬的着红棉袄女子,腰悬酒葫芦,她一手牵着马,招手喊道:"小师叔!"

一袭青衫,瞬间掠出祖师堂,就像一条青色瀑布,从青萍峰之巅流泻至山门口。

崔东山嗑着瓜子,笑道:"议事暂缓,暂缓片刻,我们先喝茶就是了。"

裴钱原本想要跟着师父去山门口迎接李宝瓶,大白鹅却笑着朝她摇摇头。

裴渎、陶然这拨刚上山没多久的祖师堂成员,还有叶芸芸这些客卿,自然都会备感奇怪,不知是何方神圣,值得陈山主如此兴师动众,好像天大的事情都可以暂时搁下,二话不说就直奔山脚了,甚至就连在祖师堂说句话的工夫都不愿意浪费,这可不像是陈平安的一贯作风。

崔东山突然眼睛一亮:"大师姐,我晓得咱们落魄山门风由来的最大功臣了!"

裴钱瞪眼道:"别扯到宝瓶姐姐身上去!"

落魄山年轻一辈,要么怕崔东山,要么怕裴钱。但是像白玄这些很晚才进入落魄山的孩子,可能都不太清楚,大白鹅也好,裴钱也罢,在某人那边,都会跟平时不一样。

崔东山曾经被那个人拿着印章往脑袋上盖印,小时候就能将几个老捕快骗得团团转的裴钱,也曾心甘情愿乖乖当那人的小跟班,经常一起抄书,至于李槐,当年在小镇乡塾求学时,更是连裤衩都被丢到树上去,哭得一脸眼泪鼻涕,关键还不记那人的仇。

山门口,陈平安飘然落地,笑容灿烂。

李宝瓶咧嘴笑道:"小师叔,新年好!"

红棉袄女子,手持绿竹杖,佩狭刀祥符,腰悬一枚雪白酒葫芦,身材修长,是大姑娘了。

陈平安看了一眼那枚养剑葫,李宝瓶赧颜道:"小师叔,我不常喝酒的,偶尔看书乏了,提提神,跟酒虫搬救兵,去跟瞌睡虫打架嘛,胜多输少!"

陈平安轻声笑道:"这算什么,小师叔都快是个酒鬼了。走,小师叔带你上山逛逛,今天刚好是宗门庆典,咱们先去祖师堂坐一会儿,小师叔还有点事情要聊,你就当补上那场观礼了。我们脚下这处山头,叫仙都山,旁边两座,分别是云蒸山和绸缪山,都是你崔师兄取的名字。"

李宝瓶使劲点头,然后她指了指宗门匾额,道:"青萍剑宗,名字就尤其好啊。既是青出于蓝而胜于蓝,又说一叶浮萍归大海,人生何处不相逢,寓意多且美好,崔师兄能想到这么好的名字,真是难为他了,估计翻烂了辞典,才碰运气想出来的。"

陈平安笑眯眯道:"这个宗门名字,是小师叔自己取的。"

李宝瓶一双漂亮灵动的眼眸,眯成月牙儿,故意叹了口气:"唉,半点不意外的事。"

陈平安就要伸手去帮忙牵马,李宝瓶连忙摇头道:"它不用上山,留在山脚好了。今儿是小师叔的宗门庆典,它刚吃饱呢,要是半路拉屎,还要麻烦小师叔去找扫帚簸箕,多不像话。"

陈平安忍俊不禁,道:"多大点事。"

李宝瓶拎起绿竹杖,大手一挥:"自个儿玩去。"

马蹄阵阵,看方向,是去落宝滩饮水了。

祖师堂里边,崔东山一直摆出歪着脑袋做竖耳聆听状,听到这里,朝裴钱嘿嘿笑道,怎么说?服不服?

陈平安带着李宝瓶缓缓走在山路上,两人拾级而上。

当那个红棉袄女子蓦然现身,青萍峰山顶的郁泮水被吓了一跳,这可不是什么一般意义上的缩地山河,问道:"聚宝兄,这个小姑娘,难不成是直接跨洲而来?我道行浅,看个热闹都难,聚宝兄你境界高,给掂量掂量?"

刘聚宝的表现却有点古怪,只是眺望云蒸山吾曹峰的景象,对那山脚牵马的女子视而不见,对好友的询问也是置若罔闻。

郁泮水自顾自嘀咕道:"可真要说是跨洲远游,这还能带匹马?传说中的拔宅飞升,也没这份天地异象吧,竟然能够裹挟中土神洲的山水气运,奇了怪哉,怎么我瞧着还有些中土穗山的道气?当今天下,谁能够从山君周游那边虎口夺食,我可是听得耳朵起茧子了,咱们这位神号大醮的周山君,脾气可是一贯不太好的。"

浩然天下的山水神灵,能够拥有神号的,屈指可数。如今按照文庙最新律例,暂时就只有中土五岳和四海水君有此殊荣。

刘幽州以心声说道:"好像是山崖书院的李宝瓶,听说她与宝瓶洲齐渎旧庙祝林守一,还有贤人李槐,都是那位齐先生的嫡传弟子。李宝瓶好像打小就喜欢穿红衣裳,治学之余,最喜欢独自游历,前不久她在礼记学宫通过考校,已经是儒家君子了。李宝瓶曾经跟横渠书院的元雾有过一场辩论,我跟山上朋友借阅了那份镜花水月的拓本,根本听不懂他们俩在吵什么,按辈分,隐官大人确实能算是她的小师叔了。李宝瓶既然是文圣老爷的再传弟子,文圣老爷又与穗山关系一直很好,说不得是周山君亲自送她来这里的?"

郁泮水恍然道:"原来是她,原来如此,难怪难怪。"

刘聚宝依旧不上钩,周游确实能够将人送到别洲,但是闹出的动静,绝对不会这么小。如果真是穗山那边的神通手段,按照三山九侯先生最早对术法的界定,再联系李宝瓶如今的修为境界,想要跨洲,周游就需要一口气用上数种上古神通,搬山移景幽通,定身坐火以安魂魄,借风履水神行,那么李宝瓶双脚落地时,整个仙都山地界都会为之震动,而且穗山付出的代价注定不小,肯定会消耗一部分穗山道气,但是以周游的行事风格,这位名动天下的大醮神君是公认的铁面无私,与文圣一脉关系再好,都不会如此假公济私。

显然是另有高人,只说对方这一手,完全可以用十四境修为视之。

所以这也是刘聚宝故意假装什么都没看见的缘由所在,浩然天下的十四境修士,就那么几个,桐叶洲这早先有位东海观道观的落宝滩碧霄洞主,如今已经去往青冥天下开辟道场,由于老观主的自身合道所在,当年那场仗再打下去,老观主就要被迫分担蛮荒天下那边的"天时地利人和",世道越不太平,老观主的修为就越往下降,万一宝瓶洲守不住,说不定到时候老观主想要脱身都难了,总不能真让周密一个山上晚辈,骑在头上作威作福吧。

有个"鸡汤和尚"绰号的僧人神清,也去了西方佛国,极有可能是悄悄展开了第四场护道。老瞎子待在十万大山不挪窝,白也身在玄都观,至于那位重返十四境的斩龙之人,向来孤云野鹤。那么极有可能浩然天下已经多出了一位深藏不露的十四境修士,不然就是很快就会多出一个崭新的十四境。

有些事，是必须要假装不知道的。

郁泮水的境界是不高，玉璞境而已，眼力却是有的，不可能不清楚这一点。况且当年骊珠洞天那桩变故的由来，以郁泮水跟绣虎的关系，也不能算是彻头彻尾的局外人。

郁泮水瞥了一眼当闷葫芦的皑皑洲刘氏财神爷，啧啧道："不愧是聚宝兄，为人处世滴水不漏，难怪比我挣钱多，多太多了。"

郁胖子一直好奇，难不成身边这位聚宝兄的合道之路，就是挣钱，比如……挣到浩然天下一半的神仙钱？但是也不对啊，刘聚宝挣钱的本事确实天下第一，但是花钱一事，也不是一般的大手大脚，可要说刘聚宝是试图凭借花钱来换取文庙功德簿上边的功德，又不太像。其实郁泮水一直觉得看不穿身边此人，与刘聚宝相处越久，越有种雾里看花的不适之感。哪怕是绣虎崔瀺，或是白帝城郑居中，所谓的看不透，那只是因为他们两个脑子太好，棋力太高，但是归根结底，有些脉络还是比较清晰的，比如崔瀺可以做得出世人眼中大逆不道的欺师灭祖，可以叛出文圣一脉，但是崔瀺绝对不会放弃他心目中的读书人身份。郑居中，即便顶着个天下第一尊魔道巨擘的身份，所思所想，亦是极高极远极深，但是郑居中的骨子里，依旧会给郁泮水一种粹然醇儒的感觉，当然，可能是郑居中故意让他郁泮水产生的一种错觉。

刘聚宝呢，则不然，反而最让郁泮水琢磨不透，根本吃不准刘聚宝到底想要干什么，好像某个最大的"真相"，都被刘聚宝的挣钱的"事实"给掩盖了。

刘聚宝淡然笑道："日久见人心。等到真的世道太平了，你就知道我赚那些钱财的用处了。"

挣钱小心，花钱大方，自家钱财不管多寡，都从正门出入，就是一家门风所在。钱要挣，积德也别耽误。不然夜路走多了，偏门财攒得越多，就越容易出事情，还会祸及子孙。世间钱难挣，祖荫福报更难积攒。

郁泮水感慨道："会挣钱的人，多了去，真正懂得花钱的人，少之又少。"

一穷二白的时候，挣点偏门钱，以此发家，无可厚非，等到有钱了，就得挣正门钱了。否则德不配位，坐拥金山银山，福祸转换只在一夕之间，钱算什么，前人田地后人收。

大概就像崔瀺当年说的那么个道理。大钱是上辈子带来的，书是给下辈子读的。

刘聚宝看着已经开始登山的两人，说道："我们去谪仙峰看看。"

山路上，李宝瓶说道："小师叔，别让祖师堂众人久等了，谈事情要紧。"

陈平安笑着点头，李宝瓶随后登山健步如飞，陈平安就不紧不慢跟在身边。

到了青萍峰祖师堂里边，小米粒已经早早准备好了一把椅子，按照崔东山的建议，将椅子搬到了好人山主和裴钱中间的位置。

规矩不规矩的，礼制啥的，都先搁一边去。

李宝瓶先向众人作揖行礼，自报名号，山崖书院弟子李宝瓶。

她看了一眼自己的椅子位置，朝小师叔摇摇头，陈平安便将椅子往后挪了挪，却又不至于孤零零位于后排，如此一来，李宝瓶既算观礼，也是自家人。

裴钱笑着喊了声宝瓶姐姐，帮忙倒了一碗茶水。

小米粒摸了摸额头汗水，壮起胆子从棉布挎包里边，给传说中的盟主大人放了一堆小山似的瓜子，小声说道："盟主大人，宝瓶姐姐，我叫周米粒，以前担任过骑龙巷右护法，如今是龙泉郡总舵辖下骑龙巷分舵的副舵主了。"

裴钱恨不得挖个地洞钻下去。

李宝瓶愣了愣，只是很快就展颜笑道："再接再厉。"

如果不是今天这个黑衣小姑娘提起，李宝瓶都快忘记那块早就被自己送给裴钱的总舵盟主令牌了。

等到陈平安落座，祖师堂继续议事。

第一件事，是崔东山为青萍剑宗订立规矩，未来祖师堂收纳新人，以后青萍峰祖师堂的每一把座椅的增添，门槛都不低。

修士得是元婴境，其中剑修必须是金丹境，武夫需要是远游境。而且不是说过了这条线，就一定可以拥有座椅，还得看各自在功劳簿上边的记录。

第二件事，是各自道场的安排。

首席供奉米裕，嫡传弟子何聿，本命飞剑飞来峰，道场建造在仙都山云上峰。

掌律崔嵬，弟子于斜回，本命飞剑破字令，道场建造在仙都山天边峰，仙人掌。

隋右边，弟子程朝露，道场在仙都山次峰的谪仙峰，扫花台。

金丹境剑修陶然，道场在那仙都山朱砂峰。

这四位祖师堂成员，刚好都是剑修，所以道场就都在作为青萍剑宗祖山的仙都山。

崔东山笑道："陶剑仙，暂时就谁都不要举办开峰典礼了，以后等你跻身元婴境，咱们再给陶剑仙好好补上，大办一场。"

陶然默然点头，没有异议。至于元婴境什么的，做做梦就好。没有专门的金丹境开峰庆典是最好，省得自己给仙都山丢人现眼。

崔东山晃了晃袖子，祖师堂地面上云雾升腾，出现一幅山水形势图，是那云蒸山和绸缪山两座辅山。诸峰之上悬浮有不同的朱红文字，标注出诸峰山头名称。

崔东山说道："种夫子，你除了保留仙都山密雪峰府邸之外，真正处理事务的地方，我建议还是挪到云蒸山。而这云蒸山，我会担任首任山主，其中主峰吾曹峰也是我的道场所在，种夫子千万别觉得是寄人篱下啊。再就是种夫子接下来，也该收几个弟子了。除此之外，犹有一事，就需要劳烦种夫子分心了，因为我打算近期就动工，在绸缪山设置一座私人书院，邀请种夫子担任首任书院山长。"

种秋笑道："都没问题。"

崔东山问道："大师姐，你是打算在仙都山单独开峰，还是在云蒸山？"

裴钱毫不犹豫道："就在云蒸山。"

她扫了一眼那幅地图，继续道："我会在青竹涧那座钓鱼亭附近搭建茅屋。"

陈平安突然说道："云蒸山的酩酊峰，划拨给我好了。"

裴钱紧紧抿起嘴。

在某种意义上，师徒双方，都曾与同一人学拳。而那位常年待在竹楼二楼的老人，有一拳招，名为云蒸大泽式。所以不管是裴钱选择云蒸山钓鱼亭，还是陈平安主动要求占据酩酊峰，都是这对师徒的一种默契。

崔东山微笑道："由曹晴朗来担任绸缪山景星峰的首任峰主，金丹境，按例开峰，不算坏了规矩。至于绸缪山的首任山主，暂时空悬好了。

"吴钩，萧幔影，你们的道场位于绸缪山的云梯道旁，之后建造府邸一事，你们可以自行调用符箓力士。

"青同道友，道场在绸缪山的翼然坪，此峰高度仅次于吾曹峰，风景还是相当不错的，如何？"

青同笑着点头，抱拳道："向崔宗主先行谢过。"

作为客卿，哪怕是黄庭这样的首席客卿，按例都是无法单独开峰、无山头可占的，至多是在山中有座府邸，但是一个仙府、宗门的记名供奉则不然。

除了青同的翼然坪，老虬裴渎则被崔东山安排在绸缪山的婆娑峰，那边也是绸缪山的水源处。

显而易见，崔东山的设想就是，剑修在祖山诸峰炼剑修行，纯粹武夫在云蒸山，剑修之外的练气士在绸缪山修道。

裴渎硬着头皮说道："陈山主，胡楚菱跟我不算严格意义上的师徒，她能否与你拜师学艺？"

对于这位旧龙宫教习嬷嬷来说，自己的修道成就如何，远远比不上醋醋的修行顺遂重要，最好能有个正儿八经的好师父，大靠山。

之所以裴渎会如此心情忐忑，当然涉及了一个山上修士往往最看重的"辈分"，如果醋醋真能成为陈平安的嫡传弟子，那就等于是与崔东山一个辈分了，这不是一步登天是什么？故而裴渎甚至做好了一种类似为仙都山卖命的打算，只要陈平安不把话说死，老妪就立即心声言语，主动递交一份类似生死状的契约，而这种事，绝对不是儿戏。

陈平安摇头说道："一来我马上就要闭关，出关之后又会出门远游一趟，胡楚菱跟我拜师，在很长一段时间内，可能连我的面都见不着，自然就更教不了她什么。此外，我拿得出手的，唯有剑术和武学，又都不适合胡楚菱。要说符箓一途，我勉强懂一点门道，但是胡楚菱真想学，又可以学的话，我可以在这里与裘供奉保证一事，以后我只要在青萍剑宗，胡楚菱想要询问符箓一事，只管找我，我都会倾囊相授。其实关于胡楚菱的拜师一事，是不必舍近求远的。"

崔东山立即微笑道："裘供奉若是不嫌弃，我可以给胡楚菱当那青萍峰祖师堂谱牒上边的传道人。"

陈平安笑着解释道："崔东山是仙人境，武学算是我们崔宗主唯一的短板，此外，几乎方方面面都比我这个当先生的强多了。胡楚菱向他拜师学艺，可能除了在山上低了个辈分，其实比起成为我的弟子，跟随崔东山修道，长远看，胡楚菱得到的实惠更多，收获也更大。"

裘渎虽然小有遗憾，但是醋醋能够一跃成为崔东山的嫡传弟子，亦是天大的好事，无非是从最好变成了第二好，老妪极为知足。尤其是当陈平安亲口说出崔东山是一位仙人境，裘渎更是感慨万分，一座山头，藏龙卧虎，底蕴深不见底。

再说了，既然陈平安亲口承诺，愿意与胡楚菱传授符箓一道，裘渎也不敢再得寸进尺了。何况那位年轻隐官虽然神色温和，但是说话却也直接，比如就将那"辈分"一事诉诸于口，所以自认再不识趣就是犯浑的老妪，立即站起身，与陈山主和崔宗主各自道谢。落座后，老妪犹豫了一下，满脸愧疚，还是坦诚说道："老身久处乡野，私心重，打的这点小算盘，让诸位看笑话了。"

陈平安笑道："裘嬷嬷，千万别这么说，你帮我们青萍剑宗祖师堂议事，开了个好头。"

裘渎听得一头雾水，开了个好头，什么意思？只是看众人好像都觉得年轻隐官的这句话，很理所当然。

贾老神仙立即跟上："心平气和，说自家话。裘供奉敢公开说自己私心重，贫道就觉得私心半点不重。"

一直皱着眉头的小米粒，经贾老神仙这么一解释，就真的恍然大悟了，鼓掌鼓掌。

因为老妪扯起的话题，这就刚好涉及了第三件事，崔宗主自己准备收徒了。

崔东山笑道："胡楚菱，还有蒋去、谢谢、崔花生、赵鸾，都会成为我的亲传弟子，记录在青萍峰金玉谱牒上边，至于谁是开山大弟子，不着急，以后再说。"

陈平安疑惑道："赵鸾？"

崔花生不去说，是崔东山一手拐到骑龙巷、失散多年的"妹妹"，甚至崔东山收取谢谢为弟子，陈平安都没觉得有什么。至于蒋去，作为落魄山第一位真正意义上的符箓修士，他能够成为崔东山的嫡传，确实是好事。唯独赵鸾，这让陈平安气不打一处来，青萍剑宗作为落魄山的下宗，你崔东山扛着小锄头挖墙脚一事，是不是没完没了了？！

因为上次落魄山宗门庆典，除了赵树下一举成为山主陈平安的嫡传，赵鸾虽未成为陈平安亲传弟子，却也已经是落魄山雾色峰的谱牒修士。此外，赵鸾如今还有了个不记名的师父，正是骑龙巷那位白发童子，在剑气长城牢狱内当时化名"霜降"的化外天魔，后者如今在草头铺子，每天以落魄山唯一一位杂役弟子自居，好像非但不以为耻，还挺自满的。只是世间事，当真是无巧不成书，陈平安清晰记得当年在牢狱内，这位化外天魔曾经笑言一句："小草不自贵，已铸出山错。"

小草出山，草头铺子？

练气士拥有两位甚至是数位传道人，在山上，并不罕见。只不过祖师堂金玉谱牒的记录，涉及道统法脉的归属，当然还是唯一的。修道之人，"认祖归宗"是重中之重，就像青冥天下那边，道官的度师出身哪一脉，就算定下了一辈子的道统法脉。

崔东山笑嘻嘻道："先生，赵鸾修道资质那么好，待在落魄山，好像能学到的东西不多啊。"

长命微笑道："我看未必吧。"

韦文龙说道："崔宗主这话就说得不妥当了。"

贾老神仙只需斟酌片刻，便说了一句上山下宗两边都不得罪且又真心的言语："贫道这些年一直是把赵鸾当亲生孙女看待的，若是鸾丫头来仙都山修道，到底心中不舍，私心，确是贫道私心重了。"

裴渎闻言会心一笑，顿时心情轻松几分，与那位目盲心不盲的道门老神仙投去和善视线。

崔东山翻了个白眼，他娘的这也能顺便与裴渎卖个好？贾老神仙，可以可以，你干脆去云蒸山那座私人书院，专门传授人情世故的学问好了。

因为有异议，关于赵鸾的正式师父人选，就还是按照落魄山的老规矩，先问过赵鸾本人的意愿。

之后讨论关于青萍剑宗护山供奉的人选，崔东山说会抓紧时间搞定。

而目前与青萍剑宗正式缔结盟约的盟友，暂时就只有蒲山、太平山、大泉王朝。

至于玉圭宗，当然还是得看先生的个人决定了。

夔州一座大湖之畔，有座规模极大的仙家渡口，名为酒钱渡。

亭亭云过，荷芰波生，鱼蟹翻菰蒲，眠鸭占陂塘，被人惊散又成双。

熙熙攘攘的仙家渡口，一个身材魁梧的男人，低头哈腰，双手笼袖悄悄靠近一位瞧着不缺钱的年轻修士，轻声询问："要法袍吗？"

年轻修士神色微动，以心声询问："什么来路？是新货，还是旧法袍？能有几成新？"

其实这种见不得光的勾当，在山上并不罕见，都是些来历不明、来路不正的货，但是价格就要便宜多了。

那个男人抬了抬下巴说道："你就在这里看着，有看到喜欢的，就告诉我，价格都一样，两枚小暑钱。"

年轻修士愣是给这句话整蒙了。

男人说道："美人珠宝帝王印，皆是黄沙浪底来。问啥来路，甭管谁身上脱下来的，回头小兄弟你穿在身上都一样。今晚你挑个地方，咱们一手交钱一手交货，我保管抹去法袍上边的所有禁制，要是不放心，可以找个高人帮忙掌眼。我做买卖，忌讳不多，就图个买卖双方都安心。"

年轻修士怒道："你脑子有病吧你，滚远点！"

男人叹息道："买卖不成仁义在，干吗骂人呢。"

男人挪步走远，看样子得去找下个主顾了。

夔州与蕲州边境的一个小县城，据说来了个外乡异人，衣貂裘，冠狐帽，身形魁梧，如行伍中人，语操北音。

此人身边带着三位扈从，俱是练气士，既无一国朝廷道官身份，也无山上仙府的山水谱牒，只有祖籍所在地和姓名，以及当地官府的钤印。勘验过这拨人的关牒，看着上边密密麻麻的盖章，当地县衙虽然觉得奇怪，也就没有太过上心，既然能够走过如此之多的地方，想必也不是那类依仗仙术作祟的歹人了。

一行人在城内随便找了个落脚地，据说是个常有鬼物作祟的凶宅，衙门当差的也懒得管了，晚上更夫都不敢去的地方，愿意住就住去。

宅子里边，杂草丛生，窗户纸漏风不已。

屋内桌上除了有一摞摞药书，还堆满了切得长短不一的竹管，皆有孔窍。

小院子里边，放了个大水缸，装了前不久钓来的几条鱼，等着下锅呢。

小宅内三位半扈从半道友身份的，两男一女三位修士，都是青零一路走一路捡，给带在了身边。

他们境界都不低，两金丹一龙门，原本在家乡永州境内各有道场，不敢说占据一方，作威作福，至少那朝廷里边的道官朋友，都还是有几个的。但是这一路走得不可谓不战战兢兢，毕竟是跨州云游四方，尤其是之前路过汝州时，都没去那个赤金王朝，就总觉得路上遇到个武把式，会出拳打死他们。

这要怪那个喜欢簪花的怪人，给他们一手一份的假关牒，其实他们三位，早先都是有正经身份的，完全没必要更换，但是那个青零道友，非要他们换个新身份，理由是嫌弃他们之前的名字、道号，取得太小，寓意不够好，作为练气士，取道号是大事，就是第二次投胎呢。故而这一路游历，他们三个顶着个假身份，陪着青零道友招摇撞骗，他们心中岂能不慌兮兮？

他们在家乡永州早就听说某郡有异人，行为怪诞，常年头戴三朵花，能作诗，皆神仙意。时而身穿锦绣红衫，与高士仙官清谈玄言，时而破衣褴褛，混迹市井，与乞儿当街为伍，最喜欢说些无人可解的怪话。

"双手欲遮瓶里雀，四脚只怕井中蛇。蟾光终日耀昏衢，满眼黄芽显露……"

不承想都碰到了这么个家伙，结果还成了一条绳子上边的蚂蚱，应了那句老话，上贼船易，下贼船难。

屋内患难与共的三位，有女子脖颈细长，白皙如雪，道场在那永州沔阳湖，如今这位出身精怪之属的女修，道号春社。

一个身穿锦衣的矮小男子，体型就像横着长的，他来自永州境内的龙阳县青草湖，却是个自诩风流的，如今名叫吴懈，曾经自号无肠公子。

最后一个瘦长男子，道号秋夜，按照青零道友的说法，此说寓意夜黑月明，幽人披衣小立月明中。

莫名其妙就得了这么个崭新道号的他，出身自古永州之野产异蛇的那么个地方，只是此地多捕蛇人，所以炼形得道者，寥寥无几，若说走江化蛟，更是奢望。而捕蛇人当中，历史上最有名气的一个，当然还是那位年少便进入玄都观修炼仙法的女子，王孙，道号空山，她更是如今的天下十人之一。

只不过他们三个，一鹅一蛇一螃蟹，至今还不清楚那位青零道友的真实身份。

不过他倒是分别传授给了他们一部道书，传道之前，都是差不多的一套自我吹嘘以及吓唬人的说辞。

"此书只会秘传有缘人。胆敢泄露吾书者，按律罪为下鬼，族及一门。"

口气恁大，结果他们三个各自按照道书修行起来，好像没屁用。

青零道友便语重心长地说一句："长此以往，只需坚持不懈，皇天不负有心人，总会渐入佳境的。"

这三位哑巴吃黄连的道友，此刻正在研究一本佚名的厚重之书，据说是玄都观那位老观主亲自编撰的心血之作，都是这么传的，可惜孙道长却从不承认自己写过这本书。

真是山泽野修行走江湖、趋吉避凶的必备之物。

传闻浩然天下有幅《搜山图》，故而此书又名《下水书》，此书几乎在任何一座仙家渡口都有卖，价格还不贵，就两三枚雪花钱。

言简意赅，条目清晰，分门别类，都是一些老成持重的金玉良言，还介绍了天下十四州的风土人情。那些个庞然大物的仙府、道观，门风如何，哪些老王八蛋是为老不尊的阴损货色，又有哪些小王八羔子是上梁不正下梁歪，哪些遇到事情是可以停步讲一讲道理的，又有哪些不可招惹，必须躲着走，实在躲不过，真遇到事情了，晓得了对方的山头身份,只管低头认错,别认死理……

还有不少类似志怪、掌故的短篇故事,尤其写得好,让人看得津津有味。

不愧是交友遍天下的孙观主,委实当得起一句功德圆满的赞誉。

三位精怪出身的山泽野修,在那儿切磋学问、抠字眼呢,讨论以后万一有幸见着了那位孙道长,传闻对山上晚辈最是和蔼可亲的老观主,自己到底是该说一句,德高望重,还是道高德重,或是年高德劭?

三位同乡道友,各持己见,都有自己的道理。一个说孙道长名气大,称呼为德高望重,才最合适。一个说老观主到底是道士,所以得有个"道"字。还有一个说那年高,寓意活得久,本身就是最大的赞誉。

老观主没有着急登门,站在宅子外边,抚须而笑,当面听人说自己的好话,多是虚情假意的溜须拍马,只有背后赞誉,大半出乎真心。

晏琢在门外听着那三位道友的辩论,只觉得他们的脚下大道,走宽了。

就是不知道这仨,真见着了自己身边的老观主,认不认得出了,估计难。

在青冥天下,除了极个别州,不知为何,从朝廷到宗门,自古就禁绝道教宫观公开使用镜花水月一事。

无肠公子蓦然抬起头,沉声道:"道友止步,光天化日之下,岂可私闯民宅?"

真当两金丹一龙门,是吃素的?真当这里是你们家呢?

只见门外出现了一个老道长,带着个年轻胖子,还有两个公子哥,闹哄哄地跨过门槛。那个老道长径直走入屋内,随手拿起一部手写本药书,那页序文的开篇内容,就很有学问了,自称当今天下,医家每每喜好以王道治病,惜不知王道性燥烈,用药不慎,反增别疾,故吾舍王道,纯以霸道治之,是药皆取其魂而去其质,仅余轻清之气,便可百利而无一害。

因为知道编书之人的真实身份,孙道长倒也不觉得是对方搞混了"王霸"二字。

阻拦无果的吴懈,便忍不住小声嘀咕一句:"怎么听不懂人话呢?"

晏琢开始期待这位道友在玄都观内扫地的场景了。

只见那位老道长放下书,瞥了一眼吴懈,一看就是个喜欢附庸风雅的,腰间光是玉佩、香囊就挂了一堆,便笑着打趣一句:"这位小哥,当包袱斋摆摊呢,贫道回头帮你介绍个同道中人?"

若非出门在外,桌上又有写满金玉良言的那本著作放着,不然吴懈就要破口大骂了,少不得要回一句,要不要本大爷送你去见老祖宗。

"竹不论长短皆可吹,但须因材剗窍耳,你们几个,被他选为可造之才,运气还算不错。"

孙道长随手拿起一截竹管,掂量一二,随口问道:"带你们来此落脚的那个簪花娘们呢?"

毕竟那位龙师是个两次跻身飞升境的得道之士,对方有心隐藏踪迹,真要找起来,还是有点小麻烦的。何况孙怀中也没想着费这个劲。

三人面面相觑,都有几分狐疑,难道那个亦师亦道友的青零,竟是个女修?

若是男儿,没什么,相貌粗犷,哪怕头顶簪花,好歹还能博个奇人异士的名声,可要是女子……丑是真心丑了点。

春社小心问道:"老道长是问青零道友的去向?"

孙道长点头道:"就是来找他叙旧的。"

她面露为难神色,既怕对方是来者不善善者不来,被仇家找上门了,又怕对方不是找碴,自己却因为泄露了踪迹,事后被青零道友记仇,害她白白吃个挂落。

只见身边两位道友都在那儿装聋作哑,摆出了一副事不关己高高挂起的架势,春社只得硬着头皮问道:"老道长,既然是登门拜访,要找青零道友叙旧,能否报上身份、道号?"

老道长笑呵呵道:"不能。"

吴懈给彻底惹毛了,不过依旧拗着性子,压低嗓音嘀咕一句:"如此好赖不分,小心出门没朋友。"

孙道长看了一眼窗户,笑了笑:"狗改不了吃屎,还是总想着艳女敲窗,非狐即鬼。"

用膝盖想都知道,那家伙但凡遇到这等极有可能花前月下死、做鬼也风流的勾当,都要嚷嚷一句,速速让开,都让我来。

很多上了年纪的修道之人,年少年老时,就是两个人。那个龙师,却是难得的一般人,始终痴情,只是喜欢故作风流,好像就怕别人觉得他痴情。

而这个"别人",其实只有一人,痴情人所痴情之人。

孙道长心中叹息一声,龙新浦这家伙,其实怪可怜的,便开口说道:"贫道来自隔壁蕲州的玄都观。"

春社闻言一愣,那个秋夜则将信将疑。

唯有那个吴懈,怒喝一声,对两位道友埋怨道:"愣着作甚,赶紧的,咱们一起给老神仙磕几个响头!"

晏琢龇牙咧嘴,只是听说了个玄都观,就这么夸张了。

孙道长摆摆手,道:"免了,你们又不是玄都观的道士,路上相逢的都是道友,你们平白无故随便给人磕头,成何体统?"

那个秋夜突然问道:"这位老道长,可曾听说玄都观祖庭内,在那磨头任职的洪坪洪仙长?听说前些年,高升去蕲州某国道观担任首座了。"

孙道长笑着摇头道:"谁?没听过,道观有点大,可能贫道都没见过这个出身磨头一脉的洪仙长。不过贫道回头可以找他聊两句，怎么就逛荡去了永州，又是怎么与道友你混熟了。"

一座道教宫观，有那三都五主八大执事十八头之分，这些家伙下边又都各自管着一大帮道官。何况是玄都观这种首屈一指的天下巨观，再加上那些祖庭之外的百多个大小道观，整个蕲州境内，属于玄都观一脉，光是有度牒的正式道官，就将近十万人。绝大多数的道官，可能这辈子都还没亲眼见过老观主一面。

何况就连玄都观的祖师堂议事，老观主也不是次次都参加的，大概十次议事，能有两三次到会，就算不错了。

秋夜脸色微变，笑道："老道长莫要当真，是我胡诌瞎编的，哪有什么出身玄都观祖庭磨头一脉的洪仙长，玄都观道官，岂是我这种出身的练气士，可以高攀得起的？"

晏琢有点担心这家伙的下场了。

青冥天下有句广为流传的俗语，是专门用来奉劝那些喜欢说话说一半的，不光是在各州道官之间流传，就连在那各国市井坊间都可算是妇孺皆知。

"上次那个说话说一半的人，已经在玄都观里边洒水扫地了。"

毕竟大玄都观的孙道长，道法高是高，小心眼得很哪。谁与这位老观主故意卖关子，胆敢话说一半，一着不慎，就要得到一封去玄都观做客的邀请函，不去还不行。

至于所谓的"邀请函"，就是老观主一巴掌给你打晕，等到醒来，就已经在一间陌生屋内躺着了，脚边搁放着水桶抹布、扫帚簸箕之类的家伙什。

孙道长抚须笑道："玄都观的道官，啥时候这么高不可攀了，贫道怎么不知道？贫道倒是觉得这位外放高升担任一观首座的洪仙长，若是果真与道友相熟，就很好嘛，贫道觉得将来当个观主，或是某个小国的护国真人之类的，都绰绰有余了。"

晏琢立即懂了，那位洪仙长，入了老观主的法眼了。

因为老观主说去见，就肯定会真的去见他。

孙道长从袖中取出三张玄都观秘制的符印，轻轻放在桌上，道："与三位道友相谈甚欢，算是见面礼，都别嫌弃。"

春社与那秋夜对视一眼，都不敢去接过那枚剑气与道气相互萦绕的紫金色符印。

只有吴懈，胆子大，不怕死，畏畏缩缩，小心翼翼拿起那枚符印，打了个道门稽首，再与老道长致谢。

孙道长笑道："桌上那本书，你算是白看了，今天还好，碰到了贫道。以后记得小心点，别再这么见财起意，小心着了道。"

春社突然问道："敢问老道长，为何天下各脉符箓，符上都喜欢加盖一方真人法印？"

在青冥天下，符箓与符印，一字之差，云泥之别。传闻后者可使佩戴者上山入水百无禁忌,上可达天听,通言于神人,下可威慑伤生之徒,一切邪祟自行远之。

孙道长笑道:"道理很简单,道家诸脉符箓,喜欢讲究一个世间鬼神皆受役于印,而符箓则执掌于法官之手。真人仙君,如一衙官长,衙内法官如胥吏,因此真人非法官不能为符箓,法官若无真人之印加持,其符箓……用倒是也能用,就是不够灵验。简单说来,就是威力不大,打人不疼。除了龙虎山天师府一脉,独树一帜,像那符箓于玄门下,实则秘传一印,出自三山九侯先生,论起道法渊源之高深、久远,其实半点不比白玉京大掌教的青翠城,还有庞鼎的灵宝城差,甚至可以说是犹有过之。"

三人听得一惊一乍,浩然天下的龙虎山天师府,还有那位符箓于玄,当然是听说过的。咱们今儿,是不是碰到了个比青零说话口气更大的了?老道长你这么一口一个青翠城、灵宝城,尤其是对那老城主庞鼎直呼其名,真不怕挨雷劈吗?

孙道长笑道:"现在是不是可以告诉贫道一声,你们那位青零道友,到底在哪儿晃荡?"

吴懈说道:"青零前辈这会儿,可能在那座菰蒲湖那边忙着钓鱼呢,听说那边的鲈鱼滋味最好。"

孙道长点点头,道了一声谢,指了指桌上那本书,说道:"翻看这种书,不用太当真,可以看完就丢的。"

春社摇头说道:"孙道长,这是本好书。"

尤其是一些个篇幅极短的志怪故事,寥寥百余字,就写得饶有趣味。

孙道长笑了笑,不以为然道:"那是你们还没有看过真正的好书,以后等到看书看得多了,就知道如今之钟情,无非是错爱了,纯粹浪费光阴呢。"

吴懈小心翼翼提醒道:"老道长,说这话,悠着点。听说写这本书的……跟老道长一样,都出自玄都观呢。"

孙道长微笑道:"我们翻书人骂写书人几句,又怎么了,那是给面的事儿,别不知好歹。

"很烦那写短篇的,喜欢炫技,华而不实。更烦那写长篇故事的,裹脚布不说,磨磨叽叽不爽利,落笔该痛快处,偏要笔锋一转,写那些有的没的去了。说句好听的,这叫游手好闲;说句难听的,这就是拿搅屎棍当筷子,往好酒里兑水,骂人几句,都是轻巧了。

"要是贫道看某本书看得不爽了,就直接去把那个写书人抓到玄都观,拿着一块板砖,每天就对着那个家伙,让那厮好好写,用心写,通宵达旦写。这种事情,贫道还真做过……几回,当然了,信不信由你们。"

古人有云,注得一部古书,薪火相传,可称万世宏功。著得一部新书,文以载道,便是千秋大业。

什么叫真正的好书?

看到开怀处，只觉得口齿留香，或者想要喝几口酒。

看到揪心处，只觉得心头被扎钉子，合上书后，想要喘口气都难。

看到会心处，与书中某人，或是某句话，一见如故，它们仿佛在书山中，等候已久。

我等文字，文字等我。

菰蒲湖边上，一个在酒钱渡忙活半天，也没能招徕到顾客的男人，重新回到湖边，头顶簪花，继续持竿垂钓。

生意难做钱难挣，混口饭吃真难。

那个头顶簪花的男子，瞧见了凭空出现的三人，立即站起身，笑容灿烂道："孙观主，多年未见，瞧着还是这般身强体健、仙风道骨，不晓得如今是什么境界了，不如说出来听听，吓唬吓唬我？"

孙道长冷笑一声，抬起一只脚，道："七境。"

男人看了一眼老观主抬起的那只脚，以及另外那只脚，心中幽幽叹息一声，还真十四境了。

图书在版编目(CIP)数据

剑来39：借取万重山 / 烽火戏诸侯著.—杭州：
浙江文艺出版社,2023.5
ISBN 978-7-5339-7207-3

Ⅰ.①剑… Ⅱ.①烽… Ⅲ.①长篇小说—中国—当代
Ⅳ.①I247.5

中国国家版本馆CIP数据核字(2023)第055987号

选题策划	柳明晔
责任编辑	张　可
营销编辑	宋佳音
封面绘图	温十澈
责任印制	张丽敏

剑来39：借取万重山

烽火戏诸侯　著

出版	浙江文艺出版社
地址	杭州市体育场路347号
邮编	310006
电话	0571-85176953(总编办)
	0571-85152727(市场部)
制版	浙江新华图文制作有限公司
印刷	杭州杭新印务有限公司
开本	710毫米×1000毫米　1/16
字数	342千字
印张	17
插页	2
版次	2023年5月第1版
印次	2023年5月第1次印刷
书号	ISBN 978-7-5339-7207-3
定价	48.00元